Stephanie Kempin

Alice –
Follow the White

STEPHANIE KEMPIN

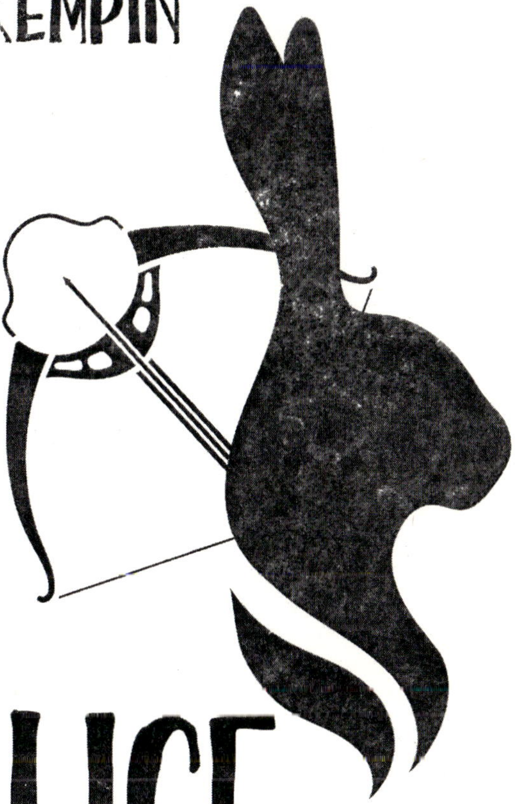

ALICE
FOLLOW THE WHITE...

papierverzierer

Copyright © 2017 by Papierverzierer Verlag
1. Auflage, Papierverzierer Verlag, Essen
Herstellung, Satz, Lektorat: Papierverzierer Verlag
Cover: Legendary Fangirl Design // Tina Köpke

Alle Rechte vorbehalten.
Sämtliche Inhalte, Fotos, Texte und Graphiken sind urheberrechtlich geschützt. Sie dürfen ohne vorherige Genehmigung weder ganz noch auszugsweise kopiert, verändert, vervielfältigt oder veröffentlicht werden.

ALICE – FOLLOW THE WHITE ist auch als E-Book auf vielen Plattformen erhältlich.

ISBN 978-3-95962-050-5

www.papierverzierer.de

Bibliografische Information der Deutschen Nationalbibliothek
Die Deutsche Nationalbibliothek verzeichnet diese Publikation in der Deutschen Nationalbibliografie; detaillierte bibliografische Daten sind im Internet über http://dnb.dnb.de abrufbar.

Für alle, die die alten Mauern verlassen und ihren eigenen Weg gefunden haben.

BETTYS TAGEBUCH

Ich habe meine Schwester gegessen. So, jetzt ist es raus. Die große Beichte, die Leiche in meinem Keller. Jetzt dürfen alle schreiend weglaufen – oder sich die Zeit nehmen und noch ein wenig zuhören. Zum Beispiel, um zu erfahren, wie das in Wahrheit passiert ist. Oder warum.

Ich könnte natürlich damit anfangen, dass ich das Doofchen noch nie mochte. Das wäre aber schlecht für meine Verteidigung, nicht wahr? Tja, die Wahrheit ist oft nicht gut für denjenigen, der sie ausspricht. Das war schon immer so.

Ich könnte auch mit meiner bescheidenen Kindheit anfangen, aber dann werden wir nie fertig. Wäre für die Verteidigung aber deutlich besser.

Fangen wir doch einfach mit ein paar Fakten an:
Ich wollte die dumme Nuss nicht töten. Wirklich nicht.
Trotzdem bin ich froh, dass sie tot ist.

Genau genommen habe ich sie auch nicht komplett gegessen. Nur Teile von ihr. Ihr Gehirn. Versteht ihr, das lag so viele Jahre ungenutzt herum, so war es wenigstens einmal zu etwas gut.

Dann wäre da noch der Umstand, dass sie nicht meine echte Schwester war. Das macht es nicht besser, natürlich nicht, aber es ist dennoch ein Unterschied. Irgendwie.

Für den Fall, dass jemand dieses Tagebuch einmal finden sollte, wollte ich es jedenfalls klarstellen. Daran ändert auch die Tatsache nichts, wie hartnäckig Miss York die Meinung vertritt, dass wir uns an ihrer Schule alle als Geschwister betrachten sollten, weil uns doch unsere Mitschüler die Familie ersetzen würden, die wir nicht mehr haben. Wir hätten es ja eben nicht leicht gehabt als Kinder, da sollten wir uns doch wenigstens so ein wenig Harmonie bewahren … Ich sagte ja, bescheidene Kindheit – aber nur, weil ich ausgerechnet das mit jemandem gemeinsam habe, wird noch lange keine Schwester daraus.

So, das wäre damit wohl geklärt, aber wo fange ich jetzt tatsächlich an? Sinnvoll wäre ein ganz bestimmter Tag, kurz bevor meine Schwester ... gestorben ist. Leider kann ich mich an große Teile nicht erinnern, weil ich tot war. Es war der Tag meiner Beerdigung.

ALICE

Unter leichtem Ruckeln senkte sich der Sarg in die Erde. Außer dem sanften Wind, der die Blätter zum Rascheln und Alice trotz ihres Mantels zum Frösteln brachte, war kaum etwas zu hören. Hin und wieder noch ein gelegentliches Schniefen, oder jemand putzte sich die Nase. Aber davon abgesehen war es auf dem Friedhof still. Das letzte Amen im Leben von Betty war gesprochen.

Der Sarg setzte auf dem Boden auf. Als Alice und Chloe nach vorne traten und die einzelnen Blumen hinunterwarfen, zitterten Alice' Hände. Noch einmal warf sie einen letzten Blick in Richtung Friedhofseingang, doch keine Spur von Bettys Familie. Auch dann nicht, als die anderen zwei oder drei Mitschüler, die Betty ein wenig nähergestanden hatten als der Rest, ihre Blumen losgeworden waren. Zuletzt trat die Schulleiterin Miss York an das Grab, warf schnell eine einzelne Blume hinein und nickte anschließend den Männern in der dunklen Kleidung zu, die sich bisher im Hintergrund gehalten hatten.

Die beiden Mitarbeiter des Bestatters nickten zurück, traten vor und gerade wollten sie die erste Schaufel Erde in das Grab werfen, als ein leises »Halt!« ertönte. Aus der bescheidenen Menge der Trauernden löste sich mit zwei schnellen Schritten eine zierliche junge Frau, zog die Hand aus der Manteltasche und hob den Revolver, den sie daraus hervorgeholt hatte. Ohne auf die teils überraschten, teils erschrockenen Ausrufe hinter sich zu achten, feuerte sie in rascher Folge drei Kugeln in den Sarg. Bei dem Lärm flogen die Nebelkrähen aus den umliegenden Bäumen mit heiserem Krächzen auf.

»Darf ich mal bitte durch?« Mit einem entschuldigenden Lächeln auf den Lippen bahnte sich die junge Frau mit der Schusswaffe einen Weg durch die Beerdigungsgäste und entfernte sich von dem Grab, ohne noch ein einziges Mal hinzusehen.

Es gab niemanden auf dem Friedhof, der nicht zwischen dem Sarg und der jungen Frau hin- und herstarrte. Überrascht, verwirrt, fassungslos. Alice ging es nicht anders. Zu dem Schock über Bettys plötzlichen Tod kam jetzt noch der Schreck über diese Tat, und das hätte Alice fast erneut Tränen in die Augen getrieben, wenn sie nach den letzten durchweinten Tagen noch welche gehabt hätte.

»Für wen hält die sich?«, zischte Chloe Alice zu. »Das kleinste Trüppchen, das je für das ARO im Einsatz war?«

Alice konnte nur mit den Schultern zucken. Sie hatte nicht das Gefühl zu verstehen, was hier gerade passiert war. Ein ARO-Begräbnis für Betty? Wozu? Das ARO sorgte dafür, dass Menschen, die sich bei Untoten angesteckt hatten, nach ihrem Ableben tot blieben. Betty hatte das Internat die letzten Monate nicht verlassen, sie konnte *auf gar keinen Fall* mit Untoten in Berührung gekommen sein, sondern war an einer plötzlichen, schweren Grippe gestorben. Was also sollte das gerade?

»Meine Damen und Herren, wir werden jetzt alle ruhig und gesittet zum Haus zurückkehren!«, erhob sich die Stimme von Schulleiterin York nahezu mühelos über das Tuscheln und vereinzelte Schluchzen. »Das hier ist immer noch eine Ruhestätte, also halten Sie sich bitte daran. Sie wollen doch nicht die Toten wecken!« Die letzten Worte wurden von einem schmalen, zynischen Lächeln begleitet, und vor allem die Jüngeren schauten sich erschrocken um.

Insgesamt hatten die Schüler zu viel Respekt oder in einigen Fällen auch zu viel Angst vor der Schulleiterin, um ihren Anweisungen nicht sofort zu folgen. Die Angst davor, die Toten zu wecken, tat ihr Übriges. Brav setzten sie sich in Bewegung, durch das schmale Tor an der Rückseite des Friedhofs, gegenüber vom Haupteingang, wo die kleine Kirche stand, und dann den Weg hinauf, der sich auf das Haus zuschlängelte.

Kaum hatten sie den Friedhof verlassen, ertönte um Alice herum aufgebrachtes Gemurmel. Nur Chloe dachte nicht daran, sich an einer dieser Unterhaltungen zu beteiligen, sondern griff nach Alice' Arm und begann sie so energisch hinter sich herzuziehen, als wären tatsächlich ein paar Untote aus ihren Gräbern gekommen und ihnen gefolgt.

»Was hast du denn vor?«, wollte Alice wissen.

»Ich will sehen, wohin sie geht.«

»Wieso?«

»Wieso. Also bitte. Dreimal darfst du raten.«

Stattdessen hielt Alice lieber den Mund und versuchte, mit Chloe Schritt zu halten. Sie rannten förmlich zum Schulgebäude hinauf, trotzdem fanden sie unterwegs keine Spur von Zoey.

»Sie kann sich doch nicht in Luft aufgelöst haben!«, schimpfte Chloe vor sich hin, während sie sich immer wieder umschaute. Sie betraten das Schulgelände, Chloe ließ Alice kaum Zeit, um den Pförtner in seinem Häuschen zu grüßen. Doch immer noch keine Zoey. Chloe hielt nicht auf den Haupteingang zu, sondern wandte sich nach links, wo sich an das Schulgebäude erst noch eine Rasenfläche anschloss und dann der Waldrand begann.

»Was soll sie denn im Wald machen?«, fragte Alice.

»Da gibt es den einen oder anderen Trampelpfad zum Dorf.«

»Das ist mir auch klar. Aber sie hat den Friedhof nicht in Richtung Dorf verlassen, Chloe!«

»Das habe ich auch gesehen. Aber das heißt ja nicht, dass sie nicht noch einmal irgendwo abgebogen ist«, erwiderte Chloe, während sie einen Seiteneingang schwungvoll aufstieß. Ohne auch nur einen Moment innezuhalten, hastete sie durch die im Augenblick verwaisten Flure.

»Mist!«, rief sie, als sie schließlich stehen blieb, einen resignierten Ausdruck auf dem blassen Gesicht.

»Du glaubst doch nicht im Ernst, dass sie mit jemandem zusammenarbeitet?«, merkte Alice vorsichtig an. Die Sache mit dem ARO-Trüppchen konnte Chloe nicht ernst gemeint haben, oder?

»Glaubst du, sie kann so was alleine?«

Wenn sie ehrlich war, traute Alice das ihrer »Schwester« nicht unbedingt zu. Chloe wäre unter Umständen auf eigene Faust zu so etwas fähig, wenn sie der Meinung wäre, dass es absolut notwendig sei. Betty ... wahrscheinlich auch. Wenn sie noch am Leben gewesen wäre. Aber Zoey?

»Jedenfalls können wir das nicht feststellen, wenn wir sie nicht finden. Und die ganze Schule auf den Kopf stellen können wir auch nicht«, antwortete Alice verspätet.

Zwar machte Chloe den Eindruck, als würde sie diese Möglichkeit ernsthaft in Betracht ziehen, dann öffnete sich aber der Haupteingang und die restlichen Schüler und Schülerinnen stürmten herein. Ganz am Ende folgte Schulleiterin York mit einigen Lehrern und machte schon alleine durch ihre Anwesenheit alle Spionageaktivitäten zunichte.

»Ich werde schon noch dahinterkommen, was das zu bedeuten hat!«, verkündete Chloe und Alice zweifelte nicht an ihren Worten. Auch an ihr nagte die Neugier.

Nach der Beerdigung senkte sich eine eigenartige Stimmung über Miss Yorks Schule. Nicht dass das alte, weitläufige Landhaus sonst ein unglaublich fröhlicher Ort gewesen wäre, doch der plötzliche Tod von Betty und die Sache mit den Schüssen auf das Grab, das war meilenweit vom üblichen Alltagsgeschehen entfernt. Die relativ wenigen Bewohner dieses speziellen Internats waren schockiert und vor allem die Jüngeren obendrein verängstigt. Kein gelegentliches Lachen, das durch die langen Flure hallte, jeder setzte seine Schritte möglichst leise und vorsichtig auf.

Für Alice passte diese Stimmung zu dem nassen und grauen Wetter draußen. Am Tag nach der Beerdigung fiel sogar der Unterricht aus, und so verbrachte Alice die Stunden damit, entweder dem Wind zuzusehen, wie er Blätter über das weitläufige Außengelände trieb, oder dem Regen, wie er die Scheiben herunterlief.

Sie musste nachdenken. Darüber, dass ihnen niemand erklärt hatte, woran Betty eigentlich gestorben war. Schön, sie hatten gesagt »schwere Grippe«, aber Alice war keine Grippe bekannt, die so verlief, wie es bei Betty der Fall gewesen war. An einem Tag war noch alles in Ordnung gewesen, keine Spur davon, dass sie auch nur geschnieft oder sich nicht gut gefühlt hätte. Am selben Abend hatte man sie auf die Krankenstation gebracht, plötzlich war eine Hektik ausgebrochen, wie es nicht normal war, wenn Schüler erkrankten – und dann war sie gestorben. Das war im

Grunde alles, was Alice und Chloe wussten. Es war alles sehr merkwürdig gewesen, und außerdem, wie Chloe angemerkt hatte, war eine Grippe ansteckend und niemand in der Schule nieste auch nur. Hätte man befürchten müssen, dass eine so schwere Form der Krankheit umging, hätte man die Schüler ermahnt, sich noch öfter die Hände zu waschen und jeden auf die Krankenstation geschickt, der auch nur husten musste. Und es hätten einige Leute husten müssen, ganz sicher. Doch nichts war geschehen.

Die Umstände von Bettys Tod waren also einfach zu rätselhaft, und Alice hatte das Gefühl, wenigstens die Wahrheit herausfinden zu müssen, wenn sie schon sonst nichts mehr für Betty tun konnte. Der Verlust ihrer Freundin hatte Alice und Chloe schwer getroffen. Alle drei waren am selben brütend heißen Sommertag in Miss Yorks Schule angekommen, hatten sich bereits auf der Fahrt kennengelernt und waren von diesem Tag an unzertrennlich gewesen.

Damals waren sie kleine Mädchen gewesen. Alice und Betty waren sieben gewesen, Chloe acht. Das war mittlerweile mehr als zehn Jahre her und die Erinnerungen verschwammen allmählich. Andere Kinder erinnerten sich an einzelne Bilder ihres ersten Schultages, Alice erinnerte sich daran, dass man ihr zu Hause ein Schloss versprochen hatte, und wie enttäuscht sie gewesen war, als man sie mit einer alten, klapprigen Kutsche abgeholt und am Ende vor einem Gebäude abgesetzt hatte, das zwar riesig und alt war, aber nichts mit einem Schloss zu tun hatte. Keine blühenden Blumen, keine prächtigen Verzierungen, keine glänzenden Kronleuchter.

Oh, es gab natürlich Blumen. Ein paar notdürftig gepflegte Beete mit Allerweltsgewächsen wie Krokussen und Stiefmütterchen. Und es gab Stuck an den Decken und Schnitzereien in den Treppengeländern, aber das überstrich man einfach und ignorierte es. Und dann waren da noch ein paar alte Kronleuchter, klein und aus mittlerweile fleckigem Metall. Als Alice noch klein gewesen war, hatte man sie zum Teil noch benutzt, aber man ersetzte sie nach und nach durch diese neumodischen Lampen, die mit Strom funktionierten. Man sagte, Kronleuchter mit echten Kerzen und auch Gaslampen wären zu unzuverlässig, aber weil die ganze Sache mit dem Strom noch recht neu war, konnte man hier auch absolut nicht von zuverlässig reden.

Trotz der vielen großen Fenster waren die Flure der Schule oft düster und zugig, und auch wenn Alice ein eigenes Zimmer hatte, es war einfach kein Schloss, verflixt!

Abgesehen von dieser Enttäuschung erinnerte sie sich, dass es auf der Fahrt heiß gewesen war. Sie war als Zweite abgeholt worden, Chloe hatte bereits in der Kutsche gesessen und sie mit einem aufmunternden Lächeln begrüßt. Schüchtern und verwirrt hatte Alice das Lächeln erwidert. Verwirrt, weil sie wusste, dass jemand wie sie meistens früher oder später seine Familie verlassen musste, aber sie hätte trotzdem einfach nicht damit gerechnet. Seit der Sache mit dem Kaninchen hatte man sie noch seltsamer angesehen als zuvor, da waren geflüsterte Unterhaltungen gewesen, die in ihrer Anwesenheit verstummt waren, der halb traurige, halb sorgenvolle Blick ihrer Mutter und die Wutausbrüche ihres älteren Bruders, der offenbar nicht wollte, dass man sie wegschickte …

Man hatte ihr gesagt, sie wäre unter ihresgleichen besser aufgehoben. An einem Ort, wo man sich mit Kindern wie ihr auskannte. Und sie wüsste doch, dass es Vorschriften gäbe, dass sie nicht länger bei ihrer Familie aufwachsen könne, nachdem nun endgültig feststand, dass sie eine *von denen* sei. »Und sieh mal, Alice, es gibt einige solcher … Einrichtungen im Land, aber die von Miss York soll eine der besten sein, in einem richtigen Schloss! Wir tun also alles, damit es dir gut geht.« Das war so ziemlich das Letzte gewesen, was ihre Mutter jemals zu Alice gesagt hatte. Nachdem sie in die Kutsche gestiegen war, hatte sie ihre Eltern nie wiedergesehen.

Eine *von denen*, das war der Grund, warum man sie wegschickte. Mutare, so nannte man diejenigen, die ungewöhnliche Fähigkeiten hatten. Damals hatte Alice es nicht gewusst, aber heute vergaß sie keine Sekunde, dass es Jäger, Astrale und Seher gab und dass man Spiegelsichtige wie sie zu den Sehern zählte und dass Jäger als gefährlich galten, weil sie zum Beispiel Feuer oder Eis kontrollieren konnten und man dagegen nicht recht wusste, was man von den Astralen halten sollte, weil sie beispielsweise starben und dann doch nicht tot waren, sondern irgendwann wieder aufwachten. Man nannte es »sterben« oder auch »astral-tot«, weil man keine besseren Worte dafür hatte, Betty hatte irgendwann gesagt, die Astralen wären eben nur Chloe-tot.

Seit ungefähr einem halben Jahr musste man astral-tot nicht nur von scheintot oder richtig tot unterscheiden, sondern auch noch von untot. Die Untoten waren gefährliche Kreaturen, die gnadenlos andere Menschen jagten und töteten und … weiter dachte Alice nicht gerne, damit ihr nicht übel wurde.

Von alldem hatte sie aber nichts gewusst, als sie in Miss Yorks Internat gekommen war. Als sie mit Chloe in dieser Kutsche gesessen hatte und kurz darauf noch Betty zugestiegen war. Nach einer Weile hatte Chloe gefragt: »Habt ihr auch Namen? Oder wollt ihr die ganze Zeit hier sitzen und schweigen? Das ist nicht sehr höflich, wisst ihr?«

Und so hatten sie angefangen, sich zu unterhalten. »Was ist dir passiert?«, war natürlich die vorherrschende Frage gewesen. Als Alice an der Reihe gewesen war, hatte sie die Wahrheit gesagt: »Ich habe mit einem Kaninchen gesprochen.«

»Du hast was?«, hatte Chloe verwirrt wissen wollen.

»Da war ein Kaninchen. Es war weiß und es lief über die Wiese hinter unserem Haus und es hat mir gesagt, dass die Dinge, die ich im Spiegel sehe, echt sind!«

Sowohl Betty als auch Chloe hatten sie seltsam angesehen.

»Du siehst also Dinge im Spiegel«, hatte Chloe dann gesagt. »Das geht mehr Menschen so.«

»Aber ich sehe andere Dinge als die anderen Spiegelsichtigen«, hatte Alice beharrt, immerhin hatte sie zumindest das Wort »spiegelsichtig« zu Hause aufschnappen können. Dann war ihr klar geworden, dass es ein Fehler gewesen war, das zu sagen. Sie hatte sich damals gedacht, andere Kinder, die so waren wie sie, die etwas konnten, was andere nicht konnten, die würden auch die Bilder im Spiegel verstehen. Die sprechenden Tiere und das Schachfeld und den langen Tisch mit dem Teegeschirr und das Grinsen, das in der Luft hing, ganz alleine, ohne einen Körper.

Doch auch Betty und Chloe verstanden sie nicht und

Chloe bestand heute noch darauf, dass es vollkommen und absolut unmöglich war, sich mit einem Kaninchen zu unterhalten, verflixt noch mal! Sie sagte immer, die Welt wäre schon verrückt genug, da bräuchte man nicht noch sprechende Kaninchen.

Fast war Alice dankbar gewesen, als sie erfahren hatte, dass sie in Miss Yorks Schule, die einfach kein Schloss mehr werden wollte, lernen sollte, ihre Spiegelsicht zu unterdrücken. Seit dem Tag, als sie einen Fuß durch den Eingang gesetzt hatte, war sie jedem Spiegel aus dem Weg gegangen. Bis heute, denn noch immer fürchtete sie, man würde sie selbst an diesem Ort für verrückt erklären, wenn sie von einem körperlosen Grinsen im Spiegel sprach.

Obwohl Betty und Chloe diese Sache mit dem Kaninchen seltsam gefunden hatten, waren sie die besten Freundinnen geworden. Sie hatten Zimmer nebeneinander gehabt, waren zusammen aufgewachsen, hatten sich zusammen durch die Schule gequält. Und jetzt stand der Moment, an dem sie Miss Yorks Internat wieder verlassen würden, eigentlich kurz bevor, und Alice wollte einfach nicht in den Kopf, wie sie ohne Betty zum letzten Mal durch die Schultür gehen sollte, nachdem sie schließlich neben Betty zum ersten Mal hereingekommen war.

Als es klopfte, glaubte sie schon fast, Betty müsste hereinkommen, doch es war nur Chloe. Natürlich war es nur Chloe …

»Na, Alice, wie viele Regentropfen? Hast du mitgezählt?« Mit einem Lächeln ließ sich Chloe auf Alice' Bett fallen.

»Fällt dir etwas Besseres ein, was man an so einem Tag machen kann?«

»Aber natürlich. Ich habe versucht, einen Plan zu schmieden. Und ich kann mir nicht vorstellen, dass du nicht wissen möchtest, was mit Klein-Zoey los ist, deswegen habe ich beschlossen, dich einzuweihen. Na, was sagst du?«

»Natürlich will ich wissen, was Zoey sich dabei gedacht hat«, erwiderte Alice.

»Gedacht? Seit wann denkt Zoey irgendetwas? Man könnte meinen, die Untoten hätten sie schon erwischt …«

»Chloe, bitte! So etwas sagt man doch nicht.«

Unbeeindruckt zuckte Chloe mit den Schultern. Wenn es um Zoey ging, schien sogar Chloe ihre gute Erziehung zu vergessen.

»Denken wir doch mal zusammen nach, Alice.« Ein Schatten huschte über ihr Gesicht. Zusammen nachdenken, wenn sie das sonst gesagt hatte, war Betty dabei gewesen. Chloe räusperte sich und fuhr fort: »Miss York hätte Zoey schon längst die Hölle heißmachen müssen. Du weißt, wie streng die Schulregeln sind. Und man darf niemanden erschießen, selbst wenn derjenige schon tot ist. Schon gar nicht vor der versammelten Schule, noch viel weniger, wenn Kinder dabei sind! Was wäre denn gewesen, wenn Leute aus dem Dorf gekommen wären? Selbst das ARO braucht eine Genehmigung für diese Einsätze. Und dann kommt Zoey daher und durchlöchert Bettys Sarg? Und niemand verliert auch nur ein Wort darüber? Alice, da stimmt doch was nicht!«

»Du hast recht, da stimmen mehrere Dinge nicht. Aber was machen wir jetzt?«

»Ich sehe dir an der Nasenspitze an, dass du vor Neugier fast nicht mehr stillsitzen kannst, deswegen werden wir genau das nicht tun, hier sitzen und abwarten. Unsere einzige Spur ist Zoey, also werden wir Zoey folgen.«

Das aufgeregte Funkeln, das in Chloes Augen trat, war nicht zu übersehen. Einerseits wollte Alice darauf hinweisen, dass das viel zu gefährlich werden konnte, denn wer wusste schon, in wessen Auftrag Zoey handelte, und wenn derjenige sie nun erwischte …

»Oder …« Der vielsagende Blick, den Chloe dem Spiegel zuwarf, überzeugte Alice.

»Nein. Keine Spiegel. Du magst sie schließlich auch nicht.«

»Aber ich bin bereit, sie zu benutzen, wenn es die Situation erfordert.«

»Du meinst, wenn es deine Frisur erfordert.«

»Sagte ich doch: Wenn es die Situation erfordert. Haare ordentlich frisieren ist so eine Situation. Also, bist du dabei?«

»Wohin willst du Zoey folgen? Und wann? Es wird uns wohl kaum etwas nützen, sie hier in der Schule zu beschatten.«

Ungeduldig winkte Chloe ab. »Alice, was hast du denn den ganzen Tag hier drinnen gemacht?« Sie trat neben Alice ans Fenster und warf einen prüfenden Blick nach draußen. Ein paar Nebelkrähen hüpften über den nassen Rasen, doch ansonsten war das Außengelände verlassen.

»Offenbar gibt es dort nichts zu sehen.« Chloes Stimme wurde sanfter und sie legte eine Hand auf die Schulter ihrer Freundin. »Wenn wir sie zurückbringen könnten, indem wir den ganzen Tag die Krähen zählen oder die Regentropfen, ich würde es tun. Aber Betty ist tot, töter als tot, wenn man es genau nimmt, und ich werde nicht zulassen, dass dieses kleine Dummchen unsere beste Freundin erschießt und niemand sich darüber aufregt. Mit wem Zoey auch immer unter einer Decke steckt, sie muss das heimlich machen. Und heimlich bedeutet, nachts. Also müssen wir warten, bis sie sich nachts hinausschleicht und ihr dann folgen. Zu wem auch immer.«

Alice schüttelte den Kopf. »Wir können im Dunklen nicht da raus, da sind Untote!«

»Wann gab es denn hier die letzten Untoten? Vor einem Monat? Zwei? Und dann waren die auch nur im Dorf und nicht hier oben auf unserem Hügel. Ich glaube, das ARO ist der Situation ganz gut Herr geworden. Und denk daran, wir folgen Zoey. Wenn da draußen Untote sind, dann erwischen sie Zoey zuerst.«

Auch wenn Alice bei dieser Vorstellung ein kalter Schauer überlief, konnte sie nicht bestreiten, dass Chloe damit wohl recht hatte.

»Also, was sagst du? Willst du jetzt wissen, was Zoey zu dieser Leichenschändung getrieben hat, oder nicht?«

Langsam nickte Alice. Dass sie es wissen wollte, stand tatsächlich außer Frage.

BETTYS TAGEBUCH

Lange habe ich darüber nachgedacht, was das Erste war, was ich empfunden habe, als ich aufgewacht bin. Die Dunkelheit, die Kälte? Es hat gedauert, mich zu erinnern, aber schließlich ist es mir klar geworden: Die Stille, diese vollkommene Stille hat mich schnell hellwach werden lassen, doch das war mir in dem Moment nicht klar. Als ich halbwegs zu mir gekommen war, hämmerte ich mit beiden Händen gegen den Sargdeckel.

Es war zu viel, um alles auf einmal zu verarbeiten – diese absolute Dunkelheit, die Kälte, die Stille, die Enge des Sarges.

Es wird niemanden wundern, dass ich zuerst in Panik geriet und dann langsam begann, klar zu denken. Oder es zumindest zu versuchen. Ich verstand nicht, was passiert war, und verstand es doch. Dass ich in einem Sarg lag, das verstand ich. Aber ich konnte mich nicht daran erinnern, gestorben zu sein, deswegen konnte ich mir nicht erklären, wieso ich in diesem Sarg lag. Also: Ich ging einfach davon aus, dass ich noch lebte, ja? Das ist wichtig für alles, was danach passiert ist.

Weil ich davon ausging, noch zu leben, verhielt ich mich auch nicht wie eine brave Leiche, blieb stumm liegen und verrottete vor mich hin, nein. Obwohl mir schon klar war, dass die Menschen dank dieser Untoten noch mehr Wert als früher darauf legten, dass sich Leichen still verhielten, doch ich sah mich eben nicht als Leiche.

Stattdessen schrie ich und hämmerte gegen den Deckel. Dass ich völlig außer mir war, kann man auch daran erkennen, dass ich mich zunächst gar nicht auf meine Fähigkeiten besann. Wie viel Luft ich schon verschwendet hatte, bis ich mich daran erinnerte, dass es einen Ausweg für mich gab, kann ich nicht sagen. Besser gesagt, konnte ich damals nicht. Heute weiß ich, dass ich schon nicht mehr geatmet habe, aber als ich in meinem Sarg unter der Erde erwacht bin, da wusste ich eben nicht mal, dass ich tot war. Ich denke, das erklärt einiges, sogar den Großteil dessen, was ab diesem Moment passiert ist. Mit mir, mit Alice, mit Chloe, aber vor allem erklärt es, wieso es zu diesem bedauerlichen Unfall kam, an dessen Ende ich das Gehirn der armen Zoey verspeist habe.

Ich wollte aus diesem Sarg heraus, also habe ich ihn förmlich gesprengt. Und die Erde darüber gleich mit. Eis ist eine wunderbare Sache, wenn man es beherrscht. So ein Holzdeckel und die Erde darüber sind kein Widerstand für Eiszapfen, die von einer panischen, wütenden Untoten hervorgerufen werden.

So kam ich also aus diesem Sarg, in einem Regen aus Holzsplittern und Erdkrumen auf einem dunklen Friedhof und mit niemandem, der diese spektakuläre Auferstehung hätte würdigen können. Darum ging es in diesem Moment aber auch gar nicht. Diese Sache mit der publikumswirksamen Auferstehung ging mir wohl nur durch den Kopf, weil Chloe das so gerne macht, also vergessen wir das wieder.

Es ging nämlich darum, dass ich das tat, was mir am sinnvollsten erschien: Ich ging nach Hause. So untot, wie ich war, und so lebendig, wie ich mich noch fühlte. Den Hügel hinauf zum Haus.

Ich hatte nichts zu verbergen, zumindest dachte ich das. Es gab schlicht und ergreifend keinen Grund, nicht durch die Vordertür zu gehen, also tat ich genau das und freute mich darüber, dass noch nicht für die Nacht abgeschlossen worden war.

Um diese Zeit waren die Flure wie ausgestorben. Sogar Hausmeister und Küchenpersonal traf man nicht mehr an. Ohne darüber nachzudenken, machte ich mich auf den Weg zum Waschraum, um all die Erde loszuwerden. Sogar das verlief noch problemlos, aber danach wollte ich, wahrscheinlich weil die Luft unter der Erde doch recht modrig gewesen war, noch einmal frische Luft schnappen. Mittlerweile war die Vordertür abgeschlossen, also benutzte ich einen Gang, der bei den Küchen nach draußen führen würde. Und da traf ich sie.

Zoey kam mit schnellen Schritten auf mich zu, den Blick auf etwas in ihrer Hand gerichtet. Dann schaute sie auf, sah mich und blieb wie angewurzelt stehen. Ich sagte bereits, dass ich sie noch nie mochte. So war mir in diesem Moment erst recht nicht nach ihrer Gesellschaft zumute. Damals ging ich von zwei Möglichkeiten aus: Entweder sie würde mich in diesem viel zu freundlichen Tonfall danach fragen, ob es mir denn wirklich gut gehen würde, der eigentlich sagte »Es kann dir auf gar keinen Fall gut gehen« und der das Messer hinter ihrem Rücken erahnen ließ, oder sie würde losrennen und die ganze Schule alarmieren. Und dann eröffnete sich noch eine dritte Möglichkeit. Das Licht der Gaslampen war trüb, aber war das Schuldbewusstsein, was sich in ihrem Gesicht abzeichnete? Wieso sollte sie aber schuldbewusst reagieren, es sei denn, sie hatte mich vielleicht sogar irgendwie in diesen Sarg gebracht. Vielleicht nicht einmal mit Absicht und ganz sicher nicht mit ihren eigenen Händen, aber es gibt diese Sorte Mensch, die dazu fähig ist, durch reine Dummheit alle möglichen Katastrophen anzurichten. Zoey war so ein Mensch. Vorher nachdenken war nicht ihre Stärke und mir ist unbegreiflich, wie man das noch irgendwie niedlich finden kann – aber wichtig ist jetzt die Katastrophe, die Zoey an diesem Abend angerichtet hat und die ihre letzte war.

Ich kannte ja Chloe, die ihr Mundwerk manchmal trotz aller Erziehung nicht im Zaum halten konnte, und ich selbst war auch schon blöd genug gewesen, um mich bei Regelverstößen erwischen zu lassen. Aber Zoey hatte ein Talent dazu, und das war das einzige Talent, das ich je bei ihr bemerkt hatte, mit einem Satz die Dinge den Bach heruntergehen zu lassen. So auch an diesem späten Abend. Es gab eine Million Dinge, die sie hätte sagen können, als sie mich in diesem Flur sah, vielleicht sogar noch mehr – aber was sie letzten Endes sagte, war denkbar undiplomatisch. Und dämlich. Beides nichts Neues, aber in diesem Fall mit tödlichem Ausgang. Sie starrte mich also an, die Augen vor Schreck geweitet, und sagte: »Aber – ich habe dich doch erschossen!«

In diesem Moment verstand ich gar nicht so richtig, was sie mir sagen wollte. Mir ging nicht durch den Kopf, dass ich jetzt, Miss Yorks Wünsche hin oder her, endgültig aufhören würde, auch nur so zu tun, als könnte sie möglicherweise meine Schwester sein. Nein, ich war einfach nur völlig durcheinander.

Sie holte tief Luft und ich reagierte instinktiv. Ich wollte sie nur davon abhalten, das ganze Internat zu wecken. Um ihr die Hand vor den Mund zu halten, war sie zu weit weg, also nutzte ich das Eis und brach damit eine wichtige Schulregel, doch das war völlig egal im Vergleich dazu, wie das Ganze dann absolut schiefging: Statt eine Eisschicht über ihrem Mund zu bilden, schoss ein Eiszapfen in ihren Mund, durch ihren Kopf, durch die Schädeldecke. Ähnlich einer Pistolenkugel sprengte das Eis den Knochen. Blut und Hirnmasse spritzten davon, und ohne einen Laut sackte Zoey zusammen.

Alles, was ich denken konnte, war nicht, dass ich sie umgebracht hatte, dass mir das Eis völlig außer Kontrolle geraten war, sondern, dass ich plötzlich furchtbaren Hunger hatte. Und dass es schade um Zoeys Gehirn wäre. Nachdem es so viele Jahre ungenutzt in ihrem Köpfchen sein Dasein gefristet hatte ...

Später war ich erstaunt darüber, dass sich in ihrem Kopf überhaupt ein Gehirn befunden hatte, aber etwas besitzen und etwas benutzen ... wie auch immer. Jetzt lag dieser Teil ihres Körpers jedenfalls eisgekühlt vor mir. Wie hypnotisiert ließ ich mich neben ihr auf die Knie fallen und verspeiste die Mischung aus Gehirn und schmelzenden Eis-Stückchen.

Erst als ich Schritte hinter mir hörte, schaute ich auf. Und dann standen sie auch schon neben mir. Alice und Chloe. Während Alice im schwachen Licht der armseligen, übrig gebliebenen Gaslampen so aussah, als würde sie ihren Mageninhalt gleich Zoeys Schädelinhalt hinzufügen, fragte Chloe hörbar erstaunt: »Betty?« Dann erst verzog sie missbilligend das Gesicht. »Meine Güte, Mädchen, wisch dir den Mund ab!«

ALICE

Den Anblick von Betty, die mit bloßen Händen Zoeys Gehirn in sich hineinschaufelte, würde Alice nie wieder vergessen. Abgesehen von dem Würgen in ihrer Kehle wurden ihr zwei Dinge klar: Betty war eine Untote. Und sie steckten in riesigen Schwierigkeiten.

Diese Sache mit den Untoten hatte schleichend begonnen. Plötzlich stiegen Menschen wieder aus ihren Gräbern. Einige von ihnen schienen kaum verändert, andere töteten ihre eigene Familie. Und wer einen Angriff überlebte, endete wie sie. Um der Bedrohung Herr zu werden, hatte die Behörde, die vorher für die Mutaren zuständig gewesen war, das *Amt zur Registrierung und Observierung von Mutaren*, kurz ARO, auch die Zuständigkeit für die Untoten übernommen. Darunter verstanden sie schlicht und ergreifend, alle Untoten zu vernichten. Untote waren per Definition gefährlich, also sorgte man am besten dafür, dass Tote gar nicht erst wieder aus ihren Särgen kamen. Wie Zoey das bei Betty versucht, aber offenbar nicht geschafft hatte, so viel hatten Alice und Chloe mittlerweile in Erfahrung bringen können. Das erklärte also, wieso Zoey auf Betty geschossen hatte, warf aber viele neue Fragen auf: Das ARO schickte normalerweise einen offiziellen Vertreter, wenn bei einer Beerdigung ein hinreichender Verdacht bestand, einen Vertreter mit offizieller Genehmigung des Innenministeriums. Ohne Genehmigung kein ARO-Begräbnis, ohne Verdacht keine Genehmigung.

Weil das ARO jedes Auftauchen von Untoten genau verfolgte, musste entsprechend jeder Untote gemeldet werden. Also hätten Alice und Chloe *diese* Untote melden müssen. Erst recht, nachdem sie Zoey getötet hatte.

»Es war ein Unfall«, murmelte Betty in diesem Moment und sah ein wenig so aus, als würde sie aus einem Traum erwachen.

»Kann ja mal vorkommen. Ich war nach meinem ersten Tod auch etwas durcheinander«, erwiderte Chloe fast schon fröhlich. »Außerdem hat sie dich schließlich erschossen.«

Langsam richtete Betty sich auf. »Das hat sie auch gesagt, glaube ich ...«

»Na, da haben wir es ja. Man sollte einer frisch Auferstandenen nicht unbedingt auf die Nase binden, dass man ihr mehrere Kugeln in den Körper gejagt hat, oder? Selbst schuld, jeder weiß doch, dass man in den ersten paar Stunden nicht ganz zurechnungsfähig ist. Dass einem da mal die Eiszapfen ausrutschen ...«

Ganz allmählich war Alice in der Lage, die Hand wieder von ihrem Mund zu nehmen. Nein, sie würden Betty auf keinen Fall dem ARO ausliefern. Sie mochte nicht ihre echte Schwester sein, aber sie war ihre Freundin. Und wenn Alice ehrlich zu sich selbst war, dann hatte sie Zoey ohnehin nicht leiden können. Erst recht nicht, nach den Kugeln in Bettys Sarg und noch einmal weniger, als sie ihr an diesem Abend nach draußen gefolgt waren und festgestellt hatten, dass sie tatsächlich für das ARO arbeitete. Irgendwie. Was ihre Schwierigkeiten aber gerade enorm vergrößerte.

»So, hätten wir das jetzt geklärt?« Chloe streckte eine Hand aus, wie um Betty die Wange zu tätscheln, dann verzog sie leicht angeekelt das Gesicht und legte die Hand stattdessen lieber auf Bettys Arm. Da sowohl Alice als auch Betty nickten, auch wenn Alice nicht genau sagen konnte, wobei sie da eigentlich gerade zustimmte, wurde Chloes Gesichtsausdruck ernst. »Dann sollten wir jetzt ganz schnell machen, dass wir wegkommen. Ich weiß nicht, gegen welche Schulregel es verstößt, seine Schwester zu essen, aber eine Untote nicht zu melden, verstößt ganz sicher gegen mehr als eine. Außerdem arbeitete die kleine Zoey für das ARO. Glückwunsch, Betty, jetzt wird die Sache persönlich.«

»Was?«, fragte Betty leise, wirkte aber lange nicht mehr so geistesabwesend.

»Wir erklären es dir unterwegs. Du gehst jetzt diese Hirnmasse abwaschen, sonst findet dich jeder Spürhund, Alice und ich durchsuchen Zoeys Zimmer ...«

Alice trat einen Schritt zurück. »Aber wenn wir erwischt ...«

»*Alice und ich* durchsuchen Zoeys Zimmer, wir packen unsere wichtigsten Habseligkeiten ein und danach verschwinden wir auf dem schnellsten Weg. Sollen wir irgendetwas für dich mitnehmen? In dein Zimmer kannst du jedenfalls nicht zurück.«

»Der Beutel liegt unter meinem Bett. Du kannst ihn nicht verfehlen.«

Chloe nickte. »Also, sehen wir zu, dass wir eine ordentliche Flucht hinlegen, meine Damen.«

»Verstanden«, erwiderte Betty und nahm den kürzesten Weg zu fließendem Wasser, in die Küche.

Am liebsten hätte Alice wortreich Widerstand geleistet, aber die Gefahr, dass jemand sie dann doch hören würde, war zu groß. Also tat sie, was Chloe gesagt hatte, mit bis zum Hals klopfendem Herzen und einer Panik nahe. Vertuschung eines Mordes, Verschweigen der Sichtung einer Untoten, sich mit dem ARO anlegen, fremdes Eigentum durchwühlen und aus der Schule flüchten – mit der Liste brauchte sie sich wirklich nirgends mehr blicken zu lassen. Andererseits – es gab eine Welt da draußen und sie hätte sie gerne einmal gesehen, hatte sie das nicht erst vor kurzem zu Chloe gesagt? Sie straffte die Schultern. Chloe war damit beschäftigt, in Zoeys Kleiderschrank zu wühlen. Alice kniete sich auf den Boden. Wenn Betty Dinge unter ihrem Bett versteckte, dann vielleicht auch Zoey?

Tatsächlich fand sie dort ein kleines Kästchen. Sie zog es heraus und öffnete es. Darin lagen ein paar Briefe und darunter ein Gegenstand, eine weiße Kugel, in deren Innerem sieben kleinere Kugeln umeinander kreisten. Alice hatte gar nicht bemerkt, dass sie einen erstaunten Ruf ausgestoßen hatte, bis Chloe neben ihr war.

»Was ist das denn Hübsches?«, wollte Chloe wissen und streckte eine Hand nach der Kugel aus, dann überlegte sie es sich aber anders und schaute sich die Briefe an. »Heiliger Bimbam.«

»Was denn nun noch?« Nur mit Mühe riss Alice den Blick von der Kugel los.

»Hatte ich nicht gesagt, die Sache wird persönlich? Wir hatten ja keine Ahnung, *wie* persönlich.«

»Wieso?«

»Weil das hier Liebesbriefe sind. Auf dem Briefpapier des ARO. Unterzeichnet von einem gewissen Xavier. Sie hat nicht einfach nur für diesen Laden Leute erschossen, sie hatte da noch ganz andere ... Angelegenheiten. Und ich habe mich schon gefragt, wie jemand verrückt genug sein kann, Klein-Zoey eine Waffe in die Hand zu geben. Und die Munition dazu.« Bei ihren letzten Worten warf Chloe einen vielsagenden Blick auf ein kleines Päckchen in ihrer Hand.

»Sie hat wirklich *Munition* im Kleiderschrank versteckt?«, wollte Alice wissen, während Chloe schon wieder auf die Füße kam und mit einem gezielten Tritt das nunmehr leere Kästchen unter das Bett zurückbeförderte.

»Sonst hast du jetzt keine Sorgen, oder wie? Raus hier, wir haben alles. Holen wir unser Zeug und dann endgültig raus hier.«

Alice biss sich auf die Lippen, um Chloe nicht daran zu erinnern, dass man auf eine Flucht keinen Kleiderkoffer mitnehmen konnte. Noch war Alice nicht sicher, ob Chloe nicht auch Zoeys Waffe gefunden und eingesteckt hatte, also hielt sie lieber den Mund.

In ihrem eigenen Kleiderschrank gab es keinen Revolver, aber einen Stoffbeutel, wie Betty ihn anscheinend unter ihrem Bett versteckt hatte. Sie alle hatten sich an ihren kindischen Pakt gehalten, der Gedanke brachte Alice zum Lächeln. Sie konnte Betty noch vor sich sehen, vielleicht war sie damals 13 gewesen, wie sie vor lauter Wut darüber, dass sie nie wieder aus diesem Internat herauskommen sollte, das halbe Zimmer eingeschneit hatte. Chloe war schließlich auf die Idee mit dem Pakt gekommen. Jede von ihnen würde die wichtigsten Kleinigkeiten in einen Beutel packen, und eines Tages bräuchten sie nur diesen Beutel mitzunehmen, könnten einfach durch die Tür gehen und würden nie wieder in diese alten Mauern zurückkehren.

Die Kugel, die sie aus Zoeys Zimmer mitgenommen hatte, einfach so in den Beutel zu packen, erschien Alice falsch. Sie sah sich nach etwas zum Einwickeln um und streifte mit ihrem Blick den verhängten Spiegel. Jedes der Mädchen hatte einen Spiegel im Zimmer und Alice hatte immer gehofft, das Tuch, das ihn verhängte, eines Tages abnehmen zu können und nichts mehr darin zu sehen, außer ihrem eigenen Gesicht. Keine verrückten Bilder mehr. Das war jetzt aber auch egal, denn sie würde diesen Spiegel genauso wenig wiedersehen wie den Rest des Raumes.

Mit einem Ruck zog sie das Tuch herunter, wickelte die Kugel ein und packte sie in ihren Beutel.

»Kommst du jetzt endlich?«, zischte Chloe von der Tür her und Alice zuckte zusammen. Sie folgte ihrer Freundin zu Bettys Zimmer. »Du stehst Schmiere, ich hole den Beutel.«

»Warum ich?«

»Weil du unschuldiger aussiehst.« Dann war Chloe auch schon im Raum verschwunden. Die wenigen Sekunden, die sie dort drinnen verbrachte, erschienen Alice wie eine Ewigkeit, doch wenigstens war sie nicht mehr einer Panik nahe. Als leises Trippeln in ihrer Nähe ertönte, hielt sie jedoch den Atem an. Es war eindeutig zu leise für menschliche Schritte, aber wer könnte …

Erstaunt und fassungslos riss sie die Augen auf, als etwas um die Ecke des Flures kam. Jemand. Etwas. Alice schüttelte den Kopf und blinzelte. Und es war wieder verschwunden. Hatte sie seine Anwesenheit nur geträumt? Weil sie das Tuch vom Spiegel gezogen hatte?

Chloe schoss aus Bettys Zimmer, schloss leise die Tür hinter sich. »Fast geschafft«, flüsterte sie Alice mit einem Grinsen zu. »Was ist denn los?«

»Ich glaube … da war ein Kaninchen.«

»Kaninchen? Hör mal, Kaninchen sind nicht gut für dich, das weißt du. Vergiss das ganz schnell wieder.«

Vielleicht war das am besten. Sie hasteten durch die Flure, Alice konnte es sich nicht verkneifen, sich an jeder Ecke umzusehen, doch da war kein Kaninchen mehr.

Sie erreichten unbehelligt die Küche, wo Betty gerade dabei war, ein paar Küchenmesser in ein Geschirrtuch einzuschlagen. Als sie die beiden hörte, fuhr sie zu ihnen herum und Alice duckte sich gerade rechtzeitig, um einem faustgroßen Hagelkorn zu entgehen.

»Tschuldigung«, murmelte Betty und kam mit schnellen Schritten auf sie zu.

Alice winkte ab, sie hatte aus den Augenwinkeln etwas gesehen ... und da war wieder dieses Trippeln ...

Während Chloe Betty half, die geklauten Messer in zwei der Beutel zu packen und sie dabei darüber aufklärte, wie eng Zoeys Verbindung zum ARO gewesen war, trat Alice einen weiteren Schritt in den Flur. Sie hörte Betty sagen, dass sie einiges aus der Speisekammer geplündert habe, und dann Chloe, die sie aufforderte: »Alice, gib mir deinen Beutel, damit wir den Proviant gleichmäßig aufteilen können. Und pass auf, dass niemand kommt.« Alice reichte Chloe den Stoffbeutel, hörte aber nur mit halbem Ohr zu. Sie war sich fast sicher ... Wie von selbst folgten ihre Schritte dem Geräusch, das jetzt wieder näher kam. Und dann schoss plötzlich etwas wie ein weißer Schemen an Alice vorbei, brachte sie vor Schreck fast aus dem Gleichgewicht. Das Kaninchen rannte an der offenen Küchentür vorbei, geradewegs auf den Ausgang zu, und Alice' Ohren verrieten ihr im nächsten Moment auch, warum. Stimmen. Schritte. Oh, verdammt.

»Da kommt jemand!«, zischte sie in die Küche. Chloe und Betty zogen gerade die Schnüre der Beutel zu. »Hast du die Leiche durchsucht?«, wollte Betty wissen.

»Bist du verrückt?«, erwiderte Alice erschrocken. Die Schritte waren noch ein Stück entfernt, doch sie kamen näher.

»Dann mach ich das jetzt eben«, meinte Betty, doch Chloe hielt sie zurück.

»Vergiss es, du fängst noch an, die letzten Gehirnkrümel zu essen, statt sie zu durchsuchen. Wir können keine Ablenkung brauchen, also lasst mich mal.«

Mit fliegenden Fingern durchsuchte sie Zoeys wenige Taschen, während Alice nervös zwischen der toten Zoey und dem noch leeren Flur hin- und herschaute.

»Mach schon!«, flüsterte sie nervös. Gleich würden sie um die Ecke biegen ...

Chloe sprang auf, einen glänzenden Gegenstand in der Hand. Also hatte Zoey ihre Waffe wohl doch bei sich gehabt.

»Los jetzt«, kommandierte Chloe, doch das war überflüssig.

»Was ist mit Zoey?«, wollte Betty wissen.

Chloe winkte ab. »Keine Zeit, tritt sich fest.«

Mit schnellen Schritten liefen sie den Flur herunter, doch da ertönte hinter ihnen plötzlich der Ruf: »Stehen bleiben!«

Sie rannten los, schlitterten um die Ecke, überwanden die letzten Schritte bis zu der Seitentür. Betty riss die Tür auf und knallte sie mit Wucht gegen die Wand.

»Was machst du denn?«, schimpfte Chloe.

»Tut mir leid.«

Alice zog die Tür hinter ihnen wieder zu. Betty blieb stehen und verschloss sie mit einer dicken Eisschicht. »Das sollte sie aufhalten«, stellte sie fest.

»Schön. Weiter«, sagte Chloe und sie liefen quer über die Rasenfläche um das Schulgelände auf das niedrige Mäuerchen zu, das es begrenzte.

Dann hörten sie weitere Stimmen und dazwischen bellte ein Hund.

»Mist, wissen die, dass wir gerade flüchten?«, fragte Betty.

»Ich weiß es nicht, aber wenn sie die Hunde loslassen …« Chloe ließ den Satz unvollendet. Halb stolperten sie über das feuchte Gras, halb liefen sie.

Weiteres Gebell, jetzt schon deutlich näher. Alice wagte einen Blick in die Richtung. Noch war nichts zu sehen …

»Wo ist dieses Kaninchen, wenn man es mal braucht«, murmelte sie.

»Noch ein Wort von diesem verdammten Kaninchen, und ich …«, setzte Chloe an, wurde jedoch von Betty unterbrochen. »Meinst du *dieses* Kaninchen?«

Alle drei blieben wie angewurzelt stehen.

Dort, halb hinter einem Busch verborgen, wenige Schritte hinter dem Mäuerchen, stand tatsächlich ein Kaninchen. Auf zwei Beinen. Und winkte ihnen mit einer Pfote zu.

»Ich werd verrückt«, murmelte Chloe.

»Siehst du, es gibt das Kaninchen!«, konnte sich Alice nicht verkneifen zu sagen und merkte selbst, dass sie dabei wie ein trotziges Kind klang.

»Na los, keine Wurzeln schlagen.« Betty scheuchte sie weiter, dieses Mal direkt auf das Kaninchen zu.

»Na endlich«, sagte dieses, als sie um den Busch gebogen waren.

»Bitte?«, erwiderte Chloe entrüstet, doch es blieb ihnen keine Zeit für Diskussionen. Ihre Verfolger waren mittlerweile schon zu nahe.

Alice wagte einen Blick um den Busch herum und sah die ersten Umrisse, die sich zwischen den Bäumen hindurchbewegten.

»Wir müssen gehen«, erklärte das Kaninchen und deutete auf ein Loch im Boden.

»Da rein? Bist du verrückt?«, rief Betty.

»Das ist der einzige Weg«, erwiderte Chloe, »auch wenn es uns nicht gefällt«, während das Kaninchen Alice einen Blick zuwarf, als wollte es sagen: »Wie kann sie das überhaupt fragen?«

Kurz entschlossen ließ Alice sich erst auf die Knie sinken und krabbelte dann in das Loch.

Chloe schaute Betty unnachgiebig an. »Jetzt du.«

»Ich war heute schon mal …«

»Jetzt du«, wiederholte Chloe nur, auch wenn Mitleid in ihrem Blick aufblitzte.

»Wir haben keine Zeit mehr!«, schimpfte das Kaninchen und Betty wandte sich mit einem letzten »Ich *muss* verrückt sein!« dem Kaninchenloch zu.

»Wir alle«, stimmte Chloe ihr zu, dann folgte sie ihrer Freundin.

Was genau sie unter der Erde erwartet hätte, konnte Alice nicht sagen. Sie war eher kopflos in den Kaninchenbau geklettert, hatte hauptsächlich an die Flucht vor den Leuten des ARO gedacht. Nach den ersten paar Metern hatte sie damit gerechnet, dass es tiefer unter die Erde gehen würde, schließlich lebten Kaninchen unter der Erde, nicht wahr? Doch der Gang verlief nicht nur nach unten, sondern wurde schließlich sogar breiter, weitete sich nach einer Linksbiegung zu einer Höhle aus, die wiederum immer höher wurde, bis Alice schließlich sogar stehen konnte. Hinter ihr richteten sich Betty und Chloe aus der gebückten Haltung auf.

Alice kam aus dem Staunen kaum heraus. Die Decke der Höhle war mit etwas bedeckt, das ein angenehmes Leuchten abgab, wahrscheinlich eine Art selbstleuchtende Pflanze. In einer Nische lag ein Haufen Heu, als hätte sich dort jemand ein provisorisches Bett eingerichtet. Und zu Alice' weiterer Überraschung lehnte an einer Wand ein großes Stück Pappe, höher als Alice selbst, mit einer Trittleiter davor. Es war über und über mit Papierstücken bedeckt, Zeitungsartikeln und ähnlichen Dingen, die mit kleinen Nägeln festgemacht waren.

Ohne auf sie zu achten, huschte das Kaninchen an Alice vorbei, machte sich an der Pappwand zu schaffen und plötzlich ertönte ein leises Surren. Obwohl das Kaninchen nichts tat, rollte sich die Pappwand mit allen Notizen darauf zusammen. Danach wandte sich das Kaninchen der Trittleiter zu und zog an einer Schnur. Hier konnte Alice einen Blick darauf erhaschen, wie sich Zahnräder an den Seiten in Bewegung setzten und die Trittleiter zum Schrumpfen brachten.

»Wir müssen weiter. Hier unten werden sie uns nicht finden, aber trotzdem müssen wir unbedingt gehen. Wir müssen zur Königin der Spiegel und diese schreckliche Geschichte aufklären. Ich hoffe doch sehr, dass ihr den Schlüssel habt?«

Bei diesen Worten drehte sich das Kaninchen zu ihnen um und schaute sie eine nach der anderen durchdringend an.

»Schlüssel?«, wollte Chloe wissen.

Ungeduldig tappte das Kaninchen mit einer Hinterpfote auf den Boden. »Schlüs-sel«, wiederholte es mit verschränkten Armen und betonte jede Silbe einzeln. »Mein Auftrag lautet, den Schlüssel zum Märenland aus eurer Welt und aus den Händen des ARO zurückzuholen. Das wollte ich heute erledigen, nachdem ich endlich herausgefunden habe, wo sich der Schlüssel befand. Aber ihr seid mir zuvorgekommen. Seid ihr doch, nicht wahr? Sagt mir nicht, dass diese ganze Beihilfe zur Flucht umsonst war und ich nur drei ahnungslose Zivilisten mitgenommen habe!«

Die drei Zivilisten tauschten fragende Blicke miteinander aus.

»Die Kugel?«, wagte Alice schließlich zu fragen.

»Woher willst du wissen, dass du ihm trauen kannst?«, zischte Chloe ihr zu.

»Er hat uns immerhin geholfen, oder etwa nicht?«, erwiderte Alice.

»Welche Kugel?«, wollte dagegen Betty wissen.

»Er kann euch außerdem hören«, mischte sich das Kaninchen ein. »Es ist ganz einfach – ihr könnt die Kugel meinetwegen behalten und selbst zur Tür zum Märenland bringen, ich reiße mich nicht um zerbrechliches Gepäck. Aber wenn ihr keinen Schlüssel habt, dann ist eure Flucht hier beendet.«

Alice musste zugeben, dass sie noch nie so ein grimmiges Kaninchen gesehen hatte. Sie hatte sich Kaninchen immer irgendwie kuschelig vorgestellt, aber dieser Vertreter seiner Art war alles andere als kuschelig. Jetzt zog es sogar eine Uhr aus der Westentasche und warf einen kritischen Blick darauf. »Was meint ihr, wie lange ihr hier unten warten müsst, bis die Luft da oben wieder rein ist, hmm?«, wollte es wissen, die Nase wippte auf und ab.

Mit einem Seufzer öffnete Alice ihren Stoffbeutel und wich Chloe, die nach ihrem Arm greifen wollte, mit einer halben Drehung aus. Vorsichtig wickelte sie die Kugel aus. Im Licht der Pflanzen schimmerten die bunten Kügelchen im Inneren geheimnisvoll.

»Meinst du das hier?« Sie hielt die Kugel so, dass das Kaninchen sie sehen, aber ihr nicht wegnehmen konnte.

Die Nase wippte noch schneller, nach einem prüfenden Blick nickte das Kaninchen eifrig. »Ganz genau. Damit seid ihr befugt, das Dämmer-Spiegel-Land mit mir zu betreten und mir bei der Aufklärung des Ursprungs der Seuche zu helfen. Besser gesagt ...« Es ließ den Kopf ein wenig hängen, seine Stimme wurde deutlich leiser. »Besser gesagt, mir dabei zu helfen, einen Weg zu finden, die Seuche aufzuhalten.« Einen Moment ging sein Blick ins Leere.

»Seuche?«, flüsterte Betty Chloe zu und diese sagte wiederum zu Alice: »Da siehst du, was du angerichtet hast! Jetzt sollen wir eine Seuche eindämmen, herrlich!«

Das Kaninchen hatte sich wieder gefangen und warf Chloe einen strafenden Blick zu. »Ihr könnt mir auch den Schlüssel geben und zurück da hinauf gehen.« Mit einer Pfote deutete es zur Decke. »Dann könnt ihr eurer Welt in aller Ruhe zusehen, wie sie überrannt wird. Falls die da«, es deutete mit dem Kopf in Bettys Richtung, »so lange durchhält, nachdem das ARO sie in die Finger bekommen hat. Also?«

Chloe hob eine Hand. »Moment. Unsere Welt? Seuche? Könntest du uns bitte erklären, was hier los ist?«

Das Kaninchen verdrehte die Augen. »Habt ihr ernsthaft gedacht, es gäbe nur eure Welt? Es gibt mindestens noch zwei weitere, die mit eurer durch Portale verbunden sind. In einer dieser Welten, meiner, ist die Seuche ausgebrochen, weil die Königin der Dämmerung mal wieder einen Anfall von Größenwahn erlitt. Diese Weißen Schatten, was glaubt ihr, woher die kommen?«

»Weiße Schatten?«, fragte Alice verwundert.

»Die Toten, die aus ihren Gräbern kommen! Sie ist doch eine davon, sie riecht immer noch nach Sarg und Erde und … ihrer letzten Mahlzeit.« Missbilligend verzog das Kaninchen das Gesicht. »Weiße Schatten, Dinge, die nicht da sein sollten, die es nicht *geben* sollte, nur noch Schatten ihrer selbst, wenn sie aus den Gräbern kommen!«

»Was glaubst du denn, woher wir kommen?«, erwiderte Betty in einem teils schroffen, teils verletzten Tonfall.

»Ich glaube gar nichts, ich *weiß* es. Und im Gegensatz zum ARO steht mir und meiner Königin nicht der Sinn danach, euch alle zu … vernichten. Wir wollen helfen.«

»Deine Königin?«, wollte Alice wissen.

Das Kaninchen warf einen weiteren Blick auf die Uhr. »Die Königin der Spiegel, das sagte ich doch schon. Jetzt ist aber Schluss mit den Fragen. Wir haben keine Zeit, den Rest werdet ihr unterwegs schon verstehen. Folgt mir!«

Das Kaninchen griff nach der Papprolle und der Trittleiter, klemmte sich beides unter die Pfoten und trippelte los.

Wie selbstverständlich setzte sich auch Alice in Bewegung, Betty an ihrer Seite.

»Ist das euer Ernst?«, wollte Chloe wissen.

»Fällt dir was Besseres ein? Ich bin untot und habe einen Mord am Hals, schon vergessen? Eine andere Welt, in der mir sogar jemand helfen will, erscheint mir gerade eine nette Chance, dem sicheren … nochmaligen Tod zu entgehen«, erwiderte Betty.

»Königin der Spiegel, das müsste doch was für dich sein, oder nicht?«, zog Alice Chloe mit einem Schmunzeln auf.

Chloe schüttelte den Kopf, überprüfte den Sitz einer Haarnadel in ihren ebenholzfarbenen Haaren und folgte den beiden widerstrebend. »Es bleibt mir ja nichts anderes übrig«, murmelte sie.

BETTYS TAGEBUCH

Dieses Kaninchen war ein seltsamer Geselle. Auch abgesehen davon, dass es ein sprechendes Kaninchen war. Diese Wand mit all den Notizen hatte schon fast nach militärischer Unternehmung ausgesehen ... Hoffentlich ging es ansonsten nicht so militärisch in dieser Welt zu. Tatsächlich machte mir das Angst, weil ich damit keine guten Erfahrungen gemacht hatte. Weder das ARO, das jetzt gleich aus mehreren Gründen hinter mir her war, noch meine eigene Familie hatten mir in dieser Hinsicht positive Erinnerungen vermittelt. Meine bescheidene Kindheit hatte ich erwähnt, nicht wahr? Das war keine Übertreibung. Mein Vater war bei der Marine, und meiner Mutter und mir blieb nichts anderes übrig, als mit ihm dort hinzureisen, wo er gerade stationiert war. Nicht auf Schiffen, sondern in aller Regel in Hafenstädten, von denen aus er seine Befehle gab. Er war ein brillanter Stratege, zumindest erzählte man sich das. Ich konnte das nicht so richtig beurteilen, denn ich war noch klein, als er mich wegschickte, weil ich unmöglich Teil seiner Strategie werden konnte. Meine Mutter hatte geglaubt, er hätte mich nicht an das ARO gemeldet, weil er sein Kind schützen wollte. Tatsächlich hatte er, sobald sich meine ersten Fähigkeiten zeigten, darüber nachgedacht, wie hilfreich Eis in einer Seeschlacht sein könnte, und mich mit militärischem Grundwissen vollgestopft. Doch zu seinem Leidwesen hat ihm schließlich jemand erklärt, dass Mutare ihre Fähigkeiten nicht endlos einsetzen können und dass ein Kind das Ausmaß dieses Einsatzes, wie es in einer Seeschlacht erforderlich wäre, wohl nicht überleben würde. Also konnte er mich nicht mehr gebrauchen und so landete ich im Internat. Aber genug davon.

Kommen wir zu Chloe, **unserer** *Königin der Spiegel. Sie befindet sich in einem Dilemma, da sie Spiegel und Spiegelsichtige eigentlich nicht mag, aber die Spiegel braucht, um ihr makelloses Aussehen zu kontrollieren. Ihre Stiefmutter ist eine Spiegelsichtige und Chloe hat all die Jahre befürchtet, dass sie Chloe so beobachten* könnte und sich etwas einfallen lassen könnte, um das Kind doch noch loszuwerden. Schließlich war Chloe noch immer die Erbin ihres Vaters und das passte ihrer Stiefmutter absolut nicht.

Eines Tages, so hatte Chloe sich das immer ausgerechnet, würde sie den Besitz ihres Vaters und seinen Titel erben und dann wäre sie mächtig genug, dem ARO auf die Finger zu klopfen und sich vor denen zu schützen. Wie es ihrer Stiefmutter eben jetzt schon möglich war. Falls niemand bis dahin ein Gesetz erließ, dass Mutaren das Erben verbot. Falls ihre spiegelsichtige Stiefmutter bis dahin nicht einen Weg fand, sie um die Ecke zu bringen. Deshalb konnte Chloe nicht nur begeistert von der Aussicht sein, einer Königin der Spiegel gegenüberzutreten. Es grenzte schon an ein Wunder, dass sie Alice mochte, und das lag zu einem großen Teil daran, dass Alice immer versucht hatte, ihre Spiegelsichtigkeit zu vergessen.

Und ich ... na ja, ich hatte ganz plötzlich Schwierigkeiten damit, mich unter der Erde zu befinden. Völlig unerklärlich, nicht wahr? Einerseits – was sollte mir jetzt noch passieren, Untote brauchten weder Licht noch die Luft zum Atmen. Trotzdem, das Erlebnis mit dem Sarg hatte mir ein für alle Male gereicht und deswegen war ich wiederum einfach froh, aus dieser Höhle zu kommen, trotz Lichtquellen und ihrer Größe. Außerdem hatte ich mich einfach noch nicht richtig damit abgefunden, plötzlich untot zu sein, noch viel weniger konnte ich mich damit abfinden, dass ausgerechnet Zoey mich erschossen haben sollte! Zugegeben, da waren ein paar Löcher in meiner Kleidung gewesen, aber darauf hatte ich nicht richtig geachtet. Kein Blut, keine Löcher in meinem Körper – darauf hätte ich geachtet! Waren Löcher im Sargdeckel gewesen? Hatte Erde auf mir gelegen? Ehrlich gesagt wusste ich das gar nicht mehr genau.

Was mich gerade vom Nachdenken ablenkte, war Alice. Sie erschien im Vergleich zu Chloe und mir fast schon unbeeindruckt. Einem Kaninchen in eine geheimnisvolle Höhle folgen, Seuche, Untote, Weiße Schatten, andere Welten, Königin der Spiegel – alles kein Grund zur Panik. Ich beobachtete sie von der Seite, wie sie neugierig ihre Umgebung betrachtete, während wir dem Kaninchen aus der Höhle heraus folgten, einen kurzen, weiteren Gang entlang, der leicht anstieg. Alice schien zwar nervös, wie wir alle, *aber lange nicht so völlig vor den Kopf gestoßen wie Chloe und ich. Lange nicht so verwirrt.*

Der Gang endete vor einer Wand, die von einer Art Efeu überwuchert war, der durch einen Spalt in der Erde, also von uns aus gesehen der Decke, herunterwuchs. Wenn jetzt gerade einer der Hunde dort oben herumschnüffelte ...

Das Kaninchen reckte seine Nase in die Luft, als würde es genau darauf wittern, dann trat es mit einem schnellen Schritt an die Wand, schob die Ranken zur Seite – und legte damit einen eigentümlichen Fels frei. Grauer Stein, aber von rötlichen und silbernen Adern durchzogen.

Ungeduldig winkte es uns zu. »Da durch, los, schnell.«

»Das ist ... Fels. Stein. Da kann man nicht durch«, erwiderte Chloe.

»Natürlich kann man da durch, das ist eine Tür! Herrje.« Kurz entschlossen griff das Kaninchen nach Alice, die ihm am nächsten stand, zerrte mit einem Ruck an ihrem Arm. Sie stolperte mit einem erschrockenen Quietschen vorwärts, auf den Fels zu – und verschwand.

»Darf ich die Damen jetzt bitten?«, wollte das Kaninchen wissen. Ich trat einen Schritt vor, auf die Wand zu. Wenn Alice da durchgekommen war, dann würde ich das auch schaffen. Vielleicht sollte ich einfach die Augen schließen ... Ich tastete, streckte die Hände aus, machte einen Schritt und noch einen ...

Etwas berührte meine Hände und ich sog erschrocken Luft ein. Doch als ich die Augen wieder öffnete, war es nur Alice, die nach meinen Händen gegriffen hatte. »Du hast es schon geschafft«, stellte sie mit einem Lächeln fest.

Noch bevor ich mich umsehen konnte, folgte uns Chloe und dann dieser seltsame Geselle von einem Kaninchen. Es gönnte uns aber keine Verschnaufpause, sondern scheuchte uns sofort weiter, einen erneuten Blick auf diese allgegenwärtige Uhr werfend.

»Wenn wir nicht ein paar ... Seuchenopfern begegnen wollen, dann müssen wir uns beeilen! Es wird bald dunkel!«, stellte es fest.

»Seuchenopfer? Du meinst ...«, begann ich.

»Ja, Weiße Schatten, so welche wie du«, erwiderte es.

Ich schluckte. Schließlich konnte ich verdammt noch mal nichts für das, was mir passiert war! Noch immer konnte ich mich nicht daran erinnern, was mir überhaupt passiert war. Doch mehr denn je wollte ich es herausfinden. Während meiner Begegnung mit Zoey und dem ... was darauf gefolgt war, hatte ich jetzt auch nicht so richtig Zeit gehabt, meine Gedanken zu ordnen, das musste ich nachholen. Später. Nicht jetzt, nicht während ich mit Chloe, Alice und einem seltsamen Kaninchen durch eine Welt hetzte, in der ich mich nicht auskannte. Aber besser das, als unter der Erde in einem Sarg zu liegen oder dem ARO in die Hände zu fallen.

ALICE

Während sie dem Kaninchen durch den Wald folgten, in dem sie gelandet waren, versuchte sich Alice umzuschauen. Dass sie sich nicht mehr in der Welt befanden, die sie kannte, war offensichtlich: Bei ihrer Flucht war es dunkel gewesen, hier herrschte Dämmerung. Die Bäume waren viel zu hoch, viel zu anders. Während die Bäume in ihrer Welt in aller Regel zwar hoch waren, aber die untersten Äste manchmal noch erreichbar, war das hier ganz anders. Die Bäume erstreckten sich gefühlt endlos nach oben und höher, als Alice groß war, begannen die ersten Äste zu wachsen. Über ihnen zog sich ein endloses, dichtes Blätterdach dahin und Alice hatte das Gefühl, darunter auf Ameisengröße geschrumpft zu sein. Manche Bäume hatten in sich gedrehte Stämme, und wenn Alice nach oben schaute, wurde sie das Gefühl nicht los, dass einige Blätter tatsächlich blau waren. Doch diese Blätter waren zu weit über ihr und das Licht schwand zu sehr, als dass sie das mit Bestimmtheit hätte sagen können. Trotzdem war es nicht das erste Mal, dass sie so einen Wald sah. Obwohl sie so lange nicht mehr in einen Spiegel gesehen hatte, erinnerte sie sich an einige der Dinge, die sie dort als Kind gesehen hatte, und solche Bäume waren ganz bestimmt dabei gewesen. Ein Kaninchen hatte ihr damals gesagt, dies alles wäre echt. Jetzt war sie einem Kaninchen gefolgt – das Kaninchen war also wirklich! – und es schien so, als wäre hier tatsächlich alles echt. Wie konnte das sein? Wenn das hier alles echt war, dann war sie nicht verrückt, nie verrückt gewesen! Eine Mischung aus Erleichterung und Neugier verdrängte fast ihre Angst.

Auch ihre drei Begleiter schauten sich immer wieder um, Betty verwirrt und nachdenklich, Chloe ebenso verwirrt, aber auch neugierig, das Kaninchen sichtlich nervös. Ständig zog es seine Uhr aus der Tasche und warf einen Blick darauf. Bei einer diese Gelegenheiten schaute ihm Alice über die Schulter. Die Uhr war ein seltsames Gerät. Nicht nur der Deckel ließ sich aufklappen, aus dem Deckel ließ sich noch eine runde Fläche herausklappen. Alice hatte sich schon gefragt, wieso diese Uhr dicker erschien, als eine normale Taschenuhr, so langsam fand sie eine Antwort darauf. Dort, wo bei einer Taschenuhr das Zifferblatt gewesen wäre, war auch bei dieser Uhr eins, aber dieses Zifferblatt war sehr flach und der Rand des Gehäuses ragte noch ein Stück darüber hinaus. Außerdem war es nicht nur ein Zifferblatt, darum herum befand sich noch ein Kreis, die eine Hälfte hell, die andere Hälfte dunkel, und ein leuchtend roter Strich zog seine Bahnen und näherte sich gerade von dem hellen Bereich aus dem dunklen. Im Deckel bot sich dasselbe Bild, außerdem war da noch dieses weitere dünne Zifferblatt mit einem ähnlichen Kreis, das sich aus dem Deckel ausklappen ließ.

»Was ist das für eine seltsame Uhr?«, fragte Alice.

»Wir haben jetzt keine Zeit für neugierige Fragen«, erwiderte das Kaninchen, fuhr aber dennoch fort: »Das ist ein Welten-Chronograf.«

»Ein was?«

»Hast du dir die Ohren nicht gewaschen? Ein Welten-Chronograf.«

»Das habe ich verstanden, ich meinte – was *ist* ein Welten-Chronograf?«

Das Kaninchen verdrehte die Augen. »Was ist das für eine Uhr, was ist ein Welten-Chronograf ...«, wiederholte es Alice' Fragen mit einem ungeduldigen Kopfschütteln.

»Was ist denn nun ein Welten-Chronograf?«, wollte dann auch Chloe wissen.

»Er zeigt die Zeit in verschiedenen Welten«, gab das Kaninchen nach. »Eure Welt, diese Welt hier, das Märenland. Sie sind miteinander verbunden, aber sie bewegen sich auch ein wenig umeinander, die Zeit ist nicht in jeder Welt dieselbe, Tag und Nacht sind nicht in jeder Welt gleich. Und manchmal verschiebt es sich, mal ist hier und bei euch gleichzeitig Tag und Nacht, dann ist es irgendwann wieder genau umgekehrt. Wenn man zwischen den Welten reist, ist es durchaus sinnvoll, zu wissen, welche Uhrzeit und welche Lichtverhältnisse dort herrschen, wo man hinzugehen gedenkt. Verstanden?«

»Ich glaube schon«, erwiderte Alice. Welten-Chronograf. So, so. Plötzlich zuckten die Ohren des Kaninchens und es kam ein wenig aus dem Takt seiner Schritte, bis sie sich schließlich sogar wieder beschleunigten. Bevor Alice fragen konnte, was los wäre, murmelte Betty: »Sie sind in der Nähe.«

»Wer ist in der Nähe?«, fragte Chloe und erntete dafür vom Kaninchen ein ungehaltenes »Psst!«

»Die Untoten«, flüsterte Betty und schaute sich nach allen Seiten um.

»Woher weißt du das?«, wollte Chloe wissen, während Alice dem Beispiel von Betty und dem Kaninchen folgte und nach links und rechts in den Wald schaute.

»Ich ... weiß es einfach«, erklärte Betty vage.

»Die Seuchenopfer können einander spüren«, erklärte das Kaninchen.

»Wieso nennst du sie Seuchenopfer?«, fragte Betty.

»Weil sie welche sind.« Bei diesen Worten schaute das Kaninchen drein, als müsste es jemandem etwas vollkommen Offensichtliches erklären. »Die Königin der Dämmerung hat eine Art Krankheit freigesetzt, seitdem laufen diese *Untoten* durch unsere Welt. Kaninchen, Menschen und andere Wesen fallen tot um und stehen ein paar Tage später wieder auf. Und dann sind sie gefährlich. Nicht alle, aber die meisten. Durch ihren Tod und die Rückkehr von den Toten hat der Wahnsinn nach ihnen gegriffen und einige erholen sich davon nie wieder.«

Auf Bettys Gesicht zeichneten sich unterschiedliche Gefühle ab. Ein wenig Erleichterung schien dabei zu sein, weil sie froh war, dass ihr jemand Antworten geben konnte. Aber auch etwas Angst und vielleicht auch Wut.

»Das heißt aber dann doch, dass diese ... Seuchenopfer gar kein Problem unserer Welt darstellen, sondern dass die Seuche von dieser Welt hier zu uns herübergekommen ist«, folgerte Chloe.

Das Kaninchen nickte. »Genauso ist es. Wir können uns das noch nicht erklären, aber man hat Spione ausgeschickt, unter anderem mich, die dieser Sache auf den Grund gehen sollen.«

»Wer ist ›man‹?«, fragte nun Alice.

»Die Königin der Spiegel und ihr Thronrat. Und jetzt seid leise, sonst locken wir sie an.«

Alice und Chloe warfen Betty fragende Blicke zu und sie nickte mit zusammengebissenen Zähnen. »Er hat recht, sie kommen näher.«

»Das schaffen wir nie«, murmelte das Kaninchen. »Die Zeit läuft uns weg und im Dunkeln sind sie uns überlegen.« Seine Nase wippte aufgeregt, die Ohren lauschten in alle Richtungen.

»Ein bisschen mehr Zuversicht, bitte«, schimpfte Chloe, doch auch ihr war anzuhören, dass ihr bei der Sache nicht wohl war. Tatsächlich waren die Schatten unter den Bäumen immer länger geworden und in den letzten Minuten waren raschelnde und schlurfende Geräusche im Wald erklungen. Geräusche, die näher kamen.

Alice beobachtete das Kaninchen dabei, wie es immer nervöser zu werden schien, während sich bei Betty fast so etwas wie Kampfbereitschaft zeigte. Immerhin war Betty die einzige von ihnen, die kämpfen *konnte*, wenn es darauf ankam. Nicht zum ersten Mal beneidete Alice ihre Freundin darum, eine Fähigkeit zu besitzen, die einem wirklich helfen konnte, wenn man bedroht wurde. Dinge in Spiegeln zu sehen, war gegen Untote vollkommen nutzlos, und Chloe hätte die Seuchenopfer allerhöchstens dadurch austricksen können, dass sie so tat, als wäre sie selbst tot, doch Alice war sich nicht sicher, ob das den Untoten nicht als im wahrsten Sinne des Wortes gefundenes Fressen erscheinen würde.

»Wie weit ist es noch?«, wandte sich Alice an das Kaninchen.

»Nicht mehr allzu weit, aber sie kommen schnell näher.«

Wie um seine Worte zu unterstreichen, kam plötzlich einer von ihnen hinter einer Hecke hervor. Kein Mensch, was Alice im ersten Moment so verblüffte, dass sie fast vergaß, sich zu erschrecken. Sie hätte mit vielem gerechnet, aber, obwohl ihr Kaninchen so etwas angedeutet hatte, nicht mit einem untoten Kaninchen. Es trug die Reste von Kleidung, die ähnlich der des Kaninchens war, das sie führte. Nur dass es ein leises Knurren ausstieß, wie es zu einem Kaninchen eigentlich überhaupt nicht passen wollte.

Chloe gab einen erschrockenen Ausruf von sich und Betty schoss einen Eiszapfen ab, dicht an Alice' Schulter vorbei, der das untote Kaninchen ein Stück zurückwarf und mit Sicherheit unschädlich machte.

Mit fliegenden Pfoten legte ihr Kaninchen daraufhin sein Gepäck ab, und zog ein Röhrchen aus einer Innentasche. »Kommt her, wir müssen ganz dicht zusammenstehen.«

Alice und ihre Begleiterinnen folgten seiner Aufforderung. Das Kaninchen setzte das Röhrchen an den Mund, blies hinein und sogar in der zunehmenden Dunkelheit konnte Alice die Wolke aus feinem Staub erkennen, die daraus hervorkam. Was auch immer das für ein Staub war, er brachte Alice zum Husten, als er in die Nase stieg. Und er war seltsam geruchlos.

»Was ist das?«, fragte Chloe und wedelte mit einer Hand vor ihrem Gesicht herum.

»Es sollte unsere Spur verwischen«, erwiderte das Kaninchen. »Los, weiter. Kannst du das da nehmen?«, wandte es sich an Alice und deutete auf seine zusammengeschobene Notizwand und die Trittleiter.

Alice nahm die beiden Dinge auf. Ob sie die Hände nun voll hatte oder nicht, machte keinen Unterschied.

Sie stolperten mehr hinter dem Kaninchen her, als dass sie tatsächlich liefen. Die Geräusche im Wald nahmen zu und zweimal schoss Betty einen Eiszapfen ins Unterholz, der mit einem leisen Aufprall sein Ziel traf, ohne dass Alice den Untoten überhaupt hätte sehen können.

Schließlich schien es ein wenig heller zu werden und im nächsten Moment standen sie am Rand einer Lichtung. Wenige Schritte von ihnen entfernt befand sich ein Haus, doch es hätte auch genauso gut in jeder anderen Welt stehen können, fand Alice. Denn um das Haus herum schlurften Seuchenopfer. Es waren teilweise Menschen, aber da waren auch Wesen, von denen Alice nicht einmal hätte sagen können, was sie eigentlich waren. Im Licht eines Halbmondes leuchteten hier und da große Augen auf, lange, feine Glieder mit kurzen Krallen an den Enden der Hände, die Umrisse passten manchmal nicht zu Menschen. Und war das ernsthaft ein untoter Flamingo?

»Was sind das alles für Dinger?«, platzte es aus Chloe heraus.

Das Kaninchen schnaubte. »Das waren früher mal Bewohner dieser Welt. Es ist eine große Welt, glaubst du ernsthaft, hier würde es nur das geben, was es bei euch auch gibt? Jetzt sind es Seuchenopfer. Vom Wahn ergriffene Seuchenopfer.«

»Aber was machen wir jetzt?«, fragte Betty leise.

»Wir müssen zum Haus. Wir sind zu spät, wären wir vor Einbruch der Dunkelheit angekommen ...«

»Ja, ja, hätte, wäre, wenn«, unterbrach Chloe das Kaninchen. »Es ist jetzt nun mal dunkel und wir müssen an denen vorbei, ohne dass sie unsere Gehirne aus unseren Köpfen holen. Nichts für ungut, Betty.« Chloe warf ihrer Freundin einen entschuldigenden Blick zu.

»Du ... wirst so was doch nicht tun, oder?«, stellte Alice eine Frage, die ihr schon die ganze Zeit immer wieder durch den Kopf gegangen war. Seit sie gesehen hatte, wie Betty Zoeys Gehirn verspeist hatte, war ganz leise die Frage in ihr aufgetaucht, ob es ihr nicht genauso gehen könnte. Nach allem, was sie über Untote wusste, was die Aufklärer des ARO darüber erzählten, waren Untote gefährliche Wesen, nur darauf aus, die Gehirne ihrer Mitmenschen zu verspeisen und – davon abgesehen – nicht sehr schlau.

»Natürlich nicht«, zischte Betty und wirkte ein wenig beleidigt.

»Entschuldige, ich wollte ja nur ...«

»Psst!«, warnte das Kaninchen, doch es war schon zu spät. Eines der seltsamen Wesen hatte sie gewittert und schlurfte in ihre Richtung.

»Verdammt«, murmelte Betty.

»Geht weg«, forderte Chloe die anderen auf.

»Was?«, fragten Alice und Betty gleichzeitig.

»Ihr sollt weggehen. Geht in Deckung, ich habe eine Idee. Und Betty, bitte ziel ordentlich, ja?«

Mit diesen Worten richtete sie sich auf, macht einen Schritt aus der Deckung heraus und taumelte auf den ersten Untoten zu.

»Helft mir!«, rief sie mit leicht zitternder Stimme.

Alice wurde eiskalt. Was hatte Chloe nur vor? Sie half ihnen nicht, wenn sie sich den Untoten zum Fraß vorwarf.

Chloe stolperte weiter, von ihnen weg.

Alice hörte Betty neben sich einmal tief Luft holen, dann nur noch die Atemzüge des Kaninchens. Natürlich, streng genommen brauchte Betty nicht mehr zu atmen und das war seltsam genug, aber diese Sache mit den Gehirnen, das gefiel ihr noch viel weniger. Betty war ihre Freundin und wenn sie sagte, sie hätte es nicht auf Alice' Gehirn abgesehen, dann war Alice geneigt, ihr zu glauben, aber wenn nun doch noch der Wahn nach ihr griff? Wie schnell geschah das normalerweise? Und was hatte eigentlich Besitz von Chloe ergriffen, die mittlerweile die Aufmerksamkeit von mehreren Untoten auf sich gezogen hatte und ihnen ein regelrechtes Drama vorzuspielen schien?

»Los jetzt!«, forderte das Kaninchen Alice und Betty auf. Tatsächlich, wenn sie sich duckten und beeilten, dann konnten sie den Weg zum Haus schnell genug zurücklegen, um den Untoten nicht weiter aufzufallen. Aber was würde dann aus Chloe werden?

Das Kaninchen setzte sich in Bewegung, huschte über die freie Fläche und zu einem Schuppen, dann vom Schuppen weiter zum Haus ... Niemand behelligte sie. Hektisch kramte das Kaninchen einen Schlüssel hervor, stieß ihn in das Schloss einer schmalen Tür und scheuchte Alice und Betty hinein.

Alice' Herz klopfte fast schon schmerzhaft gegen ihre Rippen, ihr war eiskalt.

»Schnell, ich brauche ein Fenster!«, rief Betty.

»Wir können jetzt kein Fenster ...«, setzte das Kaninchen an und wollte sich Betty in den Weg stellen, doch diese fegte es mit einem Arm zur Seite.

»Ich werde ein Fenster finden, mit dir oder ohne dich«, knurrte sie.

Bevor sich das Kaninchen wieder richtig von seinem Schreck erholt hatte, hörte Alice in den dunklen Räumen ein Rascheln wie von Stoff. Sie selbst konnte nur ein oder zwei Schritte weit sehen, wie schaffte es Betty nur, durch dieses fremde Haus zu laufen, ohne irgendwo gegenzustoßen? Aber hatten die Leute vom ARO nicht gesagt, Untote könnten im Dunkeln sehen?

Sie tastete sich mühsam ihrer Freundin hinterher. Betty hatte einen Vorhang zur Seite geschoben und das zugehörige Fenster nur einen Spalt breit geöffnet.

»Wo ist Chloe?«, wollte Alice wissen.

Stumm deutete Betty auf eine Gruppe Seuchenopfer, die sich um etwas geschart zu haben schienen.

»Oh Gott.« Alice schlug sich eine Hand vor den Mund.

»Das war eigentlich gar nicht mal dumm, wenn sie denken, Chloe wäre von selbst umgefallen, dann machen sie sich nicht die Mühe, sie anzugreifen«, erwiderte Betty. Dann schoss Eis aus ihren Fingerspitzen, ein regelrechter Hagel von eiskalten, scharfkantigen Splittern.

»Pass auf, dass du sie nicht triffst!«, warnte Alice ängstlich.

»Das weiß ich selber, stell dir vor«, erwiderte Betty.

Die Untoten wandten sich dem Fenster zu, begannen auf das Haus zuzuschlurfen.

Alice erhaschte einen kurzen Blick auf Chloe, die am Boden lag. Plötzlich richtete sie sich wieder auf und rannte los, schlug einen Bogen und verschwand aus Alice' Sichtfeld. Betty deckte die Seuchenopfer weiter mit eisigen Geschossen ein. Die Untoten kamen dem Haus jetzt bedrohlich nahe ...

»Hör auf!«, rief Alice und griff nach dem Arm ihrer Freundin.

Betty schaute sie einen Moment verwirrt an, dann nickte sie und zog die schweren Holzklappläden wieder zu, schloss das Fenster und zog den Vorhang wieder vor.

Vorsichtige Schritte ertönten hinter ihnen, dazu ein leises Keuchen. Chloe tastete sich in den Raum, ein wenig außer Atem. »Habt ihr eine Ahnung, wie schwierig es ist, von den Toten aufzustehen und sofort voll da zu sein?«, fragte sie.

»Ich glaube schon«, erwiderte Betty trocken.

»Na, dann weißt du ja, wie ich mich gerade fühle.«

Im Türrahmen hinter ihr flackerte Licht auf. Das Kaninchen tauchte hinter Chloe auf und wirkte ein wenig, als könnte es nicht richtig fassen, was gerade passiert war. Es warf Betty argwöhnische Blicke zu.

Alice legte ihm eine Hand auf die Schulter. »Schon gut, es ist alles in Ordnung. Sie ist mit den Seuchenopfern fertiggeworden.«

»Tut mir leid«, fügte Betty hinzu. »Ich wollte dich nicht angreifen, ich bin nur …« Sie zuckte mit den Schultern. »Ich schätze, ich habe mehr Kraft als früher. Daran muss ich mich erst noch gewöhnen.«

Chloe legte ihr tröstend einen Arm um die Schultern. »Wie gesagt, der Tod kann einen durcheinanderbringen. Ruhig bleiben, weiteratmen … oder … nicht atmen …« Sie schaute einen Moment so hilflos drein, dass Alice schmunzeln musste und Betty leise kicherte.

»Tja, nun ja, immerhin …«, meldete sich das Kaninchen zu Wort und schaut von einer zur anderen. »Immerhin haben wir es geschafft. Das ist es doch, was zählt, nicht wahr?«

Es war eine unruhige Nacht im Haus des Kaninchens. Sie hatten nicht mehr aus ihm herausbekommen, als seinen Namen und seine Aufgabe: Ethan Bond, Spion Ihrer Majestät, der Königin der Spiegel. Er hatte ihnen etwas zu essen gegeben und anschließend mit Decken und Kissen ein provisorisches Lager in seinem Wohnzimmer eingerichtet und geraten, etwas Schlaf zu bekommen, weil sie einen weiten Weg vor sich hätten. Doch gerade an Schlaf war nicht zu denken. Noch lange unterhielten sie sich flüsternd über diese absolut ungewöhnliche Nacht, und Alice spürte, wie ihr Zeitgefühl völlig durcheinandergeraten war. In ihrer Welt war es mittlerweile wahrscheinlich früher Morgen, während es hier noch mitten in der Nacht war.

Hier. In einer Welt, die man durch einen Kaninchenbau und einen Felsen erreichte. Ethan Bond, oder, wie Chloe ihn mittlerweile heimlich nannte, der Spionage-Hase, hatte sich geweigert, ihnen noch viel zu erklären, weil er der Meinung gewesen war, dass sie genauso gut auf dem Weg reden konnten und darauf bestanden hatte, dass zumindest er selbst genug Schlaf brauchte, wenn er den Weg zum Palast der Königin der Spiegel finden und gleichzeitig die drei unwissenden Mädchen, wie er es ausdrückte, heil dort hinbringen sollte.

Aber war sie wirklich so unwissend? Alice war sich da nicht mehr ganz so sicher. Sie hatte diese verschiedenen untoten Wesen in der Dunkelheit nicht richtig erkennen können, aber sie hatte eine vage Ahnung, es wäre nicht das erste Mal gewesen, dass sie sie gesehen hatte. Sie waren ihr in den Spiegeln begegnet, bevor sie aufgehört hatte, in Spiegel zu schauen, bevor sie angefangen hatte, die Spiegel in ihrer Umgebung mit Tüchern zu verhüllen. Wenn sie es nicht für unmöglich gehalten hätte, hätte sie glauben können, dass der weiße Spionage-Hase in Wahrheit das Kaninchen war, das ihr damals, vor so vielen Jahren, gesagt hatte, dass alles, was sie in den Spiegeln sah, echt sei. Alles. Seitdem war Alice sich nie sicher gewesen, ob das tatsächlich die Wahrheit sein konnte und nicht der Traum eines Kindes, wie es ihr die Menschen um sie herum einreden wollten. Schließlich sah sie Dinge in diesen Spiegeln, die konnten nicht echt sein, die gab es einfach nicht. Zumindest nicht in der Welt, in der sie lebte. Einmal hatte sie nichts als ein riesiges Grinsen voller spitzer Zähne darin gesehen, das vor ein paar Blättern in der Luft hing. Aber wie sollte das sein können? Wie sollte ein Grinsen in der Luft schweben können, ohne jemanden, zu dem es gehörte? Schon damals hatte Alice den Kopf geschüttelt und nicht verstanden, was das Bild ihr hatte sagen wollen.

Jetzt lag sie wach im Haus des Kaninchens und versuchte zu ordnen, was sie erlebt hatte. Dass es nicht nur ihre Welt gab, sondern noch zwei andere, die damit verbunden waren, war schon mehr als genug für eine Nacht, doch dass sie ganz unvermittelt erfahren hatte, woher die Untoten kamen, darüber musste sie nachdenken. Wie hatte eine Seuche, die in dieser Welt hier ihren Anfang genommen hatte, auf ihre Welt übergreifen können? Reisten so häufig Wesen zwischen den Welten hin und her? Zusammen mit Chloe und Betty war sie zu keinem Schluss gekommen – und wie auch? Und dann die Sache mit den Königinnen. Wer war die Königin der Dämmerung, die diese Seuche anscheinend freigesetzt hatte? Was hatte das Kaninchen gesagt, in einem Anfall von Wahn? War das vielleicht derselbe Wahn, der die Untoten ergriff, und die Königin hatte ihn sozusagen an andere weitergegeben? Aber hätte sie dann nicht auch eine Untote sein müssen? Und wenn sie schon länger eine Untote war, wieso hätte sie dann noch eine Seuche freisetzen müssen, der sie selbst genau genommen schon zum Opfer gefallen war und …

Alice schüttelte den Kopf. Sie musste logisch denken. Von vorne. Als die Untoten damals aufgetaucht waren, da waren weder seltsame Kaninchen mit ihnen zusammen aufgetaucht, noch eine Königin der Dämmerung. Nichts, was auf diese Welt hindeutete. Auch kein Grinsen, das alleine in der Luft schwebte. Oder über den leeren Gräbern …

Wieder schüttelte Alice den Kopf. Es war zu viel gewesen in den letzten paar Stunden, sie konnte nicht mehr denken. Langsam griff der Schlaf doch nach ihr. Während sie noch über die Untoten und eine wahnsinnige Königin nachdachte, glitt sie in wirre Träume. Von einem Kaninchen, das ein frisches Grab wieder ausbuddelte, weil dort unten jemand lag, der gegen den Sarg hämmerte und heraus wollte. Und als es dann ein Loch gegraben hatte und wie auch immer den Sarg geöffnet hatte, da stieg nur ein endlos breites Grinsen daraus hervor. Und dann gefror der ganze Friedhof, und als Alice ihren Blick von dem Kaninchen abwandte, erkannte sie, dass sie sich nahe der Mitte des Friedhofes befanden und ein paar Schritte weiter gerade eine Gestalt versuchte, sich aus der Erde zu ziehen, eine Gestalt, die Eis über den Boden sandte.

Alice wollte darauf zugehen, wollte Betty helfen, wieder aus dem Grab zu kommen, doch sie rutschte auf dem spiegelglatten Boden aus und setzte sich unsanft auf den Hintern. Auch das Kaninchen versuchte, loszulaufen, doch seine Pfoten scharrten hilflos über das Eis.

»Betty!«, rief Alice, doch ihre Freundin schien sie nicht zu hören, vielleicht wegen der Graberde in ihren Ohren.

Vorsichtig kam Alice auf Hände und Knie und wollte sich von dort aus aufrichten, aber dann sah sie, dass sich die Eisschicht auf dem Friedhof in einen einzigen großen Spiegel verwandelt hatte. Einen Spiegel, in dem Alice das Internat sah und Miss York und ein paar andere bekannte Gesichter. Miss York schien einer Gruppe gerade etwas zu erklären, doch dann brach Unruhe aus, als ein Junge, William, nach seinem Nachbarn griff und versuchte, ihm in den Kopf zu beißen.

»William, was soll das? Du weißt doch genau, dass das so nicht geht. Erst müsstest du Desmonds Schädelknochen aufbrechen!«, hörte Alice Miss York sagen, die anscheinend gar nicht daran dachte, dem Unglücklichen zu helfen.

Alice wollte schreien, gegen das Eis hämmern, irgendetwas tun. Doch sie konnte nicht. Dafür war da auf einmal Zoey, die aus dem Nichts auftauchte und Kugeln in die Menge feuerte.

»Nicht!«, brüllte Alice, während sie ihre früheren Schulkameraden fallen sah.

Mit einem Lächeln, das so übertrieben freundlich war, dass es die versteckte Drohung darin nicht mehr verbergen konnte, wandte Zoey sich Alice zu. Was eigentlich nicht ging, aber es war so, Zoey schaute auf und sah Alice direkt an. Sie hob die Waffe, richtete sie auf Alice, die sich wegbewegen wollte, es aber nicht konnte, weil ihre Hände an dem Eisspiegel festgefroren waren. Das gab Zoey Zeit, um in aller Ruhe zu zielen. Dann drückte sie ab, die Kugel bewegte sich wie in Zeitlupe aus dem Lauf der Waffe auf Alice zu, durchbrach das Eis in einer Milliarde kleiner Splitter und die Welt färbte sich rot wie bei einem Sonnenuntergang.

Und damit endet die Geschichte von der Königin der Dämmerung, dachte Alice noch, dann traf etwas ihren Kopf und sie schrie auf.

»Was ist denn?«, rief jemand, während Alice sich noch ihre schmerzende Stirn hielt.

»Tschuldigung«, murmelte jemand anderes und Alice erkannte die Stimme von Chloe. Chloe, die neben ihr geschlafen hatte und ihr allem Anschein nach einen Ellenbogen gegen den Kopf gehauen hatte.

»Was macht ihr denn da?«, wollte Betty wissen, die erstaunlich wach klang.

»Ich habe Alice getroffen«, erwiderte Chloe verschlafen.

»Wieso schlägst du Alice?«, wollte Betty wissen.

»Nicht mit Absicht. Alice, alles in Ordnung?«

»Geht schon«, erwiderte Alice. Der Schmerz ebbte tatsächlich schon wieder ab und auch der Schreck verblasste langsam. Sie blinzelte und stellte fest, dass sie noch nicht furchtbar lange geschlafen haben konnte, schließlich war alles noch stockdunkel. Andererseits konnte das auch an den Sicherheitsmaßnahmen des Hauses liegen. Die Fenster und Vorhänge sollten kein Licht herauslassen, dann ließen sie wahrscheinlich auch keines mehr herein. Trotzdem, Alice war todmüde. Sie drehte sich auf die andere Seite.

»Tut mir leid«, sagte Chloe noch einmal.

»Ist ja schon gut, du siehst ja im Schlaf nicht, wohin du deine Knochen sortierst.«

»Ihr solltet wirklich noch ein bisschen schlafen«, riet Betty.

»Und du?«, fragte Chloe.

»Ich bin tot, schon vergessen? Ich bin über die Sache mit dem Schlaf hinaus«, murmelte Betty düster.

»Aber ... wenn Untote nicht schlafen, was machen die dann den ganzen Tag?«, überlegte Chloe. »Sie streifen am liebsten nachts herum, weil sie dann den Menschen überlegen sind, aber was machen sie tagsüber? Sich die Gehirn-Reste zwischen den Zähnen herauspicken?«

»Das ist widerlich!«, beschwerte sich Alice, die schon ganz neue Albträume aufziehen sah, wenn Chloe nicht gleich das Thema wechselte.

»Ich weiß es nicht«, gab Betty zu.

»Wir sollten das Spionier-Tier fragen«, murmelte Chloe.

»Sollten wir wohl«, stimmte Betty ihr zu.

Alice war schon fast wieder eingeschlafen. Der Traum war so wirr gewesen, wieso sollte Miss York denn den Untoten noch hilfreiche Ratschläge geben? Und wie sollte Zoey eine Welt entfernt auf sie schießen können? Das durfte sie auf keinen Fall Chloe erzählen, sonst würde sie wieder ganz neue Befürchtungen in Bezug auf die Spiegelsicht und Alice' Geisteszustand entwickeln ...

BETTYS TAGEBUCH

Zum Glück ist unsere erste Begegnung mit den Seuchenopfern noch einmal gut gegangen. Dass Chloe aus dem Versteck getaumelt ist und so getan hat, als würde sie vor den Augen dieser Meute das Zeitliche segnen, hat uns allen das Leben gerettet. Also schön, mir natürlich nicht, da war schon vorher nichts mehr zu machen. Vielleicht hätte ich von den Untoten, den anderen *Untoten, gar nichts zu befürchten gehabt. Aber ich hätte es auch nicht darauf ankommen lassen wollen. Im Gegensatz zu mir schienen sie nicht sonderlich vernünftig gewesen zu sein ... und ob sie noch einen Unterschied gemacht hätten, wem sie das Gehirn aus dem Kopf holten ...*

Und dann war es auf mich angekommen. Auf mich und das Eis. In Miss Yorks Schule lernt man nicht, mit seinen Fähigkeiten umzugehen. Man lernt höchstens, sie so weit zu kontrollieren, dass man sie praktisch vergessen kann. Nicht mehr darüber nachzudenken, wozu man in der Lage ist. Wir taten dort alle so, als wären wir normal, und trotzdem wurden wir weiter von der Welt abgeschottet, weil die Regeln des ARO das so wollten. Die Aussicht, jemals wieder dort rauszukommen, haben nur wenige, so wie Chloe beispielsweise, die nach dem Tod ihres Vaters auf einen Schlag in einer Position sein wird, in der das ARO ihr nichts mehr anhaben kann.

Was eigentlich mit all den anderen passiert ist, die zu alt waren, um weiterhin die Schule zu besuchen, und irgendwann verschwanden, dahinter bin ich in meiner Zeit dort nie gekommen.

Aber ich bin dahintergekommen, wie ich meine eigenen Kräfte einsetzen kann. Ich habe heimlich geübt, wie das viele von uns tun, weil man einfach nicht so tun kann, als wäre man etwas, was man nicht ist. Oder als wäre man etwas nicht, was man nun mal ist, wie auch immer. Einige von uns wollen aber tatsächlich auch vergessen, wie Alice zum Beispiel.

Chloe und ich aber eben nicht. Chloe schafft es mittlerweile, sich innerhalb von Sekunden totzustellen. Zumindest nennt sie es manchmal so, aber ich verstehe nicht, wo der Unterschied ist zwischen ihrem Totstellen und echtem Tod. Ihre Körpertemperatur sinkt dann, man kann keinen Herzschlag mehr finden, keine Atmung mehr. Früher hat sie das nicht bewusst gekonnt, als Kind war es ihr einfach passiert. Als ich sie kennengelernt habe, hatte sie es schon gut im Griff, aber sie ist noch so viel besser geworden. In der Zwischenzeit hat sie gelernt, es praktisch von einem Moment auf den anderen einzusetzen.

Ähnlich wie mit mir und meinem Eis. Es kam schon immer, wenn ich es rief, es gehorchte mir auf den Gedanken. Braves Eis. Doch es ging noch bis zum letzten Tag vor meinem Tod nicht ohne Anstrengung. Wenn ich lange geübt habe, dann hat mir manchmal der Kopf geschwirrt, als hätte ich sehr lange nichts gegessen. Chloe braucht sich nicht anzustrengen, sie ist einfach plötzlich tot. Ich schon. Der Dauerbeschuss dieser Untoten, um Chloe zu retten, hätte mich viel mehr erschöpfen müssen. Hat er aber nicht. Genauso wenig, wie es mir keine Mühe gemacht hat, den Spionage-Hasen wegzufegen. So fest hatte ich ihn eigentlich gar nicht schubsen wollen. Natürlich, das ist für meine Verteidigung mal wieder kein gutes Argument, aber es ist die Wahrheit.

Und jetzt diese Sache mit dem Schlaf. Na schön, mein Körper ist wohl so etwas wie tot und schläft deswegen praktisch dauernd. Dennoch, es ist gewöhnungsbedürftig.

Kein Wunder, dass mir jede Menge Gedanken durch den Kopf geschossen sind, während Chloe und Alice schon geschlafen haben und ich immer noch die Decke angestarrt habe, die ich tatsächlich noch sehen konnte. Vielleicht sollte ich das Spionier-Tier darauf hinweisen, dass es um das Sehvermögen von Untoten noch besser bestellt ist, als es sich das denkt. Wie auch immer, zurück zu der Decke, die ich angestarrt habe, und den Dingen, die mir durch den Kopf gegangen sind. Zoey hat gesagt, sie hätte mich erschossen. Alice und Chloe haben mir gesagt, Zoey hätte mich erschossen. Miststück, ganz nebenbei. Mieses kleines Miststück. Ich habe keine Zweifel an dieser Version der Geschichte meiner Beerdigung, abgesehen davon, dass ich keine Spuren davon fand. Ich habe immer noch keine Löcher im Körper, und nach allem, was ich bis vor einer Weile noch über den Tod zu wissen geglaubt habe, tut der Körper nach dem Tod alles andere, als zu heilen. Also, wie kann es sein, dass ich vorhin noch einmal gründlich an mir herabtastete und nicht mal einen Kratzer fand?

Was mich zu der Frage bringt, wie Zoey überhaupt auf die Idee gekommen ist, mich zu erschießen. Nein, das muss ich anders angehen. Wie sie auf die Idee kommen konnte, im Speziellen mich zu erschießen, kann ich mir noch ansatzweise erklären. Die Dinge lagen in Miss Yorks Schule dank der unzähligen Regeln ganz einfach: Zoey tat so, als würde sie mich mögen, weil sie musste, doch ich konnte das Messer hinter ihrem Rücken förmlich sehen. Und ich war dazu gezwungen, ebenfalls so zu tun, als würde ich sie mögen, schließlich war sie meine »Schwester«. Also sind wir umeinander herumgeschlichen, taten so, als könnten wir uns gut leiden, und konnten uns doch gegenseitig nie ausstehen. Also muss die Frage nicht lauten, wieso sie mich erschossen hat, denn diese Frage lässt sich mit »persönliche Abneigung« beantworten.

Nur den Mumm dazu, den hätte ich ihr nicht zugetraut, weil immer so ein Anflug von Panik in ihre Augen trat, wenn ich mich in der Nähe aufhielt. Die Sache mit dem Eis war ihr unheimlich, aber damit war sie nicht alleine. Dass sie sich also getraut hätte, mich anzugreifen, während ich im Vollbesitz meiner Kräfte war, war ziemlich unwahrscheinlich. Aber dass sie mich grundsätzlich bei der ersten Gelegenheit aus dem Weg geräumt hätte, das war durchaus vorstellbar.

Die wirklich entscheidende Frage ist jetzt, wie sie überhaupt dazu gekommen ist, eine Tote, die man bereits in einen Sarg gelegt hatte, zu erschießen. Denn was hätte ich ihr noch tun sollen? Sie war mich ja schon losgeworden, also wieso diese riesige, dramatische Szene auf meiner Beerdigung? Weil sie das letzte Wort haben wollte? Nein, das passt nicht. Also das mit dem letzten Wort schon, aber ... wie auch immer.

Zoey, die Waffe und der Sarg. Unabhängig davon, wer darin lag. Darum geht es. Und am Rande auch darum, was Miss York eigentlich unternommen hat. Alice und Chloe haben sie danach nicht mehr zusammen gesehen, Miss York und Zoey, also können wir es nicht mit Sicherheit wissen, aber die Schulregeln sind streng, Bestrafungen finden gerne zur Abschreckung publikumswirksam statt, also warum in Gottes Namen hat Miss York Zoey mehrere Kugeln in den Sarg einer ihrer »Schwestern« schießen und sie dann einfach unbehelligt davonziehen lassen?

Und wieso überhaupt die Kugeln? Die einzige Erklärung, die mir dazu einfällt, ist, dass Zoey wusste, was sich in diesem Sarg befand. Und dass sie ihren Auftrag einfach nicht ordentlich ausgeführt hat. Wir haben davon gehört, dass das ARO Waffen besitzt, die die Untoten ausschalten können. Worin genau ihr Geheimnis besteht, wissen wir wiederum nicht, die einen sagten, es wären Silberkugeln, die nächsten redeten von Weihwasser, wieder andere behaupteten, die Waffen wären verzaubert, und meistens die Jungs rätselten darüber, ob dem Metall der Kugeln eine bestimmte Zutat beigemischt wurde oder die Waffen selbst vielleicht aus einem besonderen Material hergestellt wurden. Zoey hat offenbar mit dem ARO zusammengearbeitet, sie hat eine Waffe gehabt, aber etwas ist schiefgegangen. Und wir haben jetzt die Waffe und die Munition. Um das unselige Ding aus Chloes Beutel zu ziehen und die Munition herauszunehmen, damit Chloe nicht mit einer geladenen Waffe durch die Gegend läuft, habe ich noch genug gesehen. Ob an der Munition, die dort drin war, irgendetwas Besonderes ist, muss ich mir ansehen, sobald es hell wird.

Prima, jetzt habe ich dank Alice den Faden verloren. An dem Punkt mit der Munition war ich angekommen, als Alice zuerst im Schlaf etwas von der Königin der Dämmerung plapperte und dann ein dumpfes Geräusch und ein gedämpfter Ruf ertönten, als Chloes Ellenbogen mit Alice' Kopf kollidiert ist. Ich wollte die beiden in diesem Moment nicht in meine Überlegungen einweihen, und schließlich ist es mein Tod, um den es hier geht, da ist ein bisschen Privatsphäre wohl gestattet, wenn man sich mit den näheren Umständen befasst, also behielt ich meine Gedanken erst einmal für mich.
Doch nachdem die beiden wieder eingeschlafen sind, bleibt eine Überlegung hängen: Zoey hat mich erschossen. Mit einer Waffe des ARO. Da ich ihr nicht zutraue, dass sie ihren Bettgefährten aus dem ARO verführt hat, um an eine Waffe zu kommen, und ihm das Ding nachts unterm Kopfkissen weggestohlen hat, bleibt nur die Möglichkeit, dass sie im Auftrag gehandelt hat. Dazu passt auch, dass sie sich nach ihrem ... Mordversuch an mir noch einmal mit dem Kerl getroffen hat. Das hätte sie wohl nicht getan, wenn sie die Waffe geklaut hätte. Was wiederum nur bedeuten kann, dass das ARO eine Ahnung hatte, dass ich nicht in diesem Sarg bleiben würde, wenn sie nicht jemanden schicken würden, der dafür

sorgen würde. Es mag nicht so wirken, aber trotz der teilweise verrückten Umstände, die in meiner Welt gerade herrschen, mit den Mutaren und den Untoten, darf man nicht einfach auf Verdacht jemanden erschießen. Schon gar nicht in Miss Yorks Schule.

Wenn sie aber davon wussten, wieso ist dann nicht jemand offiziell vom ARO gekommen, mit allen nötigen Befugnissen in dreifacher Ausfertigung, und hat die Sache in die Hand genommen? Niemand hätte das infrage gestellt. Außer mir, wahrscheinlich, aber mich hätte man ja auch nicht gefragt.

Also, warum schickten sie das kleine Doofchen? Weil sie entbehrlich war? Nein, das ist kein weiterer Ausdruck meiner Geringschätzung, das ist einfach: Sie waren sich nicht ganz sicher, ob sie mich sozusagen doppelt töten durften, hatten keine Genehmigung dafür oder so, also ließen sie Zoey auf mich los, die im Notfall eigenmächtig gehandelt haben konnte und die man als Bauernopfer ans Messer der Behörden liefern konnte, wenn einem nichts andere übrig blieb.

Etwas ist an dieser ganzen Geschichte mehr als nur ein wenig faul, und damit meine ich nicht die vorhandenen Untoten.

Auch dass das ARO in der Nacht, in der Zoey gestorben ist (wie du mir, so ich dir, Pech gehabt, Dummchen) auf einmal beim Internat aufgetaucht ist – da muss etwas dahinterstecken. Aber was?

Und – wieso lebe ich eigentlich noch? Welchen Fehler hat sie gemacht, der dazu geführt hat, dass diese Spezialwaffe bei mir so wirkungslos war, dass sogar mein in diesem Moment toter Körper dazu fähig gewesen ist, die Spuren wieder verschwinden zu lassen? Das passt hinten und vorne nicht ...

Das ist also meine erste Nacht im Kaninchenhaus: Voller Rätsel, Fragen über Fragen, und dabei bin ich noch nicht einmal bei dem Thema der unterschiedlichen Welten und der wahnsinnigen Königin angekommen.

Alice dagegen anscheinend schon. »Und damit endet die Geschichte von der Königin der Dämmerung«, das waren ihre Worte. Woher sollte unsere kleine Alice wissen, wie die Geschichte der wahnsinnigen Königin enden wird? Wenn sie in dieser Nacht geträumt hat, wie wir mit der Königin und ihrer Seuche fertigwerden und dank Chloes unsanftem Weckruf weiß sie es am nächsten Tag nicht mehr, dann können sie alle beide was erleben.

Langsam reißen mich trippelnde Schritte über mir aus meinen Gedanken. Unser Meisterspion mit den langen Ohren und der seltsamen Uhr ist also schon wieder auf den Pfoten. Dann kann es ja nun nur noch eine Frage der Zeit sein, bis wir alle wieder in diese fremdartige Welt hinausgescheucht werden.

ALICE

Einmal mehr hatte das Kaninchen keine Zeit verlieren wollen und sie tatsächlich schnell aus dem Haus gescheucht. Dieses Mal hatten sie immerhin etwas mehr Proviant bei sich, und das Kaninchen hatte außerdem noch allerhand seltsame Dinge eingepackt, dabei aber tunlichst darauf geachtet, dass die drei nicht sehen konnten, was das für Dinge waren. Dafür hatten Alice und Chloe ihre Mäntel zurückgelassen, weil Ethan Bond erklärte, dass es ohne warm genug im Dämmer-Spiegel-Land wäre. So waren sie wieder losgezogen, erst durch ein kleines Dorf, in dem die anderen Dorfbewohner, nur wenige davon Menschen, sie neugierig anschauten. Dann hatten sie das Dorf wieder verlassen und waren zu Alice' Überraschung einem recht gut ausgebauten Weg gefolgt, der sonst anscheinend auch von Karren genutzt wurde: In den festen Boden hatten sich Fahrrinnen eingegraben. Zur Linken und zur Rechten des Weges standen Hecken, keine Bäume mehr. Fast hätte Alice meinen können, wieder in ihrer Welt zu sein, doch die Hecken waren teils seltsame Gewächse mit blauen oder lilafarbenen Blättern, die eine oder andere Blüte schien sogar ganz leise zu singen und Alice sah einmal drei Schmetterlinge, die nicht nur um eine Blüte schwirrten, sondern sich dabei ganz leise unterhielten. Nein, das hier war nicht ihre Welt, ganz sicher nicht.

»Hast du letzte Nacht schlecht geträumt?«, fragte Betty und riss Alice damit aus der Betrachtung der seltsamen Umgebung heraus.

»Ja, bis Chloe mich unsanft geweckt hat«, erwiderte Alice.

»Du hast da was gesagt von der Königin der Dämmerung«, fuhr Betty fort und beobachtete Alice dabei aufmerksam.

Sie seufzte und wich Bettys Blick aus. Sie konnte sich an Fetzen des Traums erinnern, aber nicht daran, warum sie vom Ende der Königin der Dämmerung gesprochen hatte. *Dass* sie davon gesprochen hatte, stand ihr noch klar vor Augen, aber wieso? »Ich habe geträumt, Zoey hätte mich erschossen«, rückte sie mit der Sprache heraus. Auch Chloe hatte sich mittlerweile zu ihnen zurückfallen lassen und Alice erzählte ihnen flüsternd alles, woran sie sich erinnerte.

»Das ergibt keinen Sinn«, stellte Chloe am Ende fest.

»Wie so vieles andere auch«, bestätigte Betty.

Alice konnte nur nicken. »Es war ein Traum«, sagte sie. »Träume sind nicht logisch. Es war so ein wirrer Tag, wahrscheinlich habe ich einfach davon geträumt.« Sie schaute in die enttäuschten Gesichter ihrer Freundinnen, blieb aber bei dieser Erklärung, weil es das Einzige war, in dem noch ein Körnchen Logik wohnte.

In diesem Moment erreichten sie eine Kreuzung und die drei blieben vor Staunen stehen. Links von ihnen begann eine Allee, die wie ein nicht enden wollender Sonnenuntergang wirkte. Die Pflanzen waren so gewählt, dass sie in verschiedenen Nuancen von gelb, orange, rot, rosa und pink schimmerten, mit ein wenig lila dazwischen. Der Weg war noch einmal deutlich breiter als der, auf dem sie sich befanden. Schon wollte Alice abbiegen, aber das Kaninchen winkte sie energisch geradeaus weiter.

»Dort geht es zum Palast der Königin der Dämmerung, an eurer Stelle würde ich ganz schnell das Weite suchen«, verkündete Ethan Bond und so wandte Alice sich wieder von dem Weg ab und ihrem ungeduldigen Reiseführer zu, der sie erst geradeaus über die Kreuzung scheuchte und dann nach einer Biegung einen schmaleren Seitenweg einschlug, der nach rechts führte. Diesem Weg folgten sie eine Weile, über einen Bach, in dem kleine Fische in den buntesten Farben lebten, an einem Baum vorbei, in dessen ansonsten weißer Rinde petrolfarbene Adern verliefen, und dann noch ein Stück, bis sie zu ein paar Steinen kamen, die im Gras lagen.

Das Kaninchen warf einen Blick auf seine Uhr – oder Uhren –, dann ließ es sich auf einem der Steine nieder und atmete sichtlich auf. »Zeit für eine kleine Rast. Wir haben das direkte Herrschaftsgebiet der Königin der Dämmerung verlassen«, erklärte Ethan.

»Das ist auch besser so«, erwiderte eine Stimme, der Alice zunächst niemanden zuordnen konnte, bis der größte Schmetterling, den sie je gesehen hatte, hinter einer Hecke aufflog und dann neben dem Kaninchen landete. Das Wesen hatte ungefähr die Größe des Kaninchens, Flügel in unterschiedlichen Grün- und Blautönen, es trug eine silberne Schärpe und zu Alice' noch größerer Überraschung auch eine Umhängetasche.

»Fridolin! Pünktlich auf die Minute«, begrüßte das Kaninchen den Falter.

»Wer sind deine Begleiterinnen?«, wollte der Riesenschmetterling neugierig wissen und tastete mit den Fühlern in die Richtung der drei.

»Alice, Betty und Chloe«, erwiderte das Kaninchen. »Ich habe sie in der dampfenden Welt gefunden, sie haben den Schlüssel ...« Es brach ab und zuckte mit den Schultern.

Als Fridolins Fühler bei Betty ankamen, zuckten sie zurück, als hätte man eine gespannte Feder losgelassen. »Ist das etwa ... eine von *denen*?«, wollte er entsetzt wissen und deutete mit einem Vorderbein auf Betty.

»Ein Seuchenopfer, ja«, erwiderte das Kaninchen.

Alice glaubte, nicht richtig zu hören. Sie sah, wie Chloe die Stirn runzelte und eine Haarnadel neu feststeckte und wie Betty zusammenzuckte, als hätte sie jemand geschlagen.

»Das ist wirklich höchst unhöflich von euch!«, schimpfte Alice und war erstaunt über sich selbst. »Manieren kennt ihr hier wohl nicht, wie?«

Betty schenkte ihr ein dankbares Lächeln und Chloe ein anerkennendes Nicken.

»Findest du es sonderlich höflich, dass ein Seuchenopfer hier mit uns herumsitzt, als wäre nichts passiert?«, fragte der Falter zurück und ignorierte die erhobene Pfote des Kaninchens.

»Jetzt ist aber Schluss!«, fuhr Chloe dazwischen. »Der Spionage-Hase hier hat uns getroffen, als wir gerade ein paar ... Unannehmlichkeiten ausgewichen sind, und er hat uns hergebracht, weil wir einen Schlüssel haben, den ihr angeblich braucht. Betty hat letzte Nacht schon einige dieser *Seuchenopfer* unschädlich gemacht und deinem langohrigen Freund hier wahrscheinlich den felligen Hintern gerettet.«

»Im Grunde hat sie recht«, erklärte das Kaninchen, das mehrmals Luft geholt hatte, aber durch Chloes Redeschwall nicht durchgekommen war. Erst als Betty Chloe eine Hand auf den Arm gelegt hatte, war diese mit einem letzten abfälligen Schnauben verstummt.

»Sie sagt die Wahrheit?«, vergewisserte sich der Schmetterling.

»Im Grunde, ja.«

Chloe räusperte sich vernehmlich.

»Ja, sie sagt die Wahrheit«, korrigierte das Kaninchen.

»Statt also jemanden zu beleidigen, wäre es vielleicht angebracht, uns endlich zu erklären, was hier vor sich geht«, schlug Alice vor und fügte dann noch hinzu: »Bitte«, um nicht allzu unfreundlich zu wirken.

Das Kaninchen und der Schmetterling wechselten einen Blick und schließlich schüttelte der Schmetterling die Flügel ein wenig, was Alice als eine Art Schulterzucken interpretierte.

»Nun ja, wahrscheinlich ist das richtig«, gab das Kaninchen nach. »Ich versuche, mich so kurz wie möglich zu fassen.«

Der Falter gab ein leises Lachen von sich und das Kaninchen schaute ihn strafend an. »Also. Diese Welt entstand vor langer, langer Zeit, als der letzte Sonnenstrahl der Abenddämmerung oder der erste Sonnenstrahl der Morgendämmerung, so genau weiß man das nicht, auf einen Spiegel traf. Dort, wo die Spiegelung dieses Lichtstrahls auftraf. Sowohl die Königin der Dämmerung als auch die Königin der Spiegel haben die Welt für sich beansprucht und streiten sich seitdem darum, ob Dämmerlicht oder Spiegel wichtiger sind. Die Königin der Spiegel hat durchgesetzt, dass beide Königinnen einen gewissen Bereich um ihren jeweiligen Palast bekommen, in dem sie herrschen, und die Bewohner dieser Welt ansonsten frei entscheiden lassen. Dafür lautet der Name der Welt »Dämmer-Spiegel-Land« und nicht »Spiegel-Dämmer-Land«. Dennoch plant die Königin der Dämmerung fortwährend, diese Regelung wieder zu brechen und die Alleinherrschaft über *alles* an sich zu reißen.

Deswegen gibt es zahlreiche Spione, vor allem uns Kaninchen, da wir die größten Ohren und die feinsten Nasen haben.« Bei diesen Worten schien das Kaninchen ein Stück zu wachsen.

»Wir haben also für die Königin der Spiegel die Königin der Dämmerung belauscht und so konnten wir viele Pläne durchkreuzen. In letzter Zeit haben wir Gerüchte gehört, dass sie wieder etwas plant. Wieder wurde ein Spion an den Hof der Dämmerung geschickt, aber dieses Mal hat die Königin ihn wohl enttarnt und …« Das Kaninchen schluckte und musste sich danach erst einmal räuspern. »Und der Unglückliche verlor seinen Kopf«, erklärte Ethan Bond schließlich.

Chloe korrigierte schon wieder den Sitz einer Haarnadel, Betty schaute das Kaninchen mit großen Augen an und Alice konnte nicht verhindern, dass ihr ein kalter Schauer über den Rücken lief.

»So kam es, dass wir zu spät erfuhren, was die Königin der Dämmerung vorhatte: Sie hatte einen Weg gefunden, eine Seuche freizusetzen und Wesen zu erschaffen, die anderen den Tod bringen. Einen Teil dieser Horde scheint die Königin der Dämmerung kontrollieren zu können, das vermuten wir jedenfalls. Die anderen … nun, sie streifen in ihrem Wahn durch das Dämmer-Spiegel-Land. Die Königin der Spiegel war außer sich, als sie davon erfahren hat. Ihre Majestät hat sofort ihre besten Spione darauf angesetzt, einen Weg zu finden, wie man diese Seuche aufhalten kann. Es scheint tatsächlich einen Weg zu geben, wenn man das Märenland betritt, doch dazu benötigt man einen Schlüssel, und ebendiesen Schlüssel«, er schaute Alice vielsagend an, »werden wir Ihrer Majestät jetzt bringen.«

»Wenn Ihre Majestät die Türen aufmacht.«

Der Kopf des Kaninchens ruckte zu dem Falter herum. »Welche Nachrichten bringst du vom Palast der tausend Spiegel?«

Der Falter seufzte, öffnete dann seine Tasche, kramte mit großer Geste darin herum und sagte schließlich: »Gar keine.«

»Gar keine?« Ethan Bond stürzte sich auf die Tasche und streckte den Kopf hinein, so dass Alice schon befürchtete, der ganze Hase würde hineinpurzeln.

»Seit ein paar Tagen hört und sieht man nichts mehr von Ihrer Majestät. Die Tore sind verschlossen, die Garde hält unbeirrbar die Stellung, nichts und niemand kommt hinein oder heraus.«

Fassungslos sprang das Kaninchen von seinem Stein, warf einen Blick auf seine Uhr. »Aber wir müssen hinein! Wir müssen zur Königin vorgelassen werden, die Zeit läuft uns davon, und was will sie denn ausrichten, ohne einen Schlüssel?«

Wieder das leichte Flügelschütteln. »Das kann ich dir nicht sagen. Ich bin nur ein Telegramm-Falter, wie du weißt.«

»Ja ja«, murmelte das Kaninchen abwesend, lief zwischen den Steinen hin und her und drehte nervös seine langen Ohren in jede Richtung. Der Falter dagegen schlurfte Nektar aus ein paar umstehenden Blüten.

»Habt ihr das gehört?«, fragte Chloe Alice und Betty leise. »Diese Dämmer-Königin muss doch vollkommen irre sein! Einfach so eine Seuche zu entfesseln.«

Alice nickte, sie war sich sicher, dass man ihr die Beklemmung, die sie empfand, ansehen würde. Sie beobachtete Betty, auf deren Gesicht sich eine Mischung aus Unglauben und Wut abzeichnete. »Jetzt ergibt die Geschichte mit der Dämmer-Königin und dem Anfall von Größenwahn Sinn«, stellte sie fest. »Was wir immer noch nicht wissen, ist, wie diese Seuche in unsere Welt herübergeschwappt ist. Wer uns damit angesteckt hat. Aber ich habe dieser Dämmer-Königin zu verdanken, was ich jetzt bin, und glaubt mir, wenn ich die in die Finger kriege, dann werde ich ...«

Im Laufe ihrer letzten Worte war Betty immer lauter geworden. Chloe legte ihr eine Hand auf den Mund und schaute vielsagend zu dem Falter hinüber. Betty nickte knapp zum Zeichen, dass sie verstanden hatte.

»Schön, wir machen einen Umweg!«, rief Ethan Bond in diesem Moment.

Alle Anwesenden schauten ihn neugierig und erwartungsvoll an. Wieder ein Blick auf die unvermeidliche Uhr, dann fuhr er fort: »Wir bleiben hier noch zehn Minuten, um uns zu stärken. *Genau* zehn Minuten, meine Damen. Dann brechen wir auf, gehen aber nicht sofort zum Palast, sondern besuchen eine Teeparty.«

»Eine was?«, platzte es aus Chloe heraus.

»Teeparty«, erwiderte das Kaninchen ungehalten. »Soll ich es dir buchstabieren?«

»Blödsinn, das kann ich selbst. Aber wieso gehen wir zu einer Teeparty, wenn wir eigentlich in dringender Mission Ihrer Majestät unterwegs sind? Und zu wem überhaupt?«

»Es ist nicht besonders höflich, eine Teegesellschaft zu besuchen, zu der man nicht eingeladen ist«, fügte Alice hinzu und erntete ein Augenrollen von Chloe.

»Wahrscheinlich lassen die so was wie mich überhaupt nicht ins Haus«, murmelte Betty.

»Lasst das mal alles meine Sorge sein«, erwiderte das Kaninchen. »Ihr werdet es sehen, wenn wir da sind. Neun Minuten.«

Es wandte sich dem Falter zu. »Flieg deine übliche Route weiter. Und wenn du etwas Ungewöhnliches finden solltest …«

»Lasse ich es dich wissen. Natürlich.«

Alice staunte nicht schlecht, als der Falter salutierte, sich dann von dem Stein abstieß und davonflog. Die großen Flügel warfen einen Moment lang einen ganz schön umfangreichen Schatten auf die Lichtung, verdeckten die Sonne, und Alice fröstelte. Sie nahm das Stück Käse, das Betty ihr hinhielt, und knabberte daran herum, während Chloe darüber spekulierte, zu welcher Teeparty sie gehen würden und ob sie dafür überhaupt richtig angezogen war.

»Fällt euch denn nichts anderes auf?«, wollte Betty zwischen zwei Bissen von einem Stück Brot wissen.

»Eine ganze Menge. Seltsame Pflanzen, riesige Schmetterlinge als Briefträger – was genau meinst du?«, erwiderte Chloe.

Betty schüttelte den Kopf. »Die Untoten.« Sofort stellte das Kaninchen die Ohren auf.

»Die sind mir aufgefallen, danke«, erwiderte Chloe mit säuerlicher Miene.

»Ernsthaft. Siehst du hier gerade welche?«

»Na, zum Glück nicht!«

»Das meine ich.«

»Sie hat recht«, stimmte Alice ihrer Freundin zu. »Ethan, sag mal …«

»Wie neugierig kann ein einzelner Mensch eigentlich sein?«, unterbrach das Kaninchen sie, doch Alice ließ sich nicht beirren. »Ich möchte nur wissen, ob die ... *Weißen Schatten* in dieser Welt nur nachts unterwegs sind.«

»Natürlich. Sie wagen sich nach Einbruch der Dämmerung hinaus«, erwiderte der Spionage-Hase und musterte Alice einmal von oben bis unten, als wollte er nachsehen, ob ihr Verstand irgendwo in die Wiese gefallen war, nachdem sie ihn verloren hatte.

»Das ist bei uns vollkommen anders«, stellte Chloe fest.

»Sage ich doch«, erklärte Betty und eine gewisse Genugtuung schwang in ihrer Stimme mit. »Es wäre sehr interessant zu wissen, warum das so ist.«

»Es ist die Dämmer-Königin, die sie kontrolliert, also vielleicht deshalb«, vermutete Alice.

»Königin der Dämmerung«, verbesserte das Kaninchen sie mit einem erschrockenen Blick. »Wenn sie hören würde, dass du ihren Titel abkürzt, dann würde sie dich ganz schnell einen Kopf kürzer machen. Zweimal, wenn sie könnte.«

Ethan hüpfte von seinem Stein und begann, den Proviant wieder zusammenzupacken. Alice, Betty und Chloe folgten seinem Beispiel. Alice war gespannt, was für eine Teeparty das war, bei der sie einfach uneingeladen hereinplatzen konnten.

Während Chloe und Betty durchs Dämmer-Spiegel-Land stapften und Betty in Gedanken versunken erschien und Chloe offenbar versuchte, sich die Umgebung anzusehen, was bei dem Tempo des Kaninchens nicht so einfach war, versuchte Alice, Ethan Bond noch ein wenig auszutragen.

»Wo gehen wir denn jetzt hin?«, begann sie.

»Zu einer Teeparty, das sagte ich doch bereits.«

»Aber wo ist diese Teeparty? Irgendjemand muss doch der Gastgeber sein.«

»Es gibt ja auch einen Gastgeber. Er ist ein alter Freund von mir. Außerdem kennt er die Königin der Spiegel und vielleicht weiß er etwas darüber, warum sie den Palast abgeriegelt haben.« Ethan zog seine Uhr einmal mehr hervor und murmelte: »Ich hoffe nur, wir sind nicht zu spät dran.«

»Es ist doch gerade mal kurz nach Mittag. Wieso sollten wir da spät dran sein?«

»Weil wir von der Teeparty aus noch weiter müssen und wenn die Dämmerung einsetzt, bevor wir an einem sicheren Unterschlupf angekommen sind ...« Das Kaninchen schüttelte sich.

Alice seufzte. Über die Teeparty und ihren Gastgeber war offenbar nicht viel aus dem Spionage-Hasen herauszubekommen, vielleicht konnte er ja stattdessen eine andere Frage beantworten.

»Weißt du vielleicht, wie diese Seuche von dieser Welt aus in meine Welt gekommen ist?«

Die Nase des Kaninchens wippte energisch. »Verbringst du immer den ganzen Tag damit, Leute auszufragen?«, wollte es wissen.

»Normalerweise nicht, aber das hier sind besondere Umstände«, schaltete sich Chloe ein. »Also, wie ist denn die Seuche nun in unsere Welt gekommen? Ich glaube, das interessiert uns alle. Nicht wahr, Betty?«

Ethan Bond warf Betty einen halb mitleidigen, halb misstrauischen Blick zu.

»Wie ihr wüsstet, wenn ihr mir gestern richtig zugehört hättet, wissen wir eben nicht, wer genau die Seuche in eure Welt geschleppt hat. Es spielt ohnehin keine Rolle.«

»Wie kann das keine Rolle spielen?«, empörte sich Betty.

»Seht mal, wenn ihr jetzt schon wüsstet, wie die Seuche in eure Welt gekommen ist und ihr könnt ohnehin gar nichts mehr dagegen tun, weil es ja doch zu spät ist, um es noch zu verhindern – was habt ihr dann gewonnen? Wenn wir einfach weiter meinem Plan folgen und am Ende die Königin der Spiegel und ein Heilmittel finden, dann könnt ihr eure Welt retten, egal, wer die Seuche dort hingebracht hat. Aus diesem Grund spielt es ohnehin keine Rolle.«

»Ich möchte aber wissen, wieso ich krank geworden bin«, sagte Betty leise.

»Nun, das ist wiederum eine etwas andere Frage, die ich dir leider nicht beantworten kann«, stellte das Kaninchen mit einem gewissen Bedauern in der Stimme fest. »Das hängt mit Ereignissen in deiner Welt zusammen, die sich mir völlig entziehen.«

»Aber was will die Dämmer-Königin mit all diesen ...« Chloe kam nicht dazu, ihre Frage zu beenden, da das Kaninchen auf sie zuschoss und eine Pfote auf ihren Mund legte.

»Du kannst sie nicht so nennen! Man weiß nie, wer es hört!« Ethan Bond schaute sich hektisch um, und als wollte er seine Aussage bestätigen, flog ein Vogel dicht über sie hinweg und landete ein Stück vor ihnen in einem Baum. Es war ein seltsamer Vogel mit unordentlichem, in alle Richtungen abstehendem Gefieder und einem gekrümmten Schnabel. Alice konnte sich nicht daran erinnern, jemals so einen Vogel gesehen zu haben. Seine Augen blitzten zu ihnen herunter, in seinem Blick lag eine Intelligenz, von der Alice nicht wusste, ob sie gefährlich war oder nicht. Wenn dieser Vogel tatsächlich für die Dämmer-Königin arbeitete ...

»Sieh einer an, Ethan«, krächzte der Vogel. »Reisende aus einer anderen Welt? In diesen Zeiten?«

»Es darf nur niemand aus dem Dämmer-Spiegel-Land *heraus*, von *herein* hat unsere Herrin nichts gesagt«, erwiderte das Kaninchen.

»Wer weiß, was sie mitbringen«, gab der Vogel zu bedenken und legte den Kopf schräg.

»Gar nichts.«

»Wieso nimmst du sie dann mit zur Königin?« Der Vogel beugte sich ein wenig von seinem Ast herunter, betrachtete die kleine Gruppe genauer.

»Wir gehen zur Teeparty«, sagte das Kaninchen.

Der Vogel schüttelte seine Flügel. »Teeparty? So, so. Dann wünsche ich viel Glück, dass ihr jemanden antrefft.« Mit diesen Worten stieß er sich wieder von seinem Ast ab und flog davon.

»Was soll das heißen?«, rief ihm das Kaninchen hinterher, aber natürlich vergeblich. »Verflixte Vögel«, murrte es dann.

»Was sind das für Dinger?«, wollte Chloe wissen.

»Das sind keine *Dinger*, das sind *Vögel*«, korrigierte das Kaninchen vorwurfsvoll. »Wenn du sie weiter als Dinger bezeichnest, hast du es dir ganz schnell mit ihnen verdorben.«

»Aber er ist doch jetzt weg.«

»Das weiß man nie so genau. Enigma-Schwingen sehen alles und hören alles. Bei ihren endlosen Streifzügen schnappen sie nahezu alles auf, was in der ganzen Welt passiert. Das Problem daran ist, dass sie es nicht verraten. Sie behalten alle diese Dinge für sich und nur manchmal geben sie eine rätselhafte Botschaft von sich.«

»Dass bei der Teeparty niemand mehr sein würde, war doch gar nicht rätselhaft«, warf Betty ein. Ihr Blick wanderte fast schon sehnsüchtig in die Richtung, in die der allwissende Vogel verschwunden war.

»Das ist richtig. Und das macht mir Sorgen«, murmelte das Kaninchen. »Los jetzt. Wir haben keine Zeit«, fügte es dann hinzu.

Weiter ging es also, zwischen seltsamen Pflanzen hindurch. Einmal begegneten sie einer sprechenden Maus, die das Kaninchen aber nur beiläufig grüßte und dann wieder davonhuschte, und an einer Stelle, an der viele Pilze wuchsen, glaubte Alice, eine winzige Tür in einem der Pilze zu sehen und eine Raupe, die gerade aus dieser Tür heraustrat, doch sobald sie langsamer wurde, um sich etwas genauer anzuschauen, trieb das Kaninchen sie wieder zur Eile an. Bis sie schließlich ein einsam stehendes Haus erreichten.

Ethan Bond trippelte darauf zu und klopfte an die Tür, wandte sich aber fast sofort wieder ab. »Es ist eigentlich sinnlos«, murmelte er und bog um die Ecke des Hauses. Alice, Betty und Chloe folgten ihm. Hinter dem Haus befand sich ein Garten, in diesem Garten stand ein langer Tisch unter einem Baum – und darum herum herrschte heilloses Chaos. Stühle waren umgekippt oder zu Einzelteilen zerbrochen, die Tischdecke hatte unzählig Flecken, Tassen und Teller lagen quer durcheinander, dazwischen Scherben und Gebäck.

Das Kaninchen schoss auf die ramponierte Teetafel zu, umrundete sie mehrmals und murmelte dabei Dinge, die Alice nicht verstand. Zu ihrem Erstaunen begann das Kaninchen aber nach einer Weile, in seinem Beutel zu kramen und mehrere Dinge herauszuziehen.

Langsam trat Alice näher. Sie kannte das hier doch ...

»Halt! Pass bloß auf, dass du mir meine Spuren nicht verwischst!«, kommandierte das Kaninchen.

»Spuren?«, wiederholte Alice verwundert.

»Ja, Spuren. Fußabdrücke, Fell, Pfotenabdrücke, solche Dinge. Spuren.« Ohne sich noch weiter von Alice ablenken zu lassen, zog das Kaninchen ein Paar Handschuhe über seine Pfoten und nickte zufrieden, als es in seinem – allem Anschein nach endlosen – Beutel einen runden Gegenstand fand. Alice wollte gerade fragen, worum es sich handelte, doch dann drückte das Kaninchen auf einen Knopf und langsam wurde aus einer Röhre ein Stapel von mehreren ovalen Metall-Scheiben, die alle an den unteren Enden über ein Gelenk verbunden waren und sich jetzt auffächerten. In den oberen Enden saßen runde Glasscheiben. Mit diesem seltsamen Fächer in der Pfote lief Ethan Bond erneut mehrmals um die Teetafel herum, stupste mit der anderen behandschuhten Pfote mal hier eine Tasse an oder zog dort etwas zwischen Scherben hervor.

»Steh da nicht rum, bring mir mal die Umschläge!«, wies er Alice an.

»Was für Umschläge?«

»Im Beutel natürlich. Da sind kleine Umschläge aus festem Papier drin.«

Nach einigem Kramen fand Alice das Gewünschte und näherte sich vorsichtig, um keine Spuren zu verwischen, mit den Umschlägen in der Hand dem Kaninchen.

Wortlos nahm es ihr einen aus der Hand, öffnete ihn und ließ einen Gegenstand hineinfallen, der für Alice wie ein dünnes Fellbüschel aussah. Anschließend streckte es Alice auffordernd die nunmehr leere Pfote hin. Reflexartig gab Alice ihm noch einen Umschlag, doch das Kaninchen schüttelte ungeduldig den Kopf.

»Ich brauche einen Stift!«, erklärte es.

»Warum sagst du das nicht vorher?«, beschwerte sich Alice.

»Muss ich dir denn alles beibringen? Dafür haben wir keine Zeit. Lass die Umschläge liegen, hol mir einen Stift und pass auf, dass du nichts anfasst!«

Alice öffnete den Mund, um zu widersprechen, doch dann schüttelte sie nur den Kopf und eilte zurück zum Beutel des Kaninchens, um seinen Anweisungen zu folgen.

»Wieso tust du, was er sagt?«, wollte Chloe wissen.

»Wieso denn nicht?«, erwiderte Alice, halb trotzig, halb hilflos.

»Weil das ein Kaninchen ist?«, schlug Chloe vor.

»Ein Kaninchen. Und ein Spionage-Hase. Und der Einzige, der sich hier auskennt. Und willst du denn nicht wissen, was hier passiert ist? Ich schon«, zählte Alice ihre, wie sie hoffte, guten Gründe auf, das zu tun, was das Kaninchen ihr sagte. Sie hatte einen Stift gefunden und beeilte sich, ihn dem Spionage-Hasen zu bringen. Wenn sie ehrlich war, wusste sie selbst eigentlich gar nicht so genau, warum sie seinen Anweisungen so brav folgte, es hatte sich einfach irgendwie so ergeben. Sie war unter anderem schlicht und ergreifend zu neugierig, um bei Chloe und Betty zu sitzen, während Ethan Bond die Überreste der Teeparty im wahrsten Sinne des Wortes unter die Lupe nahm. Leider erfuhr sie dabei nicht sonderlich viel, denn statt ihr irgendetwas genauer zu erklären, beschränkte sich das Kaninchen in erster Linie darauf, vor sich hinzumurmeln und Alice hin und wieder Kommandos zuzurufen. Staunend schaute sie zu, wie Ethan ein kleines Thermometer in die Teereste hielt, die sich noch in der Kanne befanden, wie er anschließend ein winziges Fläschchen in die Kanne tauchte, ordentlich verschloss und wiederum in einen der kleinen Umschläge steckte, wie er kleine Holzsplitter genauestens betrachtete und aus einer Dose ein seltsames Pulver auf Flecken streute, die Alice nicht einordnen konnte. Wozu die Untersuchungen führten, konnte Alice nicht sagen, doch hin und wieder hielt das Kaninchen inne und wippte nachdenklich mit der Nase.

»Nun gut, und jetzt die Scherben ...«, stellte es schließlich fest.

»Die Scherben?«, fragte Alice.

»Ja, die Scherben. Wenn man wissen will, wie viele Tassen und Teller auf dem Tisch standen und wie viele davon benutzt waren, dann muss jemand die Scherben zusammensetzen.«

Alice hob die Hände und wich einen Schritt zurück. »Also, nein. Ich werde nicht den ganzen restlichen Tag hier sitzen ...«

»Wer redet denn von dir?«, fragte das Kaninchen und wedelte ungeduldig mit einer Pfote, um Alice zu verscheuchen. »Du hast viel zu große Pfoten, ähm, Hände. Hier ist ein Gespür für die kleinen Dinge gefragt.«

»Na schön, dann lass dich nicht aufhalten«, meinte Alice etwas ungehalten. Scherben zusammensetzen, als ob sie sonst nichts zu tun hatten. Hatte das Kaninchen vergessen, dass sie doch eigentlich keine Zeit hatten? Da lief sie ihm eine gefühlte Ewigkeit hinterher, brachte ihm dies und hielt jenes fest, nur um so abgefertigt zu werden. »Ein Danke hätte es auch getan«, murrte sie leise, als sie sich wieder zu Betty und Chloe setzte, die von irgendwoher eine Decke geholt hatten und ein Picknick veranstalteten, während das Kaninchen zu beschäftigt war, um auf sie zu achten.

»Na, was hat das Spionier-Tier entdeckt?«, wollte Chloe wissen.

»Ehrlich gesagt, ich weiß es nicht«, antwortete Alice.

»Oh, doch so viel. Da hat es sich ja richtig gelohnt, ihm wie ein aufgescheuchtes Huhn nachzulaufen«, zog Chloe sie auf.

»Du hast in der Zwischenzeit natürlich mindestens sechs sinnvolle Dinge erledigt, nicht wahr?«, konterte Alice.

»Ich habe nicht mitgezählt, aber ich habe etwas gegessen, Betty und ich haben ein paar Beeren gesammelt, wir haben im Haus diese Decke gefunden …«

»Warte mal!«, unterbrach Alice sie. »Im Haus?«

»Wo denn sonst?«

»Wie seid ihr reingekommen? War die Tür offen?«

»Die Tür zur Küche«, erklärte Betty. »Die ist gleich da.« Sie deutete auf eine schmale Holztür an der Rückseite des Hauses, die Alice bisher noch gar nicht aufgefallen war. Sofort war sie wieder auf den Beinen.

»Wir müssen uns drinnen umsehen.«

»Da drinnen ist nichts«, bremste Betty ihren Eifer. »Es ist alles furchtbar ordentlich. Nicht ein einziger umgeworfener Stuhl, nicht mal ein Teefleck auf dem Küchentisch. Gar nichts. Was auch immer sich hier abgespielt hat, drinnen hat ganz sicher kein Kampf stattgefunden.«

»Das will ich sehen«, sagte Alice und überwand die paar Schritte zu der Tür. Im Haus war es ein wenig dunkler als draußen und Alice blinzelte einmal, um sich an die veränderten Lichtverhältnisse zu gewöhnen. Dann musste sie zugeben, dass Betty recht hatte. In der Küche fanden sich nur ein paar Kuchenkrümel neben dem Backofen, mittlerweile so trocken, dass sie sich wie raue Steinchen anfühlten.

Von der Küche aus ging es in einen schmalen, dämmrigen Flur, von dem ein kleines Esszimmer und ein Wohnzimmer abgingen. Hier war es ordentlich, bis auf eine Staubschicht, die über allem lag. Es war sinnlos, sich hier weiter umzusehen, das stellte Alice schnell fest, also ging sie zurück nach draußen. Der Marsch den ganzen Tag hatte sie müde gemacht und mittlerweile war die Sonne schon wieder auf dem Weg den Himmel herunter. Alice überlegte, ob sie das Kaninchen warnen sollte, doch mit seinem Welten-Chronograf sollte es die Zeit doch noch viel besser im Blick haben als sonst irgendjemand. Außerdem würde es merken, wenn das Licht schwand – die Scherben ließen sich bestimmt nicht leichter zusammensetzen, wenn die Sonne unterging.

»Nun, nichts gefunden?«, wollte Chloe wissen.

Alice schüttelte den Kopf und musste gähnen. Sie streckte sich am Rand der Decke aus. Vielleicht sollte sie die Augen nur ganz kurz schließen …

Alice wachte auf, weil jemand energisch an ihrer Schulter rüttelte.

»Was ist …?«, murmelte sie, da legte sich eine Hand auf ihren Mund. Sie riss die Augen auf und erkannte Chloe, die sich über sie beugte. Mittlerweile war die Dämmerung hereingebrochen, die Schatten wurden länger, der Himmel hatte sich in so leuchtenden Rot- und Gelbtönen verfärbt, dass Alice erst einmal staunen musste.

Das Kaninchen lief mit schnellen Trippelschritten zwischen dem Tisch und dem Haus hin und her und balancierte dabei ein Tablett auf der Hand. Dabei murmelte es immer wieder vor sich hin, dass es die Zeit völlig vergessen hätte.

»Was ist denn?«, konnte Alice jetzt endlich fragen. Sie gähnte und schaute sich um. Keine Spur von Betty.

»Betty glaubt, dass ein Untoter in der Nähe ist«, flüsterte Chloe.

»Jetzt schon? Ich dachte, die kommen hier erst nach Einbruch der Dunkelheit heraus«, erwiderte Alice erschrocken.

»Das dachte ich auch, aber wenn Betty das sagt …«

»Schon so spät, herrje ...«, murmelte das Kaninchen, das gerade wieder auf dem Weg zurück ins Haus war.

»Wo *ist* Betty? Und was macht er da?«, wollte Alice wissen.

»Er trägt die Scherben ins Haus, die er zusammengesetzt hat.«

»Und Betty?«

»Betty ...«, begann Chloe gedehnt und warf einen Blick in Richtung Waldrand. »Also, Betty wollte nachsehen, ob sie den Untoten findet.«

»Sie wollte was?« Mit einem Satz war Alice auf den Füßen. Chloe folgte ihrem Beispiel etwas langsamer.

»Was sollen wir sonst machen? Bevor unser Meisterspion nicht alle Tassen im Haus hat, können wir uns nicht dort drinnen verbarrikadieren, und ich sehe hier sonst niemanden, der in der Lage ist, mit Untoten fertigzuwerden.« Sie schaute sich übertrieben dramatisch um. »Es sei denn, du willst es mit unseren Küchenmessern oder Zoeys Munition probieren, die gegen Betty ja anscheinend wirkungslos war.«

»Schon gut. Ich hoffe nur, es ist wirklich nur einer und Betty wird ...«

In diesem Moment ertönte ein Schrei aus dem Wald, gefolgt von einem erstickten Stöhnen und einem Geräusch, als ob Holz splittern würde.

»Ach du meine Güte.« Das Kaninchen erstarrte mitsamt seinem Tablett direkt vor der Küchentür.

»Betty!«, rief Alice und rannte los, dicht gefolgt von Chloe.

»Bist du verrückt?«, zischte Chloe ihrer Freundin zu, überholte Alice aber trotzdem nach ein paar Schritten.

»Das fragt die Richtige«, erwiderte Alice. »Wer hat denn beschlossen, nachts einer möglicherweise bewaffneten Agentin des ARO hinterherzuschleichen?«

»Da wusste ich gar nicht, dass sie für das ARO arbeitet, genau das wollte ich herausfinden!«, verteidigte sich Chloe.

»Wir hatten nur Glück, dass sie nicht daran gedacht hat, sich umzusehen, ob ihr jemand folgt. Sie hätte uns erschießen ... können ...« Bei den letzten Worten war Alice stehen geblieben und brachte ihren Satz gerade so stammelnd zu Ende. Die Dinge, die sie sah, waren zu abwegig, um das ganze Bild auf einmal zu verarbeiten. Ein Baumstumpf, in der Mitte gespalten. Ein Untoter – oder sagte man dann »toter Untoter«? Denn dieser Untote war ganz sicher nicht mehr *un*tot, sondern … töter als tot? Richtig tot? Doppelt tot? Alice fand nicht auf Anhieb das richtige Wort dafür und hatte Angst, wenn sie den Mund öffnen würde, um Chloe oder Betty zu fragen, müsste sie sich übergeben.

Betty war ohnehin viel zu beschäftigt, um ihr zu antworten, so viel war Alice auf den ersten Blick klar geworden. Noch ein Teil in diesem grotesken Bild: Betty, die auf dem Waldboden kniete und etwas in den Händen hielt, was auch dann absolut widerlich ausgesehen hätte, wenn Alice nicht gewusst hätte, was es war, und nicht gewusst hätte, dass es sich vorher im Kopf des nunmehr töter als toten Untoten befunden hatte, dessen Schädelknochen fast genauso gesplittert waren wie der Baumstumpf. Das Gesicht war noch teilweise zu erkennen, wo es sich nicht verschoben hatte oder mit irgendetwas verkrustet war, was Alice im Halbdunkel zum Glück nicht richtig einordnen konnte.

»Ihr Untoten habt wirklich keine Essmanieren, oder?«, fragte Chloe mit mildem Tadel in der Stimme.

Betty zuckte mit den Schultern. »Schieht dasch hier für dich wie'n Gourmet-Reschtaurant ausch?«, nuschelte sie.

»Der Speisesaal von Miss Yorks Schule war auch alles andere als das«, ließ Chloe den Einwand nicht gelten. »Trotzdem, nur weil man stirbt, kann man nicht seine ganze gute Erziehung vergessen. Das gehört sich einfach nicht und trägt nur dazu bei, dass man schneller auffällt. Also, ein bisschen mehr Contenance, bitte.«

Der letzte Satz brachte Alice zum Kichern, weil Chloe perfekt die Stimme ihrer Lehrerin für Benimmunterricht nachgeahmt hatte. Was Chloe aber auch nur so gut konnte, weil sie der Dame tatsächlich zugehört hatte …

»Hysterie hilft uns übrigens auch nicht weiter«, wandte sich Chloe an Alice, die gehorsam nickte, obwohl das leichter gesagt als getan war. Sie erlebte schließlich gerade zum zweiten Mal, wie eine ihrer besten Freundinnen ein frisch aus einem Kopf gebrochenes Gehirn verspeiste. Wenn das nicht der Moment war, um hysterisch zu werden, wann denn sonst?

»Ist das nicht überhaupt ziemlich widerlich?«, erkundigte sich Chloe bei Betty. »Ich meine, das ist schon eine Weile tot, oder? Mit den Geschmacksrichtungen von Gehirn kenne ich mich ja nun nicht so gut aus, aber ist das nicht, als würde man Aas essen?«

Mit aller Gewalt musste Alice gegen das Würgen ankämpfen, das bei Chloes Frage in ihrer Kehle aufgestiegen war. Chloe betrachtete das Ganze mit einer gewissen Distanz, sie hatte ihre Frage fast im selben Tonfall wie Dr. Voight gestellt, wenn er ins Internat gerufen worden war und nach den Symptomen eines Patienten gefragt hatte.

»Völlig egal«, antwortete Betty zwischen zwei Bissen.

»Ah ja. Gut zu wissen. Also man erkennt nicht am Geschmack, wie lange jemand schon …«

Als Alice abermals gegen den Würgereiz ankämpfen musste und dabei einen erstickten Ton von sich gab, schaute Chloe sie an und meinte: »Na, irgendjemand sollte sich doch damit auskennen, oder? Und wie soll ich etwas darüber lernen, wenn ich Betty nicht frage?«

»Dann frage nachher, wenn ich euch nicht mehr höre«, erwiderte Alice am Rande der Verzweiflung. Sie wandte Betty und ihrem unappetitlichen Abendessen endgültig den Rücken zu. »Es wird jetzt schnell dunkel, wir sollten uns sowieso auf den Weg zurück zum Haus machen, bevor noch mehr von denen auftauchen.«

»Da hat sie recht. Na komm, Betty. Oder hast du solchen Hunger, dass du gleich eine ganze Bande von denen verspeisen kannst?«

»Nein, eins reicht eine Weile.«

Betty stand auf und Alice sah aus dem Augenwinkel, dass sie sich die Hände an ihrem Rock abwischen wollte, unter einem »Ts« von Chloe aber auf halbem Weg innehielt.

»Wehe, du versuchst das mal bei mir. Wenn ich das nächste Mal tot bin, meine ich. Muss ich mir dann ein Schild malen, auf dem steht ›Gehirn bitte nicht entfernen, es ist noch in Gebrauch‹? Bei dir ist man ja jetzt seines Lebens nicht mehr sicher, wenn man tot ist.«

Bei Chloes Worten musste Alice fast schon wieder kichern. Vielleicht war es auch nur die Erleichterung darüber, dass sie sich endlich von der Leiche des Untoten wegbewegten … Sagte man das so? Leiche eines Untoten? Es klang so seltsam. Wenn man dagegen sagte: »Die Leiche eines Seuchenopfers«, dann ergab das viel mehr Sinn, weil das beinhaltete, dass jemand erst krank wurde und dann starb und dann tot war. Aber diese Untoten waren ja schon nicht mehr tot … »Ach, das ist alles ein einziges Durcheinander«, murmelte Alice.

»Welchen Teil meinst du genau?«, fragte Chloe.

»Untote, Seuchenopfer, Weiße Schatten … Was ist das, was da im Wald liegt? Die Leiche eines Seuchenopfers? Ein Weißer Schatten, der tot ist? Oder wie?« Alice versuchte, ihren Freundinnen den Gedankengang zu erklären, und war erstaunt, dass ihr die beiden folgen konnten.

»Seuchenopfer und Untote und Leichen, da ist was dran …«, murmelte Betty, die nach ihrem Abendessen fast schon fröhlich wirkte.

Bevor sie die Unterhaltung weiter vertiefen konnten, traten sie aus dem Wald und wurden von einem furchtbar hellen Licht geblendet. Alice hob schützend eine Hand vor die Augen, Chloe wandte sich unter Gezeter ab und von Betty kam ein leises Knurren.

»Da seid ihr ja!«, ertönte die Stimme von Ethan Bond hinter dem Lichtstrahl. »Moment, das haben wir gleich …«

Kurz darauf nahm die Stärke des Lichtes ab und Alice konnte endlich wieder die Augen öffnen.

»Jetzt aber husch, ins Haus. Und du solltest dich unbedingt säubern.« Der Spionage-Hase verzog das Gesicht, als sein Blick auf die nunmehr hell erleuchtete Betty fiel.

Sie folgten seiner Aufforderung, liefen ins Haus und verbarrikadierten Fenster und Türen so gut wie möglich. Das seltsame Gerät, von dem das Licht ausgegangen war, legte das Kaninchen dabei auf einem Tisch ab und nachdem sie das Haus gesichert hatten, betrachtete Alice es genauer. Es war eine Konstruktion, die aus einer Röhre in der Mitte bestand und aus mehreren kleineren Röhren an den Seiten. Die an den Seiten konnte man aufschrauben, die in der Mitte noch einmal in sich drehen … »Was ist das?«, wollte Alice wissen.

»Ein Lichtwerfer«, erwiderte Ethan Bond. »In diesen kleinen Röhren ist Rinde von Büschen, die das Licht am Tag speichern und es am Abend wieder abgeben. Man muss sie von Zeit zu Zeit natürlich ersetzen. Dann befinden sich noch jede Menge Linsen darin, und je nachdem, wie man die Linsen ausrichtet, wird mehr oder weniger Licht zu einem einzigen Strahl gebündelt. Es kann ein wenig Dämmerlicht erzeugen, ähnlich wie eine Kerze, oder richtig hell werden. Ich wollte mich gerade auf den Weg machen, um euch zu suchen, und habe den Lichtwerfer auf eine hohe Stufe gestellt, damit ich im Wald weit genug sehe.«

»Das ist sehr interessant«, stellte Alice fest.

»Es ist vor allem nützlich.« Ethan Bond nahm ihr den Lichtwerfer aus der Hand und ging damit zu dem großen Esstisch hinüber, wo er die Scherben ordentlich aufgereiht hatte, sortiert nach den einzelnen Geschirrteilen, zu denen sie gehörten. Die Tassen waren Scherbenhäufchen, weil sie logischerweise nicht mehr gehalten hatten, die Teller waren aber wieder gut zu erkennen, abgesehen von den Rändern, wenn diese sich leicht nach oben gewölbt hatten. Es war viel Geschirr und vor allem recht bunt zusammengewürfelt. Hin und wieder waren mal zwei Teller oder zwei Tassen zu erkennen, die aus demselben Service stammten, aber dann gehörte zum selben Gedeck ganz sicher eine andere Tasse … Wie konnte man eine Teetafel so unordentlich decken?

Alice wurde abgelenkt, da das Kaninchen einmal mehr den merkwürdigen Fächer mit den Glasscheiben hervorzog.

»Was ist das?«, fragte sie zum zweiten Mal und das Kaninchen schaute sie mit wippender Nase an.

»Noch immer so neugierig? Es ist ein Lupenfächer.«

»Ein was?«

Das Kaninchen seufzte. »Lupenfächer. Sieht man doch. Es hat die Form eines Fächers, aber statt Luft damit zu bewegen, vergrößert er Dinge. Das sind alles Linsen mit verschiedenen Vergrößerungsstufen. Unerlässlich, wenn man winzig kleine Spuren untersuchen muss.«

Alice fragte sich, wie viele solcher seltsamen Gerätschaften wie den Lichtwerfer und den Lupenfächer Ethan Bond noch mit sich herumschleppte. Sie hätte dem Kaninchen gar nicht zugetraut …

»Was starrst du so, Alice? Husch, tu irgendetwas Sinnvolles.« Wieder wedelte das Kaninchen energisch mit der

Hand, um Alice wegzuscheuchen. Sie wusste beim besten Willen nicht, was sie jetzt Sinnvolles tun sollte, also tat sie dasselbe wie Chloe und vor allem Betty vor ihr, und suchte das Badezimmer des Hauses auf. So schlecht verlief ihre Flucht gar nicht, sie hatten genug zu essen, regelmäßige Waschgelegenheiten und nachts ein Dach über dem Kopf. Wenn diese Untoten nicht wären, hätte es fast ein Abenteuerurlaub sein können. So war es Alice stellenweise fast zu viel Abenteuer, aber wenn man sich mitten in der Nacht mit einem geheimnisvollen Schlüssel durch ein Kaninchenloch davonmachen musste, dann konnte man sich wohl nicht alle Begleitumstände aussuchen …

BETTYS TAGEBUCH

Es ist eine seltsame Welt, durch die wir uns da bewegen. Als hätte ein sprechendes Kaninchen nicht schon gereicht, gibt es auch noch einen sprechenden Schmetterling und ähnlich seltsame Dinge. Wir wissen nicht, was es zu bedeuten hat, dass der Palast der Spiegelkönigin (ob die einem eigentlich auch den Kopf abschlagen lässt, wenn man ihren Titel abkürzt?) abgeriegelt ist, aber es kann nichts Gutes bedeuten, schließlich müssen wir irgendwie dort hinein.

Was es eigentlich mit dieser Teeparty auf sich hat, hat uns der Spionage-Hase natürlich nicht erklärt. Oder wer der Gastgeber ist oder war, das wäre ja zu viel verlangt. Und wer letzten Endes dafür verantwortlich ist, dass die Teeparty ein jähes und recht unordentliches Ende gefunden hat, das weiß unser Spionage-Hase wohl selbst nicht. Vielleicht findet er ja eine Antwort darauf in den Scherben … Alice jedenfalls ist vollkommen gefangen von allem, was dieser Fellball tut. So hat sie aber wenigstens auch etwas zu tun und muss sich nicht ganz so viele Gedanken darüber machen, dass eine ihrer besten Freundinnen … seltsame neue Essgewohnheiten hat.

Muss ich mich jetzt schon wieder irgendwie verteidigen? Zählt es, dass die Nähe eines Gehirns einen geradezu unwiderstehlichen Zwang auslöst, eins zu verspeisen? Oder lautet das Gegenargument, dass ich mich dann besser beherrschen muss?

Wie auch immer, es ist seltsam mit diesen Untoten. Ja, mit diesen Untoten. Sie sind anders als ich. Zumindest die Exemplare, die uns bis jetzt angegriffen haben. Sie scheinen wirklich nicht furchtbar schlau zu sein und ich habe von keinem von ihnen auch nur ein vernünftiges Wort gehört. Ob das an dem Wahn liegt, der sie nach dem Sterben ergriffen hat? Oder auch daran, dass man von untoten Tieren sowieso keine Worte erwarten darf? Ehrlich, hier in dieser seltsamen Welt gibt es nicht nur sprechende Tiere, sondern auch untote Tiere, neben untoten Menschen, und bei den

Tieren bin ich mir nicht mehr sicher, wieso sie sich nicht ordentlich ausdrücken können oder es vielleicht einfach nicht wollen. Aber abgesehen davon, ob sie reden können oder nicht, sind ihre Augen anders als meine. Sie sind gleichzeitig leer und voller Irrsinn. Also wieso habe ich es so gut überstanden, tot zu sein, die aber überstehen es nicht? Woran liegt das?

Und dann hat Alice noch etwas über die Seuchenopfer gesagt. Seuchenopfer oder Weiße Schatten, so nennt man sie in dieser Welt. Leichen von Seuchenopfern ist tatsächlich ein viel logischerer Begriff, als Leichen von Untoten. Eben weil Seuchenopfer in erster Linie krank werden und sterben. Wie es genau genommen auch mir passiert ist. Mir ging es nicht gut und dann war ich auf der Krankenstation und dann war ich – in einem Sarg. Was ist dort mit mir passiert? Hat mich jemand aus dieser Welt angesteckt? Ist dieses Untot-Sein ansteckend? Man weiß nichts darüber, wie sie sich vermehren, oder zumindest hat uns Schülern aus Miss Yorks Internat niemand erklärt, wie das passiert. Wir haben nur gerüchteweise aufgeschnappt, dass man, wenn man den Angriff eines Untoten überleben sollte, selbst zu einem wird. Wie auch immer sie einen dazu machen.

Die ganze Zeit zerbreche ich mir jetzt den Kopf darüber, wie ich mich im Internat mit der Seuche angesteckt haben kann, aber ich komme nicht darauf. Ich weiß nicht, ob meine Gedächtnislücken durch das Sterben noch größer sind, als ich dachte – Chloe hatte damit noch nie Probleme, aber bei Chloe liegen die Dinge mit dem Totsein und dem Wiederauferstehen auch ein wenig anders, im Vergleich zu mir. Jedenfalls komme ich einfach nicht darauf. Bei allen Gelegenheiten, an die ich mich erinnere, war ich mit Alice und Chloe zusammen. Außer natürlich im Badezimmer, aber dieses Badezimmer benutze ich schließlich nicht alleine, wenn sich dort etwas befunden hätte, was die Seuche überträgt, hätte sich noch jemand anstecken müssen, ganz sicher.

War ich einfach nur das erste Opfer gewesen? Das werden wir jetzt nicht mehr herausfinden, weil wir schlecht zurück ins Internat gehen und fragen können. Vielleicht hätte Klein-Doofchen, Entschuldigung, Zoey, etwas darüber gewusst, schließlich hat sie ihr Näschen in alles gesteckt, was mit dem ARO zu tun hatte. Nur leider ist das ein wenig ... aus dem Ruder gelaufen, und nach unserer letzten Begegnung kann sie mir leider keine Antworten mehr geben. Ehrlich gesagt will ich eigentlich gar nicht mehr mit ihr reden, nachdem sie mich erschossen hat, die blöde Kuh. Also, ich würde nicht mehr mit ihr reden wollen, wenn ich noch könnte. Wenn sie noch könnte. Wie auch immer.

Vielleicht hat sie ja auch ein Tagebuch geführt? Aber, gute Güte, würde ich das wirklich lesen wollen? Und würde ich jemand anderem zumuten wollen, es für mich zu lesen? Wenn ich auf eine Sache ganz sicher verzichten kann, dann sind es genau protokollierte Treffen mit ihrem Kerl vom ARO. Ob der wirklich gewusst hat, was sie tat? Vielleicht hat sie die Waffe ja doch irgendwie gestohlen und auf eigene Faust gehandelt, denn wer würde Zoey denn ernsthaft eine Waffe geben? Natürlich kann das auch einfach heißen, dass dieser Kerl nicht mehr klar bei Verstand war, das soll Männern ja gelegentlich passieren bei einem lieben Lächeln und einem tiefen Ausschnitt …

Nein, das ist jetzt nicht wichtig, natürlich nicht. Aber auch eine untote Mutare kann so etwas wie Heimweh haben, und wenn es eine Person gibt, die mir nach dieser Flucht tatsächlich fehlt, dann ist das einer meiner Mitschüler. Nein, nichts mit Liebesgeschichte, so war das nicht. Aber wir waren sehr gute Freunde, und er war völlig Zoey-immun und hatte ein ziemlich helles Köpfchen. Da konnte noch so viel liebes Lächeln und tiefer Ausschnitt im Spiel sein, das zog einfach nicht. Er hat da eher über andere Jungs an der Schule den Kopf geschüttelt. Vor allem, als zwei von ihnen vor Jahren zu sehr einen Narren an Chloe gefressen und sie regelrecht belästigt haben, sofern das möglich war, ohne Schulregeln zu brechen. Er hat ihnen irgendwann die Meinung gesagt und seitdem waren wir Freunde, bis er schließlich vor kurzem das Internat verlassen hat. Manchmal frage ich mich, was aus ihm geworden ist …

Das ist jetzt aber eigentlich auch nicht das Thema, sondern wie ich zu dem werden konnte, was ich geworden bin, was Zoey damit zu tun hatte oder auch nicht und wie dieser liebeskranke Dussel beim ARO dazu kommen konnte, ihr die Sache mit dem Erschießen zu erlauben. Ich weiß über das ARO im Grunde gar nichts, also kann ich nur bei Zoey anfangen … was ich eigentlich nicht will. Aber es bleibt mir wohl nicht erspart, außerdem muss sie ja irgendetwas gewusst haben, also, mal sehen.

Zoey war irgendwann plötzlich da. Das passiert in Miss Yorks Internat öfter, weil sich Eltern und sonstige Verantwortliche nicht an Schuljahre halten, wenn es darum geht, Mutare wegzusperren.

Was Zoey von den anderen unterschied, war, dass niemand so genau wusste, was sie bei uns eigentlich verloren hatte. Sie ging keine Wände hoch, zeigte keine Anzeichen von übermäßig scharfen Sinneswahrnehmungen, hatte keine Probleme mit Spiegeln, brachte weder Feuer noch Eis noch sonstige Elemente hervor, lag nicht augenscheinlich tot irgendwo herum, hatte keinen Einfluss auf das Wetter, die Gedanken anderer oder sonst irgendetwas. Sie zeigte schlicht und ergreifend keine Anzeichen für gar nichts. Die Frage »Was kannst du eigentlich und was machst du dann hier?« wäre zu unhöflich gewesen, also taten Alice, Chloe und ich das, was Mädchen so tun, wenn sie bei einem anderen Mädchen nicht wissen, was sie davon halten sollen: Wir saßen zusammen in irgendeiner Ecke und spekulierten.

Und ich muss zugeben, wir mochten sie alle von Anfang an irgendwie nicht. Ein urplötzliches, geheimnisvolles Auftauchen ist sogar an einem Ort mit lauter seltsamen Menschen eine merkwürdige Sache. Dass sich niemand die Mühe machte, uns andere über Zoeys Erscheinen aufzuklären, machte es nicht besser. Dass sie auf einmal überall aufzutauchen schien und verflixt noch mal über Dinge Bescheid wusste, die von uns anderen niemand wusste, sprach einfach nicht für sie. Sie kannte die Fähigkeit eines jeden einzelnen von uns, ohne jemals damit herauszurücken, was eigentlich ihre war. Oder sie zu zeigen. Wenn ein Lehrer nicht auftauchte und wir andere uns noch wunderten, schneite Zoey irgendwann in den betreffenden Unterrichtsraum, um uns freundlich lächelnd darauf hinzuweisen, dass dieser Unterricht heute ausfallen würde. Dabei ließ sie uns aber auch gerne mal eine Weile warten und entschuldigte sich dann mit genau diesem freundlichen Lächeln, das mich ernsthaft daran zweifeln ließ, ob »Oh, das tut mir leid« nicht eher ein »Ihr könnt mich alle mal, Fußvolk« war. Und dann war da dieser denkwürdige Fall mit der Geschichtsstunde. Geschichte war etwas, wofür man an Miss Yorks Schule nie zu alt wurde, also kamen auch Alice, Chloe und ich noch hin und wieder in den Genuss. Genau gesagt, war es eine nicht vorhandene Geschichtsstunde. Kurz vor der Pause kam unser Geschichtslehrer in den Raum und wunderte sich, warum wir alle überhaupt anwesend waren, schließlich sei die Stunde doch verlegt worden und würde im Grunde in der Pause anfangen ...

Wir hatten geschlossen keine Ahnung, also wies Chloe den guten Mann darauf hin, dass uns das niemand gesagt hatte. Wozu gab es eine Tafel im Erdgeschoss, an der solche Dinge normalerweise notiert wurden?

»Zoey hätte euch Bescheid geben sollen«, erklärte er uns.

»Hat sie aber nicht«, erwiderte Chloe.

»Oh«, war die einzige Antwort. Und die einzige Konsequenz. Eine Anweisung oder einen Auftrag eines Lehrers nicht zu erfüllen, gab normalerweise Ärger. Es sei denn, man hieß Zoey und wuselte überall und nirgends herum, als wäre man der neue Schulgeist. Nur leider nicht so unsichtbar.

Also spekulierten wir erst recht. Warum kam diese Nuss mit allem durch? Zu spät zum Unterricht – nicht schlimm, konnte ja mal passieren. Aufsätze abliefern, für die das Wort »Katastrophe« noch diplomatisch war? Hauptstädte und historische Daten gnadenlos vertauschen? Versuchsanordnungen ruinieren? Na ja, sie war ja noch neu. Die Namen der Lehrer auf eben der erwähnten schwarzen Tafel falsch schreiben? Gab nur ein Schulterzucken. Sogar das eine Mal, als wir einen neuen Lehrer bekommen sollten, sie eine falsche Raumangabe aufgeschrieben hatte, niemand zur Stunde erschien, der arme Mensch auf der Suche nach seinen Schülern durch die Gänge irrte und … Wie auch immer. Es passierte nichts. Nie. Während wir unsere fehlerhaften Aufsätze neu schreiben oder uns vor der versammelten Schule für unsere Fehler entschuldigen mussten (mindestens!), hatte Zoey Narrenfreiheit. Und niemand von uns verstand, warum.

Sie nahm am Unterricht teil, also konnte sie keine neue Schul-Sekretärin, Hilfs-Sekretärin oder sonst etwas sein.

Was mich auch heute noch, nach all diesen ausschweifenden Erklärungen, zu dem Schluss bringt: Niemand von uns wusste, was Zoey eigentlich an unserer Schule tat und wieso und woher sie auf einmal gekommen war. Es hatte sogar schon Gerüchte gegeben, dass sie keine Mutare war, denn selbst, wenn wir bei Miss York lernen sollten, unsere Fähigkeiten nicht mehr zu zeigen, musste man sie dazu erst einmal richtig kontrollieren, und außerdem waren die meisten froh, endlich mit anderen Mutaren darüber reden zu können … Zoey nicht. Zoey passte von vorne bis hinten nicht zu uns und ich wartete nur darauf, dass sie irgendwann eine Formel falsch aufschreiben und damit jemanden dazu bringen würde, ein gefährliches Gemisch herzustellen, das uns die ganze Schule unterm Hintern wegsprengte. Und wie dann eine angeschlagene Miss York aus der qualmenden Ruine auftauchen und sagen würde: »Kann ja mal passieren ...«

Im Nachhinein sieht die Sache jetzt natürlich anders aus. Im Nachhinein kann ich mir das Ganze fast nur so erklären, dass Zoey von Anfang an durch das ARO eingeschleust worden ist. Ein kleiner Spion, getarnt als Lehrer-Liebling oder etwas Ähnliches. Aber warum? Unsere Lehrer überwachten uns genug. Die hatten uns genau im Auge, darauf konnte man sich verlassen. Schließlich hat man dort nicht irgendwelche Schulkinder oder auch, wie im Falle von Alice, Chloe und mir, irgendwelche gerade-so-Erwachsenen, die man auf das Leben außerhalb der Schule vorbereitet, sondern wir sind anders. Wir sind Menschen mit Fähigkeiten, die die Gesellschaft teilweise fürchtet. Einige ganz seltsame Gesellen da draußen behaupten sogar, wir wären irgendwie magisch. Das sind aber dieselben, die darauf bestehen, dass es in unserer ganzen Welt irgendwann einmal Magie gab. Eigentlich können die froh sein, dass man nicht mehr so mit augenscheinlich Verrückten umgeht, wie zu diesen magischen Zeiten ...

Es gibt jedenfalls Gründe, warum Einrichtungen wie Miss Yorks Schule ins Leben gerufen worden sind. Wenn einer ihrer Schüler aus der Reihe tanzen oder etwas anstellen würde – undenkbar. Alleine deshalb hat Miss York alle ihre Schüler sehr genau im Auge, und wir nehmen ohnehin an, dass es sich bei dem einen oder anderen Hausmeister oder Koch, bei der einen oder anderen Putzfrau oder Krankenschwester in Wahrheit um sehr gut ausgebildete Kräfte des ARO handelt.

Also brauchten sie Zoey eigentlich nicht. Nur um mich zu erschießen. Einen wahrscheinlich nicht genehmigten Tod ... Zoey, die kleine Meuchelmörderin. Was wäre nur mit ihr passiert, wenn ich sie nicht in die Finger bekommen hätte?

ALICE

Das Kaninchen war weiterhin mit seinen Scherben beschäftigt, Chloe war damit beschäftigt, in unregelmäßigen Abständen einen Blick durch die Vorhänge nach draußen zu werfen und Betty ... klappte gerade ein Notizbuch zu.

»Was machst du da?«, fragte Alice, der ganz allmählich langweilig wurde. Außerdem war ihr neu, dass Betty sich außerhalb des Unterrichts irgendwelche Notizen machte.

»Mich über Zoey auslassen.«

»Geht das schon wieder los.«

»Nein, immer noch.«

»So schlimm war sie nun auch wieder nicht. Sie war einfach nicht schlauer«, warf Chloe ein.

»Das ist es ja! Sie kann nicht die größte Stütze des ARO gewesen sein, sie kommt mir eher wie jemand vor, den man ... ersetzen kann«, meinte Betty.

»Sag das Xavier«, bemerkte Chloe düster.

»Dafür interessieren wir uns doch gerade gar nicht!« Alice schüttelte den Kopf. »Es geht uns auch gar nichts an. Dass sie Betty erschossen hat, *das* geht uns was an.«

»Erschossen?«, meldete sich nun auch das Kaninchen zu Wort und stellte neugierig die langen Ohren auf. Bisher kannte Ethan Bond die Vorgeschichte ihrer Flucht noch nicht, die Zeit hatte ihnen gefehlt.

»Ihr müsst mir helfen, Mädels. Was ist passiert, bevor ich gestorben bin? Los, wir brauchen alles.« Betty schaute Chloe und Alice hilfesuchend an.

»Na ja«, begann Chloe schließlich, »du warst krank. Eines Abends bist du nicht zum Essen gekommen und wir wollten zu dir. Da kam gerade Dr. Voight aus deinem Zimmer und hat uns nicht hineingelassen, weil es dir nicht gut ging. Am nächsten Morgen bist du auch nicht zum Frühstück gekommen und da hieß es dann, du wärst auf der Krankenstation.«

Betty runzelte die Stirn und schüttelte langsam den Kopf.

»Was ist denn?«, wollte Alice wissen.

»Ich dachte, ich könnte mich daran erinnern, dass ich krank war«, erwiderte Betty. »Aber ich weiß nichts mehr über einen Besuch von Dr. Voight. Oder wie ich auf die Krankenstation gekommen bin.«

»Aber du weißt noch, wie du aufgewacht bist. Und du bist nicht wahnsinnig geworden«, schaltete sich das Kaninchen ein. »Und du hast immer noch keinen von uns angegriffen, sondern nur Seuchenopfer. Du siehst nicht mal so mitgenommen aus, wie die meisten Untoten das normalerweise tun. Bei euch Mutaren scheinen die Dinge anders zu liegen, als bei anderen Untoten in eurer Welt.«

»Wie viele untote Mutare hast du denn schon getroffen?«, fragte Betty.

Das Kaninchen wippte ein paar Male mit der Nase, dann sagte es: »Gar keine.«

»Du bist einzigartig«, stellte Chloe fest und tätschelte Betty die Hand.

»Und ist es nicht seltsam, dass das ausgerechnet in Miss Yorks Schule passiert, nach dem Auftauchen der kleinen Zoey, nachdem du so plötzlich krank geworden bist ...?«, überlegte Alice.

»Das ARO hat spekuliert«, erklärte Ethan Bond nachdenklich, »dass Mutare vielleicht gar keine Untoten werden können. Ich konnte sie nicht oft belauschen, nur, wenn einer von ihnen auf Patrouille ...«

»Patrouille?«, unterbrach Chloe schneidend.

»Sicher, die Patrouillen auf eurem Schulgelände. Was glaubt ihr, wieso die so schnell zur Stelle waren mit ihren Hunden, in der Nacht, als ich euch hier hergebracht habe?«

Die drei jungen Frauen wechselten vielsagende Blicke.

»Ihr glaubt doch nicht, dass sie versucht haben ... herauszufinden, ob Mutare immun gegen die Seuche sind, oder?«, fragte Chloe leise.

»Ich weiß nicht, was sie versucht haben, aber etwas stimmt da nicht«, erwiderte Betty mit einem leichten Zittern in der Stimme.

Alice schaute Betty entsetzt an. Dass jemand so etwas tun könnte, wollte sie sich eigentlich nicht einmal vorstellen, doch es ergab Sinn, das konnte sie nicht leugnen. Wenn die Dämmer-Königin die Seuche hier freigesetzt hatte, wieso sollte dann nicht auch in ihrer Welt jemand anfangen, damit herumzuprobieren, und ...

Bevor sie den Gedanken zu Ende bringen konnte, hämmerte es draußen gegen die Hütte.

Alle Blicke wandten sich in Richtung Tür. Wieder ein Hämmern, dann ein Kratzen am Holz. Das Kaninchen schoss aus dem Raum, Alice und die beiden anderen folgten ihm. Als sie Ethan Bond eingeholt hatten, war er schon damit beschäftigt, eine Tischdecke gegen den Türrahmen zu drücken und damit auch das letzte Licht abzudunkeln, das möglicherweise durch den schmalen Spalt nach draußen drang.

»Was ist denn, wenn jemand da draußen Hilfe braucht?«, zischte Chloe.

Ethan Bond sah zu ihr auf. »Hilfe? Da draußen braucht keiner mehr Hilfe. Niemand, der bei klarem Verstand ist, hält sich nach Einbruch der Dunkelheit dort draußen auf. Und falls doch könnte derjenige um Hilfe *rufen*, oder nicht? Wie stehen die Chancen, dass einem jemand zu diesen Zeiten nach Einbruch der Dunkelheit eine Tür aufmacht, wenn man wortlos dagegenhämmert?« Das Kaninchen hatte sich mittlerweile wieder aufgerichtet und schaute Chloe durchdringend an.

Von draußen wurde erneut an der Tür gekratzt und Alice überlief ein kalter Schauer, wenn sie daran dachte, dass das Holz möglicherweise irgendwann nachgeben würde. Dann ertönte ein Geräusch aus der oberen Etage des Hauses, das Alice erstarren ließ. »Was war das?«, flüsterte sie.

»Das kam von oben«, stellte Betty fest und bestätigte damit Alice' Eindruck.

»Wie kann etwas von oben kommen?«, überlegte das Kaninchen. »Gehen wir nachsehen.«

Es machte Anstalten, die erste Treppenstufe hinaufzusteigen, da hielt Chloe den Spionage-Hasen am Ärmel zurück. »Hast du in deinem Beutel nicht irgendeine Waffe? Bis jetzt ging es ja dank Betty immer gut, aber wir können uns doch nicht unbewaffnet mit einem Haufen Untoter anlegen!«

»Du hast recht. Auch wenn sie tatsächlich immer bewaffnet ist ...« Das Kaninchen neigte den Kopf in Bettys Richtung, doch diese schaute so finster drein, dass es die Pfoten hob und wortlos in Richtung Esszimmer tippelte, wo es seinen Beutel hatte liegen lassen.

Wieder ertönten Geräusche von oben, dieses Mal klang es wie schlurfende Schritte.

»Mist, mist, mist«, murmelte Chloe vor sich hin und fummelte an einer ihrer Haarnadeln herum.

Im Esszimmer klickte etwas, das Kaninchen schimpfte leise. Dann war es wieder zurück und die drei jungen Frauen staunten nicht schlecht. Der Spionage-Hase hielt eine Armbrust zwischen den Pfoten.

»Wo hast du die denn her?«, wollte Chloe wissen.

»Aus meinem Beutel, wie du gesagt hast.«

»Die passt doch da nie im Leben rein!«

»Natürlich nicht. Nicht als Ganzes. Aber man kann sie auseinanderbauen.« Das Kaninchen schob sich an Alice, Chloe und Betty vorbei und machte sich entschlossen daran, die Treppe zu erklimmen.

Auch wenn die Armbrust eindeutig zu groß aussah, um so im Beutel des Kaninchens gewesen zu sein, so war sie doch an sich nicht sonderlich groß. Alice kannte sich mit Waffen nicht gut aus, aber sie hatte auf einem Ausflug in ein Museum schon Armbrüste gesehen, die deutlich größer gewesen waren. Mit diesem Ding wollte das Kaninchen möglicherweise mit einem Seuchenopfer fertigwerden?

»Ist das Ding nicht trotzdem ... ein bisschen klein?«, flüsterte Chloe in diesem Moment auch schon.

»Klein? Es ist eine ganz besondere Mechanik, einer dieser Bolzen hat eine Durchschlagskraft ... aber wenn wir Pech haben, werdet ihr das gleich sehen.«

Die Schritte in der oberen Etage waren verstummt. Alice konnte sich fast vorstellen, wie ein Untoter erst abwartete, da er Geräusche gehört hatte ...

Am Ende der Treppe wandten sie sich nach links. Am Ende des Flures lag das Badezimmer, und dort ... schimmerte ein wenig Licht unter der Tür durch.

Unter dem strafenden Blick des Kaninchens schrumpfte Alice förmlich zusammen. Sie war die Letzte gewesen, die sich dort aufgehalten hatte.

»Wieso hast du die Kerzen nicht gelöscht?«, schimpfte das Kaninchen mit Flüsterstimme.

»Ich habe nicht gedacht ...«

»Eben! Hättest du mal besser!«

Alice presste die Lippen aufeinander. Was sie hatte sagen wollen, war »Ich hatte nicht gedacht, dass Seuchenopfer klettern können«, denn nach ihrem Wissensstand waren die Untoten eher schwerfällig. Trotzdem waren sie schnell, aber kompliziertere Bewegungen waren nicht ihre Sache. Über Zäune zu klettern, hielt sie lange auf, und in den ersten Stock eines Hauses hinaufzusteigen, das ging eigentlich über ihre Bewegungsfähigkeiten hinaus. Zumindest nach allem, was Alice wusste. Bei den Untoten hier in dieser Welt lagen die Dinge möglicherweise noch ein wenig anders als bei ihr zu Hause. Sie warf einen Blick über die Schulter zu Betty. Bei ihr lagen die Dinge ohnehin ganz anders.

Das Kaninchen deutete mit einer Pfote ungeduldig auf die Tür zum Badezimmer. »Mach dich nützlich und mach mir die Tür auf«, flüsterte es Alice zu.

»Was? Aber wenn dieser Untote mich angreift ...«

»Du sollst nur die Tür aufmachen, du sollst nicht in der Schusslinie stehen bleiben. Himmel!«

Eingeschüchtert griff Alice nach dem Türgriff, während das Kaninchen einen Schritt zurücktrat, mit beiden Pfoten die Armbrust hob und auf die Tür richtete. Alice gefiel es gar nicht, eine hochgefährliche Armbrust in ihrem Rücken zu haben, doch was sollte sie tun? Langsam drehte sie den Türgriff. Die Tür ging nach außen auf und Alice achtete darauf, dass sie hinter der Tür blieb und diese wie eine Art Schutzschild zwischen ihr, der Armbrust und was auch immer aus dem Raum herauskommen konnte, benutzte.

Sie hatte die Tür nicht einmal zur Hälfte geöffnet, als etwas mit so viel Kraft dagegendrückte, dass es Alice einfach zur Seite schob. Schmerzhaft traf ihr Rücken auf die Wand und ein Keuchen entwich ihrer Kehle.

»Alice!«, rief Chloe, etwas surrte durch die Luft, ein Aufprall, ein Splittern, ein dumpfes Geräusch, als würde etwas auf dem Boden aufkommen ... Und ein Knurren. Verflixt, hatte das Kaninchen etwa doch nicht richtig getroffen?

»Ergebt euch!«, grollte es jetzt aus dem Badezimmer heraus.

»Ergebt ihr euch!«, erwiderte das Kaninchen. Ein weiteres Surren, ein weiterer Aufprall.

Hinter ihrer Tür wagte Alice kaum zu atmen. Zu gerne hätte sie gewusst, was auf der anderen Seite des Holzes vor sich ging, doch dazu hätte sie ihre Deckung verlassen und preisgeben müssen, dass sie da war. Keine gute Idee.

Doch gerade als sie beschlossen hatte, sich nicht zu bewegen, griff jemand nach ihr und zerrte sie aus ihrer Deckung. Alice schrie auf, doch es war zum Glück nur Chloe.

»Bist du in Ordnung?«, wollte ihre Freundin wissen.

»Bis auf ein paar blaue Flecken …«

Chloe winkte ab. »Das ist nichts im Vergleich zu dem, wie es denen da drinnen geht.«

Sie deutete auf das Badezimmer und Alice folgte ihrem Blick. Sie wusste nicht, womit sie gerechnet hatte, aber eigentlich hatte sie gedacht, mehr als ein Seuchenopfer könnte es nicht in den Raum geschafft haben. Weit gefehlt. Alleine drei von ihnen lagen auf dem Boden, zwei mit glatten Kopfschüssen, einer mit einem … nicht ganz so glatten Kopfschuss. Ein weiterer lag direkt hinter dem Fenster und im Fenster selbst zappelte einer der Untoten, weil er in der Eisschicht feststeckte, mit der Betty das Fenster und zur Sicherheit auch die halbe Wand drum herum überzogen hatte.

»Wer hat euch geschickt?«, fragte das Kaninchen gerade den Gefangenen, die Armbrust ohne das leiseste Zittern auf dessen Kopf gerichtet.

»Meine Güte, das ist eindeutig das gefährlichste Häschen, das ich je gesehen habe«, murmelte Chloe. Sie raffte ihren Rock, um über die Toten zu steigen, und versuchte, dem Blut und den sonstigen Dingen auszuweichen, die auf dem Boden lagen.

Alice folgte ihr mit zusammengebissenen Zähnen. Dabei fiel ihr auf, dass die Toten alle dieselbe Kleidung trugen: schwarze Hosen, schwarze Pullover und eine untergehende Sonne auf der linken Brust. Waren das Männer der Dämmerkönigin? Aber wie konnte das sein? Müssten sie als Untote nicht den Verstand verloren haben?

»Von mir erfahrt ihr gar nichts«, knurrte der Gefangene.

»Dann helfe ich dir ein wenig auf die Sprünge«, erwiderte das Kaninchen. »Das hier war kein Zufall, sondern ein geplanter Angriff. Auf wen?«

»Die Teeparty, was denn sonst?«, spuckte der Untote.

Nur ein leichtes Zucken der Ohren ließ erkennen, dass die Antwort das Kaninchen verwunderte.

»Wen solltet ihr ausschalten?«

»Die Gäste der Teeparty, sagte ich doch. Es hat uns nur niemand gesagt, dass eine von uns dabei sein würde.«

Der Blick des gefangenen Untoten heftete sich auf Betty. »Du bist wie wir. Aber du bist trotzdem anders«, stellte er nachdenklich fest.

»Richtig, ich bin anders«, erwiderte Betty.

Der Untote verzog das Gesicht und das Eis gab ein leises Knacken von sich. Alice schluckte, als ihr klar wurde, dass Betty den Eispanzer dazu brachte, sich zusammenzuziehen.

»Betty, nicht«, sagte Ethan Bond leise.

»Von mir erfahrt ihr ohnehin nichts mehr«, knurrte der Untote.

»Wie viele von euch sind noch da draußen?«, versuchte es das Kaninchen trotzdem. Doch da wurde auch schon ein leises Klirren hörbar, als würde jemand mit etwas Spitzem das Eis bearbeiten.

»Findet es heraus«, erwiderte der Untote.

»Wie lautet euer Auftrag?«, hakte das Kaninchen nach.

»Findet es heraus«, wiederholte der Untote nur.

Das Kaninchen seufzte. Dann drückte es unvermittelt den Abzug seiner Armbrust, wodurch Alice erschrocken zusammenzuckte.

»Wir müssen noch mit dem Rest fertigwerden«, stellte Ethan Bond fest und nickte Betty zu. Beide traten einen Schritt vom Fenster zurück. Das Eis schmolz und bevor es ganz verschwunden war, feuerte Betty bereits den ersten Eiszapfen hindurch.

Draußen fiel jemand zu Boden, doch schon war der nächste Untote zur Stelle, der dieses Mal von Ethan Bond getroffen wurde.

Sechs, zählte Alice. Wie viele von ihnen würden sie wohl noch unschädlich machen müssen?

Wieder drückte das Kaninchen den Abzug seiner Waffe, dann musste es zwei Bolzen nachladen und Betty deckte die letzten Angreifer mit einem wahren Hagel an Eisgeschossen ein.

»Ich glaube, das waren alle«, verkündete sie schließlich.

»Wie viele?«, wollten Ethan Bond und Chloe fast gleichzeitig wissen.

»Insgesamt zehn.«

Das Kaninchen nickte. »Werfen wir die hier raus und schließen das Fenster.«

Während Chloe sofort zur Stelle war, um Betty und Ethan Bond dabei zu helfen, das Massaker zu beseitigen, folgte Alice ihrem Beispiel deutlich langsamer. Sie musste sich fortwährend daran erinnern, dass diese Männer schon tot gewesen waren, bevor Betty und Ethan Bond ihrer unnatürlichen Existenz noch einmal ein endgültiges Ende gesetzt hatten. Doch schließlich war auch das erledigt und sie verbarrikadierten das Fenster und kehrten ins Untergeschoss zurück.

»Raus mit der Sprache, was ist hier passiert?«, verlangte Chloe zu wissen, während das Kaninchen unter den erstaunten Blicken von Alice die Armbrust säuberte und dann tatsächlich auseinanderbaute.

»Das waren keine gewöhnlichen Seuchenopfer, die sich irgendwie angesteckt haben, das Licht gesehen haben und einen Weg nach drinnen finden wollten«, erklärte das Kaninchen. »Das war ein geplanter Angriff durch Männer von der Königin der Dämmerung. Sie hat diese Seuche nicht einfach freigesetzt, sondern irgendwelche ... Versuche damit gemacht. Doch offenbar ...« Es hielt inne und wippte ein paarmal mit der Nase, bevor es fortfuhr. »Offenbar wussten sie nicht genau, wen sie angreifen sollten.«

»Du glaubst ihnen, dass ihr Auftrag nur lautete, die Gäste der Teeparty anzugreifen?«, fragte Betty. Sie schien kein bisschen außer Atem, was Alice wunderte, obwohl ihr der Kopf schwirrte. Seine Fähigkeit in einem so hohen Maß einzusetzen, kostete für gewöhnlich einiges an Kraft.

»Diese Teeparty wird immer von derselben Person ausgerichtet und für gewöhnlich sind es auch dieselben Gäste. Eine lange Geschichte«, erklärte das Kaninchen weiter, während es die Teile seiner Armbrust zurück in seinen Beutel räumte. »Aber dieses Mal war etwas anders. Es ist ein Gedeck mehr benutzt worden, das heißt, es gab einen Gast mehr. Einen Menschen, vermutlich. Der Tee in der Kanne war schon lange abgekühlt, also hat sich, was auch immer hier passiert ist, lange abgespielt, bevor wir eingetroffen sind. Das Fell, das ich gefunden habe, stammt von üblichen Gästen, das ist nichts Neues.

Doch an einem abgebrochenen Stuhlbein klebte Blut. Es kam zu einer Prügelei, doch wer hat sich mit wem geprügelt und wieso? Wir wissen jetzt, dass es keine Männer von der Königin der Dämmerung gewesen sein können, denn sonst hätte sie wohl kaum heute Abend zehn von ihnen geschickt. Nein, sie waren unwissend. Wahrscheinlich haben sie dasselbe vermutet wie ich: Dass die Königin der Spiegel und der Gastgeber der Teeparty sich gut kennen und dass sie ihm vielleicht etwas anvertraut hat.«

»Aber das Haus war nicht auf den Kopf gestellt«, gab Chloe zu bedenken. »Wenn die Dämmer-Königin gedacht hatte, sie könnte hier etwas finden, wenn wir hier sind, weil wir gehofft haben, etwas zu finden, dann gab es doch diese Prügelei sicherlich aus einem ähnlichen Grund. Aber wenn jemand etwas gesucht hat, wieso hat er es dann nicht im Haus gesucht?«

Das Kaninchen dachte nach und nickte schließlich. Offenbar war es so sehr damit beschäftigt, des Rätsels Lösung zu finden, dass es nicht einmal Chloes Verkürzung des königlichen Titels bemerkte. »Die Überlegung ist logisch, Chloe. Wenn, wer auch immer die Teeparty beendet und die Gäste verschleppt hat, wirklich etwas gesucht hat. Wenn er es nicht auf die Gäste an sich abgesehen hatte …«

»Wer sind denn jetzt eigentlich diese Gäste?«, wollte Betty wissen.

Das Kaninchen winkte ab. »Es ist hier schon zu viel geschehen, als dass ich das noch jemandem verraten würde. Vielleicht lernt ihr sie ja noch kennen. Vielleicht auch nicht. Jedenfalls werde ich jemandem ein ziemliches Blutbad in seinem Badezimmer erklären müssen, aber das sollte das Geringste unserer Probleme sein.« Das Kaninchen seufzte und zog seinen Beutel zu.

»Diese Untoten … die waren anders«, merkte Chloe an. »Was sind das für Versuche, die die Königin macht?«

»Diese Seuchenopfer sind das Ergebnis, das die Königin der Dämmerung eigentlich will.« Ethan Bond sah ein wenig aus, als könnte er es selbst kaum fassen. »Sie wurden in ihrem Palast infiziert und haben sich nicht einfach nach der Freisetzung angesteckt. Sie stehen unter Aufsicht, man greift ein, damit der Wahn nicht Besitz von ihnen ergreift und man sorgt dafür, dass sie ihren Verstand und ihre Fähigkeiten behalten. Und dann bildet man sie aus. Ich weiß nicht, wie sie das im Palast machen, wie lange es gedauert hat, bis es ihnen gelungen ist, ich weiß nicht, ob es irgendjemand weiß. Bisher haben wir nur vermutet, dass die Königin einen Teil der Weißen Schatten noch kontrollieren kann. Jetzt haben wir es gesehen.«

»Weiß die Dämmer-Königin überhaupt, was sie da getan hat?«, warf Betty ein.

Alice musste ihr zustimmen. Verschiedene Arten von Untoten, der Übergriff der Seuche in ihre Welt …

Das Kaninchen zuckte mit dem Schultern, warf einen kurzen Blick darüber. »Nenn sie doch nicht so!« Dann senkte es die Stimme: »Bei ihr weiß man das nie so genau. Wenn sie selbst einen Anfall von ihrem ganz eigenen Wahn hat, dann rollen Köpfe und sie wird hysterisch und lässt ihre Wut an irgendjemandem aus. Oder an irgendetwas. Aber in diesem Fall … Sie dachte wohl, die Seuchenopfer wären leichter zu kontrollieren. Dass sie mit einer ganzen Armee von ihnen die Königin der Spiegel vertreiben kann. Oder sie dachte, wenn sie schon nicht die ganze Welt für sich haben kann, dann zerstört sie sie eben, und wollte diese Weißen Schatten dazu benutzen. Ob Kriegsführung oder reine Zerstörung, was früher oder später ohnehin auf dasselbe hinausläuft, sie hat sich jedenfalls mit Hilfe der Seuche ihre eigenen besonderen Truppen geschaffen. Vielleicht auch nur, damit am Ende nicht eine Horde marodierender Seuchenopfer ihren Palast angreift, nachdem sie die Seuche auf die Welt losgelassen hat. Etwas in dieser Richtung wird es gewesen sein, wie ihr seht, haben wir verschiedene Theorien.«

»Die klingen aber alle furchtbar traurig«, stellte Alice leise fest.

»Das klingt alles vollkommen verrückt!«, konterte Chloe.

»Das mag alles sein. Aber wir sollten trotzdem versuchen, noch ein wenig Schlaf zu finden. Morgen ziehen wir weiter, hoffentlich zur Königin der Spiegel«, beschloss das Kaninchen.

BETTYS TAGEBUCH

Diese ungeplante Reise wird immer seltsamer. Sicher, wie Alice es hin und wieder sagt, man kann sich manche Dinge bei einer Flucht eben nicht aussuchen. Der Spionage-Hase ist ja auch wirklich nicht so schlimm, und was der alles in seinem Beutel mit sich herumschleppt – so viel Technik hätte ich so einem Häschen überhaupt nicht zugetraut. Aber vor ein paar Tagen hätte ich mir auch nicht zugetraut, ein Massaker unter Untoten – Entschuldigung, anderen *Untoten – anzurichten.*

Dabei scheint es mit den anderen Untoten so eine Sache zu sein. Das Stichwort ist wohl tatsächlich »anders«. Es ist ja nicht so, dass sie mich freudig als eine der Ihren begrüßt hätten, was nicht weiter verwunderlich ist, nachdem ich bei jeder Begegnung einen oder mehrere von ihnen einen Kopf kürzer gemacht habe. Untotes Gehirn ist übrigens wirklich noch brauchbar, aber ich habe gehört, dass andere Untote sich nur noch von … menschlichen Bestandteilen ernähren und keine gewöhnliche Nahrung mehr zu sich nehmen. Dass das der Grund ist, warum sie wahllos Menschen anfallen. Das ist bei mir definitiv anders, vor allem die Plätzchen, die wir hier im Haus gefunden haben und die die Gäste der Teeparty nicht mehr brauchen, die sind richtig lecker. Das ist höchstens Mundraub, in Ordnung? Bin ich schon wieder so weit, dass ich mich für etwas verteidigen muss – die Liste wird immer länger, mit jedem Tag.

Aber weg von den Essgewohnheiten der Untoten. Das ist nicht der einzige Unterschied zwischen den Weißen Schatten hier und den Untoten bei uns. Untote bei uns kann man zu jeder Tageszeit treffen. Gut, dass es insgesamt nicht allzu viele gibt. Aber in den Nächten meiden sie das Licht, weil dort Menschen sind, und Menschen sind für sie gefährlich, wenn es zu viele sind. Um zu verstehen, dass Licht aus einem für sich stehenden Haus nicht dasselbe bedeutet wie Licht aus vielen Häusern, dafür reicht ihr Verstand nach Ausbruch des Wahns nicht mehr. Also bei den meisten. Licht ist pfui, fertig. Hier muss man jede Ritze verdunkeln, weil die Seuchenopfer vom Licht angezogen werden.

Wenn man ihnen dann gegenübersteht, was keine gute Idee ist, aber wenn doch, dann sehen sie überraschend normal aus. Unsere Untoten haben zumindest eingefallene Gesichter, und die Haut wird immer trockener und schält sich irgendwann ab, und bei manchen soll das so weit gehen, dass die Knochen sichtbar sind, aber das tut ihnen anscheinend nicht weh. Sagt man. Selbst gesehen habe ich bisher noch keinen. Sie scheinen jedenfalls, nach allem, was man hört, ausgezehrt und langsam zu sein und ... na ja, nicht zu sterben, aber eben ... was weiß ich.

Also, diese Weißen Schatten unterscheiden sich ganz schön von den Untoten in meiner Welt. Doch sogar für sie bin ich anders. Der rote Faden meines Lebens: anders als normale Menschen, weil ich eine Mutare bin. Anders als andere Untote, ebenfalls weil ich eine Mutare bin. Das Entscheidende scheint also nicht zu sein, dass ich zwischenzeitlich mal gestorben und aus meinem Grab wieder ausgebrochen bin, sondern immer noch, dass ich ein paar Fähigkeiten habe, die andere, damit meine ich Menschen und Untote, nicht haben. Das bisschen Sterben scheint daran nichts zu ändern, seit ich vom Friedhof zurückgekommen bin, kann ich das Eis praktisch mühelos aufrechterhalten. Man könnte behaupten, es wäre eine Verbesserung, aber kann es ernsthaft eine Verbesserung sein, sich aus einem Sarg freizukämpfen und eine der eigenen »Schwestern« zu töten?

Ich kann es jedenfalls nicht weiterempfehlen, in dem Sinne, dass sich alle Mutare dadurch in ihren Fähigkeiten verbessern, und wenn sie einfach nicht weiterkommen, die Kontrolle darüber zu erlernen, dann helfen ein paar Kugeln und alles wird gut. Vielleicht macht man das gleich zum Standard, sobald ein Kind die ersten Mutaren-Ansätze zeigt ... Nein, wirklich nicht. Erstens, weil ich sehr dagegen bin, Kinder zu erschießen. Zweitens, weil Kinder Wutanfälle bekommen. Man stelle sich das mal vor, ein Vierjähriger, der seinen Willen nicht bekommt und in einem Trotzanfall, dank frisch verbesserter Fähigkeiten, das ganze Haus anzündet. Nicht der Sinn der Übung. Also Sterben für die Verbesserung bitte erst mit Erreichen der Volljährigkeit ...

Es ist absurd, nicht wahr? Aber es ist das, was sich gerade in meinem Kopf abspielt. Ich hätte gerne so ein Schild, auf dem steht: »Wegen Überfüllung geschlossen.« Aber für Köpfe gibt es das nicht. Chloe könnte das vielleicht, sie kann einfach mal zwischendurch ein wenig tot sein und ihr Kopf hat Zeit, zur Ruhe zu kommen. Meiner gerade nicht.

Vor allem eine Frage taucht immer wieder auf: Fand in Miss Yorks Schule wirklich ein Experiment statt? Wollte man sehen, ob Mutare immun gegen die Seuche sind? Auch wenn ich weiß, dass es witzlos ist, darüber nachzudenken, solange wir nicht in Reichweite der Schule sind und dort nachforschen können, es will mir nicht mehr aus dem Kopf gehen. Es ist nicht gerade das schönste Gefühl der Welt, erst weggesperrt zu werden, weil man anders ist im Vergleich zum Rest der Welt, und dann merken dieselben Leute, die dafür zuständig sind, einen von den »normalen Menschen« fernzuhalten, dass man vielleicht einmal im Leben doch für etwas gut sein könnte – und bringen einen bei der Gelegenheit um.

Es ist nicht so, dass ich jetzt maßlos enttäuscht wäre. Also von Miss York und Zoey und wer auch immer noch an meinem Tod beteiligt sein könnte. Doktor Voight vermutlich. Nein, ich habe noch nie genug von einem von denen gehalten, um jetzt ins Elend zu fallen und mich verraten zu fühlen. Es gibt da etwas anderes, was mir Sorgen macht: Mit mir mögen sie kein Glück gehabt haben, das hätte mich auch ziemlich gewundert, aber heißt das, dass sie aufhören? Was geht gerade in Miss Yorks Schule vor? Steht sie vielleicht schon unter Quarantäne? Es bleibt nur eine Möglichkeit, das herauszufinden: Ich muss dort hin und nachsehen. Irgendwie, irgendwann. Vielleicht nicht erst in 100 Jahren, dann wäre es ganz sicher zu spät, aber was auch immer Chloe und Alice für Pläne mit ihrem Leben hatten oder jetzt haben, meine sagen eindeutig, dass ich zurück in dieses Internat muss, um den Dingen auf den Grund zu gehen. Ich würde ja sagen: »Und wenn es das Letzte ist, was ich tue«, aber ich glaube, mit dem Ausdruck sollte ich vorsichtig sein. Es ist absolut nicht leicht, Untote ... zu vernichten, natürlich hat das ARO da Mittel und Wege, aber vielleicht hat es auch noch mehr von Zoeys Sorte. Also die »bekommt es einfach nicht auf die Reihe«-Sorte. Das wäre wiederum Glück für einige Untote.

Das bringt mich schon wieder auf den mehr als ungewöhnlichen Einsatz von Zoey statt einem offiziellen ARO-Begräbnis. Wenn also mein Tod nicht genehmigt war, dann war vielleicht das ganze Experiment nicht genehmigt, dann konnten sie nicht ihre besten Leute schicken, also bleiben nur die Restbestände. So was wie Zoey eben. Und da Zoey nicht in der Lage war, eine einzelne Untote ordentlich zu erschießen, was will jemand von ihrem Kaliber gegen mehrere von der Sorte ausrichten? Heißt also, wenn sie in Miss Yorks Schule weiterhin ungenehmigte Dinge veranstalten und dazu eben nur Leute wie Zoey haben, dann habe ich noch Hoffnung, nicht zu spät zu kommen, um ein paar meiner früheren Mitschüler zu retten.

Dass die Bürokratie des ARO mal auf meiner Seite sein würde, hätte ich mir vor ein paar Tagen auch noch nicht träumen lassen. Dass dort überhaupt etwas Gutes herkommen könnte. Noch habe ich aber nichts davon. Noch ist es reine Spekulation, dass das ARO ein geheimes Experiment durchführt. Erst einmal muss ich herausfinden, ob dem wirklich so ist. Und dazu muss ich wiederum aus diesem Dämmer-Spiegel-Land heraus und durch das Märenland durch und … zurück. Was auch immer passiert, es läuft darauf hinaus: Ich muss zurück.

ALICE

Leicht unausgeschlafen tappte Alice am nächsten Tag hinter dem Kaninchen her. Sie waren aufgebrochen, gleich nachdem es hell genug gewesen war. Das Kaninchen hatte darauf bestanden, denn falls doch jemand in der Lage gewesen war, der Dämmer-Königin zu erzählen, dass ihre Kommandoaktion fehlgeschlagen war, dann wäre sie ziemlich außer sich und würde möglicherweise weitere Truppen schicken, Truppen, die tagsüber agieren konnten. Viele davon. Dagegen würden sie nicht ankommen, also hatte der Spionage-Hase entschieden, zu diesem Zeitpunkt möglichst weit weg zu sein.

Die Landschaft veränderte sich unterwegs. Die Bäume wichen ganz zurück, wurden zu einer Landschaft mit Gräsern und kleinen Büschen. Wurde man hier von der Dämmerung überrascht, gab es keine Deckung. Waren das wirklich Knochen, die Alice dort liegen sah, neben dem großen Stein? Sie schüttelte sich und schaute weg.

Die Gegend wurde immer flacher, und schließlich hörten sie sogar das Meer rauschen. Bald darauf erreichten sie Klippen, die über einem Strand aufragten. Das Kaninchen führte sie über einen Pfad und zum Meer hinunter, lief dann an den Klippen entlang, als würde es etwas suchen. Nach einer Weile zog es seinen Lupenfächer aus dem Beutel und untersuchte damit einige Spuren im Sand und Stellen an den Felsen, die Alice wie zufällig vorkamen, die für das Kaninchen aber irgendwie sinnvoll zu sein schienen.

»Was suchen wir denn?«, wollte Alice wissen.

Einen Moment lang schaute das Kaninchen sie an, als hätte es vergessen, dass sie da wäre, und Alice würde seine wichtigen Gedankengänge durcheinanderbringen.

»Irgendetwas. Eine Spur, einen Hinweis«, antwortete es schließlich.

»Moment, wir machen diesen Strandspaziergang gar nicht aus Spaß und um die Zeit totzuschlagen, die wir nicht haben?«, fragte Chloe.

Vor Schreck zischte das Kaninchen: »Psst! Du darfst hier nicht der Zeit drohen. Auf einmal kommt sie noch auf die Idee, schneller zu vergehen, und dann wird es früher dunkel, und dann bekommen wir hier gewaltige Probleme.«

Chloe schaute das Kaninchen so ungläubig an, dass Betty grinsen musste.

»Also, was suchen wir denn?«, versuchte Alice das Gespräch wieder in ruhigere Bahnen zu lenken.

»Sagte ich doch schon, irgendetwas.«

»Ähm … also wissen wir es nicht genau? Wie kann man etwas finden, wenn man nicht weiß, was man sucht?«

»Liebe Alice, das ist manchmal der ganze Sinn und Zweck des Suchens. *Etwas* zu finden. Wenn du dir vorher zu genau überlegst, was du finden willst, dann übersiehst du sehr wahrscheinlich alles andere. Dann gehst du am Ende vielleicht mit dem nach Hause, was du finden *wolltest* und lässt tausend andere Dinge unterwegs liegen, die du dringender *gebraucht* hättest, weil du in deinem engen Kopf beschlossen hast, dass du diese Dinge nicht suchst. Verstehst du?«

»Ich weiß nicht …«

»Manchmal bist du ein hoffnungsloser Fall, Mädchen.« Mit einem Kopfschütteln wandte sich das Kaninchen wieder dem Felsen zu.

Alice hörte leises Lachen hinter sich und drehte sich um, um Betty einen vorwurfsvollen Blick zuzuwerfen. Ihre Freundin zuckte mit den Schultern und breitete entschuldigend die Hände aus.

»Dieser Hase ist aber auch zu seltsam«, schnaubte Chloe. »Wenn wir ihm nicht helfen können, weil wir nicht wissen, welches Etwas er hier zu finden sucht, dann können wir uns genauso gut hinsetzen, ein Picknick machen und den Blick auf das Meer genießen«, beschloss sie und ließ sich elegant auf dem Sand nieder.

»Das ist jetzt nicht dein Ernst?« Alice stemmte die Hände in die Seiten.

»Wieso denn bitte nicht? Oder willst du weiter auf der Suche nach diesen geheimnisvollen Etwassen dem Hasen hinterherlaufen und möglicherweise über Tausend Dinge stolpern, von denen du nicht weißt, dass wir sie suchen, weil das Kaninchen hier keine genaueren Anweisungen gegeben hat?«

Nach einem Moment setzte Alice sich in den Sand. Sie musste zugeben, dass an Chloes Aussage irgendwie etwas dran war. Während sie eine Art zweites Frühstück zu sich nahmen, huschte das Kaninchen am Strand entlang, wippte mit der Nase, packte seine Lupe aus und wieder ein.

Am Ende trippelte es zu Alice und ihren Freundinnen zurück, warf einen Blick auf die Uhr, klatschte in die Pfoten und stellte in mürrischem Tonfall fest, dass sie keine Zeit hätten und sich endlich wieder auf den Weg machen sollten.

»Hast du etwas gefunden?«, wollte Alice wissen.

»Nein«, gab der Spionage-Hase zu.

»Nein? Doch so viel«, murmelte Chloe und fing sich einen Rippenstoß von Betty ein, der sie zusammenzucken ließ.

»Oh, entschuldige bitte!«, rief Betty zerknirscht.

»Du solltest ganz dringend lernen, deine eigene Kraft einzuschätzen«, tadelte Chloe und rieb sich die schmerzende Stelle. »Bevor du noch jemandem ein paar Knochen brichst.«

»Außer Schädelknochen, meinst du?« Die beiden lächelten einander an, doch Alice schüttelte unwillig den Kopf. »Das ist überhaupt nicht komisch!«, rief sie ihre Freundinnen zur Ordnung – oder versuchte es wenigstens.

»Nein, aber notwendig«, erwiderte Betty.

Alice rollte mit den Augen und wandte sich wieder dem Kaninchen zu. »Wenn wir hier etwas gefunden hätten, was wäre es dann möglicherweise gewesen?«, wollte sie wissen.

Das Kaninchen zuckte mit den Schultern. »Eine Nachricht. Eine Spur von den … Gästen der Teeparty. Sie haben die Party auch manchmal, wenn bestimmte Feiertage auf dasselbe Datum fielen, hier am Strand gefeiert. Es hätte sein können, dass sie hier Schutz gesucht haben, da oben ist eine Höhle … Oder dass sie eine Nachricht hinterlassen haben. Aber nichts.«

»Wie können denn mehrere Feiertage auf dasselbe Datum fallen?«, fragte Alice verwirrt.

»Wieso sollten sie das nicht können? Willst du ihnen erklären, was sie zu tun und zu lassen haben? Die Zeit ist ein seltsames Ding, Alice.«

»Scheint so. Aber wer *sind* denn jetzt diese Gäste der Teeparty?«

Das Kaninchen seufzte. »Es gibt einen guten Grund, warum ich euch das bis jetzt noch nicht erzählt habe und es auch nicht tun werde. Nehmen wir an, ihr fallt den Leuten der Königin der Dämmerung in die Hände und die foltern euch oder lassen sich etwas ähnlich Wirksames einfallen – dann könnt ihr denen nichts sagen, was ihr nicht wisst, nicht wahr?«

»Das stimmt wohl«, erwiderte Alice nach einem Moment des Nachdenkens.

»Siehst du!«, rief das Kaninchen.

»Ich würde es aber vorziehen, denen erst gar nicht in die Hände zu fallen«, murmelte Alice.

»Natürlich. Aber man muss trotzdem vorbereitet sein. Na los, wir haben doch keine Zeit!«

Sie hatten den Strand überquert und das Kaninchen hüpfte einen weiteren Pfad, der am Ende des Strandes wieder die Klippen hochführte, herauf, als wäre es zum Spaß unterwegs.

»Sonnige Aussichten, wenn man diesem Häschen so zuhört«, murmelte Chloe und hakte sich bei Alice unter, die einen Moment lang fassungslos stehen geblieben war.

»Das kann ja heiter werden«, gab Alice zurück und setzte sich wieder in Bewegung. Was für eine völlig verrückte Welt.

Sie begegneten niemandem auf dem Weg, was Alice ihrer Umgebung gegenüber zunehmend misstrauischer werden ließ. Wahrscheinlich hatten sich die anderen Bewohner des Dämmer-Spiegel-Landes irgendwo versteckt, wo sie in Sicherheit waren. Auch in ihrer Welt gab es Gegenden, wo sich das Auftauchen von Untoten zu sehr gehäuft hatte. Nachdem Alice erfahren hatte, dass es sich um eine Art Krankheit handelte, erschien ihr das auch viel logischer – hatte sich erst einmal jemand angesteckt, ging es damit schnell weiter. Zwar hatte das ARO bereits die ganze Zeit von anstecken gesprochen und davon, dass Untote auch ihre überlebenden Opfer zu welchen machten, aber niemand hatte es offen eine Krankheit genannt, wie es hier der Fall war. Warum eigentlich nicht? Weil die Leute dann ein Heilmittel fordern würden und sie keins hatten? Dabei gab es für viele ansteckende Krankheiten keine Heilung …

»Das ist nicht gut«, hörte Alice das Kaninchen ein ums andere Mal murmeln und beobachtete, wie Ethan Bond immer häufiger seinen Welten-Chronografen hervorholte und einen Blick darauf warf. Wenn Alice sich nicht irrte, dann schritten die Zeiger auf dem Zifferblatt schneller voran, als das normalerweise der Fall war.

»Da haben wir es, wegen deiner dummen Bemerkung werden wir es wohl nicht mehr vor Einbruch der Dämmerung zum Palast schaffen!«, fuhr das Kaninchen schließlich Chloe so unvermittelt an, dass diese Ethan Bond nur mit offenem Mund anstarren konnte.

»Das war doch nur eine Redensart«, versuchte sie sich schließlich zu verteidigen, doch das Kaninchen schüttelte sichtlich verärgert den Kopf und deutete mit einer Pfote in Richtung Himmel. »Sieht das da vielleicht wie ›nur eine Redensart‹ aus?«, schimpfte es.

»Das gibt es doch nicht«, murmelte Betty.

»Das kann doch nicht ich gewesen sein!«, begehrte Chloe auf.

Alice schaute nur völlig fassungslos den Himmel an, der schon begann, sich in den Tönen des Sonnenuntergangs zu verfärben.

»Wenn jetzt Seuchenopfer in der Nähe sind …«, murmelte das Kaninchen.

»Kannst du nicht nachsehen?«, wandte sich Betty leise an Alice. Die hatte nicht das geringste Bedürfnis, der Bitte nachzukommen, doch ihr fiel nichts Besseres ein. Wenn sie wussten, woher die Seuchenopfer kamen oder vielleicht sogar wussten, dass *gar keine* kamen, war das in jedem Fall besser, als ahnungslos durch die Gegend zu stolpern.

Dazu kam, dass es jetzt eigentlich keinen Grund mehr dafür gab, die Spiegel in jedem Fall zu meiden. Sie hatte ihr Leben lang geglaubt, besser gesagt, ihr war ihr Leben lang eingeredet worden, dass sie in diesen Spiegeln nur Trugbilder sah, Illusionen, vielleicht sogar Wahnvorstellungen, dass in ihrem Kopf etwas nicht stimmte. Doch jetzt, da sie sich in dieser Welt befand, war ihr klar geworden, dass das Kaninchen von damals, ob es jetzt tatsächlich Ethan Bond gewesen war oder ein anderes, recht gehabt hatte: Was sie in den Spiegeln gesehen hatte, war kein Streich ihres Bewusstseins gewesen, kein Produkt von zu viel Fantasie – es war alles echt! Sie würde noch ein wenig brauchen, um sich daran zu gewöhnen, aber sie musste jedenfalls keine Angst mehr vor den Spiegeln haben.

»Chloe?« Alice streckte eine Hand aus und schaute ihre Freundin fragend an.

Chloe brummte nur etwas zur Antwort und wich Alice' Blick aus.

»Chloe, du hast doch bestimmt einen Spiegel?« Alice hörte selbst, wie schüchtern ihre Stimme klang. Dabei war Chloe eine ihrer ältesten Freundinnen, verflixt noch mal!

»Komm schon, Chloe! Gib mir diesen verdammten Spiegel!«, wiederholte Alice mit deutlich mehr Nachdruck.

Sie beachtete weder das erstaunte Ohrenanlegen des Kaninchens noch Bettys hochgezogene Brauen.

»So glaube ich dir schon eher, dass du ihn wirklich haben willst«, stellte Chloe mit einem leichten Lächeln fest. Sie griff in ihren Beutel und förderte nach ein wenig Kramen wirklich einen Spiegel zutage.

Alice schnappte ihn aus Chloes Hand, hätte gerne noch etwas gesagt, wusste aber beim besten Willen nicht, was, also schaute sie Chloe nur, wie sie hoffte, durchdringend an. Dann wandte sie sich dem Spiegel in ihrer Hand zu. Es war ein schmuckloses Ding, eine runde Scheibe, eingewickelt in ein Stück Stoff, damit sie unterwegs nicht kaputtging. Das Glas war von einem silbernen Rand eingefasst und in die Rückseite waren Chloes Initialen eingraviert. Der Spiegel hatte ungefähr den Durchmesser von Alice' Hand und einen Moment war sie in Versuchung, Chloe zu fragen, ob sie keinen kleineren hatte mitnehmen können, aber dann fiel ihr auf, dass das völliger Unsinn gewesen wäre. Schließlich wollte sie auch etwas sehen.

Im Gegensatz zu Chloe und Betty hatte sie keine Zeit darauf verwendet, ihre Fähigkeiten zu perfektionieren, sondern in erster Linie darauf, sie zu vergessen. Sie hatte die Spiegel, die sie in ihrem Leben gesehen hatte, lange Zeit misstrauisch beäugt, als wären sie Feinde. Hoffentlich hatten sich die Spiegel das nicht gemerkt und waren jetzt zu beleidigt, um ihr zu helfen.

»Worauf wartest du?« Das Kaninchen stand mit wippender Nase dicht neben ihr. Alice wurde bewusst, dass sie gerade mehrere Sekunden einfach nur den Spiegel angestarrt hatte, ohne die geringste Ahnung zu haben, wie sie ihn dazu bringen sollte, ihr ein Bild zu zeigen. Irgendeins. Ganz zu schweigen von dem, was sie wissen wollte.

»Ich ... weiß nicht, wie es geht«, gab sie zu.

Das Kaninchen schlug sich eine Pfote vor die Stirn.

»Du könntest es mit einem Zauberspruch versuchen. ›Spiegel, Spiegel, in der Hand ...‹ oder so ähnlich«, schlug Chloe vor.

»Klar, und dann erscheint uns die böse Hexe oder was?«, entgegnete Betty.

»Meine Stiefmutter? Oder Miss York?«, fragte Chloe und warf dem Spiegel einen misstrauischen Blick zu, als würde sie es tatsächlich für möglich halten, dass eine der beiden Frauen erscheinen würde.

»Himmel noch mal, dann macht ihr es doch!«, rief Alice und brachte damit tatsächlich alle drei dazu zusammenzuzucken. Da huschte ein Lächeln über ihr Gesicht, das ihr im nächsten Moment schon wieder leidtat. Aber sie würde sich jetzt nicht dafür entschuldigen. Stattdessen wandte sie sich wieder dem Spiegel zu. »Zeig mir, ob Untote in der Nähe sind«, befahl sie dem Glas. Die Idee, freundlich zu bitten, hatte sie verworfen. Schließlich sollte sie diese Glasscheibe kontrollieren. Oder etwa nicht?

Einen Moment lang geschah nichts und Alice hielt den Atem an, zog schon ernsthaft in Erwägung, es doch mit »Spiegel, Spiegel ...« zu probieren, doch dann veränderte sich die Glasfläche. Kleine Wirbel erschienen darin, dann erste Bilder, die Alice als Bilder von ihrer Umgebung erkannte. Sie beugte ihren Kopf noch dichter über den Spiegel und stieß leicht mit Betty und Ethan Bond zusammen, die dieselbe Idee gehabt hatten.

»Pass doch auf!«, schimpfte das Kaninchen, während Betty vollkommen unbeeindruckt blieb. Natürlich, was interessierte eine Untote so ein leichter Stups mit Alice' vergleichsweise nachgiebigem Kopf?

Die Bilder wurden klarer. Sie sahen Büsche, die vereinzelten Bäume, deren Menge wieder zugenommen hatte, seit sie den Strand hinter sich gelassen hatten. Aber keine Untoten. Hin und wieder huschte ein Tier durch das Bild und manchmal trug dieses Wesen auch Kleidung, also waren noch mehr Bewohner des Dämmer-Spiegel-Landes hier unterwegs. »Wenn jemand unterwegs ist, dann muss es hier irgendwo auch Häuser geben, oder nicht?«

»Wenn wir vorher nicht auf Weiße Schatten stoßen, ja. In dieser Richtung.« Das Kaninchen zeigte geradeaus und Alice nickte und machte Anstalten, den Spiegel wegzupacken. Doch halt, war da nicht … Sofort warf sie wieder einen Blick auf das Glas, doch die Gestalt war verschwunden. Sie hätte schwören können, dass da eine Bewegung gewesen war, am Rande des Bildes, eine Bewegung, die ihr irgendwie ungewöhnlich erschienen war, aber bei all dem Huschen, Trippeln, Hüpfen und sonstigen Fortbewegungsmöglichkeiten konnte sie sich das auch eingebildet haben.

»Was ist denn?«, wollte Betty dennoch wissen, während das Kaninchen schon wieder einen ungeduldigen Blick auf den Welten-Chronografen warf.

»Doch die böse Hexe?«, fügte Chloe hinzu und stellte sicher, dass der Stoff fest um den Spiegel gewickelt war.

Das plötzliche Verstehen ließ Alice' Augen groß werden. »Es ging gar nicht darum, dass der Spiegel nicht zerbricht!«, rief sie.

»Psst!«, zischte Chloe, während Betty nur verwirrt »Was?« fragte.

»Du wolltest die böse Hexe einsperren, oder?«, flüsterte Alice, so dass es der Spionage-Hase trotz der großen Ohren nicht hören konnte.

»Bist du jetzt still!«, forderte Chloe und Alice nickte, während Chloe den Beutel mit dem Spiegel fest zuzog.

»Ihr zwei seid euch anscheinend ähnlicher, als ich dachte«, murmelte Betty und erntete ein zweistimmiges »Hmm«, das sie zum Grinsen brachte.

»Kommt ihr jetzt endlich? Wir haben doch …«

»… keine Zeit«, beendeten die drei jungen Frauen den Satz gleichzeitig und mussten nun wirklich lachen. Wie befreiend es sein konnte, keine Untoten in der Nähe zu wissen …

Es war ein sehr ungewohntes Gefühl, die Spiegel auf ihrer Seite zu haben. Sie als Helfer zu betrachten, die Bilder als etwas Beruhigendes anzusehen. Es war etwas, an das Alice sich ganz sicher erst gewöhnen musste, doch sie hatte das Gefühl, dass sie das konnte. Sie würde noch ein wenig Zeit brauchen, aber sie würde es schon schaffen …

Das ungeduldige Pfotenwinken des Kaninchens ließ die drei ihre Schritte beschleunigen. Sie mussten sich nach wie vor beeilen, sonst war der freie Weg in Sicherheit möglicherweise schneller wieder verloren, als sie diese Siedlung erreichen konnten.

»Hätten wir dieses lästige Problem mit der *Zeit* nicht gehabt, dann hätten wir den Palast heute noch erreichen können. Vielleicht zwei Stunden, *nur* zwei Stunden, weiter ist der Palast nicht von der Siedlung entfernt. Und jetzt müssen wir einen Umweg machen und noch einmal rasten, damit wir nicht kurz vor dem Ziel doch noch von ein paar Seuchenopfern erwischt werden, und das alles nur …«

Das Kaninchen schimpfte unablässig vor sich hin, da es inzwischen wusste, dass es damit keine unerwünschte Aufmerksamkeit auf sich ziehen würde.

»Die Zeit versteht hier aber auch überhaupt keinen Spaß!«, murrte Chloe.

»Natürlich nicht! Tut sie das etwa in eurer Welt?«, gab das Kaninchen entrüstet zurück.

»Na ja, also, in unserer Welt vergeht sie einfach und schert sich nicht darum, was jemand über sie sagt oder nicht sagt …«, versuchte es Betty, doch Alice bezweifelte, dass Ethan Bond ihr tatsächlich zuhörte.

»Wie oft soll ich denn noch sagen, dass es mir leidtut?«, fragte Chloe.

Alice hatte nicht mitgezählt, aber sie hatte die dumpfe Ahnung, dass es mindestens das zehnte Mal war, dass sich Chloe entschuldigte.

»Das hätte doch jedem …«, setzte Alice an.

Doch Betty unterbrach sie mit einem gezischten »Psst!«

»Was denn?«, flüsterte Alice nun kaum hörbar.
Betty legte den Kopf schräg, als würde sie auf etwas lauschen, dann winkte sie ab. »Ich dachte nur, ich hätte etwas gehört«, sagte sie leise. »Aber da war wohl nichts«, fügte sie etwas lauter hinzu.
Ihr Gesichtsausdruck strafte ihre Worte Lügen.
»Kann mal jemand das Langohr abstellen?«, flüsterte sie Alice und Chloe kurz darauf zu.
Woher das Kaninchen all die Luft nahm, konnte sich Alice nicht erklären, aber Tatsache war, es führte seine Tirade noch immer fort, ohne dabei sein Tempo auch nur ein winziges bisschen zu verlangsamen.
Chloe zuckte nur die Schultern, sie hatte Ethan Bond an diesem Tag schon genug verärgert.
»Ich will ihn nicht gleich versehentlich umbringen«, meinte Betty und schaute Alice hilfesuchend an.
Unwillig schüttelte Alice den Kopf, doch auch ihr ging das Dauergemecker des Spionage-Hasen gehörig auf den Geist. Stundenlang so einen Aufstand zu machen wegen etwas, was nun wirklich keine Absicht gewesen war, und dazu hatte sich Chloe schon mehrmals entschuldigt und hätte es wirklich nicht besser wissen *können* – irgendwann musste es doch auch wieder genug sein. »Hätten wir so was mal mit Zoey veranstaltet«, murmelte Alice, der durch den Kopf ging, wie viele Leute es hätten besser wissen müssen und trotzdem ganz andere Dinge angerichtet hatten …
Kurz entschlossen machte sie zwei große, schnelle Schritte auf das Kaninchen zu, das immer noch kleiner war als sie und im Moment keine Waffe trug, griff nach ihm und hielt ihm den Mund zu.
Einen Moment erstarrte das Kaninchen, dann begann es zu zappeln und Alice hatte alle Mühe, ihren Griff aufrechtzuhalten. »Jetzt halt doch mal still! Du sollst doch nur einen Moment ruhig sein! Au!«
Sie hatte eine Kaninchenpfote so fest in die Rippen bekommen, dass sie nachgeben musste.
»Angriff auf einen Spion Ihrer Majestät? Also Alice, wenn ich es nicht besser wüsste, dann würde ich …«
»Herrgott!«, rief Chloe und hielt plötzlich etwas in der Hand, als wollte sie es werfen. Bevor sie dazu kam, schoss

unvermittelt ein Eisgeschoss aus Bettys Hand, zwischen Chloe und Alice und dem Kaninchen hindurch und dicht an einem Busch vorbei – wo es mit einem klirrenden Ton zerbrach.

Alice wusste nicht, was sie am meisten erstaunte: Der fassungslose Ausdruck auf Bettys Gesicht, das plötzliche Schweigen des Kaninchens oder der junge Mann, der genau dort stand, wo Bettys Geschoss eingeschlagen wäre. Wenn es dazu gekommen wäre.

Einen Moment sagte niemand ein Wort, alle vier schienen wie erstarrt zu sein. Dann trat der junge Mann langsam aus dem Unterholz hervor, vor ihm schien die Luft leicht zu flimmern. Bildete Alice sich das ein oder hörte sie ein ganz leises Summen?

Der Blick des jungen Mannes musterte erst Alice, Betty und Chloe und blieb dann an Ethan Bond hängen.

»Wieder im Auftrag Ihrer Majestät unterwegs, Spionage-Hase?«, wandte er sich mit ganz leichtem Spott in der Stimme an das Kaninchen.

Aus den Augenwinkeln sah Alice, wie sich Chloes Miene leicht aufhellte.

»Du ... wagst es ...«, stieß das Kaninchen mit zitternden Schnurrhaaren und hektisch wippender Nase hervor.

»Oh, oh«, murmelte Betty.

»Könnten wir vielleicht alle ganz manierlich ...«, setzte Chloe an, doch da bewegte sich das Kaninchen schon so schnell, dass Alice erstaunt Luft einsog, warf etwas nach dem Neuankömmling, doch offenbar nicht schnell genug für dessen seltsam flimmernden Schild. Das Flimmern nahm zu und auch der Ton, den Alice bereits gehört hatte, wurde unangenehm schrill. Sie musste sich die Ohren zuhalten und den anderen ging es genauso.

»Schluss!«, brüllte Betty, doch das Sirren und Summen war zu laut.

Dann kippte Chloe theatralisch ins Gras und unvermittelt kehrte Ruhe ein.

Alice nahm die Hände von den Ohren und atmete auf.

»Hach. Besser«, seufzte Betty.

Ethan Bond sah sichtlich mitgenommen aus, stand aber noch immer. Alice hatte fast erwartet, wenn sie schon solche

Probleme mit dem Ton hätte, dann würde es dem Kaninchen noch viel schlimmer ergehen. Doch offenbar hatte es Ethan Bond nicht ganz so heftig erwischt.

Der junge Mann dagegen schaute bestürzt auf Chloe hinunter, dann machte er zwei schnelle Schritte und kniete sich an ihrer Seite auf den Waldboden. Die Anwesenheit des Spionage-Hasen schien vergessen.

»Was hat sie denn? Das war keine Schwingung, die für Menschen irgendwie gefährlich wäre ...«

Betty ging neben Chloe in die Hocke und suchte routiniert nach einem Pulsschlag. Natürlich fand sie keinen.

»Sie ist tot«, stellte sie sachlich fest.

»Was?« Der junge Mann schaute sie schockiert an.

»Keine Angst, das wird schon wieder«, versuchte Alice ihn zu beruhigen, doch daraufhin wanderte sein schockierter Blick zu ihr.

»Wie kann das wieder werden?«, rief er.

»Also, das ...« Betty und Alice tauschten einen kurzen Blick. »Können wir darüber irgendwo reden, wo wir sicher vor Seuchenopfern sind?«, fragte Betty schließlich.

BETTYS TAGEBUCH

Zu all den Punkten, über die ich nachdenken muss, kommen immer mehr dazu. Dass ein unbedachter Ausspruch von Chloe, der so von jedem von uns hätte sein können, tatsächlich die Zeit im Dämmer-Spiegel-Land verändern kann, das hätte ich niemandem geglaubt, der es mir erzählt hätte. Egal ob Mensch, Kaninchen oder von mir aus auch untoter Flamingo.

Und noch bevor ich auch nur den Hauch einer Chance hatte, dieses Mysterium zu verstehen, kam das nächste dazu. Garreth Underwood, der beste Dieb des Dämmer-Spiegel-Landes, war dazu fähig, einen meiner Eis-Angriffe abzuwehren, ohne auch nur zu zucken. Interessant. Gleichzeitig konnte mir das natürlich absolut nicht in den Kram passen und das tut es noch immer nicht. Was mir ebenso wenig in den Kram gepasst hat, in dem Moment, in dem wir ihm begegnet sind, war diese Sache mit dem Schutzschild aus Tönen. Anders kann ich das nicht nennen, und letzten Endes ist es ja irgendwie genau das.

Chloes theatralische Aktion war mit Sicherheit nicht das, was ich vorgezogen hätte, doch sie erfüllte ihren Zweck, also lassen wir die taktischen Fragen mal unter den Tisch fallen und sind froh, dass wir alle noch unsere Trommelfelle haben. Inklusive dem Spionage-Hasen, der aber nicht ganz unvorbereitet war. Kaum hatten wir Garreth' Hütte erreicht, die in Wahrheit nicht seine war, aber der Bewohner … brauchte sie nicht mehr, zog das Kaninchen aus jedem langen Ohr ein kleines Gebilde und ließ diese kleinen Dinger irgendwo in einer seiner scheinbar endlos großen Taschen verschwinden. Mittlerweile habe ich herausfinden können (genauer gesagt, Alice hat, weil Alice nicht müde wird, Ethan Bond Löcher in den fellbedeckten Bauch zu fragen), dass es sich um einen Gehörschutz handelt, der für genau solche Fälle von den Tüftlern Ihrer Majestät entwickelt worden ist. Wenn eine Schwingung auf diese Dingerchen trifft, dann fangen sie selbst an zu schwingen und führen zumindest zur Abschwächung des anderen Tons, manchmal hört man gar nichts mehr. Praktische Sache, das muss ich den Tüftlern Ihrer Majestät lassen, aber es zeigt auch einmal mehr, dass hier jeder mit allen Tricks arbeitet. Aber schön, warum auch nicht. Ich setze ja auch ein, was ich kann. Wie Alice mit ihren Spiegeln (man höre und staune) und Chloe mit ihrem Scheintot oder umkehrbarem echten Tod oder was auch immer.

Alice und die Spiegel, das ist tatsächlich interessant. Ich habe in all den Jahren immer nur erlebt, dass sie einen großen Bogen um die Dinger gemacht hat, und jetzt plötzlich nutzt sie ihre Gabe. Anscheinend glaubt sie inzwischen dem Kaninchen von damals, weil ein weiteres Kaninchen ... Nein, halt, zu viele Kaninchen, das wird mir zu flauschig.

Zurück zu diesem Dieb. Wie ich schon sagte, sein Name ist Garreth und diese Sache von wegen »bester Dieb des Dämmer-Spiegel-Landes« kommt von ihm, nicht von mir. Nachdem er Chloe vom Waldboden aufgehoben hat und wir in dieser Hütte angekommen waren, hat er sich uns so vorgestellt. Nach der Auseinandersetzung mit dem Kaninchen, aber der Reihe nach:

Der Weg zur Hütte kann nicht furchtbar lang gewesen sein, über einen Schleichweg durchs Unterholz, aber er kam mir wie eine halbe Ewigkeit vor, dank einem schon wieder dauerhaft schimpfenden Kaninchen. Dieses Mal nicht mehr ausschließlich über Chloe, aber immer noch, weil sie schließlich der Grund war, warum wir Garreth jetzt zu seiner Hütte begleiteten. Und natürlich über Garreth, dem er nicht traut. Da muss ich aber zugeben, seine Gründe sind nicht mal so weit hergeholt.

Wir haben also diese Hütte im Wald erreicht, ein Stück abseits eines ordentlich gepflasterten Weges und zwischen der Siedlung, zu der wir eigentlich wollten, und dem glücklicherweise Seuchenopfer-freien Wald. Ein Stück weiter vom Palast entfernt als die Siedlung selbst, was die Laune unseres königlichen Spionier-Tieres natürlich nicht hob, aber ... immerhin konnte man Chloe so auf ein Bett legen.

Auf dem Weg hatte ich Zeit, diesen Fremden genauer zu betrachten, was ziemlich sinnvoll ist, wenn man auf jemanden trifft, der gegen die eigenen Angriffe praktisch immun ist. Garreth lief mit zweckmäßiger Kleidung durch den Wald, an den Hosen hingen ein paar Spinnweben fest und das Hemd hatte einen zerrissenen Ärmel. Also gut, hat es noch immer. Obwohl er die langen

Haare zusammengebunden hat, haben sich Strähnen gelöst und baumeln lose neben seinem Gesicht. Hellblaue Blättchen in dunkelbraunen Haaren sehen übrigens recht spaßig aus. Herrje, Chloe würde wohl ziemlich die Nase rümpfen, sie sah selbst auf unserer Flucht die ganze Zeit tadellos aus und hat kein Verständnis dafür, wenn man nicht auf sein Äußeres achtet. Selbst wenn man mit Pauken und Trompeten untergeht, dann soll man dabei wenigstens gut aussehen.

Dieser Kerl im Wald ist also Garreth. Das Bemerkenswerteste ist nicht unbedingt sein Äußeres, wobei sich nach dem gut trainierten jungen Mann mit Sicherheit genug Mädchen an Miss Yorks Schule umgedreht hätten, sondern, aus meiner ganz eigenen Perspektive, diese Sache mit dem Schall. Ich habe zu diesem Zeitpunkt keine Ahnung, wie er das anstellte, in meiner Welt gibt es keine Mutare mit solchen Fähigkeiten, aber ich nahm mir in dem Moment, in dem ich mich von dem Schreck erholt hatte, als mein Eis zersprang, fest vor, es herauszufinden. Alles andere, was Garreth betraf, spielte auf dem Weg zur Hütte keine wirkliche Rolle, außer dass er Chloe gefälligst nicht fallen lassen sollte, und es ergab sich die winzige Frage, wieso ihn das Kaninchen ganz offensichtlich nicht mochte.

Zumindest diese Frage wurde mir nach Ankunft in der Hütte recht schnell beantwortet. Kaum hatte Ethan seinen Gehörschutz aus seinen Ohren gezogen, wollte er wissen, wie lange Chloes Zustand wohl anhalten würde, und beschloss dann: »Sobald sie auch nur blinzelt, machen wir uns sofort auf den Weg zum Palast.«

»Ihr wollt also zum Palast?«, *fragte Garreth mit einem spöttischen Lächeln.*

»Das war keine besonders wertvolle Information, wohin sollten wir sonst wollen?«

»Nun, das Problem ist, dass ihr dort nicht hineinkommen werdet.«

»Das ist völliger Blödsinn! Natürlich kommen wir dort hinein! Schließlich bin ich im Auftrag Ihrer Majestät unterwegs!«

Dass Fridolin etwas davon gesagt hatte, der Palast wäre abgeriegelt, schien für Ethan Bond keine Rolle zu spielen, also habe ich ihn auch nicht darauf hingewiesen.

»Na dann, viel Glück. Noch ist es hell. Noch könntest du den Palast erreichen, bevor die Seuchenopfer dich erreichen.« *Garreth deutete auf die Tür.*

Das Kaninchen zog seinen Welten-Chronografen aus der Tasche, warf einen Blick darauf, dann einen aus dem Fenster und schließlich wieder einen auf die Uhr.

Ich traute meinen Augen nicht, als es tatsächlich Anstalten machte, wieder loszumarschieren und Alice und mich mit diesem Fremden alleine zu lassen. Was sollten wir machen, uns mit den gestohlenen Küchenmessern oder der genauso gestohlenen Waffe zu verteidigen versuchen? Mein Eis war ja wohl offenbar machtlos.

»*Ich komme morgen zurück und hole euch ab*«, *erklärte Ethan Bond mit fester Stimme.* »*Seid vorsichtig mit diesem Gesindel, Mädchen.*«

»*Warte! Du kannst uns doch nicht einfach hierlassen, wenn du der Meinung bist, dass er Gesindel ist!*« *Alice packte das Kaninchen am Arm.*

»*Für heute Nacht ist er das kleinere Übel. Und ich nehme nicht an, dass ich euch dazu bringen kann, ohne Chloe aufzubrechen?*«

Einhelliges Nicken von Alice und mir, Ethan Bond seufzte noch einmal, dann wandte er sich der Tür zu. »*Keine Angst, er lässt für gewöhnlich die Finger von Frauen, er kann seine Hände nur nicht bei sich lassen, wenn es um Dinge geht.*« *Mit diesen Worten war unser Kaninchen zur Tür hinaus, ohne Alice und ohne den angeblich ach-so-wichtigen Schlüssel.*

»*Was meint er?*«, *muss ich wohl vor mich hingemurmelt haben, denn Garreth hat mir geantwortet.* »*Er traut mir nicht, das meint er.*«

»*Wieso nicht?*«, *wollte Alice wissen und wich einen Schritt in Richtung des kleinen Nebenraums zurück, in dem Chloe lag. Mit ihrem Stoffbeutel und der Waffe.*

»*Eins nach dem anderen. Bitte. Ich habe genauso wenig Gründe, euch zu trauen, schließlich seid ihr ganz offensichtlich mit dem Spionage-Hasen unterwegs. Wer seid ihr, woher kommt ihr und was ist ...*« *Er nickte mit dem Kopf in Richtung Nebenraum.* »*Was ist mir ihr?*«

Tja, und da standen wir nun. Ich traute ihm nicht richtig über den Weg, weil er mein Eis zerbrechen lassen konnte, Alice traute ihm anscheinend nicht, weil ihr Häschen – Entschuldigung, der Spion – im Auftrag Ihrer Majestät ihm nicht traute... und Chloe war todesbedingt sprachlos.

»*Wollt ihr euch nicht wenigstens setzen?*« *Garreth deutete auf die Stühle, die um einen schlichten Holztisch standen.*

Ich nahm das Angebot an und Alice folgte zögernd meinem Beispiel.

In einem Ofen in der Ecke brannte ein Feuer und Garreth goss Wasser aus einem Gefäß in eine Kanne, streute ein paar Kräuter hinein und stellte sie auf die Ofenplatte.

»Vielleicht nehmt ihr ja wenigstens einen Tee von mir an. Mein Name ist Garreth Underwood, ich bin der beste Dieb des Dämmer-Spiegel-Landes. Ich habe mich übers Ohr hauen lassen und damit eine Katastrophe ausgelöst. Das ist der Grund, wieso mich euer Spionage-Hase nicht leiden kann. Er hat da so einen Verdacht und, was soll ich sagen, er hat recht: Ich habe die Seuche aus dem Märenland gestohlen und hergebracht.« Er war neben dem Ofen stehen geblieben und hatte sich mit verschränkten Armen gegen die Wand gelehnt, beobachtete uns aus dunklen Augen ganz genau.

Immerhin bekam er auch etwas zu sehen. Alice sprang so schnell vom Stuhl auf, dass selbst ich von der Bewegung überrascht wurde, und ich kann auch schnellen Bewegungen sehr gut folgen. Alle Mutare, die sogenannte Jäger-Fähigkeiten haben, können das. Jäger-Fähigkeiten, richtig. Hatte ich nicht erwähnt? Na ja, die Sache mit den unterschiedlichen Mutaren-Klassen brauchen wir jetzt nicht. Und ob tatsächlich einmal jemand dieses Buch lesen wird, der davon nichts weiß?

Alice sprang jedenfalls auf und ich, in dem Wissen, dass ich diesen Kerl nicht angreifen konnte, ließ in Rekordgeschwindigkeit eine Eismauer zwischen Alice und mir auf der einen Seite und ihm auf der anderen Seite entstehen.

Garreth hatte sich während der ganzen Sache keinen Millimeter bewegt, doch ich konnte förmlich spüren, dass es nur einen Gedanken von ihm brauchen würde und meine Mauer würde zerspringen. Und dann hätten Alice und ich ein verdammtes Problem.

In diesem Moment öffnete sich die Tür zum Nebenraum und Chloe kam heraus. Dieses Mal schien sie noch etwas verschlafen zu sein, blinzelte erst einmal und dann noch einmal, als sie Alice und mich hinter der Eismauer sah, dann schüttelte sie missbilligend den Kopf. »Ihr zwei wisst schon, was für eine Sauerei das gibt, wenn all dieses Eis hier drinnen schmilzt, ja? Wer von euch wischt dann freiwillig auf? Und kann mir jemand erklären, was das überhaupt soll?«

Typisch Chloe. Hier ging es möglicherweise um Leben und Tod, oder etwas Ähnliches wie Leben und Tod, und sie dachte an nasse Bodendielen.

»Herrje, Betty, ruf es zurück, ja?«

»Das geht nicht«, *mischte sich Alice zu meiner Überraschung ein.*

»Wieso nicht?«

»Weil er an der Seuche schuld ist.« *Mit einem zitternden Finger deutete sie auf Garreth.*

Dieser war eine Weile damit beschäftigt gewesen, Chloe fassungslos anzustarren, doch jetzt platzte es aus ihm heraus: »Ich wurde übers Ohr gehauen, das sagte ich doch schon! Warum hört ihr Frauen nie richtig zu?«

»Ethan hat gesagt, man kann ihm nicht trauen!«, *fügte Alice fast schon trotzig hinzu.*

»Ethan hat gesagt«, *äffte Chloe unsere Freundin nach. Zum Teil konnte ich sie verstehen, denn wie Alice diesem Kaninchen am Rockzipfel hing, war schon irgendwie merkwürdig, aber immerhin war es dieses Kaninchen gewesen, das ihr sozusagen die Bestätigung dafür gebracht hatte, dass sie nicht verrückt war. Und sie dann in eine noch verrücktere Welt geworfen hatte ...*

»Ethan ist offenbar gerade nicht da«, *stellte Chloe dann fest.* »Alice, würdest du bitte in Abwesenheit des Spionage-Hasen auf deinen eigenen Instinkt hören?« *Die Frage war in fast schon sanftem Ton gestellt und ich konnte Alice den inneren Kampf ansehen. Dann holte sie tief Luft.*

»Chloe, gib ihm einen Spiegel«, *bat sie schließlich leise.*

»Wozu?«, *wollte Chloe wissen, doch dann hellte sich ihre Miene auf.* »Schon gut, verstehe. Tut mir leid, Sterben macht einen manchmal schwer von Begriff. Betty, du verstehst das, oder?«

Ich biss mir auf die Lippen, weil ich dachte, dass sie diesem Dieb eine Sache verraten hatte, die ihn nichts anging, aber er schien es nicht einmal zu bemerken. Als wüsste er es schon ...

Chloe drückte Garreth den Spiegel in die Hand und auch das schien ihm bekannt vorzukommen. Er trat dicht an die Mauer heran, wandte Alice und mir den Rücken zu und schaute in den Spiegel.

Ich sah, wie sich Alice' Lippen bewegten, aber ich konnte nicht hören, was sie sagte. Die dunkelgrünen Schlieren, die daraufhin im Spiegel auftauchten, konnte ich aber selbst durch das Eis hindurch erkennen, das die Sicht etwas verzerrte.

119

»Betty, die Mauer runter«, murmelte Alice anschließend.

Etwas überrascht kam ich der Aufforderung nach. Übrigens, ohne die Hütte unter Wasser zu setzen. Schließlich hatte ich das Eis zurückgerufen, nicht einfach losgelassen.

Also das konnten Spiegel auch. Woher wusste unsere kleine Alice nur intuitiv, wie sie ihre Spiegelsicht nutzen musste, wenn sie nie geübt hatte?

Mit einer Mischung aus Belustigung und Erleichterung ging Garreth auf Chloe zu, reichte ihr den Spiegel, den sie mit spitzen Fingern und einem abschätzenden Blick entgegennahm. Dann streckte er eine Hand aus, die Chloe vorsichtig ergriff, und deutete eine Verbeugung an. »Wie die beiden schon sagten, mein Name ist Garreth, Garreth Underwood, der beste Dieb im Dämmer-Spiegel-Land. Nachdem wir geklärt haben, dass den Damen keine Gefahr von mir droht, dürfte ich erfahren, mit wem ich es zu tun habe?«

Als Chloe einen Knicks andeutete, klappte mir vor Staunen der Mund auf. Tat man das von alleine, wenn man aufgewachsen war wie Chloe und jemand mit einer angedeuteten Verbeugung anfing?

»Mein Name ist Chloe, das sind Alice und Betty«, erwiderte Chloe.

»Es ist mir eine Freude, euch kennenzulernen, Alice, Betty und Chloe«, erklärte Garreth. »Wollt ihr erst die Geschichte meines Versagens im entscheidenden Moment hören, oder darf ich zuerst fragen, was euch herführt und wo ihr herkommt?«

Ich klappte den Mund langsam wieder zu. Der Deckel der Kanne auf dem Ofen begann zu klappern. Alice schaute hilflos zwischen Garreth, Chloe und mir hin und her. Diese Ausdrucksweise schien zu vielem zu passen, aber nicht unbedingt zu einem Dieb. Schon gar nicht zu irgendeiner Form von Gesindel, dafür hatte er zu gute Manieren.

»Ich muss zugeben, es interessiert mich doch sehr, wie sich eine Spiegelsichtige, ein Seuchenopfer und ausgerechnet einer der Spione der Spiegelkönigin zusammentun, um zum Palast zu marschieren, obwohl dort seit Wochen niemand mehr heraus- oder hineinkommt«, redete Garreth weiter, während er Tee in die Becher goss.

»Ich bin kein Seuchenopfer«, platzte es aus mir heraus.

»Nun ja, das macht die Sache noch interessanter, Betty.« Er stellte zwei Becher auf dem Tisch ab und kehrte dann zum Ofen *zurück, um die beiden verbliebenen zu holen. Alice und ich nahmen langsam wieder am Tisch Platz und auch Chloe kam zu uns.*

»*Also, legen wir jetzt die Karten auf den Tisch?*«*, fragte er mit einem fast schon fröhlichen Lächeln, als er ebenfalls am Tisch saß.*

Wir haben also genau das gemacht. Die Karten auf den Tisch gelegt. Sowohl wir drei als auch er. Zwischendurch mussten wir uns vergewissern, dass kein Licht nach außen dringen und Seuchenopfer auf uns aufmerksam machen konnte. Wir haben einige Stunden mit reden verbracht und zumindest weiß ich jetzt, wer Garreth ist, was er ist und ich kenne seine Geschichte. Wären da nicht Alice und Chloes Spiegel, dann wüsste ich nicht, ob ich ihm glauben soll. Aber Alice glaubt ihm, weil sie das Vertrauen in die Spiegel wiedergefunden hat, und Chloe glaubt ihm, weil sie Vertrauen in Alice hat. Spätestens morgen werden wir einen weiteren Beweis dafür haben, dass Garreth die Wahrheit sagt – oder eben auch nicht. Wenn alles stimmt, was er uns gesagt hat, dann wird Ethan Bond nämlich nicht zurückkommen, um uns abzuholen.

ALICE

Im Licht einer Kerze schrieb Betty eifrig in ein Buch, das Alice nun schon öfter bei ihr gesehen hatte. Sie saß ein wenig abseits in einer Ecke, während Garreth eine Reihe von Werkzeugen auf dem Tisch ausgebreitet hatte und sie säuberte. Es hatte fast schon etwas Meditatives. Chloe hatte sämtliche Haarnadeln aus den ebenholzschwarzen Haaren gezogen und war dabei, ihre Frisur wieder neu zu richten, während Alice den Inhalt ihrer Beutel überprüfte, den Proviant durchsah und versuchte, ihn unter allen aufzuteilen. Außerdem vergewisserte sie sich, dass der Schlüssel noch da war. Sie hatten Garreth nicht verraten, wer von ihnen den Schlüssel mit sich führte, und auch wenn der Spiegel Alice gesagt hatte, dass sie Garreth trauen konnte und sie das aus irgendeinem Grund auch am liebsten wollte, vielleicht sollte sie trotzdem noch besser auf den Schlüssel aufpassen, als sie das ohnehin schon tat.

Während ihre Hände beschäftigt waren, gingen ihr Garreth' Worte wieder und wieder durch den Kopf. Nicht nur, dass er seltsame Fähigkeiten besaß, was Schall betraf, Fähigkeiten, die es in ihrer Welt nicht gab, er war auch ein begnadeter Dieb. Natürlich hatte Alice in Miss Yorks Schule gelernt, dass man sich gefälligst an alle bestehenden Regeln und Gesetze zu halten hatte, Mutare noch mehr als normale Menschen, doch hier im Dämmer-Spiegel-Land schienen die Dinge etwas anders zu liegen. Zumindest schien es nicht allzu ungewöhnlich zu sein, sich auf gesetzlose Art und Weise durchzuschlagen. Wobei Alice noch nicht ganz dahintergekommen war, was »gesetzlos« in dieser Welt meinte.

Garreth war also ein Dieb, wobei ihm zugutekam, dass er viele Schlösser mit Schwingungen öffnen konnte, wenn seine Werkzeuge versagten, und dass der Schall ihm helfen konnte, sich in Räumen zu orientieren. Außerdem sagte ihm derselbe Schall noch einiges mehr über seine Umwelt und die Lebewesen darin.

Er hatte ihm auch gesagt, dass es am Hof der Königin der Dämmerung gefährlich war, dass die Königin selbst gefährlich war und etwas im Schilde führte, als sie ihn beauftragt hatte, aber dennoch hatte er den Auftrag angenommen. Er war ein Dieb, der für den stahl, der ihn bezahlte, und zu wenig Spuren hinterließ, um erwischt zu werden. Wenn er den Auftrag nicht annahm, würde es jemand anderes tun, denn der Streit der Königinnen hatte genug Gesetzlose hervorgebracht. Doch wenn er der Dämmer-Königin brachte, was sie haben wollte, würde er zumindest wissen, was das war und würde diese ganze Sache im Auge behalten können.

Als er dahintergekommen war, um was es bei dem Auftrag gegangen war, war es zu spät gewesen. Viel zu spät ...

Und seitdem versuchte er, diesen Fehler wiedergutzumachen.

Alice betrachtete den Schlüssel in ihrer Hand. Genauso einen Schlüssel brauchte Garreth. Wie es auch Ethan Bond schon erklärt hatte, lag die Heilung, das Gegenmittel, nicht in dieser Welt. Um die Seuche aus der anderen Welt zu stehlen, hatte Garreth einen Schlüssel von der Königin der Dämmerung erhalten. Es gab insgesamt nur wenige Schlüssel, doch die Dämmer-Königin besaß gleich zwei davon, und wenn Garreth nicht mit seiner Beute zurückgekommen wäre, hätte sie ihm jemanden hinterhergeschickt, der keine Skrupel gehabt hätte, das halbe Märenland auseinanderzunehmen. Oder auch das ganze, falls das erforderlich gewesen wäre.

Also *war* Garreth zurückgekommen, hatte die Beute abgeliefert und den geliehenen Schlüssel. Und dann war er *noch einmal* zurückgekommen und hatte den zweiten Schlüssel gestohlen und anonym der Spiegel-Königin zukommen lassen. Und sich gefragt, warum die Königin der Dämmerung den Schlüssel, den sie ihm geliehen hatte, noch nicht zurückgelegt hatte, denn er hatte nur einen vorgefunden.

Zu diesem Zeitpunkt war Ethan Bond schon in Alice' Welt auf der Suche nach einem Schlüssel gewesen, denn die Königin der Spiegel besaß keinen. Ursprünglich hatte sie mit dem Schlüssel, den Ethan finden sollte und den jemand der Königin der Dämmerung gestohlen haben musste, in das Märenland reisen wollen, doch seit Garreth' Schlüssel im Palast der tausend Spiegel angekommen war, war sie bereits verschwunden. Gleichzeitig war strikte Order ergangen, niemanden, absolut niemanden in diesen Palast hinein- oder wieder herauszulassen. Nie-man-den. Und genau deswegen rechnete Garreth nicht damit, dass Ethan Bond einfach am nächsten Morgen zurückkommen würde. Aufgrund seiner Stellung würden die Wachen bei ihm vielleicht noch eine Ausnahme machen, was das *Herein* betraf, aber das *Heraus* und erst recht das *Zurück* würde er sich aus dem Kopf schlagen können.

»Sie ist schon so lange weg. Ich kann nur hoffen, dass ihr dort drüben nichts zugestoßen ist. Doch ich muss hinterher, ich muss wieder in diese andere Welt und die Heilung für die Seuche finden. Außerdem wüsste ich zu gerne, wer der Königin der Dämmerung den anderen Schlüssel gestohlen und wer die Seuche in die dampfende Welt gebracht hat.« So hatte Garreth seine Erklärungen beendet.

Unschlüssig drehte Alice den besagten Schlüssel in der Hand. Damit konnten sie auch ohne Ethan Bond aufbrechen, aber Alice hatte ein schlechtes Gewissen dabei, das Kaninchen im königlichen Palast zurückzulassen. Auch wenn ihm dort sicher nichts passieren würde, sollten sie die Spiegel-Königin finden und von ihren ehrenvollen Absichten überzeugen müssen, dann wäre es sicher hilfreich, Ethan Bond an ihrer Seite zu haben. Außerdem hatte er ihnen geholfen, wobei er damit mehr dem Schlüssel geholfen hatte ... Vielleicht wusste er ja auch etwas darüber, wie der Schlüssel in ihre Welt gekommen war? Aber wie das mit der Seuche vonstattengegangen war, wusste er ja auch nicht. Und da er sich nicht mit Gesindel abgab, war er wohl kaum darüber informiert, wer in diesem Dämmer-Spiegel-Land was wann vom wem stahl.

»Was nun?«, murmelte Alice vor sich hin.

Immerhin wurden sie in dieser Nacht nicht von Untoten angegriffen. Garreth hatte ihnen erklärt, dass die Seuchenopfer sich nicht allzu nahe an den Palast der tausend Spiegel heranwagten, wenn es nicht sein musste. Noch nicht, denn durch die Abwesenheit der Spiegel-Königin konnte sich das noch ändern. Noch einmal hatten sie Glück, denn die Hütte hatte noch einen weiteren kleinen Schlafraum gehabt und so hatten Alice und Chloe jeweils ein Zimmer für sich haben können, und Alice musste zugeben, dass sie seit ihrer Flucht aus dem Internat nicht mehr so gut geschlafen hatte. Dass Betty keinen Schlaf mehr brauchte, seit sie zu den Untoten gehörte, war für Alice noch immer gewöhnungsbedürftig, doch so war es immerhin völlig in Ordnung gewesen, dass Betty über Nacht Wache hielt. Als Alice zu Bett gegangen war, hatte Betty gerade im Schein einer Kerze ihr Notizbuch noch einmal aufgeschlagen.

Obwohl Alice von dem ungewohnten ständigen Marschieren durch diese ihr fremde und dann doch wieder bekannte Welt müde war, hatte es eine Weile gedauert, bis sie eingeschlafen war. Sie hatte zu sehr über die Spiegel nachdenken müssen. Die Spiegel, die sie so lange gemieden hatten und die ihr so viel sagen konnten, jetzt wo sie bereit war, ihnen wieder zuzuhören. Was hätten ihr die Spiegel schon früher alles verraten können, wenn sie nicht zu viel Angst vor ihren Visionen gehabt hätte? Sie schalt sich einen Feigling, schließlich hatten sich andere Mutare auch nie vor ihren Fähigkeiten versteckt oder versucht, sie ganz zu vergessen. Wobei, Letzteres stimmte nicht so ganz: In Miss Yorks Schule hatten einige versucht, dem Rat wirklich zu folgen und diese Fähigkeiten so gut unter Kontrolle zu halten, dass man sie praktisch in sich verschließen konnte – aber »unter Kontrolle haben« hieß, dass man sich zunächst zumindest in einem ganz kleinen Maß mit ihnen auseinandersetzen musste, und Alice hatte das nie gewollt. Sie hatte in der Theorie brav den Ausführungen der Lehrer zugehört, wenn die Seher-Mutare Unterricht ihre Fähigkeiten betreffend erhalten hatten. Aber in der Theorie war es geblieben, es wurde nicht im Unterricht geübt, das ließen die Schulregeln nicht zu. Wer doch mehr übte, als nur das Unter-Verschluss-Halten, tat es eben heimlich. Verstecken, verbergen ... »Jemand anderes sein«, flüsterte Alice in die Dunkelheit der Hütte.

Für Seher war das schwer, schließlich verfügten sie einfach über ihre Eingebungen. Alice, wenn sie in einen Spiegel schaute, auch dann, wenn sie dem Spiegel keine Frage stellte. Nur eben nicht so zielgerichtet, wie nach einer Frage. Andere Seher, wenn sie einen Gegenstand berührten, der einmal einer Person gehört hatte, wenn sie eine Person berührten, wenn sie in Wasserflächen sahen oder auch – einfach so. Das ließ sich so gut wie nicht abstellen. Jäger und Astrale hatten es da leichter, jemand, der Eis oder Feuer kontrollieren konnte – oder auch Blitze – ließ das einfach bleiben, Ende der Diskussion.

Und Chloe musste einfach nicht sterben. Andere Astrale sollten ihren Körper nicht verlassen und sich nicht körperlos an andere Orte begeben. Man ließ es einfach bleiben, blieb am Leben oder in seinem Körper, wie jeder normale Mensch auch. Man ging auch nicht über den Friedhof und sprach mit den Geistern der Toten und man grüßte keine anderen Astrale, die sich aus ihrem Körper entfernt hatten und einem zufällig vor die Füße stolperten. Astrale hatten auch ganz gute Chancen, ein Leben nach der Schule zu haben. Man brauchte sie, um Körperaustritte vom Tod zu unterscheiden, um den astralen Tod, zu dem Chloe fähig war, von einem echten Tod zu unterscheiden oder auch um einen unkontrolliert aus seinem Körper getretenen Geist wiederzufinden. Diese Fälle gab es und das ARO hatte schließlich zähneknirschend einsehen müssen, dass sie eigene Astrale brauchten, um diese Dinge im Blick behalten zu können.

Alice hatte mit dem Gedanken gespielt, selbst Lehrerin zu werden. Das war noch eine der Möglichkeiten, die Mutare hatten: Man unterrichtete andere Mutare darin, ihre Fähigkeiten zu kennen und wegzuschließen. Man brachte anderen Mutaren bei, nicht mehr sie selbst zu sein. Dass das falsch war, das hatte eine Stimme in Alice' Hinterkopf ihr mehr als einmal zugeflüstert und dieses Flüstern war, je näher sie dem Zeitpunkt gekommen war, Miss Yorks Schule endgültig zu verlassen, immer lauter geworden. Die andere Stimme war die von Miss York gewesen, die in Alice immer eine sehr brave Schülerin gesehen und ihr daher nahegelegt hatte, darüber nachzudenken … Und Alice hatte eine verdammte Angst davor gehabt, was mit ihr passieren würde, wenn sie sich nicht dafür entschied.

Beim ARO gemeldet sein, wie alle anderen ordentlichen Mutare auch, sich nichts zu Schulden kommen lassen, so tun, als wäre man jemand anders, für den Rest ihres Lebens. Das war das einzige Schicksal, das Mutaren offenstand, so oder so. Alice hatte schon genug Leute sagen hören, sie sollten mit ihren seltsamen Fähigkeiten froh sein, dass man sie nach einer gewissen Zeit überhaupt wieder draußen herumlaufen ließ, als freie Menschen, statt sie weiterhin einzusperren. Es gab immer wieder Bewegungen, die forderten, man sollte Mutare gleich vernichten.

Wie eng die Grenzen ihrer Möglichkeiten auch immer gewesen waren, nach ihrer Flucht und der Vertuschung des Mordes hatten sie sich ganz in Luft aufgelöst. Und nachdem Alice eine Weile im Dämmer-Spiegel-Land gewesen war, nachdem sie Dinge dort erkannt hatte, war sie zu erstaunt, wie selbstverständlich sie die Spiegel nutzte, wie natürlich ihr das auf einmal alles vorkam, als dass sie noch einmal in den Zustand zurückgekonnt hätte, in dem sie diese Fähigkeit nicht nutzte.

Der Gedanke, einfach hier, in diesem Dämmer-Spiegel-Land, zu bleiben, schlich sich immer häufiger in ihren Kopf. Nach dem, was Garreth erzählt hatte, gab es im Dämmer-Spiegel-Land die seltsamsten Wesen mit den unterschiedlichsten Fähigkeiten und man fand sich einfach damit ab. Etwas wie ihn hatte Alice noch nie gesehen und auch in keinem Unterricht von jemandem wie ihm gehört. Im Dämmer-Spiegel-Land war seine Gabe zwar selten, aber nicht verboten oder auch nur unterdrückt.

»Diese Welt ist durch und durch seltsam. Sie ist aus dem Wahn der Dämmer-Königin und der Suche nach Ausgleich entstanden, den die Spiegel-Königin anstrebt. Das musste in Seltsamkeiten ausarten.« Das waren Garreth' Worte gewesen. Immerhin erklärte er ihnen diese Welt ein wenig, was man von Ethan Bond nun wirklich nicht behaupten konnte. Wie es dem Kaninchen wohl gerade ging? Ob es am nächsten Morgen wirklich nicht auftauchen würde?

Über den Gedanken an den Spionage-Hasen fiel Alice schließlich in einen tiefen Schlaf.

Am nächsten Morgen begann die Warterei. Nach Sonnenaufgang waren Garreth und Betty bereits draußen gewesen, um ein paar Beeren und andere Früchte zu sammeln und in der nahen Siedlung ein paar Vorräte aufzutreiben. Und so saßen sie beim Frühstück erstaunlich ausgeruht zusammen, und Alice schaute immer wieder nervös zur Tür. Sie hatten die Mahlzeit schließlich beendet, die Sonne stieg höher, keine Spur von Ethan Bond.

»Also, was tun wir, wenn dieser Spionage-Hase nicht auftaucht?«, sprach Chloe schließlich aus, was sie alle dachten.

Einen Moment sagte niemand etwas, dann seufzte Garreth und legte das kleine Werkzeug hin, das er zwischen den Fingern gedreht hatte. »Wir kommen nach wie vor nicht miteinander aus, ganz egal, ob er im Palast festgesetzt wurde oder nicht«, stellte der Meisterdieb fest.

»Wenn er festsitzt, kann er wenigstens nicht weg, während du ihm deine eigentlich guten Absichten erklärst«, erwiderte Chloe, und über Garreth' Gesicht huschte ein flüchtiges Lächeln. »Ich bin gleich wieder zurück«, meinte er dann und ging in Chloes Zimmer hinüber.

»Was meinst du, was machen wir?«, fragte Betty leise. Alice konnte nur die Schultern heben, während Chloe Garreth mit den Augen folgte und mit einem geheimnisvollen Lächeln sagte: »Ich glaube, er lässt sich schon etwas einfallen.«

»Wir können Ethan jedenfalls nicht einfach im Stich lassen«, merkte Alice an.

»Das hat ja auch noch niemand gesagt«, erwiderte Betty.

»Wenn Garreth ihn einfach im Palast sitzen lassen will, dann werde ich …«, begann Alice, brachte den Satz aber nicht zu Ende, weil sie selbst nicht so genau wusste, was sie würde. Zum Palast marschieren und die Freilassung des Kaninchens zu fordern, erschien ihr nicht sonderlich gut machbar, schließlich kannte sie hier niemanden außer Ethan Bond. Und wieso sollte einer, wer auch immer dafür zuständig war, den Worten von jemandem von außerhalb Gehör schenken?

»Du wirst was?«, wollte Betty wissen, doch Alice blieb die Antwort erspart.

Garreth kehrte zurück, zumindest musste es Garreth sein, denn sonst war niemand in dem Nebenraum gewesen. Alice musste einmal blinzeln, um diesen ordentlich gekleideten jungen Mann, bei dem sich keine Haarsträhnen irgendwohin verirrt hatten, mit der abgerissenen Gestalt in Verbindung zu bringen, die ihnen am Vortag im Wald begegnet war.

Das Glitzern in Chloes Augen sagte ihr, dass diese nicht ganz so überrascht war, doch Betty ging es genauso wie Alice. »Welch wundersame Verwandlung«, stellte sie fest.

»Nun, was soll ich sagen. Wenn wir es beim Palast erst einmal wohlerzogen mit anklopfen und fragen versuchen wollen, dann sollte ich dort nicht auftauchen, wie der Dieb, der ich nun mal bin«, gab Garreth mit einem schiefen Grinsen zurück.

»Besteht die Möglichkeit, dass du nicht dein Leben lang ein Dieb warst, sondern vielleicht sogar von gar nicht so niedriger Abstammung bist?«, fragte Chloe so betont beiläufig, dass bei jedem die Alarmglocken schrillen mussten. Das war keine Frage gewesen, sie wusste es schon längst.

Einen Moment lang schauten Garreth und sie einander nur quer durch den Raum an, keiner von beiden wandte den Blick ab.

»Wir sollten aufbrechen«, sagte Garreth dann, noch immer ohne den Blickkontakt zu Chloe zu unterbrechen.

Diese wiederum stand langsam von ihrem Stuhl auf und ging geradewegs auf Garreth zu. »Das sollten wir wohl«, erwiderte sie ungerührt, als sie dicht vor ihm stand.

Wie bei irgendeiner Art von Signal wandte sich Garreth in dem Moment ab, in dem Chloe den ersten Schritt an ihm vorbei und auf die Tür des Nebenraums zu machte.

Einen Moment lang fühlte Alice sich an einen seltsamen Tanz erinnert und sie konnte es nicht verhindern, dass sie Betty leise »Was war das denn?« zuflüsterte.

»Das war typisch Chloe, schätze ich. Und auch, wenn ich das noch nicht richtig beurteilen kann, war es womöglich auch typisch Garreth«, flüsterte Betty zurück.

»Nicht tuscheln, denkt daran, der Schall ist auf meiner Seite. Kommt schon, meine Damen, auf uns wartet ein Palast.«

Garreth hatte seine Selbstsicherheit wiedergewonnen, wie man auch an dem Grinsen sehen konnte, das die Worte begleitete.

So redselig der Dieb auch in Bezug auf das Dämmer-Spiegel-Land, die Seuche und seine Mitwirkung bei deren Ausbruch gewesen war, so ein Geheimnis machte er also um seine Herkunft. Hätte Alice nichts anderes zu tun und einen eigenen Spiegel gehabt, vielleicht hätte sie nachgesehen, ob der Spiegel etwas über ihn wusste. Doch Garreth war nicht ihre Angelegenheit, das Kaninchen aber in irgendeiner Form durchaus.

Zur Abwechslung war es kein Tagesmarsch, sondern es dauerte wirklich nicht lange zum Palast der tausend Spiegel. Und wie Garreth angekündigt hatte, wurde er von bewaffneten Soldaten in Rüstungen aus einem weißen Metall bewacht, wie Alice es noch nie gesehen hatte. Als sie sich dem Tor näherten, versperrten ihnen zwei der Soldaten den Weg.

»Der Palast ist für jeden verboten. Order Ihrer Majestät«, bellte der linke, dessen Gesicht hinter dem Helm nicht zu erkennen war, bevor sie auch nur ihr Anliegen äußern konnten.

»Wir möchten zu Ethan Bond. Er hat sich gestern auf den Weg hierher gemacht und wir hoffen doch, er ist heil angekommen?«

»Ethan Bond, Spion Ihrer Majestät, befindet sich wohlbehalten im Palast«, leierte der Soldat herunter.

»Wäre es uns vielleicht möglich, ihn zu sehen? Diese drei Damen sind von ihm mit einem Auftrag betraut worden, der ursprünglich von Ihrer Majestät persönlich kommt.«

Alice und Betty wechselten hinter Garreth' Rücken erstaunte Blicke. Nein, diese Ausdrucksweise klang tatsächlich nicht nach jemandem, der schon immer ein Dieb gewesen war.

»Der Palast ist für jeden verboten. Oder Ihrer Majestät«, wiederholte der Soldat nur stur.

Betty atmete tief durch. Alice konnte ihr förmlich ansehen, was sie dachte, weil sie ihr im Laufe der Zeit von solchen Begegnungen erzählt hatte: Betty kannte solche Typen, ihr Vater hatte diese Sorte Mensch früher in Seeschlachten geschickt. Sie würden nicht von dem ausgegebenen Befehl abweichen, heute nicht mehr und in 300 Jahren nicht mehr, ob sie so lange lebten oder nicht.

»Habt trotzdem vielen Dank für die Auskunft«, verabschiedete sich Garreth artig und trat ohne ein Anzeichen von Ärger den Rückzug an.

»Aber ...«, setzte Alice an, doch er griff nur nach ihrem Arm und zog sie weiter.

»Da gibt es kein Aber, liebe Alice«, verkündete er energisch und beschleunigte seine Schritte noch ein wenig. Erst an der nächsten Biegung des Weges verlangsamte er sein Tempo wieder.

»Wir können ihn doch nicht einfach da drin lassen!«, begehrte Alice wieder auf, doch Garreth schüttelte nur unwillig den Kopf.

»Wir können gerade absolut überhaupt rein gar nichts tun. Also kehren wir in die Siedlung zurück«, erklärte er und Chloe schob ein gezischtes »Psst jetzt!« hinterher.

Beleidigt schloss Alice den Mund und nahm sich fest vor, kein Wort mehr mit den beiden zu reden.

Zurück in dem kleinen Ort mischte sich Garreth mit den drei jungen Frauen in eine bunte Ansammlung aus Menschen und anderen Wesen, die dort über den Marktplatz wuselten. Auf der anderen Seite des Marktes standen nur noch wenige Häuser, dann begann der Wald. Am Waldrand befand sich ein kleines Gasthaus und Garreth bedeutete ihnen, ihm zu einem Tisch am Waldrand zu folgen.

Trotz der abendlichen Gefahr durch die Untoten war das Gasthaus an diesem frühen Nachmittag gut besucht. Kaum hatten sie sich gesetzt, stürzte auch schon ein aufgeregter großer Vogel auf sie zu, der Garreth überschwänglich begrüßte und ihm erklärte, dass sich der Wirt gleich persönlich um sie kümmern würde.

»Was war das denn?«, rutschte es Betty heraus.

»Das war Jickry. Ein Dodo. Er nimmt Bestellungen auf und reicht sie an die Küche weiter und das mit erstaunlicher Geschwindigkeit«, konnte Garreth ihr nur antworten, dann kam auch schon ein Männlein auf sie zu, das Alice beim besten Willen nur als Zwerg bezeichnen konnte.

»Garreth, mein guter Freund!« Der Zwerg breitete die Arme aus. »Was kann ich heute für dich tun?«

»Eine gute Suppe für uns alle, Knut, das wäre fantastisch.«

Der Wirt zog wieder von dannen. »Ich habe ihm einmal ein Rezept beschafft, als Gegenleistung darf ich kostenlos bei ihm essen. Sehr oft mache ich nicht davon Gebrauch, aber er hat wirklich eine unglaublich gute Köchin. Und wir werden das Mittagessen brauchen.«

»Was machen wir?« Mit einem gespannten Gesichtsausdruck beugte sich Chloe, die neben Alice saß, über den Tisch.

»Na, was wohl? Mir gefällt es zwar nicht, aber wir werden dem Spionage-Hasen sein weißes Fell retten«, verkündete Garreth.

Betty kicherte und Alice versuchte, ihr über den Tisch einen strafenden Blick zuzuwerfen, musste aber selbst grinsen.

»Und wie stellen wir das an?«, wollte Chloe wissen.

Garreth schaute sie nacheinander an, senkte die Stimme zu einem verschwörerischen Flüstern: »Seid ihr schon mal in einen Palast eingebrochen?«

»Bis jetzt war ich immer eingeladen«, erwiderte Chloe ungerührt und wieder gingen einige vielsagende Blicke zwischen Garreth und ihr hin und her.

»Schön, dann reden wir jetzt darüber, wie man das ohne Einladung macht …«

»Au! Pass doch auf, du …«

»Vorsicht, das war mein Fuß!«

»Psst! Was seid ihr denn für Einbrecher? Au!«

Erst als sich Garreth vernehmlich räusperte, verstummten die drei jungen Frauen. Es war aber auch wirklich kompliziert, sich durch den schmalen, dunklen Gang zu schieben und sich dabei nicht fortwährend gegenseitig im Weg zu sein oder die Füße oder Arme oder Seiten von jemand anderem zu treffen. Als Betty ihr einen Ellenbogen gegen den Oberarm gehauen hatte, war Alice absolut nicht begeistert gewesen, hatte einen schnellen Schritt zur Seite gemacht und war dabei postwendend Betty auf den Fuß getreten. Den nächsten Schlag oder Tritt, da war Alice sich nicht sicher, weil keine ihrer Gliedmaßen beteiligt gewesen waren, hatte dann Chloe abbekommen. Ein einziges Durcheinander, in dem Garreth sie jetzt in diesen Palast zu lotsen versuchte.

Schuld war ganz sicher der Weg. Dieser Weg war nämlich streng genommen überhaupt keiner. Der Palast der tausend Spiegel stand auf einem Hügel, an dessen Rückseite die Ausläufer eines Gebirges begannen. In diesen hügeligen Ausläufern hatten früher einmal Kobolde gelebt, doch nachdem der Palast dort errichtet worden war, war es ihnen zu unruhig geworden und sie hatten sich tiefer ins Gebirge zurückgezogen. Nicht ohne ihr altes Höhlensystem wieder zuzuschütten. Die eine oder andere Höhle hatten sie dabei übersehen und mit Hilfe von Schall war es möglich, einen verborgenen Eingang zu finden. Befand man sich erst einmal in diesem alten, verlassenen Höhlensystem, war man aber noch lang nicht im Palast, dazwischen befand sich noch eine von Soldaten bewachte Mauer. In dieser Mauer wiederum gab es einen ganz schmalen Gang, durch den man sich gerade so hindurchschieben konnte. Man erreichte ihn, weil ein kleiner Teil des Fundaments in eine der alten Koboldhöhlen abgestürzt war. Möglicherweise waren die Kobolde daran nicht ganz unschuldig gewesen und das Fundament war nicht ganz von alleine eingestürzt, aber eine viel größere Rolle spielte die Tatsache, dass sie über diesen geheimen Weg in den Palast kamen.

»Woher weißt du eigentlich davon?«, hatte Chloe wissen wollen.

»Ich bin der beste Dieb im Dämmer-Spiegel-Land, schon vergessen?«, hatte Garreth daraufhin nur mit einem Grinsen geantwortet. Wenn Alice an ihre Begegnung mit dem Wirt dachte, dann schlich sich der Gedanke ein, dass Garreth den Kobolden möglicherweise auch einmal geholfen hatte, indem er ihnen etwas beschafft hatte, und sie hatten mit diesem Geheimnis bezahlt.

»Wo führt der Gang hin?« Das war Bettys Frage dazu gewesen. Alice hoffte, dass Garreth damit richtig lag, als er ihnen erklärte, dass es einen Ausgang unter der Treppe in einem der Türme geben würde. In einem der Türme, den sie wiederum in Richtung Innenhof des Palastes verlassen mussten. Trotz all der Wachen …

»Die Wachen sind damit beschäftigt, den Palast nach außen zu bewachen, wenn wir uns praktisch unter ihnen hindurch geschlichen haben, werden sie gar nicht auf die

Idee kommen, dass wir da sind.« So viel Überzeugung und Selbstsicherheit, wie Garreth bei diesen Worten ausstrahlte ... da sollte eigentlich nichts schiefgehen, doch Alice war sich da nicht so ganz sicher.

»Aber es sind eine Menge Wachen.« Betty bestand auf diesem Punkt.

Sie hatten noch ein wenig hin und her diskutiert, doch letzten Endes blieb ihnen nichts anderes übrig, als Garreth zu vertrauen, wenn sie in diesen Palast wollten. Besser gesagt, sie mussten in diesen Palast, über das »Wollen« dachte Alice erst gar nicht nach.

Immerhin führte Garreth sie mit Hilfe seiner Schall-Fähigkeiten sicher durch die Dunkelheit. Nun gut, falsch abbiegen konnte man auch nicht in einem Gang, der nur geradeaus führte und der es fast unmöglich machte, zu zweit nebeneinander zu gehen. Doch er war auch in der Lage, mögliche Hindernisse im Voraus zu erspüren und sie dadurch davon abzuhalten, über Unebenheiten oder einen herabgefallenen Stein oder sonst irgendetwas zu stolpern.

»Hier, hier ist das Gestein dünner, hier muss es sein«, verkündete Garreth schließlich im Flüsterton.

»Kannst du mit diesem Schall zufällig auch Wände öffnen?«, fragte Chloe.

»Nein, höchstens sprengen und das würde tatsächlich zu viel Aufsehen erregen«, erwiderte er leichthin.

»Können wir jetzt endlich Licht machen?«, wollte Alice wissen. Bisher hatte Garreth es ihnen verboten, den Lichtwerfer zu benutzen, weil er befürchtete, sie könnten an einer Ritze im Mauerwerk vorbeikommen und jemand könnte das Licht dann sehen. Alice hatte ihn nicht gefragt, wie er eigentlich in den Besitz dieses Gegenstandes gelangt war.

»Nein, lass es«, erwiderte er auch jetzt wieder. Diese Dunkelheit, der andauernde Blindflug, das machte Alice nervös. Zwischen dem ganzen Mauerwerk hatte sie das Gefühl, nicht mehr tief durchatmen zu können, weil all das Gestein sie zu sehr einengte. Auch wenn sie es nicht sehen konnte, so wusste sie, dass es da war, Mauer links von ihr, Mauer rechts von ihr ... Nein, das war absolut nicht ihr Element. Aber Betty hatte bis jetzt nun mal auch tapfer durchgehalten, obwohl sie das Gesicht verzogen hatte, als es darum gegangen war, in die alten Höhlen hinunterzusteigen.

Sie hörte, wie sich der Meisterdieb an der Wand zu schaffen machte, und auf einmal ertönte ein leises Schaben. »Zurück!«, zischte Garreth und sie versuchten sich ein Stück in den Gang zurückzuziehen, was mit mehr blauen Zehen und mehr Geschubse einherging.

Als der erste Schimmer Licht in den Gang fiel, atmete Alice erleichtert auf. Endlich war die Dunkelheit vorüber!

Sie schauten auf die Rückseite eines großen Stoffstücks und Alice brauchte einen Moment, um zu verstehen, dass es sich dabei um Wandschmuck handelte, der vor dem verborgenen Eingang hing.

»Ist das hell genug für die Spiegelsicht?«, wollte Garreth wissen.

»Ja, das wird schon reichen«, erwiderte Alice. Chloe reichte ihr wortlos den Spiegel und Alice suchte darin nach Anzeichen von Wachen, die in der Nähe waren. Nichts. Sie konnten gefahrlos durch den Vorhang auf die andere Seite, ohne ein paar erzürnten Soldaten in die Arme zu laufen.

Gesagt, getan.

Als ihr Staub in die Nase stieg, musste Alice niesen. Allem Anschein nach hatte sich schon längere Zeit niemand mehr unter diese Treppe verirrt. Vielleicht war das Glück ja auf ihrer Seite und auch an diesem Nachmittag würde es niemand tun.

Im Turm selbst trafen sie tatsächlich auf niemanden mehr, doch dann blieb der Weg aus dem Turm heraus, über den Innenhof und zum Hauptgebäude hinüber, in dessen Keller auch der Kerker lag. Als Alice über sich Schritte und Stimmen höre, glaubte sie, ihr Herz könne ihr stehen bleiben, doch Garreth meinte auf ihren entsetzten Gesichtsausdruck hin nur: »Das sind die Wachen. Die armen Kerle, die gerade oben Dienst haben.«

»Aber was, wenn sie runterkommen?«, fragte Alice erschrocken.

»Was glaubst du, wieso ich nicht einfach bis zur Wachablösung gewartet habe, wenn sie *garantiert* herunterkommen? Und, was noch viel schöner ist, wenn gleichzeitig frische, ausgeruhte Kräfte dort hinaufwollen, um ihre Posten zu beziehen?« Er schüttelte dabei den Kopf und die Belustigung war seiner Stimme deutlich anzuhören, gepaart mit einer gewissen Resignation in seinen Gesichtszügen, die möglicherweise so viel sagte wie: »Was wisst ihr denn eigentlich über Paläste?«

Alice presste die Lippen aufeinander.

»Wie viel Zeit haben wir bis zur Wachablösung?«, fragte Betty in diesem Moment.

»Genug, um diesen Innenhof zu überqueren. Wenn wir erst einmal drin sind, ist es ohnehin viel einfacher.«

»Trotzdem sollten wir vor der Wachablösung im Kerker sein«, meinte Betty. »Die Wachen, die jetzt dort eingeteilt sind, werden müde sein und ihre Aufmerksamkeit wird nachlassen. Nach der Ablösung sieht das anders aus.«

Garreth nickte ihr anerkennend und mit leicht überraschtem Gesichtsausdruck zu. »Sicher, dass du nicht zu der neuen Truppe der Dämmer-Königin gehörst? ... War nur Spaß!«, beeilte er sich hinzuzufügen, als er Bettys vernichtenden Blick bemerkte.

»Dann sollten wir uns also beeilen«, folgerte Chloe.

Alice brauchte Chloes Spiegel dieses Mal nicht zu bemühen, denn in der Tür des Turms gab es ein Fenster, durch das Garreth nach draußen spähen konnte.

»Die Luft ist rein«, flüsterte er. »Wir gehen aus der Tür raus, nach rechts, an der Mauer entlang. Es sind nur wenige Schritte, dann kommen wir zu einem Dienstboten-Eingang in die Küchen. Wenn uns keiner sieht, wie wir hier aus dem Turm kommen, sind wir schon fast sicher. Zwischen den Dienstboten sollten wir nicht weiter auffallen.«

»Aber wundern die sich denn nicht, wenn jemand auftaucht, den sie nicht kennen?«, fragte Betty.

»Und wenn schon. Da wird keiner die Wachen rufen, nur weil es ein paar helfende Hände mehr gibt«, erwiderte Garreth. »Außerdem gibt es da drinnen angeblich Spiegel, die das Aussehen verändern und andere seltsame Dinge. Wir fallen da nicht auf, glaubt mir.«

Mit einem Schulterzucken und einem letzten tiefen Durchatmen folgten die drei jungen Frauen Garreth aus der Tür heraus, über den Hof.

»Hey, ihr da!« Alice erstarrte und Chloe musste ihr einen Stoß in den Rücken verpassen.

»Der meint nicht uns!«, zischte sie Alice zu. Ein schneller Blick über die Schulter sagte Alice, dass Chloe recht hatte, es war nicht einmal ein Soldat gewesen, der gerufen hatte, sondern ein Mann ohne Rüstung, allem Anschein nach ein Stallknecht, denn er hielt ein Tier am Zügel …

Alice erstarrte noch einmal. War das ein Greif?

Das Wesen schnaubte, schien zu wittern, drehte den Kopf in ihre Richtung. Nur am Rand nahm Alice wahr, dass zwei Jungen herbeirannten, besser gesagt, ein Junge und ein Wesen, das zwar wie ein menschlicher Junge aussah, aber seltsam schuppige Haut besaß.

»Alice!«, raunte Chloe mit warnender Stimme. Ein paar Schritte vor ihnen befand sich eine Tür, dort standen Garreth und Betty, Garreth winkte ihnen ähnlich ungeduldig zu, wie es sonst das Kaninchen getan hatte.

Noch einmal schnaubte der Greif, dann begann er, wild mit den Flügeln zu schlagen, und fegte damit den Menschenjungen fast von den Beinen.

»Alice!«, rief jetzt auch Betty, und endlich setzte sich Alice in Bewegung und huschte hinter Garreth und Betty in einen Gang, aus dem ihnen ein freilaufendes Ferkel entgegenkam. Hinter dem quiekenden Tier rannte in erstaunlicher Geschwindigkeit eine ältere Frau mit einer blütenweißen Küchenschürze und einer ebensolchen Haube her. »Komm wieder zurück, Porridge!«, rief sie und schwenkte dabei ein Nudelholz. »Wir verwandeln dich wieder zurück, jetzt bleib schon stehen!« Sie beachtete Alice und die anderen gar nicht, als sie durch die offen stehende Tür nach draußen stürmte, um dem Ferkel zu folgen.

»Sie verwandelt es zurück?«, fragte Chloe mit großen Augen.

»Einer der Küchenjungen. Seht ihr jetzt, was ich meine?«, fragte Garreth und schaute der Frau mit einem Schulterzucken hinterher. »Du kannst hier nicht einmal eine Raupe im Salat töten, weil du nie weißt, wer es vielleicht mal gewesen ist, bevor derjenige einen Zauber abbekommen hat …«

»Er heißt aber doch nicht wirklich Porridge, oder?«, fragte Alice.

»Nein, sein richtiger Name ist Lumin. Den Spitznamen hat er irgendwann abbekommen, fragt mich nicht, wie. Kommt lieber mit.«

Während sie Garreth folgten und immer wieder an Ecken stehen blieben, um keinen Wachen in die Arme zu laufen, versuchte sich Alice im Palast umzusehen. Von außen waren ihr in erster Linie das strahlende Weiß und das viele Glas aufgefallen, durchzogen von wenigen schwarzen Elementen wie beispielsweise einem schwarzen Balkongeländer. Inzwischen säumten Spiegel die Gänge, unglaublich viele Spiegel. Hier und da standen Töpfe mit Pflanzen, die zwar grüne Blätter und Stängel hatten, aber strahlend weiße oder glänzend schwarze Blüten aufwiesen. Sie huschten an einer breiten, geschwungenen Holztreppe vorbei, die aus einem Holz war, so tiefschwarz wie Chloes Haare. Ganz selten erspähte Alice auch einmal einen Klecks Blau, doch nicht den schwächsten Schimmer von Rot, Rosa, Gelb oder Orange.

Die Gänge wurden wieder schmaler und schließlich hob Garreth die Hand, damit sie anhielten. »So, entweder wir folgen diesem Gang zur Kellertreppe und zu den Kerkern hinunter, oder wir sehen vorsichtshalber noch einmal nach, ob sich der Spionage-Hase doch woanders aufhält.« Garreth schaute Alice vielsagend an. Sie war schon drauf und dran, wie üblich eine Hand auszustrecken, damit Chloe ihr den Spiegel reichte, doch diese räusperte sich und deutete mit dem Kopf auf die Wand neben ihnen. Auch wenn dieser Teil des Palastes nicht mehr ganz so prunkvoll war, auch hier gab es noch immer Spiegel. Also wandte sich Alice dem nächstbesten zu.

»Wo ist der Spionage-Hase?«, fragte sie den Spiegel und wusste im selben Moment, dass es ein Fehler gewesen war. Als wäre der Spiegel in unzählige Scherben zerbrochen, sah Alice eine ganze Menge Kaninchen statt nur einem einzigen.

»Glückwunsch, jetzt kennst du alle Spione Ihrer Majestät«, bemerkte Garreth trocken.

»Verflixt. Ich meine: Ethan Bond!«, korrigierte Alice ihre Frage und wunderte sich gleichzeitig, wieso alle anderen in dem Spiegel sehen konnten, was sie sah. So funktionierte das normalerweise nicht. Sie sah in Spiegel und hatte

Visionen, alle anderen sahen in Spiegel und sahen nur sich selbst. Doch seit sie durch diesen Kaninchenbau geklettert waren, verhielt sich ohnehin mit den Spiegeln nichts mehr, wie es einmal gewesen war.

Dieses Mal zeigte der Spiegel ein sehr genaues Bild. Ethan Bond saß auf einer gepolsterten schwarzen Pritsche, an der Wand gegenüber befand sich einer der unvermeidlichen Spiegel. Die Wände um ihn herum waren weiß mit einem ganz leichten, bläulichen Schimmer.

»Er kann doch nicht im Kerker sein!«, murmelte Alice. Dazu sah das kleine Zimmerchen viel zu komfortabel aus. Bei einem Kerker hätte Alice modrige Gänge, feuchtes Mauerwerk und einen Haufen Stroh in der Ecke erwartet, nicht so etwas!

»Doch, das ist der Kerker, kein Zweifel«, stellte Garreth fest.

»Hast du dich in den etwa auch schon hineingeschlichen?«, fragte Chloe leise.

»In den musste ich mich nicht schleichen.«

»Ach, nein? Welches Vergehen hat dich hineingebracht?«

Statt ihr zu antworten, griff Garreth nur nach Chloes Arm und zog sie sanft, aber bestimmt mit sich.

»Was meinst du, hat er für seine Diebstähle auch schon mal in diesem Kerker gesessen?«, flüsterte Betty Alice zu.

»Woher soll ich das wissen?«, gab Alice zurück und wäre dann fast erneut im völlig falschen Moment stehen geblieben, weil sie glaubte, aus dem Spiegel eine weitere Stimme zu hören, die leise ihren Namen rief.

»Hast du das gehört?«, fragte sie Betty.

»Was denn? Kommt jemand?« Sofort klang Betty alarmiert, doch Alice schüttelte den Kopf. Dann hatte sie sich wohl geirrt.

»Nichts. Gehen wir.« Sie beeilten sich, die beiden anderen einzuholen, die schon um eine Ecke gebogen waren. Am Ende des Flurs befand sich zunächst einmal eine Tür aus dickem, weißem Metall. Garreth zog eine Reihe von kleinen Werkzeugen heraus und machte sich am Schloss zu schaffen. Mit Sicherheit hätte er es einfach durch Schall öffnen können, und Alice fragte sich, ob auch in dieser Welt die Wesen, die den Mutaren vergleichbare Fähigkeiten besaßen, sie sparsam einsetzten, weil ihre Anwendung Kraft kostete.

In kürzester Zeit sprang die Tür auf und sie fanden sich vor einer Treppe wieder, einer Wendeltreppe, deren schwarze Stufen in die Tiefe führten. Sie beeilten sich hinunterzusteigen und wurden von einer weiteren stabilen Tür aufgehalten. Auch diese konnte Garreth mit seinen Werkzeugen öffnen, und so traten sie endgültig in den Keller des Palastes ein.

»Links befinden sich nur Vorratsräume, da trifft dieser Keller irgendwann auf den Küchenkeller«, erklärte Garreth, während er ihnen schon bedeutete, ihm geradeaus zu folgen. »Rechts geht es in die tieferen Kerker, da wollen wir alle nicht hin, und geradeaus haben wir die Kerker für *die* Gefangenen, die man anständig behandeln muss.«

Zunächst befanden sich nur leere, offene Zellen links und rechts des Ganges, dann war auf der linken Seite die erste Zelle besetzt. »Und ich sage noch einmal, wir hätten die Leute in Ruhe lassen und andere Geiseln nehmen sollen!«, hörte Alice jemanden sagen. Es war nicht das Kaninchen, und das war es, was im Moment zählte.

Sie liefen den Gang entlang und weiter vorne, auf der rechten Seite, hörten sie nervöses Trippeln in einer der Zellen.

Sie stürzten darauf zu, und Chloe schaute durch das dick vergitterte Fensterchen in der Tür.

»Na, Spionage-Hase, hast du uns vermisst?«, fragte sie herausfordernd.

»Chloe!«, rief das Kaninchen und Betty schlug sich eine Hand vor die Stirn.

»Psst!«, zischte Chloe, dann machte sie Garreth Platz, der das Schloss in Augenschein nahm.

»Wir brauchen einen speziellen Schlüssel, die Schlösser sind mit einem Zauber gesichert. Wartet hier, ich hole einen.«

»Ihr habt den Dieb bei euch?«, rief das Kaninchen.

»Psst!«, zischte Chloe erneut, dann winkte sie Alice heran. »Erklär du es ihm.«

Alice warf einen Blick in die Zelle. Sie sah wirklich so aus, wie sie es im Spiegel gesehen hatte.

»Garreth hat uns geholfen. Er hat uns reingebracht. Ohne ihn könnten wir dich nicht rausholen.«

Das Kaninchen wippte mit der Nase. »Das muss ohnehin alles ein großes Missverständnis sein. Sie haben mich reingelassen und wollten mich nicht mehr gehen lassen. Und als ich die Wachen beschimpft habe, bin ich hier gelandet.«

»Hast du denen etwa auch gesagt, dass wir keine Zeit für so etwas haben?«, murmelte Betty im Hintergrund, doch das Kaninchen hatte gute Ohren.

»Selbstverständlich!«, erwiderte Ethan Bond. »Sie waren in dieser Hinsicht nicht einsichtig, etwas stimmt hier ganz und gar nicht ...« Der Spionage-Hase war immer lauter geworden und dieses Mal zischte Alice zeitgleich mit Chloe: »Psst!«

»Ihr versteht das nicht! In diesem Kerker sitzt Gesindel ... Stellt euch vor, ich weiß jetzt, wer die Teeparty überfallen hat. Es hätte mich gleich viel mehr wundern müssen, dass ich Fell gefunden habe, das in einer anderen Art gemustert war, als es bei einem der üblichen Gäste der Fall ist. Der Schuldige war gar kein Mensch – zumindest, was die Entführung betrifft. Das war eine kleine Gruppe, Überlebende aus einer Siedlung, die von den Seuchenopfern heimgesucht wurde. Sie wollten den ... die Gäste als Geiseln nehmen, und damit die Königin der Spiegel dazu bewegen, irgendetwas zu tun. Natürlich vergeblich ...«

Diese Neuigkeiten ließen Alice völlig vergessen, dass sie verdammt noch mal leise sein mussten. Hinterher fragte sie sich, ob sie sich zu sehr davon hatte einlullen lassen, dass der Weg in den Palast hinein vergleichsweise einfach verlaufen war, doch auch Chloe fragte in diesem Moment: »Wie das? Es waren gar nicht die Leute der Dämmer-Königin?«

»Psst!«, rief dieses Mal das Kaninchen erschrocken, »Du solltest wirklich deine Zunge besser hüten, Chloe!«

»Als wäre das jetzt unser größtes Problem! Wer wollte denn mit aller Gewalt nicht hören und sitzt jetzt mit seinem flauschigen Hintern in einer Zelle fest, statt im Auftrag Ihrer Majestät die Welt zu retten, hmm?«

»Du kannst ja wohl kaum von mir erwarten, junge Dame, dass ich diesem Garreth auch nur ein Wort ...«

»Psst!«, versuchten Betty und Alice vergeblich, die beiden zum Schweigen zu bringen. Was ihnen nicht gelang, schafften die näher kommenden Schritte. Laute Schritte von jemandem, der sich nicht darum kümmerte, ob er gehört wurde oder nicht, weil er jedes Recht hatte, hier zu sein. Schritte von Beinen, die in Stiefeln und Rüstungen steckten ...

»Oh, oh«, murmelte Betty.

Chloe machte ein erschrockenes Gesicht, dann bogen auch schon von beiden Seiten Soldaten in den Gang ein.

»Im Namen Ihrer Majestät, ihr steht unter Arrest!«, schallte eine häufig befehlende Stimme durch den Gang.

»Seht ihr, man kann diesem ...« Das Kaninchen schloss unter Chloes vernichtendem Blick den Mund.

»Erwähn seinen Namen einmal, und ich schwöre dir, ich setze dich bei der nächsten Gelegenheit da draußen aus. Unbewaffnet!«, zischte Chloe und sogar Ethan Bond war klar, dass sie es zu ernst meinte, als dass es das Risiko wert war.

Die Soldaten kamen näher, ergriffen Alice, Betty und Chloe an den Armen und nahmen ihnen die Stoffbeutel ab. Alice hielt den Atem an. Wenn sie nun nicht nur die Beutel durchsuchten ... Doch die Soldaten Ihrer Majestät beließen es dabei. Sie nahmen die Waffe und den Spiegel aus Chloes Beutel an sich, dann bugsierten sie Alice in die Zelle neben dem Kaninchen, die beiden anderen in Zellen auf der anderen Seite des Flurs.

Alice wusste nicht, ob sie in erster Linie verängstigt oder wütend sein sollte. Bis hierhin war es fast schon zu gut gegangen, allerdings waren sie jetzt doch erwischt worden, und wer wusste schon, wie diese Soldaten Ihrer Majestät mit jemandem verfuhren, der jemanden aus dem Kerker zu befreien versuchte ...

Die Tür schloss sich mit einem lauten Klacken, ein Schlüssel wurde gedreht und Alice ließ sich mit hängenden Schultern auf ihre Pritsche fallen.

»Schöne Rettungsaktion«, murmelte sie. Fast hätte sie erwartet, dass Ethan Bond sie gehört hätte und, wie zu allem anderen auch, einen Kommentar auf Lager hatte, doch das Kaninchen blieb stumm. Genau wie Betty und Chloe und letztlich der gesamte Gang, nachdem die Soldaten wieder abgezogen waren.

BETTYS TAGEBUCH

Man hätte es ja ahnen können, so einfach wie es gewesen war, sich in diesen Palast zu schleichen. Viel zu einfach. Trotzdem, vielleicht hätten wir auch wieder rauskommen können, wenn nicht mit einigen von uns das Temperament durchgegangen wäre. Ich erinnere mich daran, dass mein Vater mehr als einmal gesagt hat, man könne eigentlich keine Menschen für Kriegsgeschehen gebrauchen, weil mit Menschen früher oder später immer irgendetwas durchginge: Angst, Wut, Trauer, Lagerkoller ... Früher oder später verloren Menschen die Nerven, gute Soldaten eben wesentlich später als schlechte. Also, sagen wir einfach, wir haben die Nerven verloren.

Natürlich war unser Spionage-Hase extrem schlechter Laune und hätte er es nur dabei belassen zu betonen, dass wir für solchen Mist keine Zeit hätten, wäre es ja noch gegangen, aber natürlich musste er uns, nachdem die Wachen gegangen waren und eine Weile Totenstille in diesem Kerker geherrscht hat, auf die Nase binden, wie schändlich uns Garreth im Stich gelassen hat. Wenn es nach Alice' Häschen geht, dann hat der Meisterdieb das genau so geplant, denn er hat uns loswerden wollen, um anschließend ungestört den Weltuntergang auszulösen.

Meiner Meinung nach macht Ethan Bond da einen Denkfehler: Garreth lebt davon, dass ihn jemand für Aufträge bezahlt oder dass er Gegenleistungen in anderer Form dafür erhält. Es ergibt also gar keinen Sinn für ihn, das Dämmer-Spiegel-Land zerstören zu wollen. Wenn beispielsweise das nette Gasthaus, in dem wir waren, zu einer Kaserne umfunktioniert oder von Untoten überrannt wird, wo bekommt Garreth dann kostenlose Bewirtung? Wenn es den Leuten hier um das nackte Überleben geht, wer braucht dann noch einen Dieb? In wenigen Ausnahmefällen vielleicht noch. Aber wie sehen die Preise aus? Ein sicherer Unterschlupf gegen eine wirkungsvolle Waffe? Wie auch immer, die Dinge werden vor allem eins, nämlich komplizierter. Auch Garreth müsste ständig aufpassen, dass er nicht gefressen wird, von daher teile ich die Meinung des Kaninchens nicht.

Chloe ist, soweit ich mir das zusammenreime, irgendwie meiner Meinung, weil sie erstens in Geschichte aufgepasst hat und zweitens, weil sie Garreth aus mir noch nicht ganz ersichtlichen Gründen zu mögen scheint. Letzteres ist so gesehen nicht meine Sache, aber es ist schon spannend, wie sie dem Kaninchen widerspricht. Ich warte eigentlich nur darauf, dass sie sich gleich über den Flur hinweg anbrüllen und darauf, dass nicht einmal mehr die Gefängniszelle sie davon abhalten kann, Ethan Bond die Ohren noch länger zu ziehen, vielleicht kämen wir dann alle hier raus ... aber so weit wird es dann wohl doch nicht kommen.

Man merkt, dass ich in dieser Zelle nichts zu tun habe, außer meinen Gedanken nachzuhängen. Zeitgefühl zu behalten, ist ziemlich schwierig, ich kann es gerade nur in Flüchen und Schimpfwörtern messen und das ist nicht sonderlich aussagekräftig.

Gerade sagt das Kaninchen etwas, was mich doch aufhorchen lässt: »Ich habe Spuren eines Menschen am Tisch der Teeparty gefunden. Spuren, die dort nicht hingehören. Es ist ein weiterer menschlicher Gast da gewesen.«

Natürlich will Chloe wissen, was das jetzt damit zu tun hat, dass er Garreth verteufelt, vor allem, weil Ethan Bond doch schon festgestellt hat, dass an der Entführung kein **Mensch** *schuld war, und es kommt, wie es kommen muss: Ethan Bond behauptet, dass Garreth vielleicht nicht an der Entführung direkt beteiligt war, aber die Teeparty vorher ausspioniert hat, um dieser Gruppe sein Wissen zu verkaufen. Dieses Mal rechne ich fast damit, dass Chloe ihn durch zwei Türen aus magischem Metall hindurch mit Blicken erdolchen wird, aber da das Kaninchen ihr weiterhin antwortet, hat das wohl nicht funktioniert.*

Früher hatte Chloe die Angewohnheit, in solchen Fällen manchmal einfach vor Wut zu sterben. Andere Kinder brüllen sich gegenseitig an, nach dem Motto: »Du bist doof!« und »Du bist aber noch viel doofer!« und so weiter, Chloe hat als Kind niemanden angebrüllt. Stattdessen ist sie theatralisch gestorben. Praktisch als Bestrafung und als Form des Schmollens gleichzeitig. Oder so ähnlich. Man hat ihr das an Miss Yorks Schule natürlich ausgetrieben, aber es war wirklich spannend ...

Jedenfalls stirbt hier gerade niemand, weder Chloe noch das Kaninchen. Dieses Mal brüllen die beiden sich wirklich fast über den Flur an, bis ich irgendwann »Ruhe!« dazwischenbrülle, weil ich einfach keine Lust mehr habe.

»Also, Ethan, gibt es Beweise dafür, dass Garreth wirklich die Teeparty ausspioniert hat?«

Ethan erzählt mir irgendetwas über Fingerabdrücke und Pfotenabdrücke und Lupen. Die machen hier Dinge, davon habe ich gerade mal nebenbei gehört. Damit kann er also beweisen, dass Garreth dort war, aber nicht, dass er tatsächlich jemanden angegriffen hat. So fällt mein vernichtendes Urteil aus, und natürlich passt es Ethan Bond überhaupt nicht, während Chloe triumphiert.

Es ist ja nicht schon kompliziert genug, sich aus seinem eigenen Sarg herauszuarbeiten, aus Versehen seine »Schwester« zu töten, durch einen Kaninchenbau zu flüchten, den Unterschied zwischen verschiedenen Untoten zu lernen, von dem Verdacht gequält zu werden, Opfer eines Experimentes geworden zu sein und dann auf einmal jemandem gegenüberzustehen, gegen den die eigenen Waffen wirkungslos werden, nein, dazu kommt noch das hier. Diese beiden unglaublichen Streithähne! Normalerweise ist Chloe diejenige, die für Ruhe sorgt, ich habe nicht furchtbar viel Übung darin, aber irgendwie muss es jetzt gehen.

»Du hast gesagt, du wüsstest, wer die Teeparty angegriffen hat. Du hast etwas von Geiseln gesagt«, erinnert Alice, die die ganze Zeit ziemlich still war, das Kaninchen.

»Psst! Die sitzen doch nur ein paar Zellen weiter!«, zischt Ethan Bond.

»Warum fragst du sie dann nicht einfach? Ich fasse es ja nicht, die Schuldigen sitzen im selben Flur und du hast trotzdem die Nerven, Garreth zu beschuldigen?«

Ich muss zugeben, ich kann Chloe verstehen.

»Er ist schließlich auf und davon und will uns hier einfach versauern lassen!«, erwidert das Kaninchen.

Herrje, haben sie damit die nächste Runde eingeläutet? Wenn ich mir sicher sein könnte, dass ich dabei nicht schon wieder jemandem die Schädeldecke sprenge, dann würde ich alle beide mit einer Eisschicht über dem Mund verstummen lassen, aber im Gegensatz zu Zoey sind Ethan und Chloe unverzichtbar.

»Du weißt doch gar nicht …«, setzt Chloe gerade wieder an.

Und dann herrscht Stille. Eine so absolute Stille, wie ich sie noch nie gehört habe. Sogar das Geräusch, mit dem der Stift über das Papier kratzt, ist verstummt. Versuchsweise klopfe ich mit den Fingern auf das Blatt, aber es macht kein Geräusch.

Und dann ein einzelner, leiser Satz in der Stille des Flurs: »Wärt ihr so nett, einfach still zu sein, während ich euch aus diesen Zellen hole? Sonst denke ich noch darüber nach, jemanden hier zu vergessen.«

Und damit ist Garreth einfach so wieder zurück. Ich weiß nicht, ob ich daran gezweifelt habe, dass er wiederkommt. In meinem Kopf spuken noch immer zu viele Dinge herum, unter anderem die Frage, wieso sie uns unsere Beutel nicht ganz abgenommen haben, während sie Ethans Ausrüstung natürlich beschlagnahmt haben. Die, Zoeys Waffe und Chloes Spiegel. Alles andere erschien ihnen hier drinnen wohl nicht nützlich, und ich muss zugeben, es war wirklich nichts in einem dieser Beutel, was uns bei einem Ausbruch hätte helfen können. Es sei denn, die Wachen lassen sich mit Kekskrümeln oder ein klein wenig Kleidung zum Wechseln bestechen. Das bisschen Geld in unserer Währung, das wir bei uns haben, interessiert hier auch niemanden. Der Spiegel jedoch schon, und bestimmt auch der Schlüssel – also wo hat Alice den versteckt? Bevor wir zu unserer Rettungsaktion losgezogen sind, hat sie in der Hütte nach Nadel und Faden gesucht und dann eine Weile in ihrem Zimmer gesessen. In dem Moment habe ich nicht darauf geachtet, aber jetzt fällt mir ein, dass wir uns früher schon kleine Innentaschen in die Kleider genäht haben, um Süßigkeiten aus der Küche mitgehen zu lassen. Wenn der Trick bei Plätzchen funktioniert, wieso dann nicht auch bei magischen Schlüsseln? In diese Richtung gingen meine Gedankengänge die ganze Zeit, wenn sie nicht von Chloe und Ethan überbrüllt wurden.

Tatsächlich ist Garreth aber wieder da und schon jetzt höre ich leises Klicken, da er sich am Schloss von Chloes Zelle zu schaffen macht. Zeit zum Aufbruch. Ähm, Ausbruch.

ALICE

»Habt ihr eine Ahnung, wie schwer es ist, *vier* dieser Schlüssel zu stehlen? In einem davon steckt genau genug Magie für ein einziges Schloss. Was bedeutet, dass ich für jede Zelle einen eigenen Schlüssel brauch. Einer ist ja schon eine Herausforderung, aber vier? Ihr musstet es auch gleich übertreiben, ja?«, hörte Alice Garreth sagen, während er ihre Zelle öffnete.

»Und dann muss man das Schloss trotzdem noch öffnen, diese Schlüssel schalten schließlich nur die Magie aus …«, fuhr Garreth in seinen Erläuterungen fort. Dann öffnete sich die Tür und Alice konnte nach draußen huschen.

»Ich würde dich ja am liebsten hierlassen«, sagte Garreth durch die Zellentür zum Kaninchen, »aber ich fürchte, wir brauchen dich doch noch mal.«

Die Miene des Kaninchens, als es seine Zelle verließ, war irgendwo zwischen betreten und überrascht.

»Da ihr laut genug gestritten habt, um die Wachen zu unterhalten: Ja, ich war bei der Teeparty. Um mich mit den Gästen dort zu unterhalten, und zwar darüber, ob die Königin mein kleines Geschenk bekommen hat. Neuigkeiten aus dem Palast eben. Am nächsten Tag war ich noch einmal dort, um die Unterhaltung fortzusetzen, doch als ich ankam, lag schon alles in Trümmern. Ich habe niemanden niedergeschlagen, entführt, ermordet oder was du sonst in deinem Hasenhirn ersonnen hast.«

»Du steckst nicht mit denen unter einer Decke?« Ethan Bond deutete mit dem Kopf in Richtung der Zellen, von denen Alice wusste, dass sie besetzt waren.

»Zum letzten Mal: nein. Wir können das überprüfen, wenn dir so viel daran liegt.«

Er zog aus seinem eigenen Seesack Chloes Spiegel heraus, hielt ihn aber nicht Chloe hin, sondern Alice.

»Schon gut!« Das Kaninchen hob die Pfoten. »Wir haben keine Zeit, also …«

»Du hast nicht vor, mich zu erschießen?«, vergewisserte sich Garreth.

»Womit denn?« Das Kaninchen warf einen vielsagenden Blick auf seine leeren Pfoten.

»Damit zum Beispiel.« Garreth zog den Beutel des Kaninchens aus seinem Seesack hervor und drückte ihn dem erstaunten Ethan Bond in die Pfoten. Noch überraschter schaute der Spionage-Hase drein, als Garreth den Lichtwerfer aus einer Hosentasche zog. »Du hattest den die ganze Zeit?«, platzte das Kaninchen heraus.

»Und du Meisterspion hast nicht mal gemerkt, dass ich ihn mir geliehen hatte«, grinste Garreth. »Wisst ihr, wenn ich eins nicht gebrauchen kann, dann mit euch vieren noch einmal in die Wachstube zurück zu schleichen und diese Dinge zurückzustehlen. Schleichen an sich ist mit euch ja schon ein Kunststück …«

Das Kaninchen zog seinen Welten-Chronografen hervor, nachdem es wieder im Besitz seiner Ausrüstung war, wirkte es wesentlich zufriedener mit der Welt.

»Na los, raus hier.« Garreth setzte sich in Bewegung und winkte den anderen, ihm zu folgen. Zu Alice' Überraschung führte er sie aber nicht den Weg zurück, den sie gekommen waren, sondern weiter den Gang hinunter. Dann bog er nach links ab, legte warnend einen Finger an die Lippen und bewegte diese dann stumm.

Wieder setzte eine absolute Stille ein, jeder Schritt war lautlos, jeder Atemzug wurde verschluckt, Alice hörte noch nicht einmal mehr ihren eigenen Herzschlag. Konnte Garreth also auch jeden Schall verstummen lassen?

Sie näherten sich einer offen stehenden Tür und Alice blieb wie angewurzelt stehen. Garreth konnte sie doch nicht auf eine Wachstube zuführen! Zwei Soldaten hielten sich in dem Raum auf, noch beschäftigten sie sich mit einem Kartenspiel, aber sie würden die Gruppe unweigerlich sehen …

Die Geste, mit der Garreth in die Richtung deutete, verstand Alice zwar nicht, aber Betty nickte und im nächsten Augenblick begann sich eine Eiskruste im Türrahmen zu bilden, die in rasender Geschwindigkeit wuchs. Es war gespenstisch, das Eis so lautlos wachsen zu sehen, ohne ein einziges Knirschen oder Knacken. Noch gespenstischer war es, durch den Panzer hindurch die Schemen der Wachen zu sehen, die gegen die Barriere hämmerten.

Garreth nickte Betty anerkennend zu, dann liefen sie weiter, an der Wachstube vorbei. Als sie ein paar Schritte entfernt waren, hörte Alice ein Hämmern und Rufen hinter sich und Garreth sagte: »Lauft! Sie werden gleich die Verstärkung alarmiert haben!«

Sie rannten über einen langen Korridor, dieses Mal ganz ohne Spiegel, Garreth öffnete ihnen eine Tür, ein paar Schritte weiter noch eine, und dann hatten sie den Kerker hinter sich gelassen. Hier waren die Wände des Kellers plötzlich weiß gestrichen und wieder hingen Spiegel daran. Links hörte die weiße Farbe schlagartig auf, geradeaus schloss sich eine Treppe an den Gang an und Garreth winkte sie nach rechts. Erneut glaubte Alice zu hören, dass jemand ihren Namen flüsterte, dass einer der Spiegel nach ihr rief, doch im Laufen konnte sie sich nicht sicher sein, sie musste zu sehr darauf achten, nicht zu stolpern, da ihr Rock sie behinderte.

Dann erreichten sie eine weitere Tür aus schwarzem Glas, die aber zum Glück nicht verschlossen war.

»Ich halte das für keine gute Idee!«, hörte Alice das Kaninchen noch anmerken, dann wurden auch schon Schritte hinter ihnen laut.

»Weiter!«, rief Garreth, obwohl er langsamer geworden war.

»Ist das wirklich ein Schachbrett?«, fragte Chloe. Tatsächlich war ein Teil des Raums, der Bereich direkt hinter der Tür, mit weißem Marmorboden versehen. Dann schloss sich das größte Schachfeld an (Schachbrett konnte man es wegen der Größe nämlich eigentlich nicht mehr nennen), das Alice je gesehen hatte.

»Wenn wir unsere Verfolger irgendwo loswerden, dann dort«, fügte Garreth noch hinzu. »Passt auf, auf welche Felder ihr euch stellt, denn euch entsprechende Figuren erscheinen auch auf der anderen Seite. Und man sagt, dass sie manchmal nicht fair spielen.«

Alice schluckte. Sie hatte keine Ahnung, was Garreth bezweckte, aber er hatte sie so lange in ihren Zellen sitzen lassen, dass er hoffentlich einen Plan entwickelt hatte.

Betty hielt sich noch einen Moment damit auf, die Tür einzufrieren, gerade noch rechtzeitig, denn schon waren die Soldaten Ihrer Majestät heran. Es würde auch trotz Eispanzer nicht allzu lange dauern, bis sie durch die Tür wären …

»Wie funktioniert dieses Spiel?«, wollte Chloe wissen.

»Im Grunde ist es ganz einfach. Man nimmt den Platz einer Figur ein und kann sich dann auch nur so bewegen. Dann versucht man die andere Seite zu erreichen, gegen die Figuren der Gegenseite. Etwas anders als bei gewöhnlichem Schach«, erklärte das Kaninchen.

»Und wenn man schummelt?«, wollte Chloe wissen.

»Ich würde es nicht versuchen«, erwiderte das Kaninchen mit düsterer Miene.

»Man sagt, die Königin würde niemals schummeln und trotzdem schafft sie es. Alleine, gegen die gegnerische Dame«, stellte Garreth mit leiser Stimme fest.

»Die ist nicht zufällig rot wie die Dämmerung?«, murmelte Betty, die ihr Spiegelbild in dem weißen Feld betrachtete, vor dem sie stand. Schwarzes und weißes Spiegelglas … Alice überlief ein kalter Schauer. Sobald sie nach unten sah, konnte sie in diesen Spiegeln wusste-Gott-was sehen. Ob sich ihre Visionen in diesem Palast der tausend Spiegel noch so gut steuern ließen?

»Wir nehmen alle die Plätze von Bauern ein und dann bewegen wir uns Schritt für Schritt und warten auf den richtigen Moment«, befahl Garreth.

»Bauern? Das Schwächste, was wir haben?«, rief Betty empört.

»Nicht ganz. Das Schwächste, was *die* haben.« Garreth deutete auf die andere Seite. »Nur darauf wird es am Ende ankommen.«

Da sogar das Kaninchen der Anordnung folgte, wenn auch nicht ohne ein »Ich hoffe, du hast einen Plan«, nahm auch Alice ihren Platz ein.

»Los geht's«, verkündete Ethan Bond.

Sie setzten sich in Bewegung, einer nach dem anderen, abwechselnd mit den anderen Figuren. Alice hatte Schach nie besonders gemocht und das hier machte es nicht besser. Dass die Soldaten der Königin hinter ihnen auf das Eis einschlugen, gefiel ihr noch viel weniger. Ihr war nach losrennen, fliehen ...

Die Wand auf der anderen Seite des Raumes bestand aus Glas, und wenn Alice sich nicht täuschte, ging es dort hinaus in einen Garten. Wie viel lieber wäre sie jetzt dort und nicht hier und ...

»Vorsicht!«, rief Betty, und Chloe hielt inne und schien ihren Zug noch einmal zu überdenken, doch da gab es nichts zu überdenken, sie konnte nur in eine Richtung. Noch waren sie nicht auf die gegnerischen Figuren getroffen, wie auch, wenn man sich im Schneckentempo bewegte ...

Alice erkannte, dass es gar nicht um Chloes nächsten Schritt ging, sondern um die Soldaten, die durch das Eis brachen.

In ihrem langsamen Tempo würden sie den Männern Ihrer Majestät nie entkommen ...

Die Wachen begannen, das Schachfeld zu betreten, und Alice wurde Zeugin eines unglaublichen Schauspiels. Auf der anderen Seite des Feldes tauchten neue Figuren auf, unter anderem auch neue Bauern. Plötzlich gab es zwei schwarze Damen, die sich gegenseitig an den Haaren zogen und Ohrfeigen versetzten, die Springer gingen mit Lanzen aufeinander los, eine davon splitterte mit einem ohrenbetäubenden Klirren. Zwei Läufer hatten angefangen, einander zu prügeln, zwei Türme versuchten sich gegenseitig vom selben Feld zu schieben und wurden dabei fast dem einen König gefährlich – es brach kurzum ein handfester Streit unter den schwarzen Figuren aus, die sich nicht einigen konnten, wer nun tatsächlich dran war. Immer neue Figuren betraten das Feld und die ersten hatten die Soldaten offenbar als Regelbrecher identifiziert. Mit Getöse schoss ein Turm ein Stück an Alice vorbei und zwang so eine Gruppe Soldaten, zur Seite zu springen. Es war ein heilloses Durcheinander.

»Keine Disziplin, die ganze Truppe«, hörte Alice Betty ungläubig sagen, und dann übertönte Garreth' Stimme alles, denn er brüllte: »Lauft!«

Alice rannte. Sie wollte und konnte nicht darüber nachdenken, dass sie gerade auf eine Horde Schachfiguren zuhielt, die sich gegenseitig um die Felder prügelten und ihnen teilweise entgegenrannten, um auf die Soldaten loszugehen. Betty wich haarscharf einem heranpreschenden Springer aus, Alice selbst wäre fast von einem Bauern ergriffen worden, doch im großen Ganzen schienen sich diese wildgewordenen Figuren mehr für die Soldaten zu interessieren, als für Alice und ihre Begleiter.

Sie trat fast auf die Splitter einer heruntergefallenen Krone und plötzlich dämmerte Alice, dass diese magischen Figuren zu Glas wurden, zersplitterten, wenn sie besiegt waren, und das magische Leben dann schnell aus ihnen wich …

»Alice, was machst du?«, rief jemand, während Alice quer über schwarze und weiße Felder sprintete, ohne sich noch um die Regeln zu kümmern. Erst glaubte sie, in einem der weißen Felder ein Gesicht aufblitzen zu sehen, aber dann rief Garreth »Schneller!«, und Alice wich einer Dame aus, die gerade einer anderen Dame die Krone vom Kopf gerissen hatte und damit nach hinten ausholte, um nach einer anderen Figur zu schlagen.

Dann hatten sie das Schachfeld hinter sich, nur ein Stück Marmorboden bis zur Tür, an der Garreth sich schon zu schaffen machte. Als Alice und Betty als Letzte das Feld verließen, hatte er die Tür bereits geöffnet. Voller Verwunderung beobachtete Alice, wie er einen Moment konzentriert die Augen schloss und etwas murmelte. Dann schwankte Garreth, Chloe griff nach seinem Arm, doch im selben Moment stieß Betty einen erschrockenen Schrei aus.

Alice fuhr herum und schrie selbst auf. Mit einem Lärm, der das Scharmützel zwischen Schachfiguren und Soldaten noch übertraf, begannen sich Risse auf den Feldern zu bilden, auf den noch heilen Figuren, und dann explodierte das ganze Feld in einem Regen aus schwarzen und weißen Spiegelglassplittern.

In ihrer Panik sprang Alice in Richtung geöffneter Tür, Betty war dicht hinter ihr und fluchte, als sie die Splitter abbekam, die sonst Alice getroffen hätten. Ein letzter Schubs von Betty, Alice stolperte mehrere Schritte vorwärts und landete auf Händen und Knien in herrlich weichem Gras.

Der Einfachheit halber setzte sich Alice an Ort und Stelle hin. Sie war sich zwar sicher, dass gleich wieder jemand an ihr zerren würde, dass sie gleich wieder weiterlaufen müsste, doch diese Sache mit dem Schachfeld hatte sie mitgenommen. Wo gab es denn so etwas, Schachfiguren, die aus dem Nichts auftauchten und jeden verprügelten, der in ihren Augen die Regeln brach? Offenbar hier, in diesem Dämmer-Spiegel-Land.

Bisher hatte Alice noch keinen Grund gehabt, an der Königin der Spiegel zu zweifeln, doch jemand, der so ein Schachfeld erfand und alleine gegen die gegnerische Dame spielte, konnte doch nicht ganz klar bei Verstand sein, oder?

Während Alice sich die kleinen Glassplitter aus der Kleidung schüttelte, murmelte sie halblaut: »Sind denn hier alle verrückt?«

»Das kommt auf die Perspektive an«, erwiderte das Kaninchen, dessen Schnurrhaare nervös auf- und abwippten, als hätte ihm die Begegnung mit den Figuren auch zu schaffen gemacht. Doch als es weitersprach, wurde Alice klar, dass der Spionage-Hase ein anderes Problem hatte: »Was mit Sicherheit absolut verrückt war, war dieser Angriff auf die Soldaten Ihrer Majestät. Wie konntest du nur, Garreth?«

Dieser saß, wie Alice verblüfft feststellte, ebenfalls im Gras, Chloe neben sich, während Betty, die in der einsetzenden Dämmerung nur noch als Schatten zu erkennen war, im Garten herumlief. Nach einer Weile blieb sie vor etwas stehen, das Alice nicht erkennen konnte.

»Nächstes Mal helfe ich euch nicht zu entkommen, hole dich nicht aus deiner Zelle und suche uns keinen Weg, unsere Verfolger loszuwerden. Einverstanden?«, schlug Garreth dem Kaninchen mit erschöpft klingender Stimme vor.

Das Kaninchen murmelte etwas, das wie »Hr-hmpf« klang.

Dann unterbrach Betty zum Glück die Unterhaltung. »Kommt mal her, ist das hier das, was ich denke?«

»Ich denke schon«, erwiderte Garreth, ohne sich zu bewegen.

»Du hast es doch noch gar nicht gesehen.«

»Aber ich weiß, dass es da ist.«

»Das was da ist?« Alice erhob sich und ging zu Betty hinüber. Dabei konnte sie auch im schwindenden Licht nicht anders, als zu bemerken, dass sie sich in einem wirklich hübschen Garten befanden. Etwas verwildert vielleicht, die Blumenbeete waren kreuz und quer auf dem Rasen angelegt und Wege konnte man nicht erkennen, aber das Gras erstrahlte in einem satten Grün und die unterschiedlichsten Pflanzen leuchteten selbst im schwindenden Licht noch in allen Farben.

Betty stand vor einer Art Säule, die ihr bis zur Brusthöhe reichte. Die Säule bestand aus weißem Marmor und hatte ein Loch etwas unter der Oberseite. Der Boden des Loches wies eine runde Vertiefung auf, als könnte man hineingreifen und dort eine kleine Kugel ablegen …

»Das Schachfeld hält nicht nur die Soldaten fern. Es dient zum Schutz dieses Gartens, denn er gehört nicht wirklich zum Dämmer-Spiegel-Land und nicht wirklich zum Märenland«, erklärte Garreth. »Wenn jemand durch die Tür geht, durch die wir gegangen sind, dann schließen sich beide Eingänge, und für das Dämmer-Spiegel-Land gibt es den Garten praktisch nicht mehr. Das hier ist einer der Orte im Dämmer-Spiegel-Land, wo sich ein Portal zum Märenland befindet. Wir können weiter und niemand kann uns folgen.«

»Was heißt hier: wir?«, verlangte das Kaninchen zu wissen, doch es klang lange nicht mehr so energisch wie zuvor.

»Ich komme natürlich mit euch. Hier würde ich nur noch mehr Scherereien haben als sonst, und außerdem braucht ihr mich.«

»Wofür sollten wir dich brauchen?«

»Ich kenne den Weg. Ich weiß, wo sich das Heilmittel befindet.«

Das Kaninchen und der Dieb funkelten sich über den Rasen Ihrer Majestät hinweg an.

Alice wandte den anderen den Rücken zu, entfernte sich ein paar Schritte und brauchte dann einen Moment, um den Schlüssel aus der nagelneuen Innentasche ihres Kleides zu ziehen, in der sie ihn sicherheitshalber versteckt hatte. Man konnte ja nie wissen.

»Und wenn du den Weg kennst«, sagte das Kaninchen gerade, »wir haben Alice, und Alice …«

»Und Alice hat den Schlüssel«, unterbrach Alice das Kaninchen und hielt die Kugel in die Höhe, so dass sich das allerletzte Sonnenlicht darin brach.

»Was willst du damit sagen?«, wollte der Spionage-Hase wissen.

»Mein Schlüssel, mein Eingang, meine Entscheidung, wer mitkommt und wer nicht. Also, was muss ich tun?«

Während Chloe anfing zu grinsen und Alice merkte, dass Betty dichter an sie herangetreten war, als wollte sie demonstrieren, dass sie tatsächlich hinter ihr stand, verschränkte das Kaninchen nur mit einem weiteren »Hr-hmpf« die Pfoten vor der Brust.

»Herrje, jetzt sei doch nicht so eine Mimose!«, rief Chloe und stand auf. Sie schaute Garreth fragend an, doch er schüttelte nur den Kopf und stand auf, ohne ihre Hilfe anzunehmen.

Mit Sicherheit hatte es den Meisterdieb einiges an Kraft gekostet, seine Fähigkeiten so stark einzusetzen, alleine diese Sache mit dem Schachfeld musste für jemanden, der nicht so untot war wie Betty, eine riesige Kraftanstrengung bedeuten. Astrale hatten es da leichter, ihre Fähigkeiten strengten sie meist nicht besonders an, doch dafür konnte man sich keine Seuchenopfer vom Leib halten, indem man in einen Spiegel schaute. Es hatte eben alles seine Vor- und Nachteile.

»Alice, du musst die Kugel in die Aussparung legen und sie weiterhin berühren. Außerdem musst du eine weitere Person berühren und die eine weitere und immer so weiter.«

Betty fing an zu kichern und Garreth wandte sich ihr erstaunt zu. »Was ist daran so komisch?«

»Na ja, die Königin hat doch bestimmt ein paar Männer mitgenommen, als sie aufgebrochen ist. Stellt euch mal die Soldaten Ihrer Majestät mit ihren auf Hochglanz polierten Rüstungen vor, wie sie hier stehen und Ringelreihen um diese Säule tanzen«, erklärte sie und brachte damit alle Anwesenden zum Schmunzeln. Bis auf das Kaninchen.

»Ohne mich werdet ihr die Königin der Spiegel nie auf eure Seite ziehen können!«, verkündete Ethan Bond. »Wenn ich mich weigere, euch zu begleiten …«

»… dann werden die Soldaten eben vor Freude Ringelreihen tanzen, dass sie dich wieder zurück in eine Zelle verfrachten können«, führte Garreth den Satz zu Ende.

»Schluss, wir haben keine Zeit!«, entschied Betty, marschierte mit festen Schritten auf das Kaninchen zu und packte den Spion Ihrer Majestät kurzerhand am Kragen. »Wehe du leistest Widerstand, dann könnten mir die Eiszapfen ausrutschen«, erklärte sie dem zappelnden Kaninchen mit so entschlossenem Tonfall, dass das Zappeln tatsächlich nachließ. Nachließ, aber nicht ganz aufhörte. Mit einem strengen Blick veränderte Betty ihren Griff ein wenig, so dass sie Ethan Bond nun richtig im Genick packte. Umgehend erstarrte das Kaninchen und schaute aus erstaunten, großen Augen in die Welt. »Sieh mal an, Kaninchen bleibt Kaninchen«, murmelte Betty zufrieden.

»Also dann«, freute sich Chloe und griff sowohl nach Alice' freier Hand als auch nach Garreth'. Betty zögerte einen Moment, nach Garreth' anderer Hand zu greifen. Alice sah beim Blick über die Schulter das Flackern in den Augen ihrer besten Freundin. Natürlich, Menschen mieden Untote normalerweise … Doch Garreth zögerte nicht und schreckte nicht vor der Berührung zurück. Das Kaninchen indessen hatte schlicht und ergreifend keine Wahl.

»Wir können«, stellte Chloe fest und schaute Alice gespannt über die Schulter.

Noch einmal holte Alice tief Luft. Das war jetzt praktisch der zweite Kaninchenbau, in den sie sich flüchtete. Und jedes Mal kam jemand dazu … Sie legte die Kugel vorsichtig in die Aussparung, drückte ihre Hand darauf, als könnte sie alleine dadurch den Eingang dazu bringen, sich zu öffnen.

Und dann waren da plötzlich gläserne Treppenstufen, wo eben noch grüne Wiese gewesen war.

»Nimm den Schlüssel bloß wieder mit!«, merkte das Kaninchen an, wie um das letzte Wort zu haben, und Betty musste sich sichtlich beherrschen, um den Spionage-Hasen nicht wenigstens ein kleines bisschen zu schütteln.

Dann traten sie auf die erste Treppenstufe und auch wenn die Treppe seltsam verzerrt war und weder hinauf noch hinunter zu führen schien, sondern irgendwie geradeaus, entfernten sie sich doch von dem Garten. Eine Weile hatte Alice das Gefühl, sich im Nirgendwo zu befinden. Sie konnte den Garten noch sehen, irgendwie unter sich und gleichzeitig neben sich, dann kamen die ersten Bäume, und die Welt schien seltsam verschwommen. Und dann standen sie plötzlich vor einem hell erleuchteten Schloss, aus dem Musik schallte. Auch das letzte Tageslicht war hier verschwunden. Wo das Licht des Schlosses nicht mehr hinkam, herrschte Dunkelheit. Vor dem Schloss stand eine Kutsche, und wenn man durch das Tor schaute, war dahinter der Wald zu erkennen, den Alice schon wahrgenommen hatte. Auch der Geruch hatte sich verändert. Der Blumenduft aus dem Garten war verschwunden.

»Was zum …«, hörte sie Betty flüstern.

»Oh. Ich schätze, das ist mindestens das Schloss eines Königs, und wenn ich richtig höre, dann findet dort drin gerade ein Ball statt«, stellte Chloe fest. »Und die Uhr hat gerade angefangen, Mitternacht zu schlagen. Zumindest nehme ich an, dass es Mitternacht ist, immerhin ist es hier stockdunkel.«

»Gut, dass wir dich haben«, meinte Betty trocken. »Sonst würden wir doch nie dahinterkommen, was in der feinen Gesellschaft so los ist.« Sie lächelte Chloe dabei an, was den gutmütigen Spott ein wenig entschärfte.

»Trotzdem müssen wir hier weg«, erklärte Garreth. »Ich habe keine Lust, mich schon wieder im Kerker irgendeiner Majestät wiederzufinden.«

Schnelle Schritte wurden hinter ihnen auf der Treppe laut. Sie wandten sich um und eine junge Frau rannte auf sie zu, als wäre irgendjemand hinter ihr her. »Aus dem Weg!«, rief sie den fünf zu und stürmte weiter, direkt auf die Kutsche zu, deren Tür ihr vom Kutscher aufgehalten wurde. Mit gerafftem Rock kletterte sie hinein, der Kutscher schloss die Tür, sprang auf den Kutschbock und trieb die Pferde an. Die Kutsche raste durch das Tor in den Wald hinein.

»Wo ist sie hin?«, ertönte eine weitere Stimme hinter ihnen. Ohne eine Antwort abzuwarten, lief ein Mann die

Treppe herunter, ebenfalls an ihnen vorbei, und schaute sich dann am Fuß der Treppe um. »Einfach verschwunden«, hörte Alice ihn murmeln.

Er drehte sich um, stieg deutlich langsamer wieder die Treppe hinauf. Alice spürte einen Stoß in die Rippen und sah gerade noch rechtzeitig, wie Chloe in einen formvollendeten Hofknicks versank, also beeilte sie sich, ihrem Beispiel zu folgen.

»Ihr habt nicht gesehen, wohin sie verschwunden ist?«

»Nein, Majestät«, erwiderte Chloe.

Himmel, war das wirklich ein Prinz? Und woran sah Chloe das? An der prächtigen Kleidung? Alice bemühte sich, Chloe alles nachzumachen, also richtete sie sich ganz langsam wieder auf. Da bemerkte sie den schmalen Goldreif, den der junge Mann auf dem Kopf trug.

»Sie ist in die Kutsche geklettert und die Kutsche ist im Wald verschwunden, Euer Majestät«, fügte Garreth hinzu.

»Wer seid ihr überhaupt? Ihr seid keine Gäste meines Balles. Und wieso habt ihr ein Karnickel bei euch?«

»Ich bin kein …«, wollte Ethan Bond auffahren, doch Betty hielt ihm den Mund zu.

»Das Haustier meiner Schwester, Majestät. Wir kamen nur zufällig vorbei und hörten die Musik. Wir wollten ganz gewiss nicht stören und ziehen auch augenblicklich wieder weiter.«

Alice schwirrte der Kopf, als sie Chloe so reden hörte. Woher wusste sie überhaupt, dass sie diesen jungen Mann mit »Majestät« anreden musste? Gut, er hatte »mein Ball« gesagt …

»So so«, meinte er, musterte sie alle noch einmal und winkte dann mit einer Hand, wie um sie zu entlassen. »Falls ihr diese junge Dame sehen solltet …«, sagte er noch, doch dann schüttelte er den Kopf. »Ich muss sie wohl selbst suchen lassen.«

Damit stieg er die Treppe wieder hinauf, ohne den zweiten Hofknicks zu beachten, in den die jungen Frauen sanken.

»Himmel, uns bleibt auch nichts erspart! Los jetzt!«, forderte Garreth sie auf, griff nach Chloes Hand und zog sie mit sich. Alice folgte ihnen etwas benommen, Betty ließ Ethan Bond wieder los und versetzte ihm einen leichten Schubs in den Rücken. »Na los, lauf, du Meisterspion«, sagte sie mit einem Grinsen.

»Über das Haustier reden wir noch mal«, zischte Ethan Bond Chloe im Laufen zu.

»Was ist dir lieber, Haustier oder Hasenbraten?«, erwiderte Chloe gleichmütig. »Ich bezweifle, dass sie hier davor zurückschrecken, einen sprechenden Hasen in die Pfanne zu hauen, wenn der Prinz ein korrekt gekleidetes Kaninchen als Karnickel bezeichnet.«

Zum dritten Mal an diesem Tag reagierte das Kaninchen mit »Hr-hmpf« und Alice nahm es als gutes Zeichen, dass der Spionage-Hase dieses Mal nicht wieder über die gesamte Strecke, wie lang sie auch sein mochte, mit Chloe schimpfte.

»Wenigstens haben wir hier keine Seuchenopfer zu befürchten«, stellte Garreth fest, als sie die Schlossmauern ein Stück hinter sich gelassen hatten.

»Das scheint mir in Anbetracht der Uhrzeit auch besser so zu sein«, erklärte Chloe. »Wir sollten uns irgendwo einen Unterschlupf suchen und warten, bis es wieder hell wird.«

Das Kaninchen zog seinen Welten-Chronografen hervor und bestätigte Chloes Vermutung von zuvor: »In dieser Welt ist es kurz nach Mitternacht. Bis es wieder hell wird, dauert es demnach ein paar Stunden. Also, wohin jetzt?«

»Als ich das letzte Mal hier war, bin ich auf einem anderen Weg hergekommen«, erklärte Garreth. »Alice, könntest du bitte nachsehen, wo wir sind?«

»Wir sind nicht mehr im Palast der tausend Spiegel«, erwiderte Alice und schaute sich vielsagend um, bevor sie ein fragendes »Chloe?«, hinzufügte.

Chloe kramte bereits in ihrem Beutel nach dem Spiegel, doch Garreth zog einen kleinen Taschenspiegel aus einer seiner vielen Taschen und reichte ihn Alice mit den Worten: »999. Oder auch 998, falls man das Schachfeld auch als einen Spiegel zählt.«

Alice zögerte, nach dem Spiegel zu greifen, doch Garreth meinte nur: »Nimm schon. Die Spiegel-Königin hat nun wirklich mehr als genug von denen.«

Das Kaninchen vergrub kurz den Kopf in den Pfoten und murmelte etwas, was für Alice wie »Einmal Gesindel, immer Gesindel« klang, doch Alice entschied sich dafür, es zu überhören. Sie fragte sich, ob Garreth überhaupt jemals wieder einen Fuß ins Dämmer-Spiegel-Land setzen konnte, bei der langen Liste von Gesetzesverstößen, die er alleine in ihrer Anwesenheit und, was wahrscheinlich noch schlimmer war, in Anwesenheit des Kaninchens begangen hatte. Doch darüber konnten sie sich Gedanken machen, wenn es so weit war.

»Wir suchen also einen Unterschlupf?«, vergewisserte sie sich.

»Ganz genau. Danach sehen wir weiter.«

»Also schön. Spiegel, zeig mir einen Unterschlupf in unserer Nähe. Eine Hütte, irgendetwas.«

Zuerst geschah nichts und Alice befürchtete schon, dass der Spiegel ihr nicht mehr so gut gehorchen würde, wie es im Dämmer-Spiegel-Land der Fall gewesen war, doch dann erschien … das Schloss, das sie gerade hinter sich gelassen hatten.

»Nein, da können wir nicht hin«, erklärte Alice dem Spiegel, der einen Augenblick flackerte, fast als wäre er beleidigt. Dann verschwand das Bild für einen Moment wieder. Alice hielt den Atem an, doch dann erschien etwas Neues.

»Pfefferkuchen?«, rief Alice verwundert.

Garreth warf einen Blick über ihre Schulter. »Nun ja, wenn es nicht weit weg ist … immerhin gäbe es dort etwas zu essen und ich nehme an, es ist verlassen.«

»Wieso verlassen?«, wollte Chloe wissen.

»Es gab da Gerüchte, als ich das letzte Mal hier war, dass sich zwei Kinder mit der Hexe angelegt hätten und das ist wohl nicht gut für sie ausgegangen. Die einen sagen, sie wäre in ihr eigenes Messer gefallen, die nächsten, sie wäre in ihrem eigenen Ofen verbrannt, wieder andere behaupten, ein Wolf hätte sie gefressen … niemand weiß es genau, die Leute reden, wie das eben so ist. Aber wir hätten ein Dach über dem Kopf.«

»Also schön, dann eben Pfefferkuchen und ein Hexenhaus«, murmelte Betty, klang aber nicht restlos überzeugt. Dabei war sie diejenige, die am wenigsten Angst vor der bösen Hexe haben müsste, sollte sie doch auftauchen. Abgesehen von Garreth.

Obwohl es dunkel war, staunte Alice, wie normal diese Welt aussah. Sie liefen durch einen düsteren Wald, dessen Äste teilweise bis fast auf den Boden reichten, doch es waren normale Äste an normalen Bäumen, keine ungewöhnlichen Pflanzen. Zumindest taten sie so. Nachdem Alice die singenden Blüten im Dämmer-Spiegel-Land gesehen hatte und die furchtbar hohen Bäume mit ihren ungewöhnlich gefärbten Blättern, beäugte sie den Wald hier misstrauisch. Auch wenn alles ruhig erschien, wollte sie nicht davon überrascht werden, dass einer der Bäume sie womöglich ansprach, seine Zweige nach ihr ausstreckte oder einfach davon lief.

Gut, dafür gab es hier junge Damen, die in Ballkleidern von einem Ball des Prinzen flüchteten, und Hexen, die in Pfefferkuchenhäusern wohnten. Da hatte es sich dann mit der Normalität wieder erledigt. Doch was war schlimmer, die Hexe, die irgendwo im Wald lauerte, oder die Seuchenopfer, die durch die Welt streiften? Und hatte Garreth nicht auch etwas von einem Wolf gesagt? Alice überkam ein Schauer. Hoffentlich hätten sie dieses Hexenhaus schnell erreicht, einem hungrigen Wolf wollte sie nämlich nun wirklich nicht begegnen. Ob man nun von ihm gefressen wurde oder von einem Seuchenopfer – gefressen ist gefressen, das macht keinen Unterschied.

Tatsächlich dauerte dieser Marsch bei weitem nicht so lange, wie ihre Wege durch das Dämmer-Spiegel-Land, und schließlich standen sie vor einer kleinen Hütte, die tatsächlich voll und ganz aus Pfefferkuchen bestand.

»Ich fasse es nicht!«, rief Betty, »Das ist ja wirklich echter Pfefferkuchen!«, und brach kurzerhand ein Stück von einer Hausecke ab. »Ich hatte schon Angst, es würde nur wie Pfefferkuchen aussehen. Ob dann im Brunnen auch Zuckerguss ist?«

»Wag es und iss das Haus auf! Was machen wir dann heute Nacht?«, erinnerte Chloe sie. Dabei warf sie dem Brunnen, der ein paar Schritte vor dem Haus stand, einen skeptischen Blick zu.

»Weisch nisch«, nuschelte Betty und schluckte. »Aber was soll ich machen, von irgendetwas muss ich ja leben und ich kann schlecht eins eurer Gehirne verputzen. Und den Prinzen wollte ich auch nicht anknabbern.«

»Da hättest du es mit Sicherheit auch ganz schnell mit einer Menge Soldaten zu tun bekommen«, erwiderte Garreth.

»Herrje, das wäre ja mal was ganz Neues«, entgegnete Betty und streckte die Hand nach dem tief heruntergezogenen Dach aus.

»Jetzt ist aber Schluss!« Chloe versetzte ihr einen Klaps auf die Finger. »Wenn ich eine Hexe wäre, hätte ich mein Haus ganz bestimmt vergiftet, wenn es so lecker aussieht.«

»Und? Was soll passieren, soll ich dran sterben?«, erwiderte Betty gleichmütig und brach sich trotzdem ein Stückchen Dach ab.

Chloe verdrehte die Augen und scheuchte die ganze Truppe, einschließlich Betty, nach drinnen. Im Haus war es warm und gar nicht mal so ungemütlich. Sie würden sich zwar irgendwie behelfen müssen, da die Hütte nicht sehr groß war, aber besser ein Dach über dem Kopf und wenigstens eine Decke, als draußen im Freien zu übernachten. Zu Alice' Erleichterung bestand die Inneneinrichtung nicht aus Pfefferkuchen und auch die Decken, die sich im Haus fanden, waren aus Stoff. Sie hätte wahrhaftig keine Lust gehabt, sich am nächsten Tag erst einmal unzählige Pfefferkuchenkrümel aus der Kleidung zu picken und Zuckersirup aus den Haaren zu waschen.

»Alice!«

Alice erstarrte mitten in der Bewegung. Woher war diese Stimme gekommen? Es war die Stimme einer Frau, aber sie gehörte weder Chloe noch Betty, die noch immer oder schon wieder den Mund voll hatte.

»Es ist wirklich interessant«, begann Garreth in diesem Moment mit einem forschenden Blick zu Betty. »Du bist absolut nicht wie die anderen Seuchenopfer. Die ernähren sich nur noch von ... dem, was sie erlegen. Man sieht ihnen an, dass sie Seuchenopfer sind, eine Ausnahme bildet da vielleicht noch die Truppe der Dämmer-Königin.«

Ethan Bond zuckte erschrocken zusammen und schaute zur Tür, als könnte besagte Königin jeden Moment hereinstürmen und dabei eine Axt schwingen, um irgendwen einen Kopf kürzer zu machen.

»Immer mit der Ruhe, was soll sie machen? Dich vom Dämmer-Spiegel-Land aus köpfen lassen? Oder mich? Das wäre doch ohnehin das Geringste deiner Probleme«, sagte Garreth zum Spionage-Hasen.

»Man weiß nie bei ihr«, erwiderte das Kaninchen nur und fuhr damit fort, seine Armbrust zusammenzubauen. »Für die Wölfe«, erklärte es auf Alice' fragenden Blick hin.

»Ich weiß nicht, was mit mir anders ist«, erklärte Betty dagegen leise. »Ich nehme an, es liegt daran, dass ich die einzige Mutare bin, die gleichzeitig untot ist.«

Garreth ließ sich am Tisch ihr gegenüber nieder. »Mutare?«

»So nennt man in unserer Welt Menschen mit … ungewöhnlichen Fähigkeiten. Dich würden wir auch so nennen.«

»Interessant«, befand Garreth. Noch einmal musterte er Betty von oben bis unten, dann stellte er fest: »Ich würde gerne alles darüber wissen. Wie du der Seuche zum Opfer gefallen bist. All das.« Sein Tonfall war überraschend sanft.

»Da gibt es nicht furchtbar viel zu erzählen. Eigentlich nur das, was du schon weißt. An mehr kann ich mich nicht erinnern.«

Nachdenklich schüttelte Garreth den Kopf. »Ich dachte schon, ihr hättet mir nur etwas verschwiegen, aber dieser Gedächtnisverlust macht es noch interessanter. Es ist so *ganz* anders, im Vergleich zu all den anderen Seuchenopfern …«

»Du hast dich mit Seuchenopfern unterhalten?«, wollte Chloe wissen und setzte sich neben ihn.

»Unterhalten würde ich es nicht gerade nennen.« Garreth verzog das Gesicht. »Vor allem endeten diese Begegnungen meistens sehr unerfreulich für die Seuchenopfer …«

Einen Moment herrschte Schweigen im Raum, dann zog Garreth einen weiteren Gegenstand hervor. »Ich kenne eure Welt nicht«, bemerkte er dazu, »aber was bitte ist das hier?«

Alice sprang erschrocken von ihrem Stuhl auf, Chloe zuckte vom Tisch zurück, Ethan Bond verschwand kurzerhand unter der Tischplatte. Nur Betty blieb ruhig, drückte Garreth' Arm herunter und erklärte: »Das ist eine Smith & Wesson No 1. Eine sehr einfache Art, jemanden zu töten. Zoey hat das Ding benutzt, um auf mich zu schießen. Bis heute fragen wir uns, wieso es nicht funktioniert hat.«

Sie nahm Garreth die Waffe aus der Hand und klappte sie auf. »Ihr könnt alle wieder herkommen, es ist keine Munition drin.«

Alice kam langsam näher, Chloe atmete auf und von Ethan Bond tauchten zunächst die weißen Ohrenspitzen wie ein Periskop hinter der Tischkante auf.

»Wie konntest du dir so sicher sein, dass dieses Ding nicht … geladen ist?«, wollte der Spionage-Hase wissen.

»Ganz einfach, weil ich es selbst war. In unserer ersten Nacht im Dämmer-Spiegel-Land. Ich konnte Chloe doch nicht mit einer geladenen Waffe herumlaufen lassen. Wer weiß, was da passieren kann. Außerdem wollte ich einen Blick auf die Munition werfen.«

»Und wenn ich das Ding gebraucht hätte, um mich zu verteidigen?«, schimpfte Chloe.

»Das *Ding* ist ungefähr so nützlich wie unsere Küchenmesser gegen Untote, wenn man nicht dazu fähig ist, sie in den Kopf zu treffen, oder nicht die richtige Munition hat. Zoey hatte keine ARO-Spezialmunition bei sich und auch das, was Chloe in ihrem Zimmer gefunden hat, war ganz normal.«

»Es gibt spezielle Munition gegen Weiße Schatten? Wozu?«, mischte sich Ethan Bond an.

»Nun, ich vermute mal, damit auch diejenigen vom ARO, die nicht zu Meisterschützen ausgebildet wurden, in der Lage sind, mit Untoten fertigzuwerden.«

»Und Zoey muss gedacht haben, dass sie ARO-Munition geladen hätte«, sonst hätte sie ja wohl besser gezielt«, fügte Chloe hinzu. »Auf deinen Kopf hat sie jedenfalls bei der Beerdigung nicht geschossen. Aber … Alice, fällt uns dazu nicht was ein?«

»Du meinst …« Fast hatte Alice schon vergessen, was sie erlebt hatten, als sie Zoey gefolgt waren. Doch jetzt, da Chloe sie daran erinnerte, waren die wenigen Worte, die sie belauscht hatten, plötzlich wieder da. »Zoey hat diesem Xavier irgendetwas gegeben, aber es war dunkel und wir konnten es nicht sehen. Er hat sie gefragt, wieso um aller Welt sie ihm ›die Dinger‹ zurückgibt. Was sie gesagt hat, konnten wir nicht verstehen.«

»Und das habt ihr bisher mit keinem Wort erwähnt?«, wollte Betty wissen.

»Na ja, wir dachten, nachdem wir die Briefe gefunden haben, sie hätte ihm vielleicht ... ein Geschenk zurückgegeben. Nichts, was für uns wichtig sein könnte. Und den Rest des Gespräches haben wir nicht gut genug hören können.«

»Das erklärt jedenfalls einiges«, meinte Betty.

Das Kaninchen drehte neugierig die Spitzen seiner langen Ohren. »Anscheinend ist mir da eine Menge entgangen. Könnte ich vielleicht erfahren, was genau passiert ist, bevor ich euch gefunden habe?«

Also erzählten sie die Geschichte von Bettys Tod, ihrer Beerdigung und dem Unfall mit Zoey noch einmal. Garreth betrachtete währenddessen interessiert die Waffe, auf der die eben doch nicht tot-tödlichen Schüsse für Betty gekommen waren. »Ich erkläre dir nachher, wie sie funktioniert«, sagte Betty zu ihm, während Chloe gerade ihre Durchsuchung von Zoeys Zimmer schilderte.

Daraufhin schaute Chloe sie missbilligend an und beschloss mit steinerner Miene: »Das machst du aber bitte draußen!«

Am Ende des Berichtes wippte das Kaninchen nachdenklich mit der Nase. »Ich gehe also recht in der Annahme, dass ihr auch nicht viel mehr wisst als ich, wenn es darum geht, was in dieser Schule passiert ist. Ich kann euch nur berichten, dass wir von einer der Enigma-Schwingen den Rat bekommen haben, in der dampfenden Welt nach dem Schlüssel zu suchen. Aber wie üblich hat dieser Vogel einen Teil der Wahrheit für sich behalten, deshalb wissen wir nicht, wer den Schlüssel dort hingebracht hat. Es hat einige Wochen gedauert, bis ich darauf gestoßen bin, dass sich dieses ARO verstärkt an eurer alten Schule aufgehalten hat. Mehr als Vermutungen hatte ich nicht, also habe ich einfach beschlossen nachzusehen. Und durch Belauschen von ARO-Leuten kam ich dahinter, dass sie wohl wirklich im Besitz des Schlüssels waren und dass einer von ihnen ihn jemandem geben wollte, um ihn aufzubewahren. Ich habe Zoey bei der Übergabe gesehen und bin ihr gefolgt. Das war ein paar Tage vor ... Bettys Tod. Nachdem ich wusste, wohin Zoey geht, habe ich auf einen günstigen Moment gewartet und bin in eure Schule geschlichen. Nun, den Rest kennt ihr.«

»Also sind wir genauso weit wie vorher. Abgesehen von der Tatsache, dass sich das ARO schon vor meinem Tod da gesammelt hat. Wieso? Das machen die nicht ohne Grund«, stellte Betty fest.

Allgemeines Schulterzucken war die einzige Antwort, die ihr die Anwesenden darauf geben konnten. Wieder versanken sie in Schweigen, bis Alice das Kaninchen fragte: »Und was war nun eigentlich mit der Teeparty?«

Das Kaninchen legte seine Armbrust zur Seite und seufzte. »Ich habe euch erzählt, dass es einiges an … Gesetzlosen im Dämmer-Spiegel-Land gibt, ja? Nun, nachdem die Königin der Spiegel plötzlich verschwunden war, haben sich ein paar dieser … Personen zusammengeschlossen und die Teeparty überfallen. Sie haben die Gäste als Geiseln genommen, weil sie dachten, damit könnten sie die Königin dazu bewegen, sich wieder zu zeigen und etwas zu unternehmen.«

»Und?«, wollte Alice wissen.

»Nichts und. Sie sitzen jetzt im Kerker, die Gäste der Teeparty halten ihre Teeparty im Palast ab, unter dem Schutz der Königin. Ich wollte mit ihnen sprechen, aber … Nun, ihr habt die Soldaten gesehen. Man könnte einerseits froh darüber sein, dass sie die Befehle Ihrer Majestät so genau befolgen, aber unter diesen Umständen …« Der Spionage-Hase zuckte mit den Schultern und gähnte.

»Wie machen wir also weiter?«, wollte Betty wissen. »Wir brauchen einen vernünftigen Schlachtplan.«

»Die erste Stufe dieses Plans lautet essen, die nächste schlafen. Morgen suchen wir die Sieben Zauberer auf und denken uns etwas Schlaues aus, wie wir in ihren Palast kommen«, zählte Garreth auf.

»Bist du da nicht schon einmal eingebrochen?«, fragte Chloe.

»Streng genommen, nein. Es war ein wenig … komplizierter. Aber wir müssen da rein, denn mit dem Heilmittel gestalten sich die Dinge ein wenig anders … Wie auch immer. Morgen.« Er stand entschlossen auf. »Betty, wollen wir mal draußen an dem Brunnen, an dem wir vorbeigekommen sind, Wasser holen? Wenn nicht tatsächlich Zuckerguss drin ist.«

Betty nickte, griff wie selbstverständlich nach Zoeys Waffe und stand auf.

Das Kaninchen zählte die Bolzen für seine Armbrust durch.

Chloe löste die Haarnadeln und suchte in ihrem Beutel nach einem Kamm.

Und Alice blieb nichts anderes übrig, als den Schlüssel in der Hand zu drehen und über Schachfiguren, fliehende Ballgäste und Kinder, die sich mit Hexen anlegten, nachzudenken.

BETTYS TAGEBUCH

Was für ein verrückter Tag. Erst scheitert unser Versuch, den Spionage-Hasen zu befreien, beinahe und dann ... nun, dann der ganze Rest. Und jetzt sitzen wir in diesem Pfefferkuchenhaus – das übrigens wirklich gut schmeckt – und Alice, Chloe und Ethan schlafen. Ich habe für meinen Teil keine Lust, schon wieder über mein eigenes Schicksal nachzudenken oder über meinen Tod, wenigstens eine Nacht will ich das alles zur Seite schieben, also denke ich über Garreth nach. Er schien mit diesem Schloss und diesem Prinzen genauso gut zurechtzukommen, wie Chloe das geschafft hat. Aber Chloe wurde ursprünglich einmal dazu erzogen, verflixt. Immerhin stammt sie von altem Adel ab, nicht wie Alice und ich.

Also, was ist mit diesem Garreth? Niemand wird als erwachsener Meisterdieb geboren, er muss irgendwo herkommen, irgendwo aufgewachsen sein. Von irgendjemandem erzogen worden sein und das offenbar so, dass er sowohl unter den Leuten auf der Straße nicht auffällt als auch auf die Treppenstufen eines Schlosses zu passen scheint. Wir werden schon noch dahinterkommen. Alice vielleicht nicht, weil sie noch immer zu sehr mit dem Kaninchen, den Spiegeln und vor allem mit Staunen beschäftigt ist.

Staunen tun Chloe und ich natürlich auch, wenn auch ein wenig anders. Mich wundert schlicht und ergreifend kaum noch etwas, seit dieses Miststück von Zoey mich vor Miss Yorks Augen im Auftrag von diesem Xavier erschossen hat. Schön, davon weiß ich nichts mehr, aber ich wette, dass ich spätestens in diesem Moment aufgehört habe, mich über Dinge zu wundern, ob ich das nun selbst mitbekommen habe oder nicht.

Falls das tatsächlich mal jemand lesen sollte: Die Pfefferkuchen-Krümel tun mir leid und die Schokoladenflecken auch, aber ich muss einfach die Gelegenheit nutzen, während Lady Chloe schläft.

Also, Chloe – als ich dieses Schloss und diesen Prinzen gesehen habe, habe ich mich gefragt, ob es in Chloes Leben Schlösser und

Prinzen gegeben hätte, wenn sie nicht als Mutare geboren worden wäre. Und wie verrückt war es eigentlich, jemanden für etwas zu verurteilen, das eben einfach so war? Hätte ich als normaler Mensch diese eisblauen Augen gehabt, hätte es manchen Männern vielleicht sogar gefallen. Aber als Mutare schreien sie natürlich gleich alle »Vorsicht, die kann Eis beherrschen« und das ist alles, was zählt. Chloe kann sich mit den Privilegien, die sie erben wird, noch vor dem ARO schützen, aber auch nur, weil es zum Glück auch den einen oder anderen Menschen mit Einfluss gibt, der verhindert, dass Mutare als Wesen ohne Rechte eingestuft werden und nicht erben können. Es hat diese Versuche gegeben, aber einerseits waren da ein paar Unerschrockene, die uns als nicht ganz so bedrohlich empfunden haben und dann wieder ein paar, die uns als noch viel bedrohlicher empfanden und der Meinung waren, dass wir einen Krieg anfangen würden, wenn das passiert. Und eigentlich können sie ja ganz zufrieden sein, denn im Grunde sind wir so oder so Ausgestoßene. Die Frage ist nur, wie sehr man unter dem ARO zu leiden hat.

Untote allerdings, die mag niemand, für die setzt sich niemand ein. Die meisten Menschen, ob die Verrückten aus dem Dämmer-Spiegel-Land oder auch die aus meiner Welt, die in meinen Augen nicht weniger verrücktspielen können, meiden Untoten wie die Pest, und nach all den Morden, die auf deren Konto gehen, kann sogar ich das einigermaßen verstehen. Aber es gibt eben nicht nur diese blutrünstigen Killer, die dem Wahn verfallen sind, es gibt auch … andere. Die aber genauso vernichtet werden, weil es das ARO für sinnvoll hält. Garreth scheint da die große Ausnahme zu sein. Alice und Chloe zählen nicht. Ich bin den beiden natürlich dankbar, dass sie mich nicht haben auffliegen lassen, aber das lag nicht an ihrem großen Herzen für Untote, sondern an ihrem großen Herzen für mich. Garreth scheint die Dinge mit diesen Untoten oder auch Seuchenopfern ein wenig anders zu sehen, scheint der Sache auf den Grund gehen zu wollen. Ob das nur daran liegt, dass er praktisch dafür verantwortlich ist?

Aber er und wer noch? Wer hat die Schlüssel und Seuche aus dem Dämmer-Spiegel-Land rausgebracht, das ist doch die große Frage, das ist das, was wir einfach nicht wissen.

Immer wieder lande ich bei diesem Punkt, wo mir nur der eine Weg bleibt, auf dem ich Antworten finden werde: Ich muss zurück. Früher oder später muss ich zurück in meine eigene, normal-verrückte Welt, in der ich eine Ausgestoßene bin, und so lange alles auf den Kopf stellen, bis ich weiß, was ich wissen will. Und wenn ich Pech habe – bei solchen Dingen hat man meistens Pech – dann werde ich etwas herausfinden, was ich ganz bestimmt eigentlich gar nicht wissen wollte. Trotzdem. Mit Neugier kennt sich Alice aus, sie würde verstehen, wie es mir geht. Vielleicht sollte ich ihr dieses Buch irgendwann lassen, wenn ich gehe …

Aber das ist noch nicht heute Nacht. Heute Nacht gibt es Pfefferkuchen im Hexenhaus und viele offene Fragen.

ALICE

Das Gesicht tauchte erst im Hintergrund des Spiegels auf und wurde dann langsam deutlicher. »Alice!«, sagte die Frau im Spiegel.

Alice schüttelte den Kopf und zischte: »Geh weg, sonst kann mir der Spiegel nie sagen, wie das Ende der Geschichte der Dämmer-Königin aussieht!«

Doch die Gestalt dachte gar nicht daran, sich zurückzuziehen. Stattdessen sah sie Alice mit großen Augen an.

»Verschwinde!«, versuchte Alice es erneut und tauchte den Spiegel in die Teekanne neben sich, weil sie hoffte, dass sie diese Gestalt auf diese Weise erschrecken konnte, um sie dazu zu bringen, aus dem Spiegel zu verschwinden.

Als Alice die Hand mit dem Spiegel wieder aus der Kanne zog, waren Hand und Spiegel zwar nass, doch an der Anwesenheit des fremden Gesichtes hatte sich nichts geändert.

Aufgebracht sprang Alice von dem Tisch, auf dem sie gesessen hatte, und fegte dabei eine Porzellantasse mit Herzen und Karos vom Tisch ins Gras.

»Alice, mach nicht noch mehr Scherben, ja?«

Alice fuhr herum und sah Ethan Bond am Tisch sitzen, wie er kaputte Teller und Tassen zusammensetzte. Die Tasse hatte nichts abbekommen und Alice hob sie hoch, um dem Spionage-Hasen genau das zu sagen, als die Stimme aus dem Spiegel wieder ertönte.

»Jetzt verschwinde endlich!«, rief Alice und knallte vor Wut die Porzellan-Tasse auf den Tisch, die sie zuvor noch so sorgfältig aufgehoben hatte.

»Siehst du, noch mehr Scherben!«, rief Ethan Bond aufgebracht und fügte hinzu: »Dafür haben wir doch keine Zeit!« Dann wanderte sein Blick an Alice vorbei und die Kaninchen-Augen wurden groß. »Oh, oh«, sagte der Spionage-Hase, seltsamerweise mit Bettys Stimme. Langsam ließ er seinen Lupenfächer sinken, setzte sich stattdessen eine Art Röhre vor das eine Auge und holte von irgendwo die Armbrust hervor.

Erschrocken ging Alice in Deckung und wandte sich um, um zu sehen, worauf das Kaninchen zielte.

»Monokel mit Zielfernrohr«, hörte Alice das Kaninchen noch murmeln. »Neueste Errungenschaft der Tüftler der Königin der Spiegel. Wollen mal sehen, wie treffsicher man damit ist.«

Alice war es reichlich egal, was das Kaninchen über die Tüftler der Spiegel-Königin erzählte, was ihr nicht egal war, war die Armee aus Schachfiguren, die auf sie zumarschierte. Die eine Hälfte schwarz, die andere Hälfte weiß, doch allen war gemein, dass sie aus Glas zu bestehen schienen und bewaffnet waren.

Ein Schnappen und ein Sirren, dann splitterte der erste Bauer unter dem Einschlag eines Armbrustbolzens.

»Na los, hilf mir!«, rief das Kaninchen und Alice griff nach dem Erstbesten, was sie in die Finger bekam: dem Gebäck zum Tee. Sie bewarf die näher rückenden Schachfiguren mit stapelweise Pfefferkuchen, doch dieser Pfefferkuchen würde nicht ewig reichen, schon schrumpften die Vorräte auf dem Tisch und Alice musste nach Tassen und Tellern greifen.

»Nicht noch mehr Scherben, Alice!«, rief das Kaninchen zwischen zwei Schüssen. Gleichzeitig klopfte die Gestalt im Spiegel gegen das Glas und Alice war versucht, den Spiegel in die Teekanne zu stecken und das Kaninchen gleich hinterher, den Deckel draufzusetzen und all die Pfefferkuchen selbst zu essen, doch das ergab in dieser Situation keinen Sinn.

Die Schach-Soldaten mit Geschirr zu bewerfen auch nicht, Alice hätte nicht erst das breite Grinsen sehen müssen, das auf einmal über der Armee der Schachfiguren in der Luft schwebte, um das zu wissen.

»Aus dem Weg!«, rief auf einmal jemand, und wo zuvor noch Bäume hinter dem Kaninchen gestanden hatten, befand sich eine Glastreppe, die zu einem Schloss hinaufführte, und eine junge Frau in einem Ballkleid rannte die Treppe herunter.

»Aus dem Weg!«, rief sie noch einmal, und weil das Kaninchen ihr zwar auswich, der Tisch aber nicht daran dachte, raffte sie kurzerhand ihren Rock, kletterte auf einen Stuhl, sprang von dort aus auf den Tisch und auf der anderen Seite wieder hinunter. Gleichzeitig kam Unruhe in die Reihen der Soldaten, und dann fuhren sie auseinander, weil eine große Kutsche geradewegs durch ihre Reihen preschte und schlitternd zwischen Alice und der eben noch vorhandenen Linie der Schachfiguren zum Stehen kam.

Die junge Frau sprang hinein, der Kutscher ließ die Peitsche knallen, die Kutsche raste davon und fuhr dabei auch noch die restlichen Schach-Soldaten über den Haufen. Auch das Grinsen in der Luft schien dabei langsam zu verblassen.

»Wo ist sie hin?« Wieder wirbelte Alice herum und sah, wie ein junger Mann dieselbe Treppe herunterlief und vor dem Kaninchen stehen blieb. »Sprich schon, Karnickel, wo ist sie hin? Sonst gibt es Hasenbraten!«

Statt einer Antwort legte das Kaninchen mit der Armbrust auf den Prinzen an und rief: »Ich bin ein Spion Ihrer Majestät, der Königin der Spiegel, also pass gefälligst auf, wie du mit mir redest!«

»Die Pfefferkuchen sind wirklich lecker, probier mal.«

Alice wusste nicht mehr, wo sie zuerst hinsehen sollte: Zu dem Kaninchen, das einen echten Prinzen bedrohte, oder zu Betty, die am Kopfende des Tisches auf einem Stuhl schaukelte und dabei genüsslich an einem großen Stück Pfefferkuchen mit Schokolade knabberte.

Und wieder oder noch immer hörte Alice aus ihrem Spiegel heraus jemanden ihren Namen rufen. Und waren das jetzt nicht sogar schon zwei Stimmen? Widerwillig warf Alice einen Blick in den Spiegel und sah Chloe, die ihr aus dem Glas heraus zuwinkte.

»Alles in Ordnung? Alice?« Mit einem Arm schob Chloe die andere Gestalt zur Seite, den anderen Arm streckte sie durch das Glas nach Alice aus und rüttelte an ihrer Schulter. »Ich rede mit dir, Alice im Traumland. Wach auf!«

Alice schreckte hoch. Verwirrt blinzelte sie und schaute sich um. Chloe saß dicht neben ihr, eine Hand noch immer auf ihrer Schulter.

Und Betty sagte gerade: »Na schön, Garreth, dann esse ich die Dinger eben alleine.«

»Na, wieder wach? Was war denn los?«, wollte Chloe wissen.

Langsam erinnerte Alice sich daran, wo sie war und was passiert war. Sie musste in ihrem Traum wohl einige Dinge durcheinandergeworfen haben, doch da war eine Sache …

»Alice!«, hörte sie eine leise Stimme. Mit einem Satz, der Chloe erschrocken zurückweichen ließ, stürzte sie sich auf ihren Stoffbeutel und kramte nach dem Spiegel, den Garreth ihr … gegeben hatte. Sie klappte das kleine Ding auf und traute ihren Augen kaum. Träumte sie noch immer? Dort, in dem Spiegel, befand sich eine Frau, die gerade wieder mit den Knöcheln ihrer rechten Hand gegen das Glas klopfte.

»Alice! Ach, da bist du ja endlich!«

Fassungslos schüttelte Alice den Kopf.

»Wer ist das denn?«, murmelte Chloe, die über Alice' Schulter schaute.

»Wer ist das denn, *Majestät*! Und das ist Alice. Wer bist du?«, kam es aus dem Spiegel.

Alice und Chloe schauten einander mit offenen Mündern an.

»Du siehst sie auch, nicht wahr?«, flüsterte Alice leise. »Und sie sieht dich.«

»Und sie ist eine Majestät«, flüsterte Chloe zurück. Dann wandte sie sich an die anderen im Raum und rief halblaut. »Kommt mal her, Alice hat eine Majestät in ihrem Spiegel!«

Sofort waren Garreth, Betty und vor allem Ethan Bond auf den Beinen.

»Alice, bitte, ein bisschen Konzentration jetzt! Wo bin ich?«, rief die Majestät im Spiegel.

»Wie, wo bist du, ähm, Majestät? Wir sind im verlassenen Pfefferkuchenhaus einer Hexe, soweit ich weiß.«

»Na, doch nicht, wo *du* bist! Wo *ich* bin, habe ich gefragt!«

Alice' Sicht wurde durch eine weiße Pfote versperrt, als das Kaninchen nach dem Spiegel griff und Alice' Hand, die sich weigerte loszulassen, zu sich herüberzog. »Majestät!«, rief es halb erfreut, halb erschrocken. »Wo seid Ihr?«

»Ethan Bond, wenn ich das wüsste, dann bräuchte ich dieses Mädchen nicht danach zu fragen!«

Alice, Betty und Chloe tauschten verwirrte Blicke.
»Ist das wirklich ...«, begann Betty.
»Ja, das ist wirklich«, flüsterte Garreth aus dem Hintergrund. »Das ist die Königin der Spiegel ... und allem Anschein nach hat sie sich verlaufen.«

Es schien Alice, als wäre seit Garreth' Worten eine Ewigkeit vergangen, in der sie die Gestalt im Spiegel angestarrt hatten und diese zurückgestarrt hatte. Was Alice am meisten in ihren Bann zog, waren die silbernen Augen. Die Augen der Königin waren nicht von einem ganz hellen Blau oder Grau, sondern tatsächlich silberfarben. Und sogar durch das Spiegelglas hindurch und über die Entfernung zwischen ihnen hinweg hatte Alice den Eindruck, als würde sie sich in den Augen der Königin spiegeln.

Offenbar verfügte die Königin der Spiegel neben ihren ungewöhnlichen Augen auch noch über gute Ohren.

»Wer war das?«, frage sie nach dem Moment des Schweigens.

»Wer war was?«, fragte Alice zögernd.

»Liebe Alice, jetzt verkauf mich bitte nicht für dumm«, erklärte die Königin der Spiegel in einem Tonfall, der irgendwo zwischen übertriebener Geduld und mildem Tadel lag. »Jemand hat gerade geflüstert, dass ich mich verlaufen hätte. Ich bestehe darauf zu erfahren, wer das war.«

»Na ja, also ...«, begann Alice, die keinen Schimmer hatte, wie sie der Spiegel-Königin erklären sollte, dass sie ausgerechnet den Mann bei sich hatten, den man als mitverantwortlich für das Chaos im Dämmer-Spiegel-Land bezeichnen konnte. Sie warf dem Kaninchen einen hilfesuchenden Blick zu, doch Ethan Bond kratzte sich hinter dem linken Ohr und tat plötzlich so, als wäre das hier nicht seine Angelegenheit.

Garreth selbst schob schließlich Chloe ein wenig zur Seite und sagte zu dem Spiegel: »Ich war das, Majestät.«

»Garreth Underwood!«, rief die Königin in einem Tonfall, den Alice nicht deuten konnte. Was sie aber mit Sicherheit sagen konnte, war, dass es nicht danach klang, als würde sie gleich eine drakonische Strafe über jemanden verhängen wollen.

»Bitte, Majestät, es hat sich so ergeben, dass wir ihn mitnehmen mussten, er hat uns förmlich gezwungen ...«, schaltete sich der Spionage-Hase nun doch ein.

»Ethan Bond, wer hat dich nach deiner Meinung gefragt?«, wollte die Königin der Spiegel mit einem milden Lächeln wissen.

»Niemand, Majestät«, gab das Kaninchen zu.

»Siehst du. Und weißt du, warum ich das nicht getan habe? Weil ich ganz genau weiß, was du von Garreth Underwood hältst. Wenn wir das einmal einen Moment beiseitelassen, dann können wir uns darauf konzentrieren, dass er mir den Schlüssel zurückgebracht hat, den mir die Königin der Dämmerung vor sehr langer Zeit abgenommen hat. Also vielen Dank, Garreth.«

»Das war doch das Mindeste«, murmelte Garreth, während dem Kaninchen vor Staunen der Mund offen stehen blieb. Betty erbarmte sich schließlich, streckte eine Hand aus und klappte den befellten Unterkiefer wieder zu.

»Wie auch immer, der Schlüssel hat es mir jedenfalls ermöglicht herzukommen und nach dem Heilmittel zu suchen. Ich fürchte nur, eine Verkettung unglücklicher Umstände und dummer Zufälle hat dazu geführt, dass ich nun nicht mehr weiß, wo ich mich befinde und welchen Weg ich nehmen muss, um zu dem Heilmittel zu gelangen. Ich hoffe doch, dass mir Alice hier ein wenig helfen kann?«

»Ich werde tun, was ich kann«, murmelte Alice. Wieso hatte eine Königin der Spiegel keinen Spiegel bei sich, der ihr helfen konnte?

»Majestät, könntet Ihr uns vielleicht sagen, welchen Weg Ihr ungefähr genommen habt?«, fragte Garreth.

Die Königin im Spiegel zuckte mit den Schultern. »Leider nein. Erst war da diese Kutsche und dann gab es eine kleine ... Rangelei zwischen meinen Männern und denen des Königssohnes und dann musste ich in den Wald flüchten, mein Spiegel ging zu Bruch ...« Sie winkte ab. »Es ist eine längere Geschichte, die ich euch liebend gerne erzählen werde, wenn ihr mich gefunden habt. Alice, wärst du so nett?«

»Was muss ich tun?«, wollte Alice wissen.

»Nun, den Spiegel nach dem Weg fragen. Was denn sonst?«

»Also gut.«

Zufrieden lehnte sich die Königin der Spiegel gegen eine Säule oder etwas anderes, das Alice nicht sehen konnte. Für Alice sah es jedenfalls so aus, als würde sie sich gegen den Rahmen des Spiegels lehnen.

»Ähm, Majestät ….« Wie bat man eine Königin höflich darum, aus dem Weg zu gehen? Es wäre wohl kaum richtig zu sagen, *Majestät, Ihr steht mir im Weg. – Mach mal Platz, Majestät*, erschien Alice noch falscher.

»Majestät, würdet Ihr Alice den Spiegel für den Zauber überlassen? Ich fürchte, Ihr zieht die ganze Aufmerksamkeit des Spiegels auf Euch, wenn Ihr weiterhin dort … verweilt …«, versuchte es Garreth schließlich.

Ethan Bond hatte sich allem Anschein nach noch immer nicht von seinem Schrecken erholt.

»Du machst ihr doch nicht etwa Komplimente?«, zischte Chloe Garreth zu, nachdem die Königin mit einem huldvollen Nicken verschwunden war.

»Warum sollte ich?«, fragte er zurück und schaute zum ersten Mal, seit Alice ihn kannte, ein wenig hilflos drein. »Es hat schlicht mit ihrer Magie zu tun, dass Alice rein gar nichts sehen wird, solange die Königin da …«, er warf einen Blick in den Spiegel und flüsterte dann: »… in der Landschaft herumsteht.«

»Spiegel, zeig uns den Weg zur Königin der Spiegel!«, forderte Alice den Spiegel auf, bemüht, das Getuschel um sich herum zu ignorieren, und schüttelte dabei den Kopf wegen Chloes Frage.

Zunächst tat sich in dem Spiegel nichts, dann … schnappte Alice nach Luft, als in rasender Abfolge Bilder an ihr vorbeischossen. Es kam ihr so vor, als würde sie unglaublich schnell durch den Wald rasen, schließlich zwischen den Bäumen hinaus, über einen Fluss … Um dann vor einem Schloss anzuhalten. Es war ein anderes Schloss, als das, das sie bei ihrer Ankunft gesehen hatten, aber eindeutig ein Schloss.

»Wie viele Schlösser gibt es denn hier?«, fragte Betty verwundert.

»Jede Menge«, erwiderte Garreth. »Unglücklicherweise habe ich keinen Schimmer, wo sich dieses Schloss befindet. Das ging alles zu schnell.«

»Mir nicht«, erwiderte Betty leichthin. »Wir müssen dem Weg folgen, der draußen anfängt, dann ein paarmal abbiegen, bis wir aus dem Wald kommen, dann über einen Fluss ...«

»Halt, halt!«, unterbrach Garreth sie. »Das können wir uns jetzt ohnehin nicht alles merken. Aber wir können den Spiegel zwischendurch noch einmal befragen und wenn du gesehen hast, wo wir hinmüssen ...«

Betty nickte übertrieben. »Diese Schokolade solltet ihr auch mal versuchen, da kann man viel besser denken. Und sehen anscheinend auch«, stellte sie mit einem Grinsen fest.

»Na schön, die Schokolade ist doch zu was gut«, seufzte Chloe. »Aber wehe, du kommst mir mit deinen Schokoladenfingern zu nahe und machst mir Flecken auf die Kleidung!«

»Na hör mal, wie alt bin ich denn?«

»Wenn es um Schokolade geht, weiß ich das manchmal nicht so genau«, meinte Chloe und rückte zur Sicherheit ein Stück von Betty weg, die einen Moment wenig überzeugend so tat, als wäre sie beleidigt.

»Alice, kann uns der Spiegel sagen, ob wir an der Burg der Sieben Zauberer vorbeikommen?«, wollte Garreth wissen.

Alice schwirrte noch immer der Kopf, doch trotzdem fragte sie den Spiegel danach. Dieses Mal stand ihr wenigstens keine rasende Fahrt durch den Wald bevor, und am Ende kam sie zu dem Schluss: »Es sieht danach aus, dass uns damit nur die Möglichkeit verloren geht, eine Abkürzung zu nehmen. Aber der Weg ist richtig.«

Garreth nickte sichtlich erfreut. »Dann holen wir erst Ihre Majestät ab und ziehen dann weiter zur Burg der Zauberer. Dann können wir nur hoffen, dass wir einen Weg hinein finden.«

»Bis dahin haben wir ja noch ein wenig Zeit.« So fand das Kaninchen seine Sprache wieder. »Wir sollten Ihrer Majestät melden, dass wir uns umgehend auf den Weg machen. Das heißt, nachdem wir geschlafen haben, dabei bleibt es.«

»Spiegel, kannst du mich mit der Königin der Spiegel sprechen lassen?«, fragte Alice. Langsam wurde ihr etwas flau. So viel Spiegelsicht auf einmal ... Zum Glück erforderte es nicht mehr ihre eigenen Fähigkeiten, sobald die Königin der Spiegel wieder im Glas auftauchte, sondern ihre Magie hielt die Verbindung aufrecht.

»Majestät, wir werden uns morgen früh auf den Weg zu Euch machen«, verkündete der Spionage-Hase und erntete ein Lächeln. »Sehr gut, Ethan Bond. Schön, dass auf meine Spione noch Verlass ist«, sagte die Königin und verschwand dann ohne ein weiteres Wort.

»Das müssen düstere Zeiten sein«, stellte Betty fest und schob Alice einen Pfefferkuchen zu, den diese dankbar annahm.

»Wenn eine Königin jetzt schon auf Spione, Diebe und Seuchenopfer angewiesen ist.«

»Meisterdieb, bitte«, meinte Garreth mit einem Grinsen.

»Nun, die Königin der Spiegel verfügt wenigstens noch über ihre Soldaten. Und viele Bewohner des Dämmer-Spiegel-Landes mögen sie. Dagegen ist die Dämmer-Königin ...« Erschrocken verstummte der Spionage-Hase und warf einen Blick in Richtung Tür.

»Ganz ruhig, Ethan, der Kopf ist noch dran«, beruhigte Chloe ihn. »Sie kann doch gar nicht herkommen ... oder?« Bei dem letzten Wort schaute sie Garreth an.

»Ich bin mir nicht ganz sicher. Einen der Schlüssel konnte ich stehlen, den anderen nicht, weil er nicht dort war, wo er hingehörte. Ob noch nicht zurückgelegt oder gestohlen weiß ich eben nicht. Es wäre gut gewesen zu wissen, wie der Schlüssel in eure Welt kam.«

»Dann wüssten wir mit Sicherheit, ob es einer der Schlüssel der Königin der Dämmerung gewesen ist«, folgerte Ethan Bond. »Aber gehen wir lieber dennoch davon aus, denn es muss ein Schlüssel aus dem Dämmer-Spiegel-Land gewesen sein, sonst hätte die Enigma-Schwinge nicht davon berichten können.«

»Wir wissen also weder, wie die Seuche in unsere Welt kam noch, wie der Schlüssel in unsere Welt kam. Es wäre womöglich besser, wenn wir das endlich herausfinden würden«, vermutete Chloe.

Betty lehnte sich gegen die Wand und verschränkte die Arme. Für einen Moment flackerte ihr Blick zu dem Buch, in das Alice sie schon mehrfach hatte etwas hineinschreiben sehen. Betty machte sich mit Sicherheit ihre ganz eigenen

Gedanken. Und zumindest die Frage, wie die Seuche in ihre Welt gekommen war, betraf Betty mehr als jeden anderen … Doch sie würden das jetzt und hier nicht herausfinden können.

Auch wenn Alice zugeben musste, dass der Pfefferkuchen gegen das flaue Gefühl geholfen hatte, dann konnte sie trotzdem ein Gähnen kaum unterdrücken.

»Wir sollten tatsächlich noch ein wenig schlafen«, gab sogar Garreth zu.

Niemand widersprach ihm. Der Weg zu dem Schloss, in dem sich die Königin der Spiegel gerade aufhielt, würde wahrscheinlich noch anstrengend genug werden. Alice konnte nicht beurteilen, wie lange sie brauchen würden. Der Spiegel hatte den Weg einfach viel zu schnell vor ihr aufblitzen lassen. Sie machte sich also innerlich auf weitere lange Fußmärsche gefasst.

Der Rest der Nacht verlief wenigstens ruhig. Am nächsten Morgen wirkte Garreth ungewohnt schweigsam und schien tief in Gedanken versunken zu sein. Dafür redete Betty mehr als sonst, schon alleine, weil sie an jeder Wegkreuzung die Richtung vorgeben musste. Fast schon ungewohnt war es, den Spionage-Hasen einmal nicht schimpfend, sondern fast schon gut gelaunt zu erleben. Immerhin war er dem Ziel ihrer Mission jetzt ein gutes Stück näher gekommen.

Alice selbst vergewisserte sich hingegen ständig, dass sich der Spiegel noch dort befand, wo er sein sollte. Ihn jetzt zu verlieren, wäre eine Katastrophe gewesen. Statt nur um den Schlüssel musste sie sich inzwischen schon um zwei Dinge Gedanken machen. Würde das jemals wieder enden? Beim nächsten seltsamen Gegenstand, für den sie die Verantwortung übernehmen sollte, würde sie ganz entschieden Nein sagen, ganz sicher würde sie das!

»Entschuldigung …«

Alle fünf blieben sie erstaunt stehen und drehten sich zu der Stimme um.

Alice blinzelte erst einmal, dann noch einmal. Anschließend war sie sich immer noch nicht sicher, das zu sehen, was sie zu sehen glaubte, und zog es daher vor, den Mund zu halten.

Chloe war weniger diplomatisch. »Eine sprechende Katze?«, platzte es aus ihr heraus.

»Kannst du nicht einmal auch dann an deine gute Erziehung denken, wenn keine Majestäten im Spiel sind?«, hörte Alice Betty murmeln.

»Also, ich muss doch bitten. Ich bin ein Kater. Auf dem Weg zum großen Markt. Von euch kennt nicht zufällig jemand eine Abkürzung?«

»Nein, bedaure«, erwiderte Garreth, der nicht so aussah, als würde er daran etwas Ungewöhnliches finden, dass ein Kater auf zwei Beinen durch den Wald lief und dabei erstens sprechen konnte und zweitens Stiefel trug.

»Trotzdem vielen Dank«, sagte das sprechende Katzentier noch, dann bog es in einen weiteren Waldweg ein und war verschwunden.

Wenn man es genau betrachtete, hatte Garreth vermutlich recht. Alice musterte das Kaninchen von oben bis unten. Wenn es sprechende Kaninchen gab, die Kleidung und Zielfernrohre trugen, warum dann nicht auch sprechende Kater in Stiefeln?

»Wieso schaust du mich so an?«, wollte das Kaninchen wissen. »Ich mag Stiefel nicht. Sie behindern einen, wenn man doch einmal schnell davonhoppeln muss.«

Alice schüttelte den Kopf. »Mir geht es nicht um deinen Modegeschmack. Ich dachte nur, wenn wir ein Kaninchen mit einem Monokel-Zielfernrohr haben …«

»Ein was?«, unterbrach Ethan Bond sie.

»Oh, tut mir leid. Das hatte ich nur geträumt. Also, eigentlich …«

»Das ist eine großartige Idee, Alice! Vielleicht wird ja doch noch etwas aus dir!«, unterbrach Ethan Bond Alice ein weiteres Mal.

Also zuckte sie nur mit den Schultern, ließ die Sache auf sich beruhen und wandte sich wieder in die Richtung, in die sie ohnehin unterwegs gewesen waren.

»Also, so was«, murmelte Chloe.

Obwohl sie gegen Mittag eine Rast einlegten und dann ein paar Stunden später eine weitere, kamen sie gut voran, und als es dämmerte, verließen sie den Wald. Dass es so schnell gehen würde, hätte Alice nicht gedacht, doch tatsächlich sah der schäumende Fluss genau so aus, wie sie es im Spiegel einen Sekundenbruchteil lang gesehen hatte. Sofern dieser Sekundenbruchteil tatsächlich gereicht hatte, um jetzt einen richtigen Vergleich ziehen zu können.

Fast erwartete sie, dass das Kaninchen darauf bestehen würde, sich spätestens jetzt einen sicheren Unterschlupf zu suchen, doch obwohl Ethan Bond den Welten-Chronografen immer mal wieder aus der Tasche zog, machte er dazu keine Bemerkung.

»Es ist schon von Vorteil, wenn man nicht ständig befürchten muss, dass bei Sonnenuntergang die ersten Seuchenopfer auftauchen und einem das Leben schwer machen«, stellte Garreth fest, als sie die Brücke erreichten. »Wir können gefahrlos weitergehen. Im schlimmsten Fall müssten wir draußen übernachten, doch es ist trocken und das Gefährlichste hier wäre der eine oder andere Wolf.«

»Wölfe?«, fragte Ethan Bond und seine Schnurrhaare wippten vor Nervosität.

»Womöglich auch noch Wildschweine. Ich glaube nicht, dass wir gleich einem Drachen begegnen …«

Drache?«, rief Alice. Nein, das war nun doch zu viel. Einen Drachen hatte sie sogar im Dämmer-Spiegel-Land nirgendwo gesehen!

»War nur Spaß. Also, der Drache. Wir sollten im Wald sicher sein. Mit ein paar Wölfen werden wir doch fertig.«

»Vielleicht finden wir auch einfach unterwegs einen Ort, an dem wir unterkommen können«, warf Betty ein und setzte einen Fuß auf die Brücke. »Je schneller wir weiterziehen, desto größer sind unsere Chancen.«

Alice musste ihr recht geben und so hielt sie sich weiterhin an Bettys Seite, während Ethan Bond in ungewohnter Manier hinter ihnen zurückgefallen war und Chloe, weil sie wohl keine Lust hatte, wieder etwas Falsches zu sagen, mit Garreth die Nachhut bildete. Alice hörte, dass sich die beiden leise unterhielten, doch worüber genau sie sprachen, das konnten vielleicht die Ohren des Spionage-Hasen verstehen, ihre eigenen jedoch nicht.

Nachdem sie den Wald verlassen hatten, wurde es noch einmal ein wenig heller, doch auf Dauer würde es so oder so dunkel werden, mit oder ohne die Schatten der Bäume. Alice hatte nicht die geringste Lust, irgendwo unter freiem Himmel zu übernachten, doch nachdem sie das andere Flussufer hinaufgegangen waren, tauchte zum Glück ein Dorf vor ihnen auf. Ein Dorf, das nachts ganz sicher nicht von Untoten heimgesucht wurde! Die Aussicht auf ein richtiges Gasthaus, ein weiches Bett und womöglich sogar ein heißes Bad ließ sie alle ihre Schritte noch einmal beschleunigen.

Garreth bremste aber ihre Begeisterung ein wenig. »Wohin rennt ihr denn auf einmal so schnell?«, wollte er wissen.

»In den Ort. Ein Gasthaus ist immer noch besser, als im Freien zu schlafen«, erwiderte Chloe.

»Und womit wollt ihr in einem Gasthaus bezahlen? Hat zufällig jemand von euch Geld in der hier üblichen Währung bei sich?«

Alle drei zogen lange Gesichter, während das Kaninchen die Vermutung äußerte, dass sie vielleicht ein paar von den Münzen aus dem Dämmer-Spiegel-Land akzeptieren würden.

Garreth winkte ab. »Wir müssen uns schon was anderes einfallen lassen, wenn wir nicht in einem Stall schlafen wollen. Noch ist es nicht ganz dunkel. Vielleicht durchqueren wir den Ort einfach und suchen uns dann etwas.«

Auch wenn der Vorschlag leises Murren bei Alice und dem Kaninchen hervorrief, übertönte Chloe beide, als sie sagte: »Jetzt reißt euch mal zusammen, Herrschaften. Denkt an das Schloss. Je weiter wir laufen, desto näher sind wir dem Schloss. Und da können wir ganz sicher ein ordentliches Bad nehmen und in einem richtigen Bett schlafen!«

Alice seufzte. Ja, das Schloss, das in ungewisser Entfernung auf sie wartete. Und dann waren sie ja noch nicht bei den Sieben Zauberern angekommen ... Trotzdem, sie mussten weiter, alles andere half nichts. Fast wünschte sich Alice das Dämmer-Spiegel-Land zurück, dort hatten sie wenigstens in den Nächten ein Dach über dem Kopf gehabt ... Und dazu eine ganze Menge Seuchenopfer.

Ein Stück hinter dem Dorf begann wieder ein Wald, und zwischen den Bäumen war es richtig düster. Das Kaninchen schaltete seinen Lichtwerfer ein und so zogen sie noch ein gutes Stück weiter, bis Ethan Bond schließlich stehen blieb und etwas am Boden betrachtete.

»Was ist denn?«, wollte Chloe wissen.

»Das sind Wolfsspuren«, erklärte Garreth, der über die Schulter des Spionage-Hasen geschaut hatte. »Sie sind noch nicht sehr alt.«

»Also, dann schlafe ich ganz bestimmt nicht hier im Wald!«, rief Betty.

»Du hast doch nicht etwa Angst vor Wölfen?«, fragte Alice.

»Nein, aber ich will einfach keine umbringen müssen, verstehst du? Die können eben auch nichts dafür, dass sie Raubtiere sind. Also gehe ich ihnen lieber aus dem Weg.«

»Seht mal!«, rief Chloe in diesem Moment und die anderen schauten in die Richtung, in die sie deutete. Schimmerte dort wirklich ein Licht zwischen den Bäumen?

»Vielleicht haben wir ja doch Glück«, meinte Garreth, also liefen sie noch einmal einen Schritt schneller. Bald machten die Bäume einer Lichtung Platz, auf der ein Häuschen stand.

»Das ist ja nicht mal aus Pfefferkuchen«, beschwerte sich Betty, als hinter der Ecke des Hauses ein Mann in grüner Kleidung hervorkam.

Mit einem erschrockenen Keuchen wich Alice zurück. An den Händen des Mannes klebte Blut. Viel Blut.

»Nanu, noch mehr kleine Mädchen, die vom Weg abgekommen sind?«, fragte er erstaunt. Dann fiel sein Blick auf Garreth. »Guten Abend«, sagte er mit einem Nicken.

Alice hielt sich dicht an Betty, während Chloe in der Nähe von Garreth blieb. Das Kaninchen sah aus, als hätte es statt des Lichtwerfers lieber seine Armbrust in der Hand.

»Guten Abend«, erwiderte Garreth den Gruß. »Ehrlich gesagt sind wir nicht vom Weg abgekommen, aber auf der Suche nach einem Nachtlager. Wir dachten, wir könnten den Wald noch durchqueren, bevor es dunkel wird, aber …« Er zuckte mit den Schultern.

»Fremde, so? Na, vielleicht lässt euch die alte Dame auf dem Dachboden schlafen. Kann einer von euch mit einer Waffe umgehen?«

»Ich«, sagten Ethan Bond, Betty und Garreth gleichzeitig, und Alice musste fast lachen, als die Augen des Mannes vor Erstaunen groß wurden, als er Betty anschaute.

»Es wäre besser, wenn ihr das könntet. Heute erst musste ich den Wolf erlegen, der die alte Frau und ihre Enkelin fressen wollte. Ist der Kleinen eine Weile gefolgt, hat sie dann überholt und das Mädchen schwört, dass er mit ihr gesprochen hat. Wie auch immer, jetzt ist er sein Fell los, aber vielleicht gibt es noch andere im Wald. Wenn jemand auf die alte Dame aufpasst, wäre das vielleicht nicht verkehrt.«

»Das würden wir natürlich tun, wenn wir dafür ein Dach über dem Kopf bekommen.«

Der Jäger zuckte noch einmal mit den Schultern, dann klopfte er an die Tür der Hütte, trat ein und wechselte drinnen ein paar Worte mit jemandem. Schließlich winkte er ihnen hereinzukommen.

Alice fühlte sich in ihrer Meinung bestätigt: Mit den Wölfen in diesem Wald war tatsächlich nicht zu spaßen! Zumal wenn sie kleinen Kindern und alten Damen auflauerten ...

Die alte Dame saß, in eine Decke gewickelt, neben dem Ofen. Ein kleines Mädchen kniete vor ihr auf dem Boden und schien mit ein paar einfachen Klötzchen zu spielen. Über einem Stuhl hing ein roter Umhang, der Alice vage an etwas erinnerte.

»Guten Abend«, sagten sie alle brav, auch Ethan Bond.

»Ein sprechender Hase? Versuchst du ebenfalls, mich vom Weg wegzulocken?«, rief das Mädchen.

»Keine Angst, er lockt einen höchstens in den Kaninchenbau«, erwiderte Chloe mit einem Lächeln. Das kleine Mädchen sah sie misstrauisch an.

»Der Jäger hat gesagt, ihr könntet heute Nacht auf uns Acht geben«, sagte die alte Dame und schaute vor allem Garreth prüfend an.

»Natürlich können wir das. An uns kommt kein Wolf vorbei«, erwiderte Garreth.

»Dann geht am besten gleich auf den Dachboden. Wir wollten gerade zu Bett gehen. Die Luke ist dort hinten. Bleibt das Kaninchen auch hier? Ich habe ja nichts gegen sprechende Tiere, aber manche sind seeehr eigentümlich.

Und wie die sich immer kleiden ... So wie wir Menschen. Als ob sie so sein könnten wie wir.«

»Er wird Sie ebenfalls beschützen. Er gehört zu uns.« Garreth nickte und der Rest der kleinen Truppe folgte ihm. Sogar Ethan Bond hatte offenbar keine Lust, mit der Alten zu diskutieren. Tatsächlich befand sich in einer Ecke des Raumes, die fast im Dunkeln lag, eine Leiter, die an einer simplen Falltür in der Decke endete.

»Na, dann wollen wir mal sehen, wie lange dort oben schon niemand mehr war«, murmelte Garreth und ließ sich dann von Ethan Bond den Lichtwerfer geben.

»Ich hasse Spinnweben«, murmelte Chloe und verzog das Gesicht. »Und Staub. Und überhaupt. Wie sehen wir denn morgen aus, wenn wir in Staub und Spinnweben schlafen müssen? Tja, hilft ja alles nichts«, schloss sie und kletterte als Nächste die Leiter hinauf.

»Eben, es hilft ja alles nichts«, bestätigte Betty und folgte ihrem Beispiel.

»Nach dir«, sagte Ethan Bond zu Alice, sie verzog das Gesicht und kletterte Betty hinterher. Zu ihrer Erleichterung war der Dachboden überraschend sauber und diente anscheinend auch als Ort, um Kräuter zu trocknen. Wie die alte Dame diese Leiter noch hinauf- und herunterkam, war Alice ein Rätsel. Aber besser so als anders – besser ein Dach über dem Kopf als in einem Wolf.

Wie zur Bekräftigung begann draußen eines der Tiere zu heulen, dann gab ein anderer Wolf Antwort. Wie sie bei diesen Geräuschen Schlaf finden sollte, war Alice ein Rätsel, doch irgendwie musste es gehen ... Immerhin war sie den ganzen Tag gelaufen, da musste sie doch müde sein, oder?

»Wenn ich den Spiegel richtig einschätze, dann erreichen wir morgen das Schloss«, erklärte Betty und zog ein kleines Päckchen aus ihrem Beutel. Alice' Augen wurden groß, als Betty in aller Ruhe einen riesigen Stapel Pfefferkuchen auswickelte. »Was denn, die Hexe braucht das Zeug bestimmt nicht mehr!«, verteidigte sich Betty.

»Das ist es nicht, ich meine nur ... Kann ich auch was haben?«

Mit einem Lachen reichte Betty Alice ein Stück, dann wandte sie sich an Garreth. »Was ist mit dir, hast du schon eine Idee, wie man in die Burg der Sieben Zauberer kommt?«

Geistesabwesend brach er sich auch ein Stück Pfefferkuchen ab, während sein Blick einen Moment auf Chloe ruhte. »Noch nicht. Es ist nicht mehr als eine Ahnung, wie es vielleicht gehen könnte.«

Wieder heulten draußen die Wölfe und Alice zuckte zusammen. Ein leises Klicken lenkte ihren Blick auf das Kaninchen. Ethan Bond war dabei, seine Armbrust zusammenzubauen. Wahrscheinlich war das besser so.

BETTYS TAGEBUCH

Da sitzen wir also auf dem Dachboden einer schrulligen, alten Frau, die wir vor Wölfen beschützen sollen, auf dem Weg zu einer Königin, die ganz plötzlich in Alice' Spiegel aufgetaucht ist. Wie sie ausgerechnet in diesen Spiegel kommt und woher sie Alice kennt, ist uns allen ein Rätsel, aber da wir sie bald fragen können, haben wir nicht viel darüber spekuliert.

Ich weiß nicht, wo ich es seltsamer finde – hier oder im Dämmer-Spiegel-Land. Sprechende Katzen im Wald, die ganze Sache mit den Schlössern, den Hexen, den Prinzen und dem Pfefferkuchen – meine Güte, als ich diesen Jäger gesehen habe, dachte ich erst, wir hätten es mit einem Mörder zu tun! Wenn ich den armen Mann jetzt versehentlich mit einem Eiszapfen durchbohrt hätte, vor lauter Schreck sozusagen, dann hätte ich schon wieder ganz schön etwas zu erklären gehabt. Reicht »Ich bin erschrocken, weil er Blut an den Händen hatte« zu meiner Verteidigung aus? Wahrscheinlich nicht, oder? Na ja, zum Glück habe ich die Eisgeschosse ja dieses Mal bei mir behalten, aber das hätte ganz schön schiefgehen können, mein lieber Himmel!

Es ist schon komisch, was einem so alles passieren kann. Eben noch versucht man sich damit abzufinden, dass man sein Leben lang von der Welt weggesperrt bleiben wird, und dann stirbt man, hat plötzlich Leute auf dem Gewissen und legt sich mit Schachfiguren an. Alles nicht so einfach. Vielleicht wäre das ja ein schönes Argument: »Ich hatte es eben nicht einfach in letzter Zeit.« Trotzdem darf man niemanden umbringen, das ist mir auch klar.

Was wäre in dieser Welt eigentlich passiert? Hier gibt es das ARO nicht, das natürlich auch für Verbrechen durch Mutare zuständig ist. Und die Soldaten der Spiegel-Königin sind weit weg. Also wer sorgt hier für Recht und Ordnung? Nicht mal Ethan Bond weiß es, weil er sich hier genauso wenig auskennt wie wir. Besonders für uns Mutare ist das nicht einfach, denn wenn ich nicht weiß, wem ich aus dem Weg gehen muss und an welches Gesetz ich mich halten muss, dann macht es das in jedem Fall komplizierter.

Aber zu Hause dachte ich auch, ich würde mich auskennen, und was ist passiert? Am Ende gab es Doofchens Gehirn auf Eis und vielleicht ist in Miss Yorks Schule eine Verschwörung im Gange. Also weiß ich im Grunde doch gar nichts.

Vielleicht sollten wir alle einfach bleiben. Hier oder im Dämmer-Spiegel-Land. Wozu in eine Welt zurückgehen, die uns sowieso nicht will? Hier und im Dämmer-Spiegel-Land sind die Dinge so anders. Der Jäger hat sich anscheinend mehr darüber gewundert, dass ich mit Waffen umgehen kann, als darüber, dass unser Spionage-Hase spricht. Es ist vielleicht Ansichtssache, aber ich hätte genau andersrum reagiert. Jedenfalls, wenn hier sprechende Kaninchen nicht weiter der Rede wert sind, vielleicht sogar sprechende Wölfe denkbar sind, und dann diese Katze, wieso dann nicht auch Alice, Chloe und ich mit dem, was wir können? Es erscheint verlockend, einfach alles hinter sich zu lassen. Immerhin, das ist der Sinn und Zweck so einer Flucht, oder? Aber sagt man nicht auch, es zieht Mörder zum Ort der Tat zurück? So eng kann man das mit dem Mord ja eigentlich nicht sehen, und verflucht, wer hat denn eigentlich damit angefangen? Zumindest ist die Smith & Wesson gegen Wölfe ganz hilfreich, deswegen hat Garreth sie im Moment. Ich brauche sie ja einfach nicht. Und selbst, nachdem ich sie mir zusammen mit Garreth noch mal genau angeschaut habe (er hat immerhin ziemlich schnell verstanden, was er da in der Hand hielt), finde ich absolut nichts Ungewöhnliches an der Waffe selbst. Ethan Bond wollte natürlich selbst nachsehen, da er sich ein klein wenig mit Waffen meiner Welt auskennt, als Spion gehört das wohl zum Grundwissen, aber auch er findet selbst mit der Lupe nichts. Hätte mich auch gewundert, wenn ich etwas übersehen hätte, als Tochter meines doch sehr außergewöhnlichen Vaters habe ich schließlich in meinem Leben schon mehr von diesen Dingern gesehen, als Ethan in seiner Spionagelaufbahn. Ich rede ihm ja auch bei seiner Armbrust nicht rein.

Jedenfalls habe ich damit eine Möglichkeit ausgeschlossen: Das ARO hat also keine neuen Pistolen entwickelt, die es schaffen, die Untoten unschädlich zu machen, auch ohne spezielle Munition, sondern alles wie gehabt. Schließlich war die Waffe gegen Untote, wie Zoey so eindrucksvoll demonstriert hat, ja nutzlos. Was mich zur nächsten Folgerung bringt: Das Dummchen hat die falsche

Munition genommen. Dass es spezielle Munition gibt, die Untote unschädlich machen kann, das ARO aber natürlich ein großes Geheimnis darum macht, hatte ich ja schon erwähnt.

Bis letzte Nacht gab es zwei Möglichkeiten: Entweder hatte Zoey diese Spezialmunition nicht oder sie hat schlicht und ergreifend die falsche genommen. Nach dem was Alice und Chloe gehört haben, als Zoey mit Xavier gesprochen hat, erscheint Möglichkeit zwei immer wahrscheinlicher. Das würde auch dazu passen, dass sie nur drei Kugeln in den Sarg gefeuert hat. Eine Spezialkugel sollte reichen, einen Untoten zu töten, wenn man trifft. Und ausweichen konnte ich ja nicht mehr. Zwei reichen aus, um sicherzugehen, und drei sind absolut idiotensicher. Und wenn es beim ARO nur ansatzweise so ist, wie ich das von den Munitionslagern in den Häfen kenne, in denen mein Vater die Befehlsgewalt hatte, dann ist diese geheimnisvolle Munition abgezählt. Drei Kugeln zu stehlen war dann schon ein Risiko, noch mehr dagegen unmöglich. Da wir bei Zoey aber keine Spezialmunition gefunden haben und ich keine abbekommen hatte, blieb nur die Frage, was sie danach damit gemacht hat. Angesichts der Umstände erscheint es mir ziemlich unwahrscheinlich, dass sie Xavier etwas anderes gegeben hat, auch wenn Alice und Chloe es nicht genau gesehen haben. Nehmen wir also an, Zoey hat ihren Irrtum bemerkt, sich mit Xavier getroffen, um ihm die Munition zurückzugeben, damit ihr Verschwinden nicht auffällt. Was auch immer sie geritten hat, nicht noch einmal selbst zum Friedhof zu gehen und ihren Fehler zu berichten. Aber wir reden hier von Zoey. Er hat sich gewundert, wie sie ihm die zurückgeben kann, ist wiederum zum Friedhof, mein Grab war schon leer, also haben sie angefangen, das Schulgelände abzusuchen. Deswegen waren sie so schnell zur Stelle. Nur war es da für Zoey schon zu spät.

Das ist, glaube ich, das einzige Mal im Leben – oder so ähnlich – dass ich mich darüber freuen kann, dass sie nichts richtig hinbekommt. Dass alles, was sie anfasst, irgendwie schiefgeht. Wäre dem nicht so, wäre ich jetzt tot. Früher haben wir immer auf den Moment gewartet, bei dem sie einmal was richtig machen würde. Jetzt wissen wir ja, dass dieser Moment nicht mehr kommen kann, aber eigentlich müsste ich ihr Grab besuchen und mich bei ihr dafür bedanken, dass sie bis zum Schluss dabei geblieben ist, in alles einen Fehler einzubauen.

ALICE

Trotz der heulenden Wölfe hatte Alice tief und fest geschlafen. Vor Sonnenaufgang wurde sie von Geräuschen im Haus geweckt und kurz darauf wachten auch alle anderen auf. Bis auf Betty, die die ganze Nacht in einer Ecke gesessen und den restlichen Pfefferkuchen aufgegessen hatte.

Sie verabschiedeten sich von der alten Dame, die Ethan Bond auch am Morgen argwöhnisch betrachtete und sie noch darum bat, das kleine Mädchen ein Stück des Weges mitzunehmen. Sie würden zu einem Dorf kommen, wenn sie dem Weg noch weiter folgten, dort würde die Kleine wohnen. Ein Stück des Weges war also ein kleines Mädchen mit rotem Umhang und einem Korb am Arm neben ihnen hergehüpft und hatte wieder und wieder von der Begegnung mit dem großen, bösen Wolf erzählt, dann hatten sie die ersten Häuser erreicht und plötzlich hatte die Kleine »Mutter!« gerufen und war zu einer Frau gerannt, die gerade aus einer Haustür getreten war.

»Glaubst du ihr wirklich, dass der Wolf sie und die Großmutter gefressen hatte?«, wollte Chloe hinterher mit hochgezogenen Brauen wissen.

»Kinder übertreiben«, sagte Garreth dazu nur.

»So was überlebt man doch nicht, oder?«, meinte auch Betty.

»Wer weiß, was in dieser Welt möglich ist«, gab Ethan Bond zu bedenken. »Alice, was sagt dein Spiegel?« Einmal mehr hatte der Spionage-Hase seinen Welten-Chronografen in der Hand.

»Wir sind noch auf dem richtigen Weg«, schaltete Betty sich ein. »Dafür brauche ich keinen Spiegel.«

Fast war Alice ein wenig erleichtert. Obwohl sie praktisch ihren Frieden mit den Spiegeln geschlossen hatte, war es noch immer ein wenig anstrengend, diese Fähigkeit auch zu benutzen.

»Wir könnten aber auch einen Blick in den Spiegel werfen und sichergehen. Wir wollen Ihre Majestät doch auch nicht unnötig warten lassen!«, erwiderte Ethan Bond.

»Wenn Betty sagt, dass wir richtig sind, dann wird es auch stimmen«, schlug Chloe sich auf Bettys Seite und natürlich erinnerte Ethan Bond sie daran, dass sie das gar nicht wissen konnte, und daraufhin waren die beiden in eine erneute Diskussion verwickelt, die den Spionage-Hasen aber wenigstens davon ablenkte, einen weiteren Blick in den Spiegel zu fordern.

Die Aufmerksamkeit des Meisterdiebes war dagegen weder auf das Kaninchen gerichtet, noch auf eine der jungen Frauen. »Was meinst du, arbeitet er immer noch an einem Plan?«, flüsterte Alice Betty zu.

»Ich nehme es an. Und ich hoffe, er ist dabei erfolgreich, ich wüsste nämlich nicht, wie ich in eine Burg mit Sieben Zauberern reinkommen sollte.«

»Ob das wohl schwerer ist, als in den Palast der Spiegel-Königin zu kommen?«, fragte Alice und warf dann einen erschrockenen Blick auf die Tasche, in der sie den Spiegel trug. Nicht, dass die Königin der Spiegel jetzt zugehört hatte und beleidigt war!

»Keine Ahnung. Vielleicht kennt er sich ja mit Palästen aus, aber mit Zauberer-Burgen nicht.«

»Weil er mit Majestäten umgehen kann, meinst du? Das habe ich mir auch schon gedacht. Er muss ja mindestens so ähnlich erzogen oder geschult worden sein wie Chloe. Wie kommt so jemand dazu, ein Dieb zu werden?«

Statt einer Antwort zuckte Betty mit den Schultern, denn das Kaninchen und Chloe hatten aufgehört, miteinander zu streiten, und so fehlte etwas, was ihre Unterhaltung übertönte.

»Was glaubst du, wie es zu Hause aussieht?«, fragte Betty stattdessen.

»Wo?« In dem Moment, in dem Alice die Frage aussprach, wurde ihr klar, dass sie keinen rechten Sinn ergab. Doch für einen Moment hatte sie sich wirklich gefragt, welchen Ort Betty wohl meinen konnte.

»Miss Yorks Internat«, erwiderte Betty verwirrt.

»Ich weiß es nicht. Ich denke die ganze Zeit nur daran, was dort mit dir passiert ist. Nicht daran, was dort jetzt passiert«, gab Alice zu.

»Kann es da vorne schon sein?«, wollte Ethan Bond in diesem Moment wissen und lenkte die Aufmerksamkeit aller auf das Schloss, das auf einem Hügel aufragte, nachdem sie einen weiteren Wald verlassen hatten.

»Das sieht sehr danach aus«, sagte Betty mit einem gewissen zufriedenen Unterton, weil sie sich nicht verlaufen hatten.

»Soweit ich weiß, liegen die Eingänge in diese Welt alle nicht allzu weit auseinander, also könnte es von der Entfernung her tatsächlich das richtige Schloss sein«, vermutete Garreth.

Auf Chloes Gesicht breitete sich ein Strahlen aus. Vielleicht, überlegte Alice, fühlte Chloe sich ja jetzt mal wieder halbwegs wie zu Hause. Zwischen Schlössern und Majestäten. Und vielleicht würde es ihr, so böse der Gedanke Alice auch vorkam, besser gehen, wenn sie den Titel ihres Vaters geerbt hätte und alle Welt inklusive des ARO sie nur noch mit Verbeugungen begrüßen durften statt mit »Chloe, dein Aufsatz in Geografie war mal wieder nicht so genau, wie ich ihn mir gewünscht hätte« oder ähnliche Formulierungen. Wäre Chloe nicht schlau, wenn sie einfach bleiben würde, bis sie in ihrer Welt einen Adelstitel und ein Herrenhaus besaß und damit ihre Ruhe vor dem ARO hatte?

»Na los, einen Schritt schneller, die Damen. Wir haben doch keine Zeit!«, rief Ethan Bond und trippelte in Richtung Schloss, so schnell ihn seine ungestiefelten Beine trugen.

Nach den Erfahrungen mit dem Palast der Königin der Spiegel hatte Alice schon fast damit gerechnet, dass man sie auch hier nicht einlassen würde, doch zu ihrer Überraschung störte man sich weder an dem sprechenden Kaninchen, noch machte man ihnen sonst irgendwie das Leben schwer. Ganz im Gegenteil, sie wurden ins Schloss gebeten und durch prächtige Hallen in einen ebenso prächtigen Salon geführt, wo es nicht lange dauerte, bis Diener ihnen Tee und Kuchen anboten.

»Das ist doch mal ein Empfang«, erklärte Chloe zufrieden. »Da können sie sich im Dämmer-Spiegel-Land eine Scheibe von abschneiden.«

Sie saßen noch nicht lange, als zwei livrierte Diener die Doppeltüren des Salons schon wieder öffneten und die Königin der Spiegel hereinkam, gefolgt von einem Mann und einer Frau, die Alice für die Bewohner des Schlosses hielt.

»Da seid ihr ja!« Die Königin der Spiegel kam würdevoll, aber mit einem Lächeln auf sie zu, und Alice brauchte dieses Mal keinen Schubs von Chloe, um einen Knicks zu machen.

»Alice, Betty und Chloe. Ethan Bond, eine interessante Reisegesellschaft hast du zusammengestellt. Diese drei jungen Damen sind mehr als ungewöhnlich. Und dazu ausgerechnet Garreth Underwood. Sehr interessant. Ihr müsst mir alles erzählen, aber zuerst, lasst mich euch meine reizenden Gastgeber vorstellen: Die Königin und der König dieses Schlosses.«

Noch mehr Hofknickse, noch ein wohlwollendes Lächeln von zwei Majestäten, dann wandte sich die Königin des Schlosses an die Königin der Spiegel: »Ihr verzeiht, wenn wir Euch keine Gesellschaft leisten, nicht wahr? Ich werde eine Spazierfahrt unternehmen und mein Gatte wird die königlichen Bäder aufsuchen.«

Der König nickte, dann sagte er: »Quak!«, schüttelte den Kopf und setzte noch einmal an: »Fühlt Euch weiterhin ganz wie zu Hause. Und geht nicht, ohne Euch zu verabschieden!«

Damit zog sich das Königspaar wieder zurück, während Alice noch darüber nachdachte, ob der König wirklich gerade gequakt hatte oder ob sie sich das eingebildet hatte. Ein Blick in die ratlosen Gesichter von Betty und Chloe ließ sie jedoch zum Ersten tendieren.

Die Königin der Spiegel setzte sich und die anderen folgten ihrem Beispiel. »Wie ist die Lage im Dämmer-Spiegel-Land?«, wollte sie augenblicklich wissen und schaute dabei Ethan Bond an, der ihr berichtete, wie sie das Dämmer-Spiegel-Land zurückgelassen hatten.

»Ich fürchte, als wir gegangen sind, haben wir ein wenig … Unordnung in Eurem Palast hinterlassen, Majestät«, schloss er zögernd.

»Ja ja, das alte Schachfeld«, sie winkte ab.

»Ihr wisst davon?«

»Natürlich weiß ich davon. Ich weiß alles, was in einem meiner Spiegel geschieht. Was glaubt ihr denn, wie ich auf unsere Alice hier aufmerksam geworden bin? Plötzlich taucht eine Spiegelsichtige in meinem Palast auf. Durchquert meine Flure und steht auf meinem Schachfeld. Und dann nimmt sie auch noch einen meiner Spiegel mit in diese Welt hier. Was ein Glück war, da ich nicht weiß, wie wir uns sonst hier jemals hätten wiederfinden sollen«, erklärte sie mit einem nachsichtigen Lächeln.

Nun wirkte sogar Garreth erleichtert. Allem Anschein nach war es ihm doch nicht vollkommen egal, was die Königin der Spiegel wegen seiner neuesten Gesetzesverstöße unternehmen würde.

»Ich weiß also auch«, fuhr sie fort, »dass meinen Soldaten nichts zugestoßen ist bei eurem … Ausbruch. Deswegen wollen wir diese leidige Sache für dieses Mal vergessen. Vielleicht hat es ihnen sogar ganz gutgetan, dass sie einmal jemand … aufgerüttelt hat.« Wieder zeigte sich ein leicht abwesendes Lächeln auf ihrem Gesicht.

»Das ist … sehr großzügig von Euch, Majestät«, wagte Garreth nun zu sagen.

»Bitte? Ach, was.« Sie winkte ab und griff mit ihren feingliedrigen Fingern nach einem Keks.

»Aber nun zu dir, Garreth. Ich hoffe, der unheilvolle Einfluss der Königin der Dämmerung hat sich nur in Form von Geld manifestiert und wir müssen nicht mit weiteren unklugen Ausflugen deinerseits rechnen.«

»Nein, Majestät. Es tut mir aufrichtig leid und ich versuche seitdem, das Schlimmste zu verhindern.«

Wieder winkte sie ab, knabberte an ihrem Keks und stellte dann nachdenklich fest: »Das Schlimmste, ja. Wenn es sich noch verhindern lässt.«

Einen Moment senkte sich Schweigen über den Raum, dann fragte Ethan Bond leise: »Majestät, wenn ich fragen darf – wie seid ihr denn nun in dieses Schloss gekommen?«

»Das Schloss, ach ja. Nun, es ist eine ganz unterhaltsame Sache, besser gesagt, die wäre es, wenn es keinen so ernsten Hintergrund hätte. Aber nehmt euch noch Kuchen und Tee, wir sollten uns alle stärken, bevor wir unsere Reise fortsetzen!«

Die Königin der Spiegel wartete, bis alle dieser Mischung aus Einladung und Aufforderung gefolgt waren.

»Also, um es möglichst kurz zu machen«, setzte sie schließlich wieder an. »Ich habe von Garreth diesen Schlüssel bekommen. Daher habe ich beschlossen, zusammen mit meiner Leibgarde hierher aufzubrechen. Nun führt nicht jeder Schlüssel zum selben Punkt in dieser Welt. Ich kann euch gar nicht sagen, wo ich eigentlich angekommen bin, es war jedenfalls am Ufer eines Sees. Ich sah in meinem Spiegel nach und stellte fest, dass es ein ziemliches Stück zu Fuß sein würde, bis wir dort hinkämen, wo wir hinmussten. Hätte ich gewusst, wie man eine Kutsche mit auf den Weg in diese Welt nehmen könnte, dann hätte ich es getan, aber die Räder und die Glastreppe …«

Sie seufzte und nahm einen Schluck von ihrem Tee.

»Nun, da standen wir also, mit einem weiten Weg vor uns und ohne Kutsche. Und als hätte man sie herbeigerufen, kam dann doch eine Kutsche den Weg hinunter und der junge Mann darin hat uns angeboten, mich in der Kutsche mitzunehmen. Meine Leibgarde ist das Zu-Fuß-Gehen gewohnt, also war es ein sehr annehmbares Angebot.

Doch es hatte einen Haken, der Prinz in der Kutsche war nämlich, wie es der Zufall wollte, nach seinen eigenen Worten auf der Suche nach einer Braut, und irgendeine Fee hatte ihm wohl gesagt, er sollte am See nach ihr Ausschau halten und da hielt er mich nun für seine Auserwählte … Ist das denn zu glauben?«

Mit großen Augen schaute sie Alice, Betty und Chloe an. Chloe brachte immerhin ein »Unfassbar, Majestät« heraus.

»Nicht wahr? Jedenfalls weigerte ich mich natürlich, diesen vollkommen überstürzten Antrag anzunehmen. Letzten Endes kam es zu einer Auseinandersetzung zwischen meinen Männern und seinen und als hätten sie nur darauf gewartet, stürzten plötzlich Räuber aus den Büschen und wollten die Kutsche des Prinzen überfallen.

Mir blieb keine andere Wahl, als in den Wald zu fliehen. Dabei verlor ich leider meinen Spiegel und er ging zu Bruch und nun stand ich ohne Leibgarde, ohne Spiegel *und* ohne Kutsche in einer vollkommen fremden Welt.«

»Eine schreckliche Vorstellung, Majestät«, sagte Ethan Bond, während die Königin wieder einen Schluck Tee trank.

»Ja, nicht wahr? Und das war ja noch nicht alles. Ihr müsst euch das vorstellen, da lief ich durch diesen Wald und plötzlich kam doch ein Schloss in Sicht. Ein richtiges, großes Schloss! Ich hatte schon Hoffnung, dass man mich dort aufnehmen könnte, aber kaum war ich nahe genug heran, um nicht nur die Türme zu sehen, sondern auch den Rest, da wurde ich schon wieder bitter enttäuscht. Das ganze Schloss ist von einer so dichten Hecke umgeben, da kommt niemand durch, keine Menschenseele, nicht einmal du, Ethan. Immerhin lag in der Nähe des Schlosses ein Dorf und dort erfuhr ich dann, dass es schon mehrere Prinzen versucht hätten, weil in dem Schloss angeblich eine Prinzessin schläft, aber sie würden wohl alle unglücklich scheitern. Anscheinend suchen hier ständig irgendwelche Prinzen irgendwelche Prinzessinnen, als gäbe es sonst nichts zu tun. Müssen die keine Reiche regieren? An diese Tür brauchte ich jedenfalls schon nicht mehr zu klopfen. So blieb mir also nur weiterzugehen. Immer noch ohne Kutsche, ohne Leibgarde und ohne Spiegel.

Zum Glück konnte ich unterwegs mehrfach irgendwo unterkommen, alles andere hätte an diesem seltsamen Ort auch wer-weiß-wie enden können. Man hört Gerüchte über Raubtiere in den Wäldern, und dann ziehen natürlich auch Jäger herum, um die Raubtiere zu erlegen. Bei besonderen Raubtieren gleich Königssöhne, weil sie damit etwas beweisen wollen ... Und dann sind hier noch ganz andere Gestalten unterwegs, so etwas gibt es nicht einmal im Dämmer-Spiegel-Land. In einem Dorf, an dem ich vorbeiging, wohnte ein Mädchen, Marie oder so hieß sie, die war reich geworden, weil sie Betten ausgeschüttelt hatte. Sagte man zumindest so. Betten ausschütteln bei einer alten Dame, das scheint hier furchtbar gut entlohnt zu werden. Am Rand desselben Ortes lebt übrigens eine Ausgestoßene in einer Hütte, man sagt, sie wäre Maries Schwester. Man hätte sie mit Pech überschüttet und sie würde es nicht mehr loswerden. Also die alte Frau hat sie mit Pech überschüttet. Es war gut, dass sie mich gewarnt haben, denn als ich das Dorf verließ, da kam sie zwischen zwei Bäumen hervor, vollkommen schwarz und mit einem Blick ...«

Die Königin schüttelte sich und griff nach einem weiteren Keks. Alice fühlte sich ein klein wenig an Betty und ihr Pfefferkuchenhaus erinnert, wobei sich Betty gerade lauschend über den Kuchen hermachte, ohne sich groß daran zu stören, dass sie bei einer Königin zum Tee eingeladen war.

»Nun, also da waren diese seltsamen Mädchen und die Raubtiere und all die Prinzen und Prinzessinnen und ich war noch immer völlig auf mich allein gestellt. Eine Nacht habe ich bei einer netten alten Dame verbracht, die ganz alleine im Wald wohnt. Sie sagte, ihre Enkelin aus dem nächsten Dorf würde sie oft besuchen und dass sie sich schon manchmal Sorgen machen würde, wenn das Kind alleine durch den Wald gehen würde, wegen der Wölfe. Sind hier alle zu beschäftigt damit, Prinzessinnen zu suchen, um sich mal um die Wölfe im Wald zu kümmern, die alten Damen und kleinen Mädchen gefährlich werden können?« Mit einem verärgerten Funkeln in den Augen schaute die Königin der Spiegel von einem zum anderen und Garreth erklärte: »Um diesen Wolf hat sich, soweit wir wissen, ein Jäger gekümmert. Er wird keine kleinen Mädchen mehr fressen.«

»Immerhin.« Die Königin der Spiegel lächelte und lehnte sich in ihrem Stuhl zurück. »Danach dauerte es jedenfalls nicht mehr lange, bis ich hier war.« Sie schaute sich um und senkte die Stimme. »Wobei hier auch einiges seltsam ist, aber das ... erzähle ich euch besser unterwegs.«

Sie schob ihren Stuhl zurück und stand auf, alle anderen beeilten sich, ihrem Beispiel zu folgen. »Also, brechen wir auf?«

»Wie Ihr wünscht, Majestät«, beeilte sich Ethan Bond zu versichern.

»Ich nehme an, wir können wieder keine Kutsche nehmen?« Die Königin der Spiegel betrachtete mit kritischem Blick ihr Kleid, das aus einem schillernden blau-grünen Stoff gefertigt war.

»Doch, wir brauchen sogar unbedingt eine Kutsche«, mischte sich Garreth ein.

»Ach?«, fragte die Königin nur.

»Hast du jetzt plötzlich doch einen Plan?«, wollte Betty wissen.

»Ja, jetzt habe ich einen Plan. Wir brauchen diese Kutsche, weil wir einen Sarg transportieren müssen.«

»Bitte, was?« Ethan Bond wich sicherheitshalber aus Garreth' Reichweite, Alice genauso.

»Danke, ich hatte genug Särge für den Rest meines Lebens«, erklärte Betty.

Chloe hob beide Hände und schüttelte den Kopf. »Schau mich nicht so an, Garreth. Was auch immer du vorhast, denk noch einmal darüber nach, ja?«

»Es macht dir doch nichts aus, tot zu sein, oder?«, vergewisserte er sich.

»Ich bin eine Astrale, natürlich macht es mir nichts aus! Ich denke nur, es muss doch auch anders gehen, als dass ich schon wieder tot sein muss! Man bekommt nichts mehr von der Welt mit, verstehst du?«

»Also bitte, wir werden hier doch niemanden ermorden!«, rief die Königin der Spiegel und durchbohrte Garreth fast mit einem entrüsteten Blick.

»Majestät, ich glaube, ich kann das erklären«, schaltete sich Ethan Bond ein. »Selbstverständlich hat Garreth nicht vor, Chloe zu ermorden, sie kann das mit dem Sterben ganz alleine …«

»Das macht es doch in keinem Fall besser!«, rief die Königin sichtlich erschrocken.

Als Chloe zu lachen anfing, richtete sich der Blick der Königin auf sie und Ihre Majestät verkündete: »Seht ihr, sie wird schon hysterisch! Wir können doch nicht …«

Im nächsten Moment sackte Chloe in sich zusammen und Garreth konnte sie gerade noch auffangen.

»Muss sie das jetzt ständig machen?«, flüsterte Alice Betty zu.

»Es ist doch eine eindrucksvolle Art, Debatten zu beenden, meinst du nicht?«, erwiderte Betty und zuckte mit den Schultern.

»Was ist denn nun passiert?«, wollte die Königin der Spiegel wissen.

»Nun ja, eigentlich nichts …«, setzte Ethan Bond zögernd an.

»Sie ist nur tot, Majestät«, fiel Garreth dem Kaninchen ins Wort.

Bevor sich die Königin der Spiegel weiter erschrecken konnte, öffnete Chloe die Augen wieder, rieb sich kurz die rechte Schläfe und stand mit Garreth' Hilfe wieder auf. »Halb so wild, Majestät«, erklärte sie. »Es ist wie mit Garreth' Schall-Fähigkeiten. Es kann auf Dauer ein wenig anstrengend werden, aber ich versichere Euch, mir passiert nichts. Keine bleibenden Schäden.«

Das Gesicht der Königin hellte sich auf. »Ach, also so ist das! Nun, Garreth, dann solltest du mir jetzt vielleicht den Plan erklären.« Sie schaute den besten Dieb des Dämmer-Spiegel-Landes erwartungsvoll an.

»Das kann ich auch unterwegs, Majestät«, erwiderte er nach kurzem Überlegen.

»Ethan Bond, was sagt die Zeit dazu?«

Das Kaninchen zog seinen Welten-Chronografen aus der Tasche, warf einen prüfenden Blick darauf und antwortete: »Laut dem Welten-Chronografen sollten wir uns beeilen, Majestät.«

»Nun gut. Dann werden wir zusehen, dass wir eine Kutsche bekommen.«

Sie wandte sich der Tür des Salons zu, und Ethan Bond und alle anderen folgten ihr auf dem Fuße. Die Diener rissen die Türen auf, doch Alice bekam es nur am Rand mit. Ihre Gedanken kreisten um den Plan, den Garreth hatte und der hoffentlich nicht vollkommen halsbrecherisch war.

BETTYS TAGEBUCH

Ich habe gesagt, dass ich genug von Särgen habe, nicht wahr? Tja, einen zu bauen ist nicht ganz so schlimm, schließlich wird es Chloe sein, die wir da hineinlegen. Garreth hat einen Plan ausgeheckt, ich weiß nicht, wie er darauf kommt, aber ich muss sagen, ich kann keinen Fehler daran finden. Außer dass ich mich wie eine Prinzessin benehmen soll, was nun nicht gerade das ist, was ich am besten kann. Abgesehen davon ist der Plan einfach, was meistens am besten ist, doch es wird ganz auf Chloe und ihn ankommen, und ein kleines bisschen auch auf mich, was vielleicht nicht ganz so ideal ist. Er will tatsächlich ohne Verstärkung in eine Burg, in der sieben Zauberer leben. Seine Vorgehensweise ist Unauffälligkeit, was durchaus etwas für sich hat. Ich würde mich mit dieser zahlenmäßigen Unterlegenheit unwohl fühlen, aber Garreth wurde auch nicht in Militärstützpunkten erzogen ...

Die Königin hat zugestimmt und ich nehme an, dass das auch in dieser Welt wichtig ist. Sie hat förmlich geschmollt, als man ihr erklärt hat, dass sie nicht einfach an der Burg der Sieben Zauberer anklopfen und um das Heilmittel für die Seuche bitten kann ... Aber ich sollte meine Gedanken sortieren.

Wir haben also diesen Palast verlassen, in einer großen Kutsche, und kaum waren wir um die erste Biegung, da hat Ihre Majestät auch schon aufgeatmet. Sie meinte, in dem Schloss würde auch nicht alles mit rechten Dingen zugehen, und man würde munkeln, der König sei ganz früher einmal ein Frosch gewesen, bis die Königin, damals noch Prinzessin, ihn erlöst hätte. Seltsame Dinge sind das, die hier passieren.

Also, wir haben jedenfalls dieses Schloss hinter uns gelassen und Garreth ist endlich damit herausgerückt, wie er damals an diese Seuche gekommen ist. Und jetzt wird es vollkommen unglaublich – diese Zauberer wollten ursprünglich ein Heilmittel gegen den Tod entwickeln. Auf der Suche nach der Unsterblichkeit, wie alle Verrückten, sage ich da nur. Wobei ich da wohl ganz ruhig sein muss, aber immerhin habe ich gar nicht darum gebeten!

Jedenfalls findet man dieses Zeug, mit dem man Tote auferstehen lässt, nur in Büchern mit schwarzer Magie. Und sie dachten wohl, sie könnten wild etwas zusammenbasteln, aus allen möglichen Zutaten – nein, natürlich kennen wir das Rezept nicht, das wäre auch zu schön – und am Ende kamen sie nicht um die schwarze Magie herum. Was sie letzten Endes entwickelt haben, sieht man ja an mir.

Der Vorteil daran, dass die Sieben Zauberer hier in dieser Welt zu Hause sind, ist, dass sie recht schnell merkten, was sie da erschaffen haben, und gegen ihr mutmaßliches Mittel gegen den Tod ein Gegenmittel entwickeln wollten. Wollten, sie haben es erst einmal nicht geschafft. An dieser Stelle kam Garreth ins Spiel. Er sollte die ursprüngliche Seuche stehlen, doch ihm war durchaus klar, dass es nicht so einfach sein würde, von sieben Zauberern, die nebenbei bemerkt noch ein paar Untote im Ärmel, besser gesagt im Kerker hatten, etwas zu stehlen.

Ja, es ist tatsächlich möglich, diese Untoten anschließend zu kontrollieren. Wenn man ein Zauberer ist, das ist der Haken. Allen anderen gelingt das nicht so ohne Weiteres, also wissen wir immer noch nicht, wie die Königin der Dämmerung das macht.

Die Zauberer und das Gegenmittel. Garreth kennt auch das Rezept des Gegenmittels nicht, er weiß nur von einer einzigen Zutat, die hineingehört, und das weiß er wiederum, weil er sie für die Zauberer gestohlen hat. Das Heilmittel ist nichts ohne die Asche eines Phönix, und es gab in der ganzen Welt hier wohl nur eine einzige Person, die ein winziges bisschen davon besaß, daher musste Garreth dieses winzige bisschen den Zauberern bringen, und sie gaben ihm diese verfluchte magische Seuche mit.

Magische Seuche. Und weil es in dieser Welt hier Magie gibt und im Dämmer-Spiegel-Land auch, aber in meiner nicht, erklärt das nach Garreth und Ethan Bond vielleicht auch so manchen Unterschied zwischen den Untoten und den Seuchenopfern. Wissen tun wir natürlich auch das nicht.

So einfach und doch so kompliziert. Wie genau er an die Phönix-Asche gekommen ist, hat Garreth uns natürlich dezent verschwiegen, doch zu seinem Glück hat die Person, der er sie gestohlen hat, wohl nie erfahren, dass er sie gestohlen hat.

In diese Burg der Zauberer hineinzukommen, ist also nicht so ganz einfach. Man muss schon etwas haben oder zumindest beschaffen können, was sie wollen. Ansonsten bräuchte man eine Drachenarmee, meint zumindest Garreth, und er kennt wohl allen Ernstes eine Prinzessin, die Drachen züchtet. Schon wieder Drachen und schon wieder Prinzessinnen – gibt es hier auch noch normale Menschen? Langsam habe ich das Gefühl, dass mindestens eine Majestät auf jeden Dorfbewohner kommt, aber da wir sowieso bald wieder verschwinden, ist das nicht mein Problem ...

Um auch ohne Drachen in diese Burg zu kommen, hatte Garreth also eine Idee, die einen Spiegel, eine tote Chloe und den ältesten Trick der Welt beinhaltet.

Er würde mit Chloe im Sarg und mit mir als ihrer Schwester zur Burg reisen, ihnen erzählen, dass Chloe an der Seuche gestorben wäre und dass er unbedingt das Gegenmittel bräuchte. Anbieten würde er ihnen einen Spiegel, in dem ein magisches Orakel aus einer anderen Welt lebt. Deswegen können wir nicht einfach die Königin anklopfen lassen – sie muss schließlich unser Orakel spielen. Damit es nicht unseren letzten Spiegel kostet, hat Garreth das Schloss des Froschkönigs um einen kleinen Spiegel erleichtert und ihn der Königin der Spiegel geschenkt. Damit ist es ihrer und damit weiß sie jetzt alles, was dort drin passiert.

Dann hatten wir noch das Problem mit dem Sarg, und jetzt kommen wir an den Punkt, dass es nicht so schlimm ist, einen zu bauen, wie in einem zu liegen. Wir hätten einfach nicht die Zeit gehabt, so ein Ding aus Holz anfertigen zu lassen, also müssen wir zusehen, wie wir mit den Mitteln zurechtkommen, die wir haben. In dem Fall heißt dieses Mittel Betty und der ganze Sarg besteht aus Eis. Da Chloe ohnehin tot sein wird, ist das mit der Kälte nicht so schlimm. Aber da ich nicht so wunderbar zaubern kann wie unsere Spiegel-Majestät und diesen Eissarg einfach in die Landschaft stellen und gehen kann, sondern meine Kontrolle über das Eis aufrechterhalten muss, muss ich wohl oder übel mit da rein. Eben als Chloes Schwester und damit ihr letztes übrig gebliebenes Familienmitglied.

Je länger ich darüber nachdenke, desto sicherer bin ich mir, dass Garreth vielleicht doch die Prinzessin mit ihren Drachen hätte aufsuchen sollen, aber er sagte, es würde zu lange dauern und die meisten Drachen hätten gerade mal die Größe, dass sie noch in unsere Beutel passen würden, und die großen würde sie ganz bestimmt nicht hergeben.

Da sind wir also. Mit der Königin der Spiegel, mit Spiegeln, mit Kutsche, aber noch immer ohne die königliche Leibgarde und noch immer ohne Drachen oder sonstige Armee. Na gut, irgendwie muss es gehen. Vielleicht sollte ich das Ganze als Übung für später sehen, immerhin werde ich ziemlich auf mich alleine gestellt sein, wenn ich in Miss Yorks Internat zurückmarschieren und das ganze Gebäude bis zum letzten Abstellraum durchsuchen werde. Schade, dass ich nicht bis dahin noch ein wenig von Garreth lernen kann, ich versuche ja schon, ihn genau zu beobachten, aber wann er heute diesen Spiegel hat mitgehen lassen, das habe ich schon wieder verpasst.

Vielleicht war ich von den Keksen abgelenkt. In diesem untoten Zustand hat man ständig Hunger. Die Sache mit dem Eis ist zwar bei weitem nicht mehr so anstrengend wie früher, aber dafür könnte ich eben ganze Pfefferkuchenhäuser essen. Glücklicherweise sieht man mir das nicht an. Aber wie auch, wenn wir den ganzen Tag durch eine Welt nach der anderen laufen, erst auf dem Weg zum Palast der tausend Spiegel, dann auf der Suche nach der Königin der Spiegel und jetzt endgültig auf dem Weg in die Burg der Sieben Zauberer?

Diese Nacht verbringen wir tatsächlich in einem Gasthaus. Irgendjemand hat in der Kutsche ein paar kleine Goldmünzen verloren und zum Glück reichen die aus. Morgen früh geht es zur Burg. Alice, der Spionage-Hase und die Königin werden auf uns warten müssen und wir müssen zusehen, dass wir da reinkommen, uns das Mittel schnappen, bevor sie es Chloe wirklich einflößen können – denn niemand von uns weiß, was dann passieren würde – und wieder raus und das Ganze auch bitte noch, ohne dass das Eis zu früh schmilzt. Was sofort passieren wird, wenn ich es nicht mehr im direkten Griff habe. Selbst, um es spurlos zurückzurufen, müsste ich es kontrollieren, so würde es schlicht und einfach zu Wasser werden. Tja, viel Glück kann ich uns da nur wünschen.

Nachdem mir der ganze Plan noch einmal durch den Kopf gegangen ist, glaube ich, dass er möglicherweise aufgehen kann, aber noch immer stört es mich, dass Garreth meint, wenn wir ihn als Prinzen ausgeben und Chloe als Prinzessin und mich dann auch, dann bewirkt das bei den Zauberern mehr, als wenn wir einfache Leute wären. Wieso sie jemandem, der letztes Mal noch als Dieb zu ihnen kam, jetzt den Prinzen abnehmen sollten? – Ich weiß es nicht. Aber in diesem Märenland soll auch schon ein Schneider König geworden sein, möglich ist also anscheinend vieles. Mein erster Gedanke, und den habe ich dummerweise laut ausgesprochen, war: »Ich habe es einfach nicht so mit Majestäten«, worauf es zuerst still in der Kutsche wurde und ich dann unsere Spiegel-Königin angeschaut habe und (nachdem ich mir auf die Zunge gebissen hatte) gemurmelt habe: »Nichts für ungut, Majestät.« Es bleibt dabei, Chloe kann diese Dinge besser. Leider kann sie auch besser tot sein.

Es ist nicht so, dass ich Chloe nicht schon öfter tot gesehen hätte. Aber zum ersten Mal habe ich wirklich Angst, dass sie nicht wieder aufwachen könnte. Wenn diese Sache mit diesen Zauberern nicht so funktioniert, wie Garreth und wir alle das gerne hätten … Am besten denken wir nicht darüber nach. Besser ist es, wenn wir uns schon einmal auf eine halsbrecherische Flucht einstellen, denn falls wir doch wieder heil da rauskommen, dann müssen wir zusehen, dass wir den nächstbesten Übergang zurück ins Dämmer-Spiegel-Land finden. Bevor die Zauberer einen Weg gefunden haben, unsere Kutsche zu stoppen, die Pferde in Mäuse zu verwandeln oder uns in Frösche oder was-weiß-denn-ich.

ALICE

Es war nicht das erste Mal, dass Alice Chloe tot erlebte, doch dieses Mal machte ihr die Sorge zu schaffen, dass sie vielleicht nie wieder aufwachen würde. Das Geräusch, wie sich ein Deckel aus Eis über Chloe ausbreitete, dieses kaum hörbare Knacken, ließ Alice zusammenzucken.

Auch Ethan Bond schien nicht ganz wohl dabei zu sein und selbst die Königin der Spiegel verzog nachdenklich das Gesicht. Chloe unter der klaren Eisdecke war ein geisterhafter Anblick und Alice spürte diesen Drang in sich, laut »Holt sie da wieder raus!« zu rufen, doch sie biss die Zähne zusammen. Stattdessen sagte sie zu Garreth: »Bring sie bloß wieder heil zurück. Ohne diesen furchtbaren Sarg.«

Garreth nickte ernst, dann wandte er sich der Königin der Spiegel zu und verbeugte sich vor ihr.

»Weißt du, Garreth, du könntest dir einen großen Teil dieser Verbeugungen ersparen. Man könnte dich im Dämmer-Spiegel-Land wieder mit ›Lord‹ ansprechen, wenn …«

Er schüttelte mit nahezu versteinerte Miene den Kopf und die Königin seufzte.

»Lord? Das ist ja spannend«, flüsterte Betty Alice zu, während sie sie fest umarmte.

»Mir ist gerade egal, was er ist oder mal war, ihr sollt mir nur alle gesund wiederkommen, hörst du?«

»Gesund?« Ihre Blicke trafen sich und sogleich huschte ein leicht gequälter Ausdruck über Bettys Gesicht.

»Eben so, wie ihr jetzt seid!«, erklärte Alice so energisch, wie sie das von sich selbst gar nicht kannte.

»Wir tun unser Bestes, Ma'am«, erwiderte Betty mit einem Grinsen, doch Alice sah immer noch Sorge in ihren Augen aufblitzen.

Ethan Bond hatte es tatsächlich über sich gebracht, Garreth die Pfote zu reichen und ihm immerhin viel Glück zu wünschen. Jetzt bedeutete er Betty, sich zu ihm herunterzubeugen, damit er ihr noch etwas zuflüstern konnte.

»Werde ich«, sagte Betty, bevor sie sich abwandte und endgültig zu Garreth auf den Kutschbock kletterte.

Die Kutsche rumpelte davon und es blieb für Alice, das Kaninchen und die Königin der Spiegel nur noch warten übrig. Warten, bis der Plan aufgegangen wäre und Garreth, Betty und Chloe in die Burg gelangten. Bis die Königin der Spiegel den Sieben Zauberern als geheimnisvolles Orakel erscheinen sollte. Bis Garreth und Alice' beste Freundinnen hoffentlich mit dem Gegenmittel zurückkommen würden.

Die Minuten zogen sich zu Stunden. Ethan Bond warf immer wieder Blicke auf seinen Welten-Chronografen und murmelte ein über das andere Mal »Oh je, oh je« und jedes Mal war Alice dichter daran, ihn in irgendeinen zufällig ausgewählten Kaninchenbau zu stecken, damit der Spionage-Hase sie nicht noch nervöser machte, als sie ohnehin schon war.

»Erzähl mir von deiner Welt, Alice«, forderte die Königin der Spiegel sie nach einer Weile auf, und Alice war es vollkommen gleichgültig, ob die Königin damit nur ihre eigene Langeweile bekämpfen wollte oder ob sie ebenfalls das ständige »Oh je, oh je« des Kaninchens nicht mehr hören konnte – Hauptsache, sie hatte selbst etwas zu tun. Also erzählte sie. Von den Mutaren, vom Auftauchen der Untoten, von Miss Yorks Internat, von Bettys Tod, Zoey und dem ARO. Manches Mal brachte sie die Reihenfolge der Dinge etwas durcheinander und manchmal musste sie der Königin der Spiegel etwas mehrmals erklären, weil das Gesicht Ihrer Majestät einen Ausdruck völliger Verständnislosigkeit zeigte, doch im Großen und Ganzen hörte die Spiegel-Königin interessiert zu und irgendwann vergaß sogar Ethan Bond den Welten-Chronografen in seiner Hand und lauschte Alice' Schilderungen.

BETTYS TAGEBUCH

Eines muss man Kutschen lassen, damit geht einiges viel schneller. Es hat wirklich nicht lange gedauert, die Burg der Sieben Zauberer zu erreichen. Am liebsten hätte ich Garreth nach der Sache mit dem Lord gefragt, aber da ist dieser Eissarg, auf den ich mich konzentrieren muss. Auch jetzt in diesem Moment, wo Garreth an das Burgtor aus dunklem Holz geklopft hat und uns nichts anderes übrig bleibt, als hier zu sitzen und zu warten.

Sitzen und warten mit Chloes Sarg zwischen uns, was für eine wunderbare Gestaltung des Tages. Eigentlich müsste es regnen, doch obwohl der Himmel bewölkt ist, scheint die Sonne. Garreth meint, man klopft an und wartet und dass die Spiegel-Königin dafür keine Geduld gehabt hätte, was ein weiterer Grund dafür ist, warum sie nicht einfach herkommen und fragen konnte. »Ich kann sie verstehen, sie will ihre Welt retten, da hat man alles, aber keine Zeit«, fügte er noch hinzu.

Was soll ich sagen – ich habe keine Welt, die ich unbedingt retten wollen würde. Ich will ja auch nicht zurück, um Miss Yorks Internat und am besten noch die ganze Welt drumherum von den Untoten zu befreien, nein. Ich bin einfach nur ein kleiner Egoist und will wissen, was zur Hölle mit mir passiert ist und warum es passiert ist.

Miss York hat gerne so getan, als wären wir eine große Ersatzfamilie. Ich hatte keine Mitschüler, sondern Brüder und Schwestern. Vielleicht dachte sie auch, wir würden uns dann weniger einsam fühlen, ich weiß es nicht. Aber egal, was sie oder die anderen Lehrer sagten, das waren nicht meine Geschwister. Das Einzige, was sie mit Geschwistern gemeinsam hatten, war, dass ich sie mir nicht hatte aussuchen können und dass es immer wieder zu Reibereien kam. Aber das mit den Reibereien lag vielleicht auch einfach daran, dass wir alle erst einmal noch Kinder waren …

Eigentlich ist das ja auch nicht so wichtig. Wichtig ist vielmehr, ob sie aus der Sache mit mir etwas gelernt haben oder ob sie ihre seltsamen Experimente fortgeführt haben und jetzt womöglich noch mehr Untote Mutare herumlaufen oder ob ... Bei dem Gedanken muss ich aufpassen, dass mir Chloes Sarg nicht schmilzt. Was, wenn Zoey doch ersetzbar war und Xavier ein anderes Püppchen gefunden hat, das ihm jetzt hilft, diese nicht-genehmigten Aktionen zu vertuschen? Eine, die auch lange genug über das nachdenkt, was sie tut, um nicht die falsche Munition zu verwenden.

Wer solche Dinge ausheckt, muss eine Menge krimineller Energie mitbringen und brave kleine Handlanger sind leichter zu finden als die wahren Köpfe dahinter. Der Kopf dieser Schlange war Xavier, vielleicht zusammen mit Doktor Voight, womöglich hinter dem Rücken von Miss York, womöglich mit ihrem Einverständnis. Aber wir, besser gesagt, ich, habe nur Zoey erledigt, das letzte und schwächste Glied der Kette ...

Der Drang, einfach wieder zurückzurennen und die Schüler dieses Internats vor Xavier und seinen Mitverschwörern zu retten, ist einen Moment lang übermächtig, obwohl ich nie die Welt retten wollte. Aber da ist Garreth, der mich schon fragend anschaut und ich muss wirklich dafür sorgen, dass Chloes Sarg nicht schmilzt ... Ganz nebenbei bemerkt: Tut sich da nicht etwas hinter dem Burgtor?

ALICE

Es dauerte fast bis zur Abenddämmerung, bis aus dem Spiegel, der auf einem Baumstumpf lag, Garreth' Stimme ertönte. Alice wäre fast von dem gefällten Baumstamm aufgesprungen, auf dem sie mit der Königin der Spiegel gesessen hatte, während Ethan Bond schon wieder ungeduldig hin- und herzutrippeln begonnen hatte.

»Immer mit der Ruhe.« Die Königin der Spiegel beugte sich vor und griff nach dem Spiegel. Alice versuchte etwas zu sehen, ohne durch den Spiegel gesehen zu werden, konnte aber gerade so einen verschwommenen Blick auf Garreth erhaschen.

»Ich rufe das Orakel des Spiegels«, hörte sie Garreth zum wiederholten Mal sagen.

»Das Orakel des Spiegels hört dich«, antwortete die Königin der Spiegel. Alice wagte kaum zu atmen. Ethan Bond war auf seinem Pfad stehen geblieben und wippte nervös mit Nase, Schnurrhaaren und Ohren gleichzeitig.

»Orakel des Spiegels, ich bin bei den Sieben Zauberern, zu denen du mich geschickt hast. Sie verlangen, den Zauber hinter dem Sarg aus Eis zu erfahren.«

Alice sog erschrocken die Luft ein und das Kaninchen bekam große Augen, legte die Ohren nach hinten. Der Zauber des Sarges? Also hatte ihr Plan wohl nur in Teilen funktioniert, Garreth war mit Betty und Chloe in die Burg gekommen, aber ein Sarg aus Eis, der nicht schmolz, schien die Sieben Zauberer mehr zu interessieren, als ein sprechender Spiegel.

Die Königin der Spiegel hatte sich indessen gut im Griff.

»Der Zauber des Eises? Dieser Zauber bringt großes Unheil über alle, die ihn kennen. Ich kann ihn nicht einfach preisgeben.«

»Die Sieben Zauberer sagen, dass sie den Zauber als Gegenleistung wollen, um meiner geliebten Chloe zu helfen.«

Also wurde Garreth beobachtet und sie mussten vorsichtig sein mit dem, was sie sagten.

»Auch über die Sieben Zauberer würde dieser besondere Zauber Unglück bringen. Sie sollen mir wenigstens eine Nacht Bedenkzeit lassen.«

»Eine einzige Nacht?« Obwohl Garreth sich bemühte, keine Miene zu verziehen, hörte Alice die Überraschung in seiner Stimme. Am liebsten hätte sie die Königin darauf hingewiesen, dass eine Nacht vielleicht doch etwas wenig Zeit war, um eine ganze Burg zu durchsuchen, das Heilmittel zu finden und sich damit wieder aus der Burg hinauszuschleichen, doch was sollte sie tun? Sobald sie sich einmischen würde, wäre der ganze Plan fehlgeschlagen.

»Eine Nacht, Garreth«, erklärte die Königin der Spiegel. »Morgen früh entscheide ich, ob ich den Zauber mit den Sieben Zauberern teilen werde oder nicht.«

»Dann soll es so sein«, stimmte Garreth zu, doch Alice, die sich noch ein wenig näher geschlichen hatte, erkannte in seinen Augen zwar keine Panik, aber durchaus Sorge.

Die Königin legte den Spiegel zur Seite und setzte sich in aller Seelenruhe wieder auf den Baumstamm.

»Majestät, meint ihr nicht, dass die Zeit ein wenig knapp sein könnte für Garreth und Betty?«, wagte Ethan Bond anzumerken.

»Wie lange hat er gebraucht, um euch wieder aus meinem Palast zu befreien?«, wollte sie wissen.

»Ein paar Stunden«, erwiderte Alice. »Aber dort waren auch keine Zauberer! Das waren nur gewöhnliche Soldaten und diese Schachfiguren, das ist doch etwas vollkommen anderes, als es gleich mit Sieben Zauberern zu tun zu haben!«

»Liebe Alice, willst du meine Soldaten etwa gewöhnlich nennen?«, fragte die Königin der Spiegel mit einem milden Lächeln, das trotzdem scharfe Kanten zu haben schien.

»Das hat doch damit nichts zu tun, Majestät!«, rief Alice. »Das sind Sieben Zauberer, die es geschafft haben, eine Seuche zusammenzubrauen, die weder ungewöhnliche

Soldaten aufhalten können, noch sonst jemand! Es ist schlicht und einfach wahnsinnig gefährlich!«

»Aber Alice, was ist denn in dich gefahren?«, tadelte Ethan Bond sie. Vielleicht war es wirklich nicht der richtige Moment, um aus der Haut zu fahren, aber Alice war gerade nicht nach gutem Benehmen und Hofknicksen. Auch wenn sie Garreth und Betty damit nicht helfen konnte und wenn es auch nichts nutzen würde, wenn sie jetzt losrannte und wild ans Burgtor hämmern würde, sie konnte auch nicht hier sitzen und Däumchen drehen, bis Garreth, Betty und Chloe hoffentlich zurückkamen.

Die Dämmerung schien sich plötzlich viel schneller herabzusenken, als vorher der Tag vergangen war. Ähnlich wie das Kaninchen vor ihr konnte Alice jetzt nicht mehr still sitzen bleiben.

Ethan Bond beschäftigte sich mittlerweile damit zu untersuchen, ob alle seine seltsamen Gerätschaften, wie der Lichtwerfer und die Lupenfächer, noch da waren und baute zur Sicherheit die Armbrust zusammen.

»Gut, dass wir nur eine Nacht hier draußen verbringen müssen, es ist doch reichlich unbequem, einfach so unter freiem Himmel«, brach die Königin der Spiegel das angespannte Schweigen, das an ihrem Lagerplatz geherrscht hatte.

»Für Garreth, Betty und Chloe wären mindestens zwei Nächte mit Sicherheit besser gewesen«, konnte Alice sich nicht verkneifen zu sagen.

»Immerhin sind sie in einer Burg untergekommen, während wir einfach mitten im Wald sitzen!«, hielt die Königin der Spiegel dagegen.

»Im Dämmer-Spiegel-Land ist es jetzt kurz nach dem Morgengrauen. Gerade ist man dort so sicher wie hier in einem Wald mitten in der Nacht. Wenn wir dieses Heilmittel nicht bald dorthin bringen können, dann wird es im Dämmer-Spiegel-Land nie wieder richtig sicher sein«, seufzte das Kaninchen in diesem Moment.

»Woher hat die Dämmer-Königin eigentlich gewusst, dass diese Zauberer hier diese Seuche entwickelt haben? Woher hat sie gewusst, dass es die Zauberer überhaupt gibt?«, überlegte Alice.

»Das ist eine sehr gute Frage«, stellte die Königin der Spiegel fest.

»Ich meine, normalerweise ... schickt man keine Post von hier ins Dämmer-Spiegel-Land, oder?«, vermutete Alice weiterhin.

»Nein, in der Tat nicht«, stimmte das Kaninchen ihr zu.

»Woher wusstet ihr noch mal, dass es in meiner Welt einen Schlüssel geben musste?«

Die Königin der Spiegel runzelte die Stirn. »Ethan, woher wussten wir das noch einmal? Du bist der Spion hier, nicht ich.«

Das Kaninchen schien ein paar Zentimeter zu wachsen. »Es war einer dieser geheimnisvollen Vögel. Er sagte, jemand hätte mit einem Schlüssel die Grenze zur dampfenden Welt überschritten. Aber bedauerlicherweise wollte er nicht damit herausrücken, wer das war.«

»Vermutlich derselbe, der auch die Seuche mitgenommen hat«, mutmaßte Alice.

»Ach ja? Ist das so?« Interessiert schaute die Königin der Spiegel Alice an.

»Es ist nur eine Vermutung«, wehrte Alice ab. »Aber sie liegt nahe. Natürlich könnten auch zwei verschiedene Personen in meine Welt gereist sein, eine hat den Schlüssel mitgebracht und eine die Seuche, aber beides auf einmal erscheint mir ... einfacher.«

»Unter anderen Umständen hätte ich ja Garreth verdächtigt, aber nach allem, was der Vogel gesagt hat, ist das lange passiert, bevor Garreth uns den anderen Schlüssel gebracht hat. Sonst wäre ich ja auch nie in die dampfende Welt losgezogen«, erklärte Ethan Bond.

»Und da es einer der beiden Schlüssel der Königin der Dämmerung gewesen sein muss, passt es auch nur so dazu, dass Garreth nur einen Schlüssel vorgefunden hat, als er den gestohlen hat. Ich will jetzt nicht hören, dass Garreth den anderen Schlüssel in die Welt der Menschen gebracht und uns wegen der Schlüssel angelogen hat. Die Spiegel sagen, dass man ihm trauen kann. Ihr seid euch sicher, dass es nicht noch mehr Schlüssel im Dämmer-Spiegel-Land gibt?«

Die Königin der Spiegel schüttelte nachsichtig den Kopf. »Liebe Alice, konzentrieren wir uns doch mal. Wenn es mehr als diese beiden Schlüssel im Dämmer-Spiegel-Land gäbe, hätte ich dann meinen besten Spion in die dampfende Welt geschickt, um einen Schlüssel zu holen? Wohl kaum. Wir haben im ganzen Dämmer-Spiegel-Land nur zwei Schlüssel gehabt, die mir und der Königin der Dämmerung gegeben wurden, als das Dämmer-Spiegel-Land entstanden ist. Sie hat mir meinen ... abgenommen.«

»Wie das denn?«, war Alice herausgerutscht, bevor sie sich hatte zurückhalten können.

»Ich hatte Pech beim Schachspiel«, erwiderte die Königin. »Belassen wir es dabei.«

Alice sah die Königin der Spiegel mit großen Augen an. Sie hatten doch nicht etwa um diesen Schlüssel gespielt? Auf so einen großen Wetteinsatz konnten auch nur Königinnen kommen, oder?

»Und wer achtet am Hof der Königin der Dämmerung auf die Schlüssel?«, fragte sie stattdessen.

»Ihr ... Haus- und Hofmeister. So könnte man es nennen«, antwortete das Kaninchen zögernd.

»Ja, und? Es wäre doch das Logischste, bei ihm anzufangen!« Verständnislos schaute Alice zwischen der Königin der Spiegel und Ethan Bond hin und her. Die Königin hatte das Gesicht verzogen, als hätte sie in eine Zitrone gebissen, während Ethan Bond die Armbrust hielt, als würde er gleich jemanden erschießen.

»Es sind ein paar ... unliebsame Erinnerungen mit seinem Namen verbunden«, wich das Kaninchen aus.

»Herrje, ich will nicht wissen, wie der Mann heißt, ich will wissen, ob er derjenige sein kann, der den Schlüssel gestohlen und in meine Welt gebracht hat!«, rief Alice und fand, dass sie fast mehr nach Chloe klang als nach sich selbst.

»Was meinst du, Ethan, wäre das Lord Underwood zuzutrauen?«, fragte die Königin der Spiegel langsam.

Nun hätte sich Alice fast vor Schreck auf den Baumstamm gesetzt. »Bitte, wem?«, fragte sie. Das musste doch ein Irrtum sein, oder?

»Hast du nicht gerade noch gesagt, dass du nicht wissen willst, wie er heißt?«, murrte das Kaninchen.

»Ich habe ja auch gar nicht danach gefragt!«

Ethan Bond warf die Pfoten in die Luft. »Jetzt weißt du es jedenfalls. Lord Tobias Underwood, Haus- und Hofmeister der Königin der Dämmerung.«

»Und ist er … mit Garreth verwandt?«

»Immer noch so neugierig, Alice? Er ist sein älterer Bruder. So, nun hast du es.«

Sprachlos schüttelte Alice den Kopf. Wieso war Garreth ein Dieb und sein Bruder ein Lord? Nein, so war das nicht ganz richtig …

»Es ist eine traurige Geschichte mit den Underwoods«, ergriff die Königin der Spiegel das Wort. »Als mein Spiegel den Sonnenstrahl der Königin der Dämmerung reflektiert hat, da lag so vieles in diesem Sonnenstrahl und diesem Spiegel. Und all das ist in das Dämmer-Spiegel-Land geflossen, ist dazu geworden. Eine ganze Welt ist neu entstanden, Alice, mit all ihren Geschichten. Meiner Geschichte, der Geschichte der Königin der Dämmerung und der Geschichte der Underwoods. Wir Königinnen lagen lange im Streit und auch das ist Teil der Geschichte. Tobias Underwood hat sich sehr früh dafür entschieden, der Königin der Dämmerung zu folgen, während Garreth lieber allem abgeschworen und seinen eigenen Weg gefunden hat. Das ist das Traurige daran, dass ein Bruder der wichtigste Mann an einem Hof ist, wenn auch an einem … mehr als fragwürdigen, während der andere sich entschlossen hat, nun, wie sagt man das bei euch … seinem Stand den Rücken zu kehren?

Es heißt übrigens, wer die ganze Geschichte eines Wesens kennt, kann sie auch beenden. Aber das ist jetzt nicht so wichtig. Noch enden unsere Geschichten nicht.«

»Aber die Geschichte meiner Welt könnte enden«, erwiderte Alice, noch immer durcheinander. Sie hatte von der Geschichte der Königin der Dämmerung geträumt, wäre aber nie darauf gekommen, dass hinter diesen Worten ein tieferer Sinn stecken könnte. Dass man diese Geschichte wirklich beenden konnte. Und Garreth' Bruder war ein wichtiger Mann am Hofe der Königin der Dämmerung, also wieso sollte er etwas so Wertvolles wie den Schlüssel nehmen und ihn ausgerechnet in Alice' Welt bringen? Was wollte er dort damit? Es sei denn, er hätte seine Königin verraten …

»Der Grund, warum wir dort nicht anfangen, ist, dass Lord Underwood seiner Königin so treu ergeben ist, dass er deswegen sogar seinen eigenen Bruder ... sagen wir, schändlich behandelt hat«, erklärte die Königin der Spiegel noch. »Er verachtet Gesetzlose, es ist einfach nicht vorstellbar, dass er den so wichtigen Schlüssel gestohlen haben kann.«

Alice schluckte den Einwand hinunter, dass man etwas nie zu schnell für unmöglich erklären sollte. Schließlich hatte man ihr auch ihr Leben lang erzählt, dass die Dinge, die sie in den Spiegeln sah, *unmöglich* echt sein konnten.

Mittlerweile war die Dämmerung der Dunkelheit gewichen und da sich das Licht nicht mehr veränderte und kein Mond am Himmel stand, verlor Alice völlig ihr Zeitgefühl. Fast war sie in Versuchung, sich ihren verbliebenen Spiegel zu greifen, den Spiegel, der einen Moment lang ihr Spiegel gewesen war, und nachzuschauen, ob er ihr zeigen konnte, wie es Garreth, Chloe und Betty ging, aber die Königin der Spiegel war hellwach und der Spiegel lag dicht neben ihr.

Ethan Bond drehte den Lichtwerfer zwischen den Händen, beließ es aber bei einem leichten Flackern, gerade so, dass sie wenigstens nicht über Wurzeln oder Ähnliches stolperten.

Es war nicht kalt und Alice hatte sich lediglich eine Decke um die Schultern gelegt, doch sie konnte trotzdem nicht schlafen. Zu viel ging ihr neben der Sorge um Garreth und ihre besten Freundinnen durch den Kopf.

Am Ende musste sie doch zumindest ein wenig eingenickt sein, während sie im Gras saß und sich gegen den gefällten Baum lehnte. Sie wachte nämlich durch leises Schnarchen auf und als sie blinzelte, stellte sie fest, dass das Licht der Morgendämmerung bald schon Ethan Bonds Lichtwerfer überstrahlte. Der Spionage-Hase selbst schlief im Sitzen auf dem Baumstumpf, die Armbrust zwischen den Pfoten.

»Guten Morgen, Alice«, sagte die Königin der Spiegel leise. Alice fragte sich, ob Ihre Majestät überhaupt geschlafen hatte. Sie schluckte die Frage hinunter und folgte dem Blick der Königin in Richtung Osten. Dort ging die Sonne auf, keine Frage. Wenn es Garreth, Chloe und Betty jetzt noch nicht geschafft hatten, aus der Burg der Zauberer wieder herauszukommen, dann würden sie es womöglich auch nicht mehr schaffen. Alice war schon kurz davor, das Heilmittel einfach in den Wind zu schießen, Hauptsache, die drei kämen heil zurück …

Die Sonne stieg langsam höher und die Königin stand von dem Baumstamm auf, hob den Lichtwerfer auf und schaltete ihn aus. Sie legte das seltsame Ding zur Seite und griff stattdessen nach dem Spiegel. »Vielleicht sollte ich versuchen, nach ihnen zu sehen«, meinte sie. »Aber das könnte uns verraten.«

Alice nickte nur, sie machte sich von Sekunde zu Sekunde mehr Sorgen, fluchte innerlich auf Garreth' Plan, auf Garreth, auf Chloe und Betty, dass sie mitgemacht hatten, auf das ganze Dämmer-Spiegel-Land, auf die Sieben Zauberer und wenn sie gerade dabei war, auch auf diese gesamte Welt hier …

Und dann hörte sie die Geräusche. Erst leise, doch sie näherten sich schnell. Zweige knackten, wenn sie brachen, einige raschelten, da sie zur Seite gedrückt wurden, fast befürchtete Alice, eine ganze Rotte Wildschweine würde durch das Gebüsch brechen.

Ethan Bond fuhr von seinem Baumstamm hoch, richtete die Armbrust in die Richtung, aus der die Geräusche kamen. Doch selbst der unerschrockene Spion Ihrer Majestät wich zurück, als vier Pferde auf die kleine Lichtung ritten, zwei davon reiterlos. Auf den andern beiden saßen Betty und Garreth mit einer noch leicht benebelt wirkenden Chloe vor sich.

»Alice, schnapp dir den Spionage-Hasen!«, rief Garreth, bevor Alice sich auch nur halbwegs von dem Schreck erholen konnte. »Majestät, wo ist der nächste Übergang ins Dämmer-Spiegel-Land?«

Die Königin der Spiegel versuchte, noch im Laufen in den Spiegel zu schauen, und deutete dann vage in eine Richtung. »Osten. Auf den Sonnenaufgang zu«, verkündete sie, ließ schneller, als Alice es für möglich gehalten hätte, den Spiegel irgendwo verschwinden und kletterte in den Sattel des einen reiterlosen Pferdes.

Alice hob ohne viel Aufhebens Ethan Bond auf das letzte Tier und schaffte es irgendwie, sich dann selbst in den Sattel zu hieven. Noch nie im Leben war sie so dankbar dafür gewesen, dass es in Miss Yorks Internat Pferde gegeben hatte. Schließlich war ein Teil der Schüler aus der feineren Gesellschaft gekommen, und denen sollte es auch dann an nichts fehlen, wenn man sie vor dem Rest der Welt wegsperrte. Auf einen halsbrecherischen Ritt quer durch den Wald war sie dennoch nicht vorbereitet gewesen.

Vor ihr im Sattel murmelte das Kaninchen »Oh je, oh je, oh jeeeee«. Alice hätte ihm den Mund zugehalten, wenn sie nur eine Hand dafür frei gehabt hätte. Tausende von Fragen schossen ihr durch den Kopf, doch da waren zu viele Zweige, denen sie ausweichen musste, Äste, unter denen sie sich wegducken musste, und dann hatte sie auch noch ständig zwei weiße Ohren im Gesicht.

»Behalt endlich deine Löffel bei dir!«, fuhr sie das Kaninchen an.

»Ich hab doch gar keine ... Oh je!«

Alice schnaubte. Es war zwecklos, dem nahezu panischen Kaninchen irgendetwas erklären zu wollen. Sie sollte lieber zusehen, dass sie die anderen nicht verlor. Hin und wieder befanden sich mehrere Bäume zwischen ihr und Betty, die neben ihr ritt, und manchmal konnte sie auch Garreth' Pferd vor sich nur schwer im Auge behalten. Der Wind rauschte in ihren Ohren, vor lauter Aufregung wurden ihre Hände feucht und die Zügel drohten ihr zu entgleiten.

Und dann bekam sie Kaninchenfell in die Nase und spürte das Kribbeln, das einer heftigen Niesattacke voranging. Mit aller Gewalt versuchte Alice, das zu unterdrücken, doch schließlich tränten ihr die Augen und gleich würde sie gar nichts mehr sehen ...

Nur für einen Sekundenbruchteil drehte sie den Kopf zur Seite, doch die Bewegung zusammen mit dem Niesen hätte fast das Kaninchen aus dem Sattel geworfen. Ethan Bond klammerte sich an ihrem Arm fest, einen Augenblick scharrten seine Hinterpfoten über den Sattel vor Alice, dann fand er zum Glück wieder Halt.

»Behalt den Kopf unten!«, verlangte Alice. »Sonst passiert uns das gleich noch mal!«

»Kannst du nicht vorsichtiger reiten?«, beschwerte sich das Kaninchen.

»Tut mir leid. Wenn du nicht im Topf von Sieben Zauberern enden willst, leider nicht!«

Endlich standen die Bäume weniger dicht zusammen und kurz darauf kamen sie auf freies Gelände. Dafür blendete die Sonne sie jetzt noch viel mehr. Musste dieser Übergang auch ausgerechnet im Osten liegen? Hoffentlich hatte die Königin der Spiegel nicht den Übergang gesehen, durch den sie selbst hergekommen war, schließlich war der nach allem, was Alice wusste, mehr als eine Tagesreise von der Burg der Zauberer entfernt, die Zeit hatten sie nun wirklich nicht.

Wie es die Königin der Spiegel fertigbrachte, trotz des schnellen Tempos noch einmal ihren Spiegel hervorzuholen und die Richtung zu korrigieren, wusste Alice nicht, doch sie war heilfroh, als die Sonne ihr nicht mehr direkt ins Gesicht schien.

Sie fragte sich, wie lange die Pferde das noch durchhalten würden, und als hätte das Tier darauf reagiert, verlangsamte es sein Tempo.

»Jetzt lass mich bitte nicht hängen!«, murmelte Alice.

»Redest du etwa mit dem Pferd?«, wollte das Kaninchen wissen.

»Wieso denn nicht, ich rede ja auch gerade mit einem Kaninchen!«, erwiderte Alice, woraufhin der Spionage-Hase mit einem letzten »Hmpf!« verstummte.

Alice sah das Wasser glitzern, das immer noch in beachtlicher Geschwindigkeit näher kam, und dann standen sie schließlich vor einem kleinen See. Die Königin der Spiegel brachte ihr Pferd zum Stehen und glitt aus dem Sattel. »Es muss hier sein. Bei dem Baum!«, rief sie.

Ein paar Schritte entfernt ließ eine Trauerweide ihre Äste in das klare Wasser hängen.

Alice fühlte sich wie gelähmt. Sie konnte kaum ihre verkrampften Hände von den Zügeln lösen und war Garreth dankbar, der erst das Kaninchen nicht ganz so sanft auf den Boden setzte und ihr dann ebenfalls vom Pferd half.

»Fast geschafft, Alice«, stellte er mit einem aufmunternden Lächeln fest.

Betty war schon von ihrem Pferd gehüpft und fiel Alice so stürmisch um den Hals, dass diese fast umgefallen wäre.

»Wir haben doch keine Zeit!«, rief Ethan Bond von der Weide aus. Alice und Betty beeilten sich, ihm zu folgen.

Unter der Weide befand sich zunächst nichts Besonderes, aber dann fiel Chloe eine Stelle zwischen den Wurzeln auf, die so wirkte, als könnte die Kugel dort hineinpassen.

Alice zog den Schlüssel hervor und wollte ihn schon der Königin der Spiegel reichen, doch diese schüttelte den Kopf. »Mach das nur selbst, Alice. Aber vergiss den Schlüssel bloß nicht hier.«

Mit einem Nicken in Richtung Ihrer Majestät legte Alice die Kugel zwischen die Baumwurzeln. Sie rechnete mit einer Glastreppe oder vielleicht sogar einem Kaninchenbau, doch dieses Mal erschien eine ganz andere Art von Weg. Spielkarten, so groß wie die Bodenfliesen in der Halle von Miss Yorks Internat, tauchten vor Alice auf.

»Interessant«, hörte Alice die Königin der Spiegel sagen, dann betraten sie den Spielkartenweg zurück ins Dämmer-Spiegel-Land.

Wieder verwischten die Welten, während sie dem Spielkarten-Weg folgten. Das Wasser und die Weide wurden überlagert von Gras und Bäumen, ein kleines Haus kam in Sichtweite, das Alice vage bekannt vorkam, jedoch war es im ersten Moment zu undeutlich. Dann war da plötzlich ein Tisch, dann schimmerte für einen letzten kurzen Moment die Trauerweide noch einmal durch und dann …

»Huch!«, rief Betty überrascht, dicht gefolgt von dem Klirren von Porzellan.

»Herrje, musst du gleich noch mehr Scherben machen, Betty!«, rief das Kaninchen, doch wenn Alice sich nicht täuschte, lag fast so etwas wie Belustigung in seiner Stimme.

»Ein interessanter Ort, Alice«, stellte die Königin der Spiegel fest, die elegant ihre Röcke raffte und vom Tisch über einen Stuhl zu Boden stieg.

»Mitten in der Teeparty zu landen hast du aber ziemlich wörtlich genommen«, verkündete Chloe fröhlich und folgte der Königin der Spiegel mit ähnlicher Eleganz. Betty sprang einfach vom Tisch herunter, Garreth und das Kaninchen genauso, nur Alice ließ sich zuerst auf der Tischkante nieder und saß einen Moment einfach nur da. Ihr Traum kam ihr in den Sinn, doch hier waren weit und breit keine Schachfiguren zu sehen.

Die Sonne stand hoch am Himmel und es musste kurz nach Mittag sein. Wieso war es hier dieses Mal später als im Märenland, wenn es beim letzten Mal umgekehrt gewesen war? Die Zeit war wirklich ein seltsames Ding. Ob sie es noch schaffen konnten, den Palast zu erreichen? Ohne einen Umweg über den Strand? Alice war sich nicht sicher, doch bevor sie die Frage laut stellen konnte, klatschte die Königin der Dämmerung in die Hände. »Nur keine Müdigkeit, meine Damen und Herren. Wenn wir uns richtig beeilen, dann können wir gerade so den Palast erreichen. Wir haben eine Welt zu retten.«

Alice holte tief Luft und sprang von dem Tisch. Chloe und Betty warteten auf halbem Weg zwischen dem Haus und dem Pfad, der davon wegführte, auf sie. Und auch wenn das Kaninchen schon wieder auf seinen Welten-Chronografen schaute, musste Alice wenigstens noch Chloe umarmen. »Ihr habt es geschafft«, sagte sie.

»Oh, aber frag nicht, wie«, erwiderte Chloe. Aus der Nähe sah Alice ihrer Freundin an, dass es eine extrem unruhige Nacht gewesen war. »Habt ihr das Heilmittel?«, wollte sie wissen.

»Aber natürlich«, strahlte Chloe.

»Ich muss euch so viel erzählen!«, platzte es aus Alice heraus.

»Das könnt ihr auf dem Weg machen, na kommt schon«, forderte Garreth sie auf, doch er schenkte ihnen dabei ein aufmunterndes Lächeln. Auch wenn Alice inzwischen weit mehr über diesen besten Dieb des Dämmer-Spiegel-Landes wusste, so hatte dieses Mehr an Wissen auch eine Menge neuer Fragen mitgebracht. Diese würde sie jedoch nicht gleich stellen, schließlich war es so, wie die Königin der Spiegel gesagt hatte: Sie hatten eine Welt zu retten. Mindestens eine.

Obwohl sie durch das Dämmer-Spiegel-Land hetzten, so schnell sie konnten, wurde das Tageslicht unerbittlich weniger, die Sonne wanderte weiter über den Horizont und scherte sich nicht darum, dass die Seuchenopfer sich herauswagen würden, wenn die Abenddämmerung einsetzte.

»Wenigstens bin ich dieses Mal nicht schuld«, murmelte Chloe, nachdem das Kaninchen einen weiteren kritischen Blick auf den Welten-Chronografen geworfen hatte.

»Woran schuld?«, wollte Garreth verwirrt wissen, doch Chloe winkte ab. »Lassen wir das, sonst sage ich doch wieder etwas Falsches und unser Meisterspion hat wieder einen Grund zum Schimpfen.« Sie sagte es mit gutmütigem Spott in der Stimme und Alice musste Kichern, als das Kaninchen ihr daraufhin tatsächlich die Zunge rausstreckte. Es war immer noch ein Rennen gegen die Zeit, aber immerhin hatten sie jetzt die Hoffnung auf ihrer Seite.

»Bald weiß das ganze Dämmer-Spiegel-Land, dass ich zurück bin«, brummte die Königin der Spiegel, nachdem sie mehreren Bewohnern der Welt jenseits des Kaninchenbaus begegnet waren, unter anderem auch einem Telegramm-Falter, aber nicht Fridolin. »Wenn es das ganze Dämmer-Spiegel-Land weiß, dann weiß es auch bald die Königin der Dämmerung. Und dann läuft uns die Zeit noch schneller davon«, erklärte sie.

»Wir sollten besser nicht darüber nachdenken, was passiert, wenn sie uns Truppen hinterherschickt. Aber selbst die können nicht fliegen«, entgegnete Garreth.

»Wenn sie mittlerweile ihre Greifen so abgerichtet hat, dass diese vor den Seuchenopfern nicht mehr scheuen, sondern untote Reiter akzeptieren, dann können sie durchaus fliegen«, gab das Kaninchen zu bedenken.

»Mal unsere Aussichten nicht zu schwarz, Ethan Bond. Wir sind ja nicht ganz hilflos.«

»Wohl wahr«, stimmte das Kaninchen zu und nickte ernsthaft mit dem felligen Kopf.

Als die Abenddämmerung einsetzte, nahm der Spionage-Hase seine Armbrust zur Hand. Garreth zauberte ein großes Messer aus seinem Seesack, das Alice schon beim Ansehen einen kalten Schauer über den Rücken jagte. Betty schaute sich immer häufiger nach allen Seiten um. Chloe, Alice und die Königin der Spiegel rückten ein wenig mehr nach innen, während die anderen drei eine schützende Dreiecksformation um sie herum bildeten.

Den ersten Untoten trafen sie, bevor sie das Dorf in der Nähe des Palastes erreicht hatten und bevor die Sonne ganz untergegangen war. Genauer gesagt traf ihn Betty, denn als das leise Geräusch von Schritten aus dem Unterholz Alice zusammenzucken ließ, schoss auch schon ein Eiszapfen auf das Seuchenopfer zu und traf es sauber in der Stirn.

»Hiergeblieben, Betty«, mahnte Chloe.

Betty, die sich schon in die Richtung gewandt hatte, drehte sich mit einem enttäuschten Blick wieder zu ihnen um. »Ich hatte die ganze Zeit nur Kekse, Brot, Käse und solche Dinge!«

»Und du lebst trotzdem ... Ich meine, du bist trotzdem noch da. Du *musst* ihnen nicht die Gehirne aus den Köpfen brechen, falls es dir noch nicht aufgefallen ist.«

»Mag sein, dass ich das nicht muss, aber ... es ist eine Art innerer Zwang«, verteidigte sich Betty.

»Dann lernst du jetzt mal, dich zu beherrschen«, stellte Chloe einfach fest. »Wir brauchen deine Aufmerksamkeit da vorne.« Sie deutete auf das freie Gelände, das vor ihnen lag. Dort gab es noch vereinzelte Gebüsche, aber der Waldrand war in weite Ferne gerückt und die ersten Häuser des Dorfes waren sichtbar.

»Noch könnten wir in der Siedlung um Unterschlupf bitten und morgen früh beim ersten Tageslicht aufbrechen«, schlug Ethan Bond vor.

Doch die Königin der Spiegel schüttelte den Kopf. »Nein, wir dürfen weniger denn je auch nur das kleinste bisschen Zeit verlieren. Wir umgehen das Dorf und laufen direkt zum Palast hinauf. Wer weiß, was der Königin der Dämmerung einfällt, sobald sie erfährt, dass ich zurück bin. Abgesehen von dem Wunsch, jemanden zu köpfen«, seufzte sie.

Alice biss sich auf die Lippen, um nicht doch noch Garreth nach seinem Bruder zu fragen. Doch gleich darauf brauchte sie auch wieder ihre ganze Aufmerksamkeit, denn Betty zischte »Psst! Da ist etwas!« und sie alle hielten nahezu den Atem an. Zwar rückte der Waldrand in immer weitere Ferne und sie hatten offenes Gelände vor sich, doch als sie dem Dorf wieder näher kamen, befanden sich auch Gärten links und rechts des Weges, zu denen hier und da kleine Schuppen gehörten oder Pflanzen, die ähnlich wie Bohnen und Erbsen wuchsen und damit bereits eine gute Deckung boten.

Sie konnten den Palast zwar mittlerweile vor sich sehen, aber es würde noch eine ganze Weile dauern, bis sie wirklich dort angekommen wären. Ganz zu schweigen von »sicher angekommen«.

Das nächste Seuchenopfer attackierte sie tatsächlich von hinter einer Reihe Gemüse, das für Alice wie Erbsen aussah. Zuvor hatte Betty eine Warnung gerufen, dann stand auch schon ein Mensch vor ihnen, der knurrend seine Hände nach Chloe ausstreckte. Chloe duckte sich, und Betty ließ ein Geschoss aus Eis über sie hinwegzischen, bevor Ethan Bond auch nur hatte zielen können. Dafür erwischte das Kaninchen etwas, was wesentlich kleiner war als ein Mensch und mit einem ohrenbetäubenden Kreischen hinter denselben Pflanzen hervorschoss.

Sie machten sich nicht die Mühe nachzusehen, was es für ein Wesen war, sondern machten einen großen Bogen darum. Alice erkannte Fell und Krallen und wandte den Blick gleich wieder ab.

Nachdem die Dämmerung eingesetzt hatte, wurde es rasend schnell dunkel. Das Kaninchen wollte den Lichtwerfer einschalten, doch Betty streckte eine Hand aus und drückte die Pfoten des Kaninchens samt dem Gerät nach unten. »Nicht. So finden sie uns noch leichter«, flüsterte sie.

Das Kaninchen packte missmutig den Lichtwerfer ein und nahm Alice die Armbrust aus den Händen. »Weißt du, Betty, sie finden uns so oder so. Du weißt selbst, wie gut sie hören. Und wenn sie uns nicht hören, dann wittern sie uns.« Die Stimme des Spionage-Hasen klang fast schon resigniert.

»Man muss es ihnen aber nicht noch leichter machen, oder?«, erwiderte Betty.

»Da hat sie recht, Ethan«, stimmte die Königin der Spiegel Betty zu, deren Kleid bei jedem Schritt raschelte.

Ein Stück des Weges konnten sie unbehelligt zurücklegen. Alice warf einen sehnsüchtigen Blick zu den Häusern des Dorfes zurück, die ihnen noch näher waren als der Palast. Doch kein einziger Lichtstrahl schien von dort herüber. Jede noch so kleine Ritze war von den Bewohnern verstopft worden, weil das Licht die Seuchenopfer anzog. Wie lange hielt dieser Zustand eigentlich schon an? Wie lange lebten die Bewohner des Dämmer-Spiegel-Landes schon in Angst vor der Dunkelheit? Das halbe Jahr, in Angst vor den Untoten, das es nun her war, seit diese Bedrohung in Alice' Welt aufgetaucht war, reichte ihr voll und ganz aus. Dabei hatte sie noch nicht einmal groß darunter leiden müssen.

Als wäre das Stück Weg, auf dem die Seuchenopfer sie in Ruhe gelassen hatten, die Ruhe vor dem Sturm gewesen, wurden sie gleich von mehreren angegriffen, die in einem Graben am Rande eines Feldes auf der Lauer gelegen hatten. Zwei davon ließ Betty gegen eine Eismauer laufen, um sie dann in Ruhe unschädlich machen zu können, ein Bolzen zischte von der Armbrust des Spionage-Hasen und streckte einen dritten Angreifer nieder, Nummer vier machte Bekanntschaft mit Garreth und seinem Messer. Alice schrie auf, als der Kopf des Untoten von den Schultern fiel.

Dann stieß Chloe ein lautes Kreischen aus, als einer der Untoten, der aus einer anderen Richtung gekommen war, sie am Arm packte. Weder Betty noch Ethan Bond konnten in der Dunkelheit einen Schuss riskieren, Garreth wurde bereits von einem weiteren Untoten angegriffen. Bevor sie richtig wusste, was sie tat, zerrte Alice dieses untote Wesen von Chloe weg oder versuchte es zumindest. Welches Wesen hatte eigentlich vier Arme statt zwei? Und außerdem waren da noch die Klauen anstelle von Händen, das war nun wirklich nicht fair! Alice zog und zerrte und trat um sich, während Chloe irgendwie einen Arm freibekam ... und dann taumelte das Seuchenopfer heulend und quiekend zurück und presste zwei seiner Hände auf eins seiner Augen.

»Ich habe noch mehr davon!«, rief Chloe und hielt drohend eine Haarnadel hoch. Doch sie kam nicht mehr dazu, die Nadel einzusetzen, denn ein Bolzen zischte an ihr vorbei und traf zielsicher ins andere Auge des Seuchenopfers.

»Alles in Ordnung?« Garreth hatte seinen Angreifer erledigt und legte eine Hand auf Chloes Schulter.

»Das Kleid ist ruiniert, ich nicht«, gab Chloe trocken zurück.

»Bei dir auch, Alice?«

Überrascht hob Alice den Kopf. Sowohl Garreth als auch Betty blickten sie anerkennend an, und ganz langsam breitete sich ein Lächeln auf Alice' Gesicht aus. Sie richtete sich auf, klopfte sich den Rock ab und meinte: »Ja, alles in Ordnung.«

»Jetzt reicht es mir aber. Ethan, Licht!«, befahl die Königin der Spiegel.

Das Kaninchen gehorchte Ihrer Majestät und sobald der Lichtwerfer leuchtete, griff die Königin der Spiegel nach dem Spiegel und ließ sich von Alice die Armbrust des Kaninchens geben. Die Waffe spiegelte sich in dem Glas, doch sonst geschah nichts. Dann schloss die Königin der Spiegel die Augen, murmelte ein paar Worte, reichte Alice die Armbrust zurück ...

Und dann bekam Alice große Augen, als die Königin *in* den Spiegel griff und eine Armbrust herauszog, die praktisch wuchs, während sie das Spiegelglas verlies.

»Wahnsinn«, hörte Alice Chloe sagen.

»Beeindruckt?«, fragte die Königin Alice, als sie die Armbrust in der Hand hielt und den Spiegel wieder weggesteckt hatte.

»Sehr«, gab Alice zu.

»Ich verrate dir ein Geheimnis«, sagte die Königin der Spiegel mit einem Lächeln und beugte sich ein wenig näher zu Alice: »Du kannst das auch«, flüsterte sie und wenn das überhaupt noch möglich war, wurden Alice' Augen noch größer.

»So, nachdem jetzt die Verhältnisse ausgeglichener sind, können wir ja weitergehen«, erklärte Ihre Majestät und lief als Erste wieder los. »Ach, Ethan, mach das Licht wieder aus«, sagte sie noch über die Schulter hinweg.

Das sollte sie tatsächlich auch können? Einerseits konnte Alice sich das kaum vorstellen, andererseits, wenn sich jemand mit Spiegeln und Spiegelsicht richtig auskannte, dann war das ja wohl die Königin der Spiegel. Vielleicht hatte sie ja auch nur gemeint, dass Alice das konnte, solange sie hier im Dämmer-Spiegel-Land war. Danach würde sie die Königin unbedingt fragen müssen, doch erst einmal beschleunigten sie noch einmal ihre Schritte.

Wieder kamen sie ein Stück voran, ohne weitere Untote zu treffen, dann knisterte trockenes Gras hinter einer Gruppe von Büschen, Betty ließ einen kurzen Hagelschauer darauf niedergehen und trieb damit die Weißen Schatten aus ihrer Deckung. Es waren drei und glücklicherweise reichten ein paar Schüsse aus den beiden Armbrüsten aus, um sie unschädlich zu machen. Wieder hatte mindestens eines der Wesen Fell gehabt, das andere hätte vielleicht eine Echse sein können, doch das spielte keine Rolle mehr. Dass diese Seuche auf alle Bewohner des Dämmer-Spiegel-Landes wirkte, schrieb Alice der Tatsache zu, dass es eine magische Scuche war und keine gewöhnliche Krankheit. Das hieß aber auch, selbst wenn sie in Miss Yorks Internat ein Heilmittel suchten, wie sollten sie das finden, ohne auch nur die leiseste Spur von Magie?

Alles das waren Dinge, über die sie sich Gedanken machen konnten, wenn sie in Sicherheit waren. Der Palast war schon deutlich näher. Alice machte sich keine Illusionen darüber, dass sie vielleicht den Rest des Weges unbehelligt zurücklegen konnten, aber immerhin erschien es ihr nicht mehr gänzlich unmöglich, heil dort anzukommen. Noch immer zuckte sie bei jedem Zweig, auf den sie trat, zusammen, bei jedem Steinchen, gegen das sie stieß. Fünf Menschen und ein Kaninchen konnten sich nicht vollkommen lautlos bewegen, so sehr sie es auch versuchten und so nahe Garreth auch dran war. Einen Schallzauber über sie alle zu wirken, bis sie den Palast erreichten, war ebenfalls Unsinn, wenn die Seuchenopfer sie auch durch den Geruch finden konnten. Das würde Garreth nur zusätzlich Kraft kosten und das half ihnen nun wirklich nicht.

Tatsächlich ging es recht lange gut. So lange, bis sie, ein paar Hundert Meter vom Palast entfernt, auf ein größeres Holzgebäude stießen, das wahrscheinlich einmal ein Stall gewesen war oder vielleicht auch eine Scheune. Alice hätte dem Gebäude gar nicht viel Aufmerksamkeit geschenkt, wenn nicht plötzlich all die Seuchenopfer daraus hervorgestürmt wären. In einem Moment waren sie noch alleine in Sichtweite des Palastes, dann war die Nacht von schnellen Schritten und lautem Knurren und teilweise auch Quieken erfüllt. Wie viele Seuchenopfer auf sie zugestürmt kamen, konnte Alice nicht zählen – aber ihr war schlagartig klar, dass es zu viele waren, als dass sie einfach so damit fertiggeworden wären.

»Lauft!«, rief Garreth, doch wohin hätten sie laufen sollen? Die Untoten waren nicht dumm, sie hatten gewartet, bis die kleine Gruppe auf einer Höhe mit dem Gebäude war, dann waren sie in zwei Gruppen losgestürmt, die eine griff von hinten an, die andere schnitt ihnen den Weg ab. Zu schnell waren sie umzingelt.

Chloe und Alice drängten sich aneinander, während die anderen vier alles abfeuerten, was sie hatten. Doch das Kaninchen und die Königin der Spiegel mussten die Armbrüste nachladen und jedes Mal, wenn Betty versuchte, eine Mauer aus Eis zu errichten, wurde sie von einem weiteren Angriff unterbrochen.

»Nimm das. Haltet euch die Ohren zu und geht in Deckung!«, kommandierte Garreth und reichte Chloe das mit vielen Flecken übersäte Messer. Es konnte nicht nur Blut sein, was daran klebte, aber zum Glück war das ohne Licht nicht zu erkennen. Chloe ging in die Hocke, legte das Messer vor ihre Füße und drückte sich die Hände auf die Ohren. Alice folgte ihrem Beispiel, trotzdem drang der schrille Ton durch. Irgendjemand rief etwas, möglicherweise Betty, doch bei dem Kreischen in der Luft hätte es jeder sein können. Gerade als Alice sich fragen wollte, wozu das gut war, trafen sie Spritzer, Spritzer von etwas, bei dem sie nicht wissen wollte, was es eigentlich war. Und dann explodierten die Untoten regelrecht. Es waren mehr die kleineren Wesen, seltsame Tiere aber auch einige, die Alice identifizieren konnte. Ein untoter Fuchs beispielsweise. Sie wollte die Augen schließen, doch sie brachte es nicht fertig. Was sie jedoch fertigbrachte, war, laut zu schreien. Immerhin gab das einen Ausgleich zu dem Druck auf ihren Ohren, doch es verhinderte natürlich nicht, dass sie von weiteren Fellfetzen oder Blutspritzern erwischt wurde.

Immerhin irritierte Garreth' Angriff die Untoten, die er nicht gleich erledigte, so sehr, dass sie einen Moment zum Verschnaufen hatten. Betty reichte dieser Moment aus, um eine Mauer um sie zu errichten, doch daraufhin brauchte sie ihre Konzentration, um das Eis nicht wieder schmelzen zu lassen.

»Igitt.« Das kam von Chloe.

Unter anderen Umständen wäre es ein lustiger Anblick gewesen, wie Chloe mit halb angeekeltem, halb gereiztem Gesichtsausdruck an ihrem Kleid hinuntersah. Dann riss sie zu Alice' Überraschung einen Ärmel, der von dem Untoten vorhin sowieso schon fast abgerissen worden war, ganz ab und wischte sich damit über Gesicht und Hände.

»Tut mir leid«, murmelte Garreth, doch Chloe winkte ab. »Das Kleid war sowieso hinüber. Zum Glück sind es ein paar von denen jetzt auch.« Dann fiel ihr Blick auf Alice. »Um Himmels willen, wie siehst du denn aus. Warte mal ...« Sie pflückte etwas aus Alice' Haaren, von dem Alice nicht wusste, ob es nur Fleisch oder schon Hirnmasse war, dann kramte sie ein Taschentuch hervor und drückte es Alice in die Hand.

»Als würde das jetzt jemanden interessieren«, murmelte Betty.

»Mich interessiert es, das reicht«, gab Chloe zurück.

Das Kaninchen und die Königin der Spiegel hatten die Armbrüste nachgeladen und starrten mit grimmig entschlossenen Mienen die Untoten an, die von außen an dem Eispanzer kratzten.

»Die Seuchenopfer werden nicht durchkommen, nicht wahr?«, vergewisserte sich die Königin.

»Nein, werden sie nicht. Aber dafür kommen wir auch nicht raus«, erwiderte Betty.

»Das ist nun natürlich ungünstig«, stellte Ihre Majestät fest.

»Wir können hier nicht bis morgen früh sitzen bleiben und Betty mit Keksen füttern, damit ihr nicht die Konzentration ausgeht«, erklärte Garreth.

Betty streckte ihm die Zunge heraus, widersprach ihm aber nicht.

»Sie reagieren auch nicht alle auf Schall«, stellte Chloe fest, »also haben wir nichts, womit wir sie alle auf einmal niedermachen können.«

»Was hast du dir denn für eine Denkweise angeeignet?«, platzte es aus Alice heraus.

»Eine effektive, liebe Alice. Je schneller die umfallen, desto schneller können wir weiter.«

»Das hätte ich nicht besser ausdrücken können«, stimmte Betty ihr zu. »Zahlenmäßig sind sie uns immer noch überlegen, auch wenn es deutlich besser geworden ist. Aber wir bräuchten Verstärkung.«

»Der Palast ist nicht mehr fern. Wenn wir uns irgendwie bemerkbar machen könnten …«, murmelte das Kaninchen.

»Wir können«, erwiderte die Königin der Spiegel. »Besser gesagt, Betty kann. Wenn es anfangen würde zu schneien, dann würde man das vom Palast aus selbst im Dunkeln sehen. Meine Männer würden früher oder später nachsehen kommen.«

»Aber Majestät, so lange müssten wir uns erst einmal dieser Seuchenopfer erwehren«, gab Ethan Bond zu bedenken.

»Ich kann es hier schneien lassen, aber ich kann nicht gleichzeitig diese Mauer aufrechterhalten«, erklärte Betty. »Außerdem fällt mir noch etwas ein, was ein wenig effektiver sein könnte. Seltsamer als Schnee.«

Sie schaute Garreth vielsagend an.

»Ich ahne, was du vorhast. Dir ist klar, dass wir dann mehr als nur alle Hände voll zu tun haben? Und dass uns Alice und Chloe keine Hilfe sind, wenn wir sie weiter unbewaffnet lassen?«

»Vielleicht könnte ich noch eine weitere Waffe aus einem Spiegel holen, aber dann sind meine Kräfte auch erschöpft«, schlug die Königin der Spiegel vor.

»Keine von uns kann mit Waffen umgehen«, erwiderte Alice und schaute Chloe fragend an.

»Da hat sie recht, aber besser, wir versuchen es, als dumm dazustehen, oder?«, meinte Chloe. Mit entschlossenem Gesichtsausdruck griff sie nach dem Messer, das sie zuvor auf den Boden gelegt hatte.

»Ihr müsst ja auch nicht alleine mit den Untoten fertigwerden«, stellte Garreth mit einem aufmunternden Lächeln fest, doch die Anspannung war ihm deutlich anzusehen.

Von der Eismauer kam ein kreischendes Geräusch, als eines der Seuchenopfer mit einer Klaue darüberkratzte.

»Wir haben keine andere Wahl, schätze ich«, gab Alice nach.

»Also schön.« Die Königin der Spiegel streckte die Hand nach dem Messer aus, das Chloe in der Hand hielt, und wenige Augenblicke später zog sie ein zweites aus dem

Spiegel. »Es ist jetzt auf beiden Seiten scharf, also sei vorsichtig damit. Dafür ist es egal, wie du die Seuchenopfer triffst, du musst sie einfach nur erwischen.« Ihre Stimme klang erschöpft und Alice hoffte, dass diese Sache die Königin nicht zu viel Kraft gekostet hatte.

»Nachdem sie sogar mit einer Haarnadel getroffen hat, habe ich da keine Bedenken«, meinte Garreth. »Alle bereit?« Er schaute in die Runde.

»Nein, aber die Zeit haben wir nicht«, erwiderte die Königin und Ethan Bond hob seine Armbrust.

»Also gut. Betty, fertig?«

Betty nickte Garreth zu, dann schlich sich ein Lächeln auf ihr Gesicht, das Alice nichts Gutes ahnen ließ. »Stellt euch mal alle näher zusammen. Und dann hofft das Beste.«

»Was hast du vor?«, fragte das Kaninchen mit argwöhnisch wippender Nase.

»Du wirst es sehen«, erwiderte sie.

Die Eismauer neigte sich knarrend ein wenig nach außen und Alice glaubte schon, dass Betty die Untoten darunter begraben wollte, doch diese Seuchenopfer waren keineswegs dumm und begannen zurückzuweichen.

»Wird schon schiefgehen«, murmelte Betty noch, dann ging alles ganz schnell. Die Mauer aus Eis verwandelte sich in Wasser, das in einem ohrenbetäubenden Rauschen und Platschen auf die Seuchenopfer niederging. Als wäre ein Staudamm gebrochen, fegte das Wasser die meisten der Seuchenopfer von den Beinen.

»Garreth, los jetzt!«, rief Betty und während um sie herum das Wasser über den Boden lief, schloss Betty mehrere Eiszapfen über ihre Köpfe. Alle zersprangen ein gutes Stück über ihnen mit klirrenden Geräuschen. Während Ethan Bond und die Königin der Spiegel schon wieder auf die ersten Untoten schossen, konnte Alice, die noch immer als Einzige unbewaffnet war, das Schauspiel genauer betrachten. Das zerspringende Eis funkelte selbst in der Dunkelheit und wenn im Palast nicht alle schliefen, dann musste selbst nachts jemand sehen, was hier passierte …

»Licht!«, rief sie plötzlich und bevor sie noch darüber nachdenken konnte, stürzte sie sich auf Ethan Bonds Ausrüstung und kramte den Lichtwerfer hervor. Der Boden war zum

Glück nicht allzu hart und mit ein wenig Anstrengung konnte Alice den Lichtwerfer so in die Erde stecken, dass er stehen blieb. Sie drehte das Rohr und rief damit einen Fluch von Betty hervor, die geblendet eine Hand vor Augen halten musste.

»Tschuldigung!«, rief Alice, dann steckte sie den Lichtwerfer, der mit aller Kraft leuchtete, in die Erde.

»Sehr gute Idee!«, hörte sie das Kaninchen sagen, während es die Armbrust nachlud.

Bettys Eisgeschosse funkelten jetzt so stark, dass sie wahrscheinlich für das halbe Dämmer-Spiegel-Land als Leuchtsignal dienten. Wenn das die Wachen nicht aus dem Palast rief, dann wusste Alice auch nicht mehr weiter.

Dummerweise hatten sich die Untoten mittlerweile wieder aufgerappelt und gingen zum Angriff über. Ethan Bond und die Königin der Spiegel hatten schon ein paar von ihnen ausschalten können, aber bei weitem nicht alle. Und auch wenn das Wasser viele von den Beinen gefegt hatte, sie kamen geradezu unbeschadet wieder auf die Füße.

»Verdammt, verdammt, verdammt«, murmelte Chloe vor sich hin und auch Garreth und Betty mussten zusehen, dass sie die Seuchenopfer abwehrten, statt sich auf ihre Signale zu konzentrieren.

Wie viele von denen können denn in eine einzige Scheune passen?, fragte sich Alice. Sie hatte zu Hause nie erlebt, dass sich Untote so zusammenschlossen, doch die Seuchenopfer hier waren eben doch ein wenig anders. Dummerweise bezog sich dieses »ein wenig« auf ganz entscheidende Punkte.

»Alice, Vorsicht!«, rief die Königin der Spiegel, doch die Warnung kam zu spät. Noch während Alice herumfuhr, wurde sie von den Beinen gerissen. Scharfe Klauen hinterließen Kratzer an ihren Armen. Eine Gestalt mit großen Augen und einer dünnen Haut, die sich über die Knochen spannte, beugte sich über sie, und Alice hörte den Kiefer zuschnappen, als sie den Kopf noch rechtzeitig zur Seite warf. Ihr Strampeln und Um-sich-Schlagen war vergeblich, doch dann war da noch jemand über ihr und Alice hörte ein Knurren, das sie schon befürchten ließ, dass es ein weiterer Untoter durch die Reihen ihrer Verteidigung geschafft hätte. Dann folgte ein Knacken, das Alice erstarren ließ und plötzlich war das Gewicht von ihrem Körper verschwunden.

»Komm schon, mach die Augen auf!«, rief Betty und das bedeutete wohl, dass Alice nicht tot war, also versuchte sie es einfach mal mit dem Augenöffnen.

»Gott sei Dank!«, Betty kniete neben ihr und wandte den Blick nur kurz ab, um einen weiteren Untoten mit einem Eiszapfen zu treffen. Auch wenn ein erleichtertes Lächeln über ihr Gesicht huschte, hätte Alice fast Angst bekommen können. Der Ausdruck in Bettys Augen war nur als mordlustig zu beschreiben.

»Komm schon, hoch mit dir.« Betty griff nach Alice' Arm und zog sie mühelos auf die Füße. Dabei fiel Alice' Blick auf das Seuchenopfer, das sie angegriffen hatte. Vielleicht war es einmal ein Mensch gewesen, vielleicht auch nicht. Was Alice viel mehr erschreckte, war, dass der Kopf des Seuchenopfers auf den Rücken gedreht worden war, und als hätte das nicht gereicht, hatte Betty den Schädel anschließend noch auf einen Stein geschmettert.

»Danke«, war seltsamerweise alles, was Alice zu dem Anblick einfiel.

»Dafür doch nicht«, winkte Betty ab, dann lächelte sie. »Geht doch. Da kommt die Kavallerie.«

Alice konnte zwar weder etwas sehen noch hören, doch sie verließ sich auf Bettys Sinne. Und tatsächlich, über den Lärm des Kampfes hinweg konnte sie auf einmal Pferde wahrnehmen, und dann blitzten die Rüstungen der Soldaten der Königin im Schein des Lichtwerfers auf. Und es waren viele bewaffnete Soldaten. Alice wusste nicht, ob sie lachen oder weinen sollte. Auch den anderen war die Erleichterung anzusehen. Die Seuchenopfer hatten ihre Übermacht verloren und es würde nicht lange dauern, bis sie entweder geflohen oder tot waren.

Obwohl Alice das nicht für möglich gehalten hätte, fing das Durcheinander damit erst an. Ein Teil der Soldaten versuchte, Garreth, Chloe, Betty und sie selbst festzunehmen. Dass Chloe den ersten Soldaten, der sie am Arm packen wollte, mit einem energischen »Finger weg!« anblaffte, verbesserte keineswegs ihre Situation.

»Humfred, ich muss doch bitten! Sag deinen Männern, dass das unsere Gäste sind!«, rief die Königin der Spiegel über den Lärm hinweg und ein Soldat, dessen Rüstung besonders verziert war, der aber genauso verwundert dreinschaute wie der Rest, reagierte mit einem spontanen »Wie bitte?«, so dass die Königin ihre Anweisung hörbar ungehalten wiederholen musste. Auch nach Alice streckte schon ein Soldat die Hand aus, doch dann warf er seinem Hauptmann einen fragenden Blick zu. »Sollen wir die Verräter jetzt mitnehmen oder nicht?«

»Ich bin keine Verräterin!«, rief Alice. »Seit ich hier bin, versuche ich im Grunde nur, euch zu helfen!« Sie hatte gerade den Angriff eines Seuchenopfers überlebt, ganz zu schweigen von all den anderen, die ihr nicht ganz so nahe gekommen waren, da würde sie sich jetzt nicht von der Verstärkung einschüchtern lassen, die sie selbst gerufen hatte!

Nach einer Weile schaffte es die Königin, Ordnung in die Reihen ihrer Männer zu bringen, besser gesagt, Humfred schaffte das, nachdem sie ihm die wichtigsten Dinge erklärt hatte.

»Aber, das ganze Schachfeld«, wagte der Hauptmann einzuwerfen.

Doch die Königin winkte ungeduldig ab. »Ach was, das Schachfeld, das hat mir sowieso nie gefallen! Ohne das Schachfeld hätten wir nie einen der Schlüssel verloren, also ist es gut, dass es weg ist. Baut ein Schwimmbecken oder so etwas, von mir aus auch mit Schachbrettmuster, vielleicht auch einen Froschteich …«

»Froschteich?«, fragte Humfred verdattert.

»Ja, Froschteich«, wiederholte die Königin jetzt wieder mit dem nachsichtigen Lächeln, das Alice schon mehrfach bei ihr gesehen hatte. »Weißt du, mein lieber Humfred, dort, wo ich gerade herkomme, kann aus Fröschen richtig was werden, wenn man weiß, wie man mit ihnen umzugehen hat.«

Das war nun wohl endgültig zu viel. Der Hauptmann wandte sich seinen Männern zu, und die Erleichterung darüber, etwas tun zu können, womit er sich auskannte, war ihm anzusehen.

»Können wir jetzt endlich aufbrechen? Wir haben doch keine Zeit!«, rief das Kaninchen. Trotz ihrer Erschöpfung musste Alice lächeln.

BETTYS TAGEBUCH

Liebe Alice!
Wenn du das liest, wirst du dich wohl als Erstes einmal wundern, wieso ich dir dieses Buch hingelegt habe. Und vielleicht wirst du es zuerst lesen, vielleicht wirst du aber auch zuerst nachsehen, ob ich noch da bin ... Du kannst sitzen bleiben. Oder liegen, wie auch immer. Ich bin nicht mehr im Dämmer-Spiegel-Land, wenn du das hier siehst. Und ich muss leider gestehen, ich habe den Schlüssel mitgehen lassen. Da die Königin den Schlüssel hat, den Garreth aus dem Palast der Dämmerung mitgenommen hat, stehen euch ja alle Wege offen, und ich ... ich musste einfach zurück. Ich muss wissen, was in unserem alten Zuhause vor sich geht. Erst wollte ich nur wissen, was mit mir passiert ist, aber was, wenn das ARO tatsächlich irgendwelche ungenehmigten Experimente macht und ich war nur der Anfang und es trifft noch andere? Eigentlich dachte ich, es müsste mir egal sein, was jetzt in Miss Yorks Internat passiert, aber wenn ich an unsere Mitschüler denke und daran, was das ARO möglicherweise mit ihnen macht ... Ich muss zumindest versuchen, ihnen zu helfen. Es geht hier schon lange nicht mehr nur um mich oder um uns drei oder darum, dass das ARO Zoeys Mörderin fassen muss.

Vielleicht hätte ich mit euch reden sollen, bevor ich einfach weglaufe, aber dann hättet ihr vielleicht eine Möglichkeit gefunden, mich davon abzuhalten, und das konnte ich nicht gebrauchen. Die Zeit läuft uns weg, du weißt ja ...

Außerdem war es so ein Durcheinander gestern Abend. Der Weg zum Palast und dass uns Ihre Majestät erst einmal offiziell begnadigen musste, bevor wir auch nur in die Badewanne durften – wenigstens hat dieser Palast große Badewannen mit warmem Wasser! Ich wollte da gar nicht mehr raus. Und nachdem wir den ganzen Dreck losgeworden sind, hatten wir Hunger und mussten immer noch so viel berichten und ... Na ja, du warst ja dabei.

Es gibt da aber etwas, da warst du nicht dabei, und deswegen muss ich es dir noch erzählen. Selbst Chloe kann es nicht so richtig berichten, weil sie tot war. Und du weißt ja, dass sie dann nichts mehr mitbekommt. Wenn ich etwas vergessen sollte, frag Garreth, aber eigentlich sollte mich mein Gedächtnis nicht im Stich lassen ...

Nachdem wir uns zur Burg der Sieben Zauberer aufgemacht hatten, blieb uns außer reden und zusehen, dass Chloes Sarg nicht schmolz, nicht viel übrig. Nein, ich weiß immer noch nicht, wer Garreth war, bevor er zum besten Dieb des Dämmer-Spiegel-Landes wurde, dafür hat er mir ein wenig von seinen letzten Ausflügen ins Märenland erzählt. Kannst du dir vorstellen, dass er sich den Schlüssel der Königin der Dämmerung hin und wieder mal »ausgeliehen« hat, um in diese Welt rüberzukommen? Also darum kennt er sich hier aus, darum kennt er eine Prinzessin, die Drachen züchtet. Ich werde aus unserem Meisterdieb nicht schlau. Angeblich hat er immer wieder diesen Schlüssel gestohlen und wieder zurückgebracht, weil er sich beweisen wollte, dass er es konnte. Und jetzt gibt es wohl absolut nichts im Dämmer-Spiegel-Land, was er nicht stehlen kann oder schon gestohlen hat. Verrückt, oder? Aber du hast ja ohnehin schon festgestellt, dass sie da alle verrückt sind. Oder untot. Oder beides.

Nun, da saßen wir also, Garreth und ich. Und Chloe war tot und diese Zauberer haben erst einmal nicht aufgemacht. Geografisch weiß ich jetzt übrigens ungefähr, dass die Königin der Spiegel irgendwo im Norden in diese Welt gekommen ist und wir im Westen und sie musste nach Süden und wir nach Nordosten ... Siehst du, das wäre Chloe jetzt schon zu kompliziert, also musstest du das Buch bekommen.

Lassen wir die Himmelsrichtungen. Irgendwann haben uns die Zauberer dann doch aufgemacht, und wir waren allem Anschein nach überzeugend, denn die Geschichte mit der toten Prinzessin und der bevorstehenden Hochzeit haben sie uns abgenommen. Aber du hättest dabei sein sollen, als sie Garreth gefragt haben, ob er es schon einmal mit einem Kuss versucht hätte, schließlich wäre das eine ganz eigene Art von Magie. Zum Glück hat er voller Überzeugung mit »Natürlich!« geantwortet und ich musste aufpassen, dass ich diese Zauberer nicht anstarre, als wäre ich nicht klar bei Verstand.

Es sind tatsächlich sieben. Und nach außen sieht die Burg wie eine Ruine aus, mit einem halb zerfallenen Turm und ein paar

Mauerresten, aber das ist nur eine gut gemachte Illusion. Innen ist diese Burg riesig und es gibt diesen Raum, in dem mehrere Feuer brennen und die seltsamsten Gerätschaften und Regale voller Gläser, Flaschen, Dosen und was-weiß-ich.

Dorthin haben sie Chloe gebracht, und es war wirklich gespenstisch, dass sich alle Sieben Zauberer um sie geschart haben. So wie man sich Zauberer eben vorstellt, mit langen Umhängen und ebenso langen Bärten und so ... Aber sie sind nicht alle alt. Das hat mich tatsächlich gewundert. Andererseits, was weiß ich schon von Zauberern. Nicht mehr als von Chemie, und wenn Chloe da nicht heimlich meine Hausaufgaben gemacht hätte ... Aber lassen wir das. Natürlich bekommt man von Zauberern nichts umsonst, also wollten wir ihnen den Spiegel andrehen, wie wir es geplant hatten. Aber dann kam eben das, womit wir nicht gerechnet hatten, und das war die Sache mit dem Sarg. Sie haben gemerkt, dass er aus Eis war, und wollten wissen, welche Magie dahintersteckt. Also schoben wir die Magie auf das Orakel, denn ich hatte nun wirklich keine Lust, den Rest meines Lebens in dieser Burg zu verbringen, und wer weiß, vielleicht hätten sie mich aufgeschnitten, um zu sehen, welche Magie in mir drinsteckt und das wollte ich noch viel weniger.

Du weißt ja, was Majestät dazu gesagt hat, und da standen wir nun, Garreth, ich und eine tote Chloe, wobei Chloe natürlich weiterhin in ihrem Sarg lag.

Die eine Nacht war unglaublich knapp, aber wir konnten es uns sowieso nicht leisten zu warten, bis sie Chloe das Heilmittel eingeflößt hätten und das hätten sie wohl mit oder ohne Zaubertrick, schon alleine, weil sie ziemlich begierig darauf waren, es zu testen. Also an einem Menschen zu testen, der nicht aus ihrem Kerker kommt, sondern sich die Seuche irgendwo draußen in der Welt eingefangen hat und so.

Ehrlich, Alice, wenn jemand wirklich nicht alle Tassen im Schrank hat, dann sind es diese Zauberer mit ihren Mischungen – Ärzte sind da kein bisschen besser.

Tja, was soll ich da jetzt noch sagen? Wir waren in dieser Burg und die Zauberer vergaßen über Chloe und den Sarg aus Eis praktisch alles, zum Glück, denn wir mussten auspähen, wo sich dieses Heilmittel befand. Übrigens kann man Zauberer wunderbar damit beschäftigen, wenn sie sich eine Ecke aus so einem Sarg herausmeißeln und das Eis dann über ihr Feuer halten und es will einfach nicht schmelzen und dann nehmen sie es aus den Flammen *und es macht platsch. Trotzdem würde ich das nicht noch mal machen wollen, auch wenn ich mir bei den ratlosen Gesichtern wirklich das Kichern verbeißen musste. Zurück zum Heilmittel. Die Schriftzeichen auf den ganzen Flaschen und Gläsern hätten wir nie lesen können, aber einer der jüngeren Zauberer hat eine der Flaschen in die Hand genommen und dann gerufen, dass noch genug da wäre, also musste es das wohl gewesen sein.*

Trotzdem, auch wenn die Zauberer von dem Sarg aus Eis gefesselt waren, irgendwann schlafen anscheinend auch Zauberer. Sie haben Garreth und mir in dieser riesigen Burg also zwei kleine Zimmer zugewiesen und natürlich haben sie uns vorher durch unzählige Korridore geführt, damit wir den Rückweg bloß nicht finden. Was natürlich ein Problem war, denn ich war mir nicht mehr sicher, ob ich so noch den Sarg aufrechterhalten konnte.

Zum Glück hat Garreth ein wunderbares Orientierungsvermögen, und ich musste ja sowieso nicht schlafen, also warteten wir nur ein wenig, bis es in der Burg wirklich still war. Dann schlichen wir uns zurück in diesen Zauberraum. Besser gesagt, wir wollten uns zurückschleichen. Es war schon spät geworden, bis die Zauberer sich überhaupt zur Ruhe begeben und uns unsere Zimmer zugewiesen haben, aber dann der Weg durch die Burg – Alice, das Ding ist ein Labyrinth. Ich weiß nicht, wie sie das machen, aber über irgendwelche Zauber und Illusionen muss es wohl gehen und man kann ewig durch diese Burg laufen und kommt nirgendwo hin. Wirklich nirgendwo. Wahrscheinlich würden wir da immer noch herumirren, wenn uns nicht der eine jüngere Zauberer über den Weg gelaufen wäre. Er wollte wohl nach einem Zaubertrank sehen, der in einem Kessel köchelte, aber dank Garreth und mir setzte er nur einen Fuß auf den Flur und schon hatte er ein Messer an der Kehle. Natürlich war uns jetzt auch klar, dass er Alarm schlagen würde, sobald wir ihn gehen ließen. Aber wir hatten nur zwei Möglichkeiten gehabt: Chloe mit Hilfe des Zauberers schnell zu finden und später überstürzt flüchten zu müssen, weil der Zauberer die ganze Burg alarmieren würde. Oder Chloe gar nicht erst zu finden, weil wir uns ständig verlaufen hätten.

Er führte uns also zu Chloe und musste uns bei der Gelegenheit natürlich alle paar Meter erklären, dass er uns verfluchen würde, wobei ich mir nicht sicher bin, ob er das auch wirklich ernst gemeint hat. Vielleicht hat er das auch nur so gesagt, weil es ihm seine Zauberer-Ehre vorgeschrieben hat.

Wir fanden Chloe. Natürlich war sie patschnass, der Sarg geschmolzen und außerdem hatten wir das Problem, dass sie uns tot kaum etwas nutzen würde. Aber draußen wurde es schon langsam hell, also mussten wir unbedingt weg. Da Chloe durch das Wasser nicht aufgewacht war, mussten wir uns etwas überlegen. Du weißt ja, dass ich keine Ahnung habe, wie man Tote aufweckt, aber eins war klar, sie würde eine Furie werden, wenn sie aufwachte und so nass war. Also brachten wir unseren unfreiwilligen Helfer erst einmal dazu, sie trocken zu zaubern.

»Ihr habt uns getäuscht. Die Magie des Eises ist doch nicht von Dauer«, hat er uns vorgeworfen und ich sagte nur »Nein«, aber das hat ihn wohl schon auf die Idee gebracht, dass ich etwas damit zu tun haben könnte. Er wollte die Wahrheit hören und da ich nicht vorhabe, jemals wieder einen Fuß in diese Welt zu setzen, habe ich es ihm gesagt.

Wir hatten also dieses Heilmittel, eine immer noch tote Chloe und einen vollkommen verblüfften Zauberer. Und dann ist etwas passiert, womit ich nun wirklich gar nicht gerechnet hätte. »Wir haben ein Serum, es weckt aus sehr tiefem Schlaf. Wir haben es als Gegenmittel gegen den Fluch einer Fee entwickelt, aber bis es fertig war, ist das Schloss der Prinzessin schon von einer lebensgefährlichen Hecke überwuchert worden.«

Alice, du kannst ja bei Gelegenheit mal Majestät fragen, ob das möglicherweise das Schloss sein könnte, an dem sie vorbeigekommen ist.

Ich war mit diesem Serum ziemlich skeptisch, schließlich schläft Chloe ja nicht, sondern sie ist in diesem Zustand doch irgendwie tot, aber im schlimmsten Fall hätten wir sie so mitnehmen müssen und sie wäre wirklich erst nach drei Tagen aufgewacht …

Wir haben es also versucht. Ich habe Chloe dieses Zeug eingeflößt und es ist nichts passiert. »Vielleicht musst du sie doch küssen, Garreth«, konnte ich mir nicht verkneifen. Und da sagt der Kerl tatsächlich, ich sollte das Messer nehmen und den Zauberer in Schach halten. Ich habe ja schon gedacht, er nimmt das ernst, aber im Endeffekt … hat er Chloe einfach gleich die Flasche an den Mund gehalten, statt so vorsichtig zu sein wie ich und es mit einem Löffel zu versuchen. Manchmal hilft viel dann doch viel, jedenfalls hat Chloe auf einmal angefangen zu spucken und »Laff daf« genuschelt, bevor sie richtig die Augen offen hatte. Immerhin, dieses Problem war gelöst und es war höchste Zeit, Sonnenaufgang und so.

Wir waren schlau genug, den Zauberer noch dazu zu bringen, uns bis zum Ausgang zu lotsen, denn noch ein paar Stunden im Labyrinth hätten wir einfach nicht gehabt. Und dann konnten wir unseren Zauberer eigentlich unschädlich machen, also habe ich ihm gesagt, dass wir ihn kurz einfrieren würden. Und jetzt ist es besser, wenn du sitzt, Alice, er sagte nämlich, das Eis würde ihn nicht töten. Natürlich würde es ihn nicht töten, es wäre ja gleich wieder geschmolzen, ich wollte uns damit nur ein paar Sekunden Vorsprung verschaffen, da hätte er vielleicht gerade mal angefangen zu bibbern. Aber, was er meinte war, dass diese Zauberer sich damals darauf geeinigt haben, diese Seuche auch an einem von ihnen zu testen und am Ende war er es – was auch erklärt, wieso er nachts durch die Gänge schlich, während die anderen Zauberer ihren Schönheitsschlaf hielten. Und es ist recht glimpflich ausgegangen, ähnlich wie bei mir ...

Tja, jetzt hätte ich mich natürlich gerne mit ihm unterhalten, das wäre doch mal ein wirklich interessantes Thema gewesen, aber Garreth und Chloe können ziemlich ungeduldig werden, wenn sechs bis sieben Zauberer hinter ihnen her sind. Wir hörten schon Geräusche in der Burg, also musste ich wohl oder übel auf dieses Pferd steigen und den Rest kennst du ja im Prinzip.

Es ist wirklich ein Jammer, Alice. Kannst du dir das vorstellen, ein untoter Zauberer? Das muss ähnlich einmalig sein wie ich. Und da trifft man mal so jemanden und hat keine Zeit! Immerhin war er dabei, als die Seuche entwickelt wurde – eigentlich hätten wir ihn mitnehmen sollen, Himmel noch mal! Aber man kommt ja immer erst hinterher auf die besten Ideen, und so hatte sich diese kurze Bekanntschaft schnell erledigt.

Falls die Königin der Spiegel also Hilfe brauchen sollte, wenn sie mit dieser Seuche fertigwerden will, dann sollte sie dieses Mal vielleicht doch die Drachen mitnehmen, wenn sie bei den Zauberern klopft, denn ich fürchte, mindestens sechs von ihnen sind jetzt wirklich, wirklich schlecht auf uns zu sprechen.

Da ich dir gerade vom Sonnenaufgang geschrieben habe, Alice – es wird langsam hell in diesem Dämmer-Spiegel-Land. Das heißt, ich muss machen, dass ich wegkomme. Es tut mir leid, dass ich dir den Schlüssel stehlen muss. Eine Schwester umgebracht und ihr Gehirn gegessen, zwei bestohlen (Hatte ich erwähnt, dass ich mir Zoeys Waffe wiedergeholt habe? Die Garreth wieder Chloe anvertraut hatte?) ...

Die Liste meiner Verfehlungen wird jedenfalls immer länger, nicht wahr? Viel Glück und grüß Chloe und Garreth von mir! Und das Spionier-Tier natürlich. Rettet diese Welt und vielleicht ist ja dann noch etwas von der übrig, in die ich mich jetzt aufmache, ansonsten ... komme ich vielleicht sogar zu euch zurück.

P.S. Ich habe natürlich das Heilmittel unangetastet gelassen. Ich muss zugeben, ich hatte darüber nachgedacht, aber ich habe es nicht fertiggebracht, das ganze Dämmer-Spiegel-Land an die Dämmer-Königin fallen zu lassen, damit ich unsere Welt retten kann ... Vielleicht verzeiht mir Majestät ja dann sogar, dass ich abgehauen bin, ohne mich zu verabschieden.

Ich denke an euch!

Betty

ALICE

Auch nachdem Alice den letzten Eintrag in Bettys Tagebuch zweimal gelesen hatte, schienen die Worte nicht so richtig Sinn zu ergeben. Sie hatte beim Aufwachen dieses Buch neben sich gefunden, ein Stück Stoff hatte an einer Stelle herausgeschaut, deswegen hatte sie es dort aufgeschlagen und erst den Schluss gelesen, dann den Rest und dann wieder den Schluss und jetzt war die Sonne bereits höher geklettert und sie konnte es immer noch nicht fassen.

Es hätte ohnehin nichts gebracht, in dem Zimmer nebenan nachzusehen, denn da Betty so oder so nicht schlafen würde, wäre das Bett leer … und der Palast war groß. Doch warum sollte Betty ihr Tagebuch hierlassen und schreiben, dass sie gehen würde, wenn sie es nicht tat? Ob der Schlüssel noch da war, hatte Alice dagegen überprüft und schnell festgestellt, dass die Kugel wirklich verschwunden war. Sie konnte Betty nicht einmal böse sein. Möglicherweise war es falsch, aber an Bettys Stelle hätte sie ebenfalls Antworten gewollt. Und war es nicht irgendwo ihr gutes Recht, sich diese zu suchen?

Das Klopfen an der Tür riss Alice aus ihren Gedanken. Chloe kam herein, dicht gefolgt von Garreth. Alice schaute von den Seiten auf, die sie einfach nur noch angestarrt hatte, ohne noch die Worte zu sehen. So hatte sie eine ganze Weile auf ihrer Bettkante gesessen und nachgedacht. Ihr Gesichtsausdruck ließ Chloe offenbar erstarren.

»Alles in Ordnung?«, fragte sie.

»Ich glaube nicht«, erwiderte Alice.

Chloes Blick fiel auf das Buch und ihre Augen wurden groß, als sie erkannte, was es war. »Eigentlich wollten wir dich fragen, ob du Betty irgendwo gesehen hast …«

Alice klopfte neben sich auf die Decke. »Setzt euch und lest selbst. Betty ist nicht mehr hier.«

Der Aufruhr, den Bettys heimlicher Abgang verursacht hatte, war denkwürdig. Chloe ließ eine ellenlange Strafpredigt los, in der es unter anderem darum ging, dass Betty doch genau wissen musste, dass sie ihr Leben riskierte. Was sie sich überhaupt dabei gedacht hatte, und dann auch noch Zoeys Pistole *und* den Schlüssel mitgehen zu lassen … Dabei trat sogar Bettys Erkenntnis in den Hintergrund, dass der Zauberer in der Burg ein Seuchenopfer gewesen war. Das war sogar Garreth neu, aber weder er noch Ethan Bond interessierten sich so richtig dafür, schließlich befand sich der Zauberer im Märenland und sie waren hier. Die Königin der Spiegel fand es durchaus wichtig, aber auch ihr Gesicht nahm einen sorgenvollen Ausdruck an, als sie hörte, dass Betty verschwunden war. Kurzerhand entschied sie, dass die Suche nach ihr Vorrang vor jedem Zauberer hatte. »Eigentlich müsste ich ihr meine halbe Armee hinterherschicken, schon alleine, um den Schlüssel zurückzuholen, doch ich brauche jeden einzelnen Mann hier. Sollte die Königin der Dämmerung erfahren, was aus ihrem Schlüssel geworden ist, dann sollte Betty besser Augen im Hinterkopf haben, nicht dass der Kopf ansonsten plötzlich ab ist …«

Der Blick, den Chloe Alice bei diesen Worten zuwarf, sprach Bände. Schon jetzt wusste der ganze Palast Bescheid, es war zwischendurch einer der redefreudigen Nachrichten-Falter dagewesen, man konnte praktisch gar nicht mehr verhindern, dass die Königin der Dämmerung davon erfahren würde.

»Majestät, ich fürchte, es ist zu spät, um es vor der Dämmer-Königin …« Erschrocken schlug sich das Kaninchen eine Pfote vor den Mund. »Ich meinte, um es vor der Königin der Dämmerung geheim zu halten.«

Die Königin der Spiegel nickte nachdenklich, dann winkte sie Alice zu sich und griff nach einem Gegenstand, der neben ihr lag.

»Sieh mal hier. Ich glaube, den kennst du.«

»Das ist der Spiegel, den Garreth …« Alice' Stimme erstarb und sie warf Garreth einen Blick über die Schulter zu.

»Der Spiegel, den Garreth dir gegeben hat, ja«, schloss die Königin gut gelaunt. »Und jetzt gebe ich ihn dir. Es sei deiner, Alice, hast du verstanden?«

Etwas verwirrt nahm Alice den Spiegel an sich und brachte noch ein »Danke, Majestät« heraus, konnte sich aber nicht erklären, wieso die Königin auf einmal das Bedürfnis hatte, Spiegel zu verschenken.

»Ethan Bond, du weißt, dass dich die Königin der Dämmerung wegen Majestätsbeleidigung verurteilen würde, wenn ihr zu Ohren kommen würde, was du gerade gesagt hast, nicht wahr?«

Das Kaninchen nickte betreten.

»Deswegen solltest du wohl weit weg sein, wenn es ihr zu Ohren kommt.«

»Das ist wohl besser, Majestät«, erwiderte das Kaninchen, sah aber ebenso verwirrt drein wie Alice selbst.

»Garreth, du bist der beste Dieb, den ich habe. Ich fürchte, Alice ist etwas abhandengekommen und jemand muss es zurückholen. Und du, Chloe, hast da eine Freundin, der jemand die Meinung sagen muss. Und jetzt ab mit euch und passt mir auf meinen Schlüssel auf. Dank Betty ist es jetzt schließlich der letzte, den wir haben.«

Die Königin der Spiegel lächelte sie der Reihe nach an.

»Majestät, braucht ihr nicht unsere Hilfe bei der Rettung des Dämmer-Spiegel-Landes?«, wagte das Kaninchen einzuwerfen.

»Selbstverständlich. Und ihr helft mir am besten, indem ihr hier nicht den ganzen Palast in Aufregung versetzt. Das Heilmittel verabreichen – das können meine Soldaten übernehmen, dazu brauche ich euch nicht. Aber nehmen wir jetzt einmal an, die Königin der Dämmerung würde … sich aufregen … Wir wissen ja alle, wie sie ist, wenn sie sich aufregt. Sie neigt dazu, unüberlegt zu handeln. Außerdem ist sie imstande dazu, Betty vor lauter Wut zu folgen. Wenn nicht, ist alles gut, dann ist Betty außer Reichweite Ihrer dämmrigen Majestät, und du, Ethan, gleich mit. Aber wenn doch, dann muss sie jemand aufhalten, bevor sie den Ruf des gesamten Dämmer-Spiegel-Landes ruiniert, indem sie wahllos Köpfe rollen lässt. Habe ich mich jetzt klar genug ausgedrückt? Und Alice – man sagt, die Geschichte der

Underwoods endet mit Verrat. Die Geschichte der Königin der Dämmerung endet mit einem Blitz und einem Lächeln im Schatten.«

Einen Moment lang konnte Alice die Königin der Spiegel nur anstarren, dann fiel ihr Blick auf all die Spiegel im Palast und sie fragte sich einmal mehr, was einem diese Dinger alles zuflüstern konnten, wenn man ihnen die Worte richtig entlockte. Als Nächstes schaute sie Garreth an, der sich sichtlich bemühte, keine Miene zu verziehen, doch kaum hatten sie den Thronsaal verlassen, griff Chloe nach seinem Arm und fragte: »Was hat sie damit gemeint, die Geschichte der Underwoods endet mit Verrat?«

»Fraglich, ob sie das selbst weiß. Ich weiß es jedenfalls nicht«, murrte Garreth.

»In eurer Welt ist es gerade mitten in der Nacht. Wir sollten warten, bis dort der Morgen dämmert«, erklärte der Spionage-Hase mit einem Blick auf den Welten-Chronografen. »Das bedeutet, wir hätten noch ein paar Stunden, bis …« Ohne sie noch eines weiteren Blickes zu würdigen, trippelte er plötzlich davon.

»Was er wohl vorhat?«, fragte Alice. Auch Garreth und Chloe hatten ihren Gesichtszügen nach zu urteilen keine Ahnung.

Während der Stunden bis zum Aufbruch beschäftigte sich Alice noch einmal mit Bettys Tagebuch, um irgendeinen Hinweis zu finden, was genau Betty vorhatte. Doch alles, was sie entdecken konnte, war der Plan, ins Internat zurückzukehren und dort nach Antworten zu suchen. Herauszufinden, was mit ihr passiert war. Wie sie zu dem geworden war, was sie jetzt eben war. Doch wozu hatte sie dann den Schlüssel zum Märenland gestohlen? Für eine mögliche Rückkehr ins Dämmer-Spiegel-Land würde er ihr nichts nützen, er führte nur ins Märenland. Und dort, das hatte Betty geschrieben, wollte sie nicht hin. Warum also der Schlüssel? Das Einzige, was Alice einfiel, war nach wie vor der untote Zauberer. Aber das würde Betty nicht ernsthaft tun, oder? Sie würde doch keinen Zauberer aus dem Märenland holen, um ihre Welt zu retten – und seit wann stand die Rettung ihrer Welt überhaupt auf dem Plan? Antworten, das war Bettys Ziel, vielleicht noch ein paar ihrer Mitschüler retten – aber die ganze Welt? Dann hätte sie das Heilmittel auf jeden Fall gebraucht und das stand mit voller Absicht unangetastet dort, wo die Königin es hingebracht hatte, das hatte auch Ihre Majestät mehrmals versichert.

Als die Dämmerung einsetzte, war Alice immer noch nicht schlauer, doch ihre wenigen Habseligkeiten waren gepackt, dazu der Spiegel, den die Königin ihr gegeben hatte. Seit Jahren hatte Alice keinen eigenen Spiegel gehabt, keinen gewollt. Und jetzt hatte sie einen von der Spiegel-Königin persönlich erhalten. Wie sich doch die Dinge änderten.

Ein wildes Klopfen an der Tür ließ Alice aufspringen und Bettys Tagebuch einpacken. »Was ist denn los?«, rief sie.

»Komm schon, Alice, wir haben doch keine Zeit!«, hörte sie die Stimme des Spionage-Hasen und war fast schon erleichtert, weil es endlich losging.

Wieder folgten sie dem weißen Kaninchen, doch dieses Mal waren es Chloe, Garreth und sie selbst – es war mehr als nur ein wenig seltsam, dass Betty fehlte. Im Grunde hatte es Alice ihr ganzes Leben kaum anders gekannt, als dass Betty, Chloe und sie alles zusammen unternahmen. Ohne Betty fühlte sie sich unvollständig, es erinnerte sie auf unschöne Art an die Zeit, als Betty tot gewesen war.

»Wir werden den nächsten Übergang in eure Welt nehmen, von dem ich weiß«, erklärte das Kaninchen und trippelte zielstrebig los, aus dem Palast heraus, wo sie gleich von mehreren Bewaffneten in Empfang genommen wurden. Alice zögerte, doch Ethan Bond winkte sie weiter. »Nur die Ruhe, liebe Alice, die Herren sind zu unserem Schutz da. In der Dämmerung wäre es Irrsinn, sich ohne eine Eskorte nach draußen zu wagen.«

»Das haben wir wohl alle gemerkt«, stimmte Chloe dem Kaninchen zu.

Tatsächlich war Alice froh darüber, sich den Weg nicht wieder freikämpfen zu müssen, vor allem, weil sie selbst dazu am wenigsten in der Lage war und Chloes Fähigkeiten sich darauf beschränkten, mit der Klinge nach den Untoten zu schlagen und zu hoffen, dass sie welche traf, was zum Glück auch meistens der Fall war. Doch ohne Chloe wären sie nicht in die Burg der Zauberer gekommen und ohne Alice' Spiegelsicht hätten sie die Königin nicht gefunden ... man konnte eben nicht alles haben.

»Woher konnte Betty überhaupt wissen, wie man zurückkommt?«, stellte Chloe eine Frage, die Alice auch schon durch den Kopf gegangen war.

»Von mir«, gab Garreth leicht zerknirscht zu.

»Von dir?«, riefen Alice und Chloe gleichzeitig und sogar das Kaninchen blieb stehen. Einen Moment lang glaubte Alice, es würde gleich wieder »Gesindel!« rufen, aber Ethan Bond zuckte nur die Schultern und murmelte »Sie hätte jeden fragen können«, bevor er sich wieder in Bewegung setzte.

»Betty schläft nachts nicht und ich bin es gewohnt, auch nachts wachsam zu sein. Ihr habt geschlafen, wir haben uns unterhalten. Unter anderem darüber, wie die Seuche in eure Welt gekommen ist. Ich habe ihr erklärt, dass das praktisch jeder gewesen sein könnte, weil das Dämmer-Spiegel-Land mit eurer Welt recht eng verbunden ist, viel enger als das Märenland. Manche Übergänge muss man kennen, durch andere kann man praktisch aus Versehen fallen, aber eigentlich ist es fast ein Wunder, dass sich nicht mehr Menschen von euch zu uns verirren und mehr Bewohner von uns zu euch. Außer der Katze – die streift gerne mal bei euch herum, sagt man.«

»Katze?«, wollte Alice wissen, doch Chloe stupste sie mit dem Ellenbogen in die Seite. »Jetzt ist es aber gut mit deinen Viechern, Alice, erst Kaninchen, dann Katzen, bleib bei der Sache. Ich dachte, jemand müsste einem die Tür erst öffnen?«

»Manchmal«, erklärte Ethan Bond. »Die Tür, durch die ihr gekommen seid, musste ich euch öffnen, das ist richtig. Aber das hier ist das Dämmer-Spiegel-Land, hier passieren die seltsamsten Dinge: Türen öffnen sich von selbst und manchmal scheinen sie zu wissen, dass jemand sie sucht, und tauchen einfach auf, so wie ... da, seht ihr!«

Fassungslos blieben Alice und Chloe stehen. Sie waren um den Palast der tausend Spiegel herumgegangen. Alice war noch nie hier gewesen, aber trotzdem war sie sich sicher, dass Türen normalerweise nicht einfach in der Wiese standen. Hätte das Kaninchen ihr nicht gesagt, dass es eine Tür wäre, hätte sie zweimal hinsehen müssen, denn tatsächlich stand da eine große Spielkarte in der Wiese, ein Kreuzbube. Das Kaninchen war nicht überrascht, stattdessen streckte es eine Pfote aus und drückte die rechte Hand des Kreuzbuben, die den Griff eines Degens hielt, herunter.

»Kommt ihr jetzt mit?«, rief es ungeduldig über die Schulter.

Garreth machte eine einladende Geste in Richtung der Tür und sagte: »Nach euch.«

Alice und Chloe huschten durch die Tür …

Und ein ohrenbetäubendes Pfeifen hätte Alice fast wieder zurückweichen lassen.

»Oh je, oh je!«, rief das Kaninchen irgendwo neben ihr und dann … herrschte Stille.

»Der Nachteil an diesen Türen ist, dass man nie weiß, wohin sie führen«, meinte Garreth trocken.

»Wir hätten überrollt werden können!«, rief Chloe ungehalten und warf der Tür einen wütenden Blick zu, als hätte sie sie mit Absicht auf einen Güterbahnhof geführt. Die Tür war schon im Begriff zu verschwinden, doch Alice hätte schwören können, dass der Kreuzbube noch im Verblassen mit den Schultern zuckte.

»Weiß eine von euch, wo wir sind?«, fragte Garreth.

»Wir stehen zwischen Schienen und wahrscheinlich rauscht gleich der nächste Zug vorbei oder die Bahnarbeiter finden uns und lassen uns verhaften. Also sollten wir machen, dass wir wegkommen«, entschied Chloe, schaute sich aufmerksam in alle Richtungen um und überquerte dann ein Gleis, um auf der anderen Seite die Böschung hinaufzuklettern. Zwar war der kleine Hang nicht steil, doch der lange Rock verfing sich schnell im Gestrüpp, weswegen Alice Garreth um seine Hose beneidete.

Tatsächlich waren sie an einer Zufahrt zum Güterbahnhof angekommen. Hier verliefen zwei Gleise durch eine Senke und ein weiteres Gleis über einen Hügel, der der Böschung gegenüber lag. Wenn man den Gleisen mit den Augen folgte, wurde der eigentliche Bahnhof sichtbar, wo mehrere Züge gerade beladen oder entladen wurden und eine Menge Arbeiter wie Ameisen herumwuselten. Gut, dass keiner von denen sie gesehen hatte. Doch womöglich hatte sie der Lokführer des Zuges, der gerade recht nahe an ihnen vorbeigerast war, gesehen und würde Alarm schlagen.

Oben auf der Böschung hatten sie einen recht guten Blick über die Stadt, die in einiger Entfernung lag. Die Stadt, zu der der Güterbahnhof gehörte und die weder Alice noch Chloe erkannten.

»Es ist ja auch vollkommen egal«, meinte Chloe. »Wir brauchen, streng genommen, nur einen Bus des ARO, der arme kleine Mutare einsammelt und zu Miss York bringt, wie sie es damals mit uns auch gemacht haben. Dann sagen wir dem Fahrer, wir wären auf dem Weg zurück und … Ach ja, und dann erkennt er uns von den Steckbriefen und wir sind ganz schnell in irgendeinem Gefängnis gelandet. Keine gute Idee.«

Garreth lachte verhalten und Chloe fragte: »Was ist so komisch?«

Er breitete entschuldigend die Hände aus. »Nun ja, es ist ganz nett, zur Abwechslung einmal nicht derjenige zu sein, der gesucht wird.«

Chloes Lippen verzogen sich zu einem Lächeln, und auch Alice konnte nicht anders. Doch dann streifte etwas ihr Bein und sie zuckte zusammen.

»Was ist denn nun schon wieder?«, wollte das Kaninchen wissen.

»Nichts, es war nur … als wäre mir eine Katze an den Beinen entlanggestrichen …«

Chloe hob eine Hand und legte sie auf Alice Stirn. »Mir war es lieber, als du nur seltsame Dinge im Spiegel gesehen hast. Hier ist keine Katze!«

»Das sehe ich ja auch, aber …«

»Das muss nicht heißen, dass sie nicht da ist«, erklärte Garreth mit ernster Miene.

»Jetzt mach es nicht noch schlimmer!«, entschied Chloe. »Also, benutzen wir mal unsere Köpfe. Wir sollten uns aus der Stadt fernhalten, weil sie uns dort ganz bestimmt suchen werden, und mit einem weißen Kaninchen fallen wir zu sehr auf. Wir müssen irgendwie zurück zu diesem Internat und mir fällt beim besten Willen nicht ein, wie wir dort hinkommen sollen, solange wir nicht mal wissen, wo wir überhaupt sind. Alice, könntest du nachsehen?«

»Wer weiß, vielleicht sehe ich ja nur eine Katze im Spiegel!«, schoss Alice zurück, zog aber dennoch den Spiegel aus der Tasche. Da war etwas gewesen, an ihren Beinen, ganz sicher ... Und was nützte es, wenn sie den Spiegel fragte, wo sie waren, wichtiger war doch, wohin sie wollten. Also wandte sie sich an den Spiegel und fragte: »Spiegel, wie kommen wir zu Miss Yorks Internat?«

»Langsam stellt sie die richtigen Fragen«, musste Ethan Bond zugeben, und Alice lächelte ihm über den Spiegel hinweg zu.

Der Spiegel flackerte einmal und Alice war sich fast sicher, dass da tatsächlich eine Katze gewesen war, aber das Bild war zu schnell wieder verschwunden, und dann ... sah sie einen Zug. Und nichts mehr weiter.

»Was soll ich denn damit?«, rief sie verwundert, und der Spiegel begann wieder zu flackern, dieses Mal länger und hektischer, als wollte er mit ihr schimpfen.

»Was sagt er denn?«, fragte Garreth leise. Konnten die anderen nun nicht mehr dasselbe sehen wie sie?

»Er zeigt mir einen Zug. Wir sind doch schon an einem Bahnhof, was soll ich mit einem Zug?«

»Züge fahren irgendwohin und kommen irgendwoher«, überlegte das Kaninchen.

»Das heißt, wenn einer dieser Züge in die Richtung fährt, die wir brauchen, sollten wir sogar recht schnell unser Ziel erreichen«, fügte Chloe hinzu.

»Die Idee ist gut«, meinte Alice, »aber die Sache hat einen Haken. Wir müssen uns auf diesem Bahnhof einschleichen, wo rund um die Uhr gearbeitet wird, müssen etwas über die Pläne herausfinden und uns dann noch in einem Zug verstecken ...«

Sie verstummte, als Garreth ihr eine Hand auf die Schulter legte. »Zugfahrpläne sind tatsächlich etwas, was ich noch nicht gestohlen habe.«

»Das hier ist nicht das Dämmer-Spiegel-Land«, gab Ethan Bond zu bedenken. »Hier könnten die Dinge ein wenig anders ablaufen.«

Täuschte sich Alice oder klang das Kaninchen ehrlich besorgt?

»Mag sein, aber der beste Dieb des ganzen Dämmer-Spiegel-Landes wird sich ja noch auf einen Güterbahnhof schleichen können, dafür sollte es reichen. Ich will ja nicht den Zug stehlen.«

Garreth und das Kaninchen tauschten einen Moment abschätzende Blicke aus, dann zuckte der Spionage-Hase mit den Schultern. »Also bitte. Da es dir keine Hilfe ist, wenn dich einer von uns begleitet, würde ich sagen, wir müssen hier warten.« Ethan Bond ließ seinen Blick über die Wiese schweifen, die in einiger Entfernung in Ackerland überging und am Rand von Büschen und ein paar Bäumen begrenzt wurde. Dass sie hier jemand finden würde, war relativ unwahrscheinlich, doch das Warten ging Alice bereits jetzt auf die Nerven.

»Also gut. Ich komme zurück, so schnell ich kann«, sagte Garreth.

»Sei vorsichtig«, bat Chloe.

Er zwinkerte ihr zu, bevor er sich abwandte und über den Hügel in Richtung Bahnhof davonging.

»Wahrscheinlich wechselt die Belegschaft dort oft genug. Da wird er tatsächlich nicht auffallen, wenn er sich nicht gerade vollkommen blöd anstellt«, hörte Alice das Kaninchen sagen.

»Vergiss nicht, dass er der beste Dieb des Dämmer-Spiegel-Landes ist. Das wird man bestimmt nicht, wenn man sich blöd anstellt«, fügte Alice hinzu und fragte sich, warum sie meinte, Chloe beruhigen zu müssen. Etwas entging ihr, da war sich Alice plötzlich sicher. Nur, was?

Das Warten tat keinem von ihnen wirklich gut. Alice hatte Chloe irgendwann Bettys Tagebuch zu lesen gegeben. Chloe war natürlich neugierig gewesen und hatte zu den Ereignissen in der Burg der Zauberer vorgeblättert. Hin und wieder gab sie erstaunte Ausrufe von sich, doch wenn Alice sie fragte, an welcher Stelle sie gerade war, erhielt sie keine Antwort.

Ethan Bond hatte sein gesamtes technisches Inventar überprüft und Alice war mehr als einmal in Versuchung gewesen, den Spiegel zu fragen, wie sich Garreth machte, aber vielleicht würde sie ihre Spiegelsicht noch dringend brauchen, daher sparte sie sich ihre Kräfte lieber auf.

»Also das ist ja doch ein starkes Stück!«, befand Chloe schließlich und klappte das Buch zu.

»Was genau?«, wollte Alice wissen.

»Diese ganze Sache bei den Zauberern. Betty hat tatsächlich einen untoten Zauberer gefunden? Ich weiß ja, dass das für uns gerade keine so große Rolle spielt, aber trotzdem. Wieso hat sie das nicht gleich gesagt? Gut, wir hatten wie immer keine Zeit, aber vielleicht hat sie recht mit dem, was sie hier schreibt, und er hätte uns helfen können!«

»Vielleicht hat sie deshalb den Schlüssel mitgenommen«, meinte Alice.

»Wollen wir das mal nicht hoffen«, erwiderte das Kaninchen mit finsterer Miene. »Man kann im Märenland auch schnell einmal verloren gehen. Wenn wir Betty hier suchen und sie ist doch dort drüben und möglicherweise folgt die Dämmer-Königin dann nicht ihr, sondern uns ... Oh je, das wäre alles ein einziges großes Durcheinander. Sie kennt sich dort nicht aus, ist nicht spiegelsichtig, wie will sie irgendwo hinfinden? Selbst wenn sie die Burg der Zauberer erreicht, was, wenn die Zauberer kurzen Prozess mit ihr machen? Oh je, oh je ...«

»Glaubst du, sie ist uns gefolgt? Die Dämmer-Königin?«, fragte Alice leise.

»Man weiß nie so genau, was sie tut«, antwortete der Spionage-Hase und dann sprang Chloe auf.

»Da ist Garreth!«, rief sie.

Alice und Ethan Bond folgten ihrem Blick. Zum wiederholten Mal murmelte der Spionage-Hase »Oh je« und griff nach seiner Armbrust.

Garreth lief über den Hügel auf sie zu, als wäre jemand hinter ihm her. In Windeseile stopfte Chloe das Tagebuch wieder in ihren Beutel, Alice vergewisserte sich, dass sie den Spiegel hatte, wollte nach ihrem eigenen Beutel greifen – und zuckte zurück. Hatte sie da nicht gerade Fell berührt? Aber da war nichts, kein einziges Tier weit und breit. Wie konnte das sein? Färbte das Dämmer-Spiegel-Land mit seinen Verrücktheiten auf sie ab?

»Was ist los?«, rief Chloe Garreth schon von weitem entgegen.

»Wir müssen ... sofort ... aufbrechen ...«, hörte Alice ihn sagen und irgendetwas musste er wieder mit dem Schall gemacht haben, denn er hatte die Worte nicht laut genug gerufen, als dass sie sie hätten direkt hören können.

Er verringerte die Entfernung zwischen ihnen weiter, blieb dann aber stehen, bevor er bei ihnen angekommen war, und schaute Ethan Bond verständnislos an. »Wieso zielst du mit einer Armbrust auf mich?«

»Tue ich überhaupt nicht. Ich ziele auf die, die dich verfolgen.«

Garreth schüttelte den Kopf und winkte ab. »Mich verfolgt niemand. Nur die Zeit.«

Erschrocken legte das Kaninchen die Ohren an, doch Chloe winkte ab. »Ganz ruhig, Häschen, hier darf man das sagen. Schon vergessen? Was ist mit der Zeit?«

»Wir müssen sofort los. Ich bin zu spät dahintergekommen, doch bald fährt ein Zug ab, der anscheinend Ersatzteile geladen hat und man munkelt, man würde diese Ersatzteile an einer Schule brauchen, die von Untoten heimgesucht wird. Die Schule einer gewissen Miss York. Kommt euch das bekannt vor?«

Sie folgten Garreth mit schnellen Schritten über den Hügel in Richtung Bahnhof.

»Was hast du da überhaupt an?«, wollte Chloe wissen. »Hast du einen Bahnarbeiter niedergeschlagen und seine Arbeitskleidung geklaut?«

»Nein, die lag in einem Spind. Also wirklich, als würde ich einfach so jemanden niederschlagen, wenn ich nicht muss. Am unauffälligsten kommt man immer zurecht, wenn man sich unter das Volk mischt, Lady Chloe.« Er sagte es mit einem Grinsen.

Chloe schüttelte unwillig den Kopf, lächelte aber dabei.

»Das hat Euer Lordschaft ja in letzter Zeit hervorragend gemeistert«, bemerkte Ethan Bond spitz, und Garreth' Miene verfinsterte sich ein wenig.

»Wie dem auch sei, wir müssen in diesen Zug. Wenn wir uns beeilen, können wir es schaffen. Wir müssen nur nach Plan vorgehen.« Dabei zog er einen zusammengefalteten

Beutel aus seinem Seesack, der Alice an einen Kartoffelsack erinnerte. »Das heißt aber auch ...« Garreth schaute das Kaninchen vielsagend an.

Ethan Bond hob die Pfoten und wich zurück. »Nein. Also wirklich, nein! Ein Spion Ihrer Majestät lässt sich nicht in einen Sack stecken!«

»Wir haben keine Zeit für so was«, konterte Chloe mit einem zuckersüßen Lächeln.

Das Kaninchen legte die Ohren nach hinten und schaute Alice mit einem so kläglichen Gesichtsausdruck an, dass es ihr schon leidtat, aber ihr fiel selbst nichts Besseres ein. »Du kannst dich nicht unsichtbar machen, also führt wohl kein Weg an diesem Sack vorbei«, meinte sie.

»Wenn irgendjemand davon erfährt, dann ...«, drohte der Spionage-Hase noch, kletterte dann aber tatsächlich in den Sack, den sich Garreth vorsichtig über die Schulter warf. Zappel nicht so viel!«, zischte er, dann zuckte er zusammen, weil ihn offenbar eine Kaninchenpfote in den Rücken getreten hatte.

»Huch«, kam es gedämpft aus dem Sack und Garreth verdrehte die Augen und schüttelte den Kopf.

»Jetzt zu euch«, sagte er zu Alice und Chloe, während sie sich schon wieder in Bewegung gesetzt hatten. »Ihr werdet dort fast genauso auffallen, also brauchen wir eine glaubwürdige Ausrede. Bei den Zauberern hat der Trick mit der Verlobten schon gut funktioniert, also sollten wir einfach dabei bleiben. Das heißt, wenn du nichts dagegen hast, Chloe?«

»Und wenn doch packst du mich auch in einen Kartoffelsack?«, erwiderte sie grinsend. »Einfache Pläne sind die besten, würde Betty wahrscheinlich sagen. Also ist Alice meine kleine Schwester? So ähnlich sehen wir uns jetzt nicht.«

Alice drehte eine Strähne ihrer blonden Haare zwischen den Fingern und ließ ihren Blick über Chloes ebenholzfarbene Mähne gleiten. Nein, so ähnlich sahen sie sich wirklich nicht, aber das war bei Betty auch nicht der Fall gewesen. Betty und Alice hatten immerhin noch die blauen Augen gemeinsam, während die von Chloe dunkel waren.

»Dann sind wir eben ungleiche Schwestern«, erklärte Alice mit einem Schulterzucken. »Also, was machen wir?«

»Das ist der schwierige Teil. Wir nehmen an, ihr beiden besucht mich und ich muss diesen Sack noch in einen der Züge laden. Die Tür befindet sich weiter vorn, dort, wo der Waggon an den davor gekoppelt ist. Wir nehmen den letzten Waggon, da ist weniger los. Alice, du musst zwischen den beiden Waggons durch auf die andere Seite, und zwar schnell. Chloe bleibt noch einen Moment bei mir, damit ihr nicht beide auf einmal verschwindet, dann klettern wir hinter dem Zug entlang, treffen uns alle auf der anderen Seite, ich knacke dort das Schloss und wir sind unterwegs. Das alles in den letzten Minuten, bevor der Zug losfährt.«

»Na, das wird ja ein Kinderspiel«, meinte Chloe.

»Ich fürchte, es geht nicht anders«, gab Garreth zu. Dann lag der Güterbahnhof auch schon vor ihnen. Chloe hakte sich bei Garreth ein und Alice blieb an seiner anderen Seiten und hätte schwören können, dass sie noch ein leises »Oh je« aus dem Sack hörte.

Ein paar der Arbeiter nickten Garreth zu, doch zum Glück waren sie zu beschäftigt, und wenn Garreth den Gruß erwiderte, waren sie zufrieden und wandten sich wieder ab.

»Wir könnten ein Ablenkungsmanöver gebrauchen«, murmelte Alice.

»Wir könnten eine Betty gebrauchen«, stimmte Garreth ihr zu.

»Sie hätte ja auch wirklich nicht Hals über Kopf wegrennen müssen«, hörte Alice das Kaninchen murmeln, und ein Arbeiter, der gerade mit einer Kiste an ihnen vorbei ging, drehte sich erstaunt um.

Garreth schüttelte den Sack und Alice bemühte sich, ein strahlendes Lächeln aufzusetzen.

Tatsächlich war am Ende des Gleises weniger los. Schnell hatte Garreth den Sack mit Ethan Bond im Zug verstaut. Das war aber auch der einfachste Teil gewesen. »Los, Alice«, forderte er sie dann auf.

Chloe und er versuchten ihr ein wenig Deckung zu geben und Alice holte tief Luft. Sie war noch nie über die Kopplung eines Zuges geklettert, und ihr Rock behinderte sie dabei ganz gewaltig. Als sie ein Bein auf der anderen Seite hatte und das andere aus dem Gleisbett über die dicke Metallschiene heben wollte, blieb sie prompt hängen und hörte den Rocksaum reißen, doch darauf konnte sie keine Rücksicht nehmen. Sie huschte hinter den Waggon und sperrte die Ohren auf. Innerlich hoffte sie, dass Garreth und Chloe es rechtzeitig schaffen würden, dass der Zug, der hinter ihr auf den Gleisen stand, nicht vor ihrem losfahren würde und sie damit erstens halb taub machen und zweitens den Blicken vom anderen Gleis aus preisgeben würde.

Und dann hörte sie auf der anderen Seite des Zuges eine Stimme sagen: »Na, da hast du aber hübschen Besuch an deinem ersten Tag.«

»Das ist meine Verlobte«, erwiderte Garreth, und das brachte den anderen Mann erst recht zum Reden. Über seine Frau und die drei Kinder, von denen das jüngste gerade Zähne bekam und deswegen die halbe Nacht das ganze Haus wach hielt …

Alice trat ungeduldig von einem Bein auf das andere. Wenn sie diesen gesprächigen Menschen jetzt nicht bald loswurden, dann war alles umsonst gewesen, dann würde der Zug mit Ethan Bond losfahren und sie würde wie der letzte Trottel auf den Gleisen stehen und …

Ein lautes Geräusch erklang, als ob Dinge übereinanderpurzelten. »Was ist denn da los?«, hörte Alice jemanden rufen und »Wir müssen die Ladung wieder sichern!« und dann Menschen, die über das Gleis rannten …

Vorsichtig riskierte sie einen Blick um die Ecke des Waggons. Sie konnte immer noch nicht sehen, was passiert war, doch auf einmal rannten die Arbeiter auf eine Stelle des Gleises zu. Irgendetwas *musste* passiert sein …

»Hey, Neugiernase!«

Alice fuhr herum, doch es war zum Glück nur Chloe. Garreth machte sich schon am Schloss der Tür zu schaffen und da es nur ein gewöhnliches, absolut nicht magisches Schloss war, sprang es schnell auf. Er winkte Alice und Chloe hinein und zog die Tür wieder hinter ihnen zu. Kaum hatten sie sich hinter einen Stapel Kisten geduckt, als der Zug auch schon anfuhr.

Einen Moment hörten sie nur das Rattern der Räder auf den Schienen, dann ertönte Ethan Bonds Stimme aus dem

Dunkel: »Kann mich mal jemand hier rausholen? Ach, macht euch nur keine Mühe.«

Alice versuchte, in dem schaukelnden Zug zwischen Kisten hindurchzuklettern, um den Sack mit dem Kaninchen zu erreichen, doch dann hörte sie ein Reißen, das Kaninchen schimpfen und dann leuchtete weißes Fell im Dämmerlicht des Waggons.

»Was machst du denn für einen Aufstand, wenn du ganz alleine rauskommst?«, wollte Chloe wissen, die sich neben Garreth auf einer großen Kiste niedergelassen hatte.

»Es wäre ja auch gelacht, wenn ich mich nicht selbst aus so einer misslichen Lage befreien könnte!«, prahlte das Kaninchen.

Der Zug nahm eine Kurve und Alice, die gerade auf allen vieren auf einer Kiste hockte, über die sie hatte klettern wollen, verlor fast den Halt.

»Hauptsache ich musste mich bewegen«, beschwerte sie sich. »Was ist da draußen eigentlich passiert?«

»Ein Stapel Kisten ist umgefallen«, erwiderte Chloe. »Fast, als hätte ihn jemand umgestoßen.«

»Ach, also doch das Ablenkungsmanöver?«, meinte Alice und versuchte, sich halbwegs bequem hinzusetzen.

»Aber wer sollte uns denn geholfen haben?«, gab Garreth zu bedenken. »Das muss Zufall gewesen sein.«

Eine bessere Erklärung fiel auch Alice nicht ein. Und doch ... war das nicht ein wenig zu viel des hilfreichen Zufalls?

Die Fahrt zog sich in die Länge und bei jedem Bahnhof, an dem der Zug hielt, suchten sie Deckung hinter den Kisten, doch niemand öffnete ihren Waggon.

»Für wen sind diese Ersatzteile eigentlich?«, wollte Chloe wissen. Die Kisten trugen keinen Stempel oder andere Markierungen und genau dieser Umstand ließ Alice kalte Schauer über den Rücken laufen, weil sich plötzlich ein Verdacht in ihr breitmachte.

»Ach, die ...«, meinte Garreth gedehnt.

»Sag mir jetzt bitte nicht, dass es keine Lieferung von ... neuen Gaslampen oder Scheinwerfern für die Schule ist, um das Gelände zu beleuchten, weil die Untoten die kaputtgemacht haben«, murmelte Chloe.

»Na ja, die Teile werden wohl an der Schule gebraucht, aber nicht, um Dinge zu reparieren, die den Untoten zum Opfer gefallen sind …« Wieder ließ Garreth die wesentlichen Informationen weg.

»Garreth Underwood, wenn du mir nicht sofort sagst, für wen diese Kisten sind, dann tue ich nie wieder so, als würde ich dich heiraten!«, drohte Chloe und brachte damit Ethan Bond zum Lachen.

»Und wer schmuggelt dich dann in Züge?«, konterte Garreth, wurde aber gleich wieder ernst. »Die Teile sind für das ARO«, rückte er dann heraus.

Einen Moment lang herrschte Totenstille in dem Waggon, und Alice schüttelte den Kopf in dem Verdacht, sich verhört zu haben.

»Ach du gute Güte«, murmelte das Kaninchen schließlich.

Chloe holte tief Luft, sah einen Moment aus, als würde sie gleich jemanden anbrüllen – und atmete wieder aus, ohne ein einziges Wort gesagt zu haben.

»Du hast uns nicht ernsthaft in einen Zug gesetzt, der von Mitgliedern des ARO in Empfang genommen wird?«, fragte sie dann mit mühsam beherrschter Stimme. »Garreth, hast du eine Ahnung, was die mit uns machen, wenn die uns hier finden? Wir hatten ja schon Glück, dass keiner von denen den Zug bis zur Abfahrt bewacht hat! Aber die Lieferung annehmen werden sie garantiert selbst, und die heißen nicht alle Zoey, mein Lieber. Ein paar von denen haben wirklich was drauf. Die haben Hunde und Waffen und … Mein Gott, wir sind alle geliefert!«

»Ich konnte mir nicht aussuchen, welcher Zug ausgerechnet heute dort hinfährt«, erwiderte Garreth gereizt. »Nächstes Mal schleichst du dich auf den Bahnhof, findest den Zug, denkst dir einen Plan aus …«

»Dann rennen wir wenigstens nicht ins Verderben!«

»Nein, dann rennen wir ins nächste Gefängnis, und zwar noch viel schneller, weil dein hübsches Gesicht nämlich auf mehr als einem Steckbrief zu sehen ist!«

»Dann sind die Dinger wenigstens dekorativ! Immerhin hat uns gerade niemand erkannt …«

»Weil das einfache Menschen mit ganz einfachen Problemen sind! Die wollen nur ihre Arbeit machen und hoffen dabei, dass die Untoten nicht auf dumme Ideen kommen und sie den Bahnhof auf einmal mit bewaffneten Kräften verteidigen müssen. Wenn sie dann noch auf dem Heimweg zu ihren Familien nicht gefressen werden, reicht ihnen das voll und ganz!«

»Ruhe jetzt!«, brüllte Alice dazwischen. Sowohl Garreth als auch Chloe waren immer lauter geworden und das Kaninchen war neben Alice auf die Kiste gesprungen und hatte vielsagend die Augen verdreht.

»Wir werden nicht mehr ewig Zeit haben, bis der Zug unseren Bahnhof erreicht. Also brauchen wir einen neuen Plan – und zwar fix. Jetzt schaut mich nicht so an. Wollen wir heil aus der Sache rauskommen oder nicht?«

»Du hast recht. Also, Chloe, irgendwelche Vorschläge?« Garreth schaute Chloe fragend an.

»Ich sagte doch, wir bräuchten Betty. Sie hat das mit der Taktik von klein auf gelernt, ich nicht. Mir haben sie lieber den richtigen Hofknicks beigebracht und welche Schuhe man unmöglich zu welchem Kleid tragen kann ...«

»Dafür bist du ganz gut mit den ganzen Majestäten fertiggeworden«, winkte Alice ab. »Haben wir nicht gesagt, die einfachen Pläne sind die besten?«

»Was willst du damit sagen?«, warf das Kaninchen ein. »Ich lasse mich nicht noch mal in diesen Sack stecken!«

Alice schüttelte lächelnd den Kopf. »Davon rede ich auch gar nicht. Ich denke über etwas anderes nach.«

»Ich springe auch aus keinem fahrenden Zug!«, gab Chloe zu bedenken.

»Sollst du ja auch nicht. Ethan, was sagt dein Chronograf? Wie spät ist es, wenn wir ankommen?«

Das Kaninchen zog seine dreifache Taschenuhr hervor und warf einen Blick darauf. »Ziemlich spät. Es ist jetzt schon Nachmittag und bis wir dort sind, wird es dunkel sein.«

»Das ist gut«, murmelte Alice. Im Dach des Waggons gab es eine Luke, durch die ein wenig Licht hereinfiel.

»Garreth, du bekommst die auf, oder?«, fragte sie.

»Natürlich.«

»Schön, dann ist eigentlich alles wieder ganz einfach. Wir steigen vor unserem Bahnhof aus, ohne aus dem fahrenden Zug zu springen, keine Angst, Chloe! Aber jeder Zug wird vorm Bahnhof langsamer, das hatten wir jetzt schon mehrfach. Ihr habt gehört, dass da draußen Leute herumgelaufen sind, die sich den Zug angesehen haben, ob wirklich alle Türen verschlossen sind. Ich habe mich fast zu Tode erschreckt, als sie zum ersten Mal an einem Schloss gerüttelt haben. Das werden sie an unserem Ziel auch machen. Wenn auch nur eine Tür offen ist, dann stoppen sie den Zug und das ARO stellt ihn auf den Kopf. Das heißt, wenn wir die Türen aufbrechen und ein paar Kisten aufmachen, müssen wir nur noch auf das Dach klettern und auf der anderen Seite des Zuges wieder runter. Und dann schnellstmöglich in Deckung gehen.«

»Das ist vollkommen verrückt«, meinte Chloe.

»Vielleicht«, erwiderte Alice mit einem Lächeln. »Aber haben wir eine andere Wahl?«

Glücklicherweise hatte ihnen der Spiegel verraten können, wie oft der Zug noch halten würde, bevor sie ihr Ziel erreicht hatten. Die vier machten sich in fieberhafter Eile daran, so viele Kisten wie möglich zu öffnen. Aus den meisten Teilen wurde Alice nicht schlau, doch in einer der Kisten befand sich eine riesige mechanische Hand. »Was haben die wohl damit vor?«, fragte sie in die Runde.

Chloe nahm ihr die Hand ab, konnte aber nur mit einem Schulterzucken antworten.

Ethan Bond dagegen war die ganze Zeit schon immer stiller geworden und wich mit einem erschrockenen Ausruf zurück, als er die nächste Kiste öffnete.

»Was ist?«, wollte Garreth alarmiert wissen.

»Ich habe einen Kopf gefunden«, erwiderte das Kaninchen.

»Was?«, fragte Alice erschrocken, während Garreth und Chloe augenblicklich an Ethans Seite waren.

»Ein mechanischer Kopf«, berichtigte Garreth. »Ein Kopf, eine Hand – will das ARO etwa mechanische Menschen bauen?«

»Betty hat in ihrem Tagebuch geschrieben, dass ihr Vater mal gesagt hat, man sollte im Krieg eigentlich keine Menschen einsetzen, weil sie früher oder später die Nerven verlieren würden. Könnte das ARO wirklich ... mechanische Menschen einsetzen?« Alice betrachtete den kupferfarbenen Kopf mit den Zahnrädern in den Augenhöhlen.

»Denen traue ich alles zu«, erwiderte Chloe düster.

»Na kommt, dann tun wir doch, was wir können.« Garreth kletterte auf zwei Kisten und stieß die Dachluke auf. »Reicht mir alles rauf, was ihr in die Finger bekommen könnt«, forderte er die anderen auf.

Alice, Chloe und das Kaninchen bildeten eine Kette und kurz darauf flogen Zahnräder, mechanische Gliedmaßen und Köpfe in den Sonnenuntergang hinaus.

»Hoffentlich treffen wir niemanden!«, meinte Chloe, doch Alice winkte ab. »Höchstens Untote, und um die ist es nicht schade.« Dann fand sie in einer Kiste etwas, das eine noch verrücktere Idee in ihr aufsteigen ließ. »Hat jemand Streichhölzer?«, fragte sie.

»Ich«, erwiderte Garreth. »Aber was willst du damit?«

»Hier ist Öl. Der Waggon ist aus Holz ...«

»Spinnst du?«, platzte es aus Chloe heraus, doch ausgerechnet das Kaninchen erklärte: »Ein besseres Ablenkungsmanöver werden wir nicht bekommen.«

»Wir können uns nicht den Zug unterm Hintern anzünden!«, widersprach Chloe, doch Alice fragte schlicht und ergreifend: »Warum nicht? Wir brauchen ihn doch nicht mehr. Und wir müssen sowieso machen, dass wir wegkommen. Da kann das ganze Ding auch *hinter unserem Rücken* abbrennen. Und je mehr von diesen Teilen sie verlieren, umso ungefährlicher ist das ARO. Wenn wir ihnen richtig Feuer machen, dann haben sie wohl kaum Zeit, um uns zu verfolgen.

»Zu gefährlich«, bestand Chloe auf ihren Standpunkt. »Stell dir vor, hier explodiert etwas, es gibt eine riesige Stichflamme, was dann?«

»Ich fürchte, da hat sie wiederum recht«, stimmte Garreth ihr zu.

»Und wenn wir ... wenn wir so einen Ölkanister mit nach oben nehmen und durch die Luke stoßen, bevor wir abspringen?«

»Dann ist es immer noch für mindestens einen von uns lebensgefährlich«, erwiderte Garreth, sah dabei aber aus, als würde er ernsthaft über den Vorschlag nachdenken.

»Komm gar nicht erst auf die Idee!«, fauchte Chloe ihn an und Alice zog einen Moment den Kopf ein.

»Nicht umstoßen. Wir schießen auf den Kanister«, warf Ethan Bond ein und hob seine Armbrust.

»Du triffst vom Boden aus den Kanister auf dem Zugdach? Ich meine, all diese Untoten, die konnte man praktisch nicht verfehlen ...« Chloe schaute den Spionage-Hasen entschuldigend an.

»Da hatte ich das hier noch nicht. Außerdem waren das saubere Kopfschüsse, Mädchen. Keine Glückstreffer wie bei dir.«

Zum Glück war Chloe zu abgelenkt von dem Gegenstand, den der Spion Ihrer Majestät hochhielt, um auf den Spott einzugehen.

»Was ist das denn?«

Alice musste lachen, im Gegensatz zu Chloe hatte sie den Gegenstand erkannt. »Ein Monokel mit Zielfernrohr? Du hast es dir wirklich bauen lassen?«

»Die Idee war einfach zu gut.«

»Dann wollen wir doch mal sehen, was das Dings kann«, befand Garreth und nahm Chloe das kleine Rohr aus der Hand. »Da haben die Tüftler Ihrer Majestät gute Arbeit geleistet.«

»Trotzdem, das ist der pure Wahnsinn«, meinte Chloe. Doch Alice hatte das Funkeln in ihren Augen nicht übersehen. Aufregung, keine Angst. Fast bedauerte sie es, dass Betty sie hier nicht sehen konnte, aber wenn Betty bei ihnen wäre, wären sie wahrscheinlich ganz woanders, also hatte sich dieser Gedanke schon wieder erledigt.

Stattdessen zerrte sie am nächsten Deckel und dann am nächsten und zwischen den letzten beiden Bahnhöfen, an denen ihr Zug noch hielt, warf Garreth so viele Teile aus der Luke, wie er konnte.

»Mord, Sabotage ... Unser Vorstrafenregister macht sich«, stellte Chloe fest.

»Wir haben Zoey ja nicht umgebracht, wir haben es nur ... vertuscht«, stellte Alice richtig.

»Wenn du gekonnt hättest, hättest du. Nur wahrscheinlich, ohne ihr Gehirn zu essen«, gab Chloe zu bedenken. Alice verzog das Gesicht, doch wenigstens wurde ihr bei diesen Worten nicht mehr speiübel.

»Keine Ahnung«, erwiderte sie daher nur.

»Achtung, wir sind gleich da!«, unterbrach Garreth sie, und tatsächlich, der Zug verringerte seine Geschwindigkeit ein wenig.

»Jetzt aber schnell!«, trieb das Kaninchen sie unnötigerweise zur Eile an und während Garreth die Tür aufzog, verteilte Chloe noch großzügig ein paar Teile im Waggon und Ethan half Alice, in einer leeren Kiste ein kleines Feuer in Gang zu bringen.

»Ich sehe den Bahnhof, los, rauf auf das Dach!«, rief Garreth.

Chloe beeilte sich, auf den Kistenstapel zu klettern.

»Lass mich, ich suche uns was zum Festhalten.« Garreth schob sich an ihr vorbei und kletterte geschickt nach draußen.

»Gib mir ein Seil, eins von denen, mit denen die Kisten gesichert waren. Ich binde es hier fest, dann können wir uns alle daran festhalten.«

Chloe folgte seiner Bitte. Der Bahnhof kam näher, aber durch die Zugluft von der Tür her ging das Feuer immer wieder aus.

»Komm rauf, Chloe.« Garreth half Chloe nach oben.

»Los, geh schon«, forderte Alice das Kaninchen auf. Ethan Bond warf ihr einen fragenden Blick zu. »Geh!«, wiederholte Alice und riss ein neues Streichholz an. Das Kaninchen griff sich zwei Ölkanister, reichte sie an Garreth und Chloe hinauf und ließ sich dann selbst durch die Öffnung ziehen.

»Alice, komm schon!«, rief Chloe.

Der Zug wurde noch langsamer, gleich würden sie am Kontrollpunkt sein. Das Streichholz war vom Luftzug gelöscht worden und Alice musste ein neues anreißen.

Von draußen wurden Stimmen laut, jemand brüllte Kommandos. Noch konnten sie Alice nicht sehen, aber gleich …

»Alice!«, rief jetzt auch Ethan Bond.

Zum Glück, dieses Streichholz brannte. Alice ließ es in die Pappe fallen, die ein paar der mechanischen Teile geschützt hatte. Erst befürchtete sie schon, auch dieses Flämmchen würde wieder ausgehen, doch dann loderte es zum Glück auf und da wurde es draußen auch schon hell und der Zug hielt ganz an.

In fieberhafter Eile kletterte Alice die Kisten hinauf und stieß die oberste hinunter, haarscharf an ihrer Feuerstelle vorbei.

»Raus mit dir«, sagte Garreth, als er ihr half, sich hochzuziehen.

»Verdammt, zwei von denen kommen um den Zug herum!«, zischte Chloe.

»Zwischen die Waggons«, erwiderte Garreth. Der Zug erreichte den Bahnhof in einer Kurve, also standen die Waggons nicht gerade hintereinander, sondern in einem Winkel zueinander. In diesem Winkel konnten sie vielleicht Deckung finden ...

»Das machen wir anders«, entschied Ethan Bond und feuerte einen der Armbrustbolzen ab.

Beide Wachen fuhren herum, als es hinter ihnen einen dumpfen Aufschlag gab, bewegten sich in die Richtung.

»Runter, schnell!«, kommandierte das Kaninchen, und so schnell sie konnten, ließen sie sich in Richtung Boden hinunter. Alice zog sich ein paar Splitter in der Hand zu und Chloe schlug sich bei der Landung auf den Gleisen das Schienbein an, doch immerhin hatten sie es vom Zug herunter geschafft ...

»Jetzt musst du nur noch treffen«, flüsterte Alice dem Kaninchen zu. Ethan Bond setzte sich das nagelneue Zielfernrohr vor das rechte Auge, hob die Armbrust ... der Bolzen schnellte los und traf mit einem dumpfen »Klonk« auf Metall. Dann traf mit einem Scheppern Metall auf Metall und im nächsten Moment schoss eine Stichflamme aus der Dachluke des Waggons. Männer brüllten durcheinander, Chloe murmelte zufrieden »Habe ich es euch nicht gesagt? Lebensgefährlich!« und Ethan Bond betrachtete stolz seine Armbrust.

»Komm schon!« Alice packte das Kaninchen am Kragen und zog es hinter sich her. Die Schienen verliefen unterhalb des Hügels, auf dem das Internat gebaut war, so viel wussten sie. Wenn sie also einfach über das zweite Gleis liefen und dann im Schutz der Bäume verschwanden, dann mussten sie nur noch den Hügel hinaufklettern.

Mehrere knallende Geräusche ertönten, jemand hatte eine Sirene ausgelöst, die jetzt mit ihrem Heulen die Nacht durchschnitt, Hunde bellten aufgeregt. Und der Waggon erhellte das Gelände mittlerweile wie eine riesige Fackel.

Alice und die anderen rannten über das Nachbargleis und hechteten in den Schutz des Unterholzes. Keinen Moment zu früh, denn es gab einen noch lauteren Knall, und das Feuer loderte noch einmal heller. Irgendetwas in einer der Kisten musste explodiert sein, brennende Holzstücke und andere Trümmer flogen durch die Luft, die Flammen griffen auf die anderen Waggons über.

»Machen wir, dass wir wegkommen«, sprach Garreth aus, was sie alle dachten. Während sie den brennenden Zug und die Stimmen der ARO-Truppen hinter sich ließen, suchten sie sich ihren Weg zwischen den Bäumen hindurch und den Hügel hinauf, wo sie hoffentlich Betty finden würden.

Dass sie auf ihrem Weg durch den Wald möglicherweise zu laut wären und damit doch noch Aufmerksamkeit erregen würden, erschien Alice unwahrscheinlich. Nachdem der eine Waggon explodiert war und das Feuer auf die anderen übergegriffen hatte, stand nicht nur der ganze Zug in Flammen, auch in den anderen Waggons lagerten allem Anschein nach explosive Güter, denn immer wieder knallte es laut und der Feuerschein war auch zwischen den Bäumen hindurch bestens zu erkennen. Fast überdeckte er den anderen Lichtschein, der von weiter oben herunterleuchtete. Alice wäre es nicht aufgefallen, wenn Garreth nicht irgendwann stehen geblieben wäre. »Liegt euer Internat da oben?«, fragte er und deutete den Hügel hinauf.

»Genau dort«, antwortete Chloe. »Dort, wo es so hell ist.«

Einen Moment lang glaubte Alice schon, auch das Internat würde brennen, doch dann wurde ihr klar, dass das Licht zu beständig war, zu klar. »Anscheinend haben sie angefangen, das ganze Gelände mit großen Scheinwerfern auszuleuchten«, vermutete sie daher.

Langsam und vorsichtig setzten sie ihren Weg fort. Immerhin hatten das Feuer unter ihnen und das Licht über ihnen den Vorteil, dass Untote abgehalten wurden. Im Gegensatz zum Dämmer-Spiegel-Land zog Licht sie hier nicht an, ganz im Gegenteil: Anscheinend hatten sie verstanden, dass dort, wo es Licht gab, auch Menschen waren, und wo Menschen waren, wurden Untote gejagt. Deswegen trieben sie sich bevorzugt im Dunklen herum. Oder einfach dort, wo es einsam war.

»Wir können da nicht einfach reinmarschieren«, stellte Chloe das Offensichtliche fest.

»Das hätten wir wahrscheinlich ohnehin nicht gekonnt«, erwiderte Ethan Bond, »aber dieses Licht macht es ungleich schwieriger. Man müsste sich schon unsichtbar machen können.«

Täuschte sich Alice oder stupste schon wieder etwas ihr Bein an? Aber da konnte nichts ihr Bein anstupsen, weil nichts dort war! Das konnte sie ganz gut erkennen, schließlich war es im Wald nicht richtig dunkel, dank der Festbeleuchtung, die sie zur Hälfte selbst zu verantworten hatten.

Langsam näherten sie sich dem Waldrand.

»Wartet hier«, sagte Garreth zu Chloe und Alice. »Ethan, kommst du mit?«

Mit einem knappen Nicken schloss sich der Spion Ihrer Majestät dem Meisterdieb an.

Alice und Chloe blieben in angespannter Erwartung zurück. »Die haben das doch nicht nur wegen uns angefangen – mit diesem Licht und so«, meinte Alice.

»Kann ich mir fast nicht vorstellen«, sagte Chloe. »Es erregt zu viel Aufmerksamkeit, ich würde darauf tippen, dass sie uns eher ganz diskret wieder eingefangen hätten, wenn sie gekonnt hätten. Da muss noch etwas passiert sein, nachdem wir gegangen sind.«

»Wenn wir nur mal wüssten, was …«

Immerhin mussten sie nicht lange auf Garreth und das Kaninchen warten. Schon nach kurzer Zeit kehrten die beiden zurück.

»Keine Chance«, verkündete Garreth mit sorgenvoller Miene.

»Diese Schule ist eine Festung«, fügte das Kaninchen hinzu. »Hohe Zäune, Patrouillen des ARO, Scheinwerfer, alles, was uns Schwierigkeiten machen kann. Nur keine

Hunde mehr. Sie scheinen einen richtigen Stützpunkt errichtet zu haben. Was habt ihr getan, dass sie so reagieren?«

Alice hob abwehrend die Hände und Chloe stellte nüchtern fest: »Zoey umgebracht und abgehauen. Das alleine ist nie im Leben der Grund für ...«, sie deutete mit einer Hand den Hügel hinauf, »... das da.«

»Um den Grund kümmern wir uns später, zuerst einmal brauchen wir einen sicheren Unterschlupf. Also, die Damen, wohin?« Garreth schaute sie beide erwartungsvoll an.

Während Chloe nur hilflos mit den Schultern zucken konnte, glaubte Alice einmal mehr, das Stupsen an ihrem Bein zu spüren. Wie sollte man so in Ruhe nachdenken? Dieses Tier, das eigentlich nicht da war, erinnerte sie an die verrückten Träume, die sie gehabt hatte, in denen die Dinge auch vollkommen durcheinander gewesen waren ... Und dann dämmerte ihr plötzlich, wohin sie möglicherweise gehen konnten. Sie konnte sich nicht vollkommen sicher sein und streng genommen war es der letzte Ort, an den sie gehen wollte – doch dann wanderte ihr Blick wieder den Hügel hinauf und sie entschied sich dafür, dass es wohl eher der vorletzte Ort war.

»Möglicherweise gibt es tatsächlich etwas, hier ganz in der Nähe. Wir müssen noch ein Stück durch den Wald und dann dort vorne den Hügel hinunter.«

Chloes Augen wurden groß. »Das ist nicht dein Ernst. Wenn die Schule eine Festung ist, was werden sie dann erst mit dem Friedhof gemacht haben?«

»Das werden wir dann sehen. Fällt dir etwas Besseres ein?«

Ein Kopfschütteln und ein Schulterzucken waren die Antwort, dann kramte Chloe in ihrem Beutel und zog das Messer heraus, das ihr die Königin der Spiegel gegeben hatte und das nun mehr einem kurzen Schwert ähnelte. »Ich bin bewaffnet, was ist mit euch?«

Mit noch größerer Vorsicht setzten sie ihren Weg fort. »Die veranstalten dieses Theater doch hoffentlich nicht wegen Betty?«, überlegte Alice.

»Denk besser nicht einmal dran, dass sie sie erwischt haben könnten«, widersprach Chloe.

»Da hat sie recht«, stimmte Garreth zu.

»Falls sie sie erwischt haben, was ich auch lieber nicht glauben möchte, und wir liegen mit unserer Einschätzung das ARO betreffend richtig, dann fürchte ich, haben sie sie still und heimlich einen Kopf kürzer gemacht, statt ...«

»Psst!«, zischten Chloe und Garreth dem Kaninchen zu, doch Alice winkte ab. »Lasst ihn doch, wahrscheinlich stimmt das so. Aber das ist völlig egal, weil sie Betty nicht erwischt haben und uns nicht erwischen werden«, erklärte Alice energisch.

Der Blick, den Chloe ihr zuwarf, war halb überrascht, halb anerkennend. Sie wirkte, als wollte sie etwas sagen, überlegte es sich aber anders.

»Ich nehme nicht an, dass du nachsehen kannst?«, fragte Garreth.

»Wer weiß, wozu ich den Spiegel noch brauche. Außerdem ... gab es das bisher noch nicht, aber das ARO hat selbst Seher in seinen Reihen. Das, was da oben passiert, ist nicht mehr das ARO, wie es die ganze Zeit in Erscheinung getreten ist. Sie gehen viel aggressiver vor. Ich will den Teufel nicht an die Wand malen, aber was, wenn ihre Seher eine Möglichkeit gefunden haben zu entdecken, sobald sich etwas in den Spiegeln tut? Da ist so vieles, was wir nicht über die Spiegel wissen. Ich dachte immer, man schaut in einen Spiegel und sieht seltsame Dinge ...«

»Oder Katzen ...«, warf Chloe ein, doch Alice beschloss, es zu überhören.

»... aber ich wusste vorher nicht, dass die Spiegel tatsächlich miteinander zusammenhängen. Gibt es nur die Königin der Spiegel im Dämmer-Spiegel-Land, die damit umgehen kann? Oder können es eigentlich alle? Und wenn ich meinen Spiegel wecke, wer erfährt das möglicherweise?«

»Ausschließen kann man das nicht«, gab Ethan Bond zu.

»Seltsam, da brennt gar kein Licht auf dem Friedhof«, machte Chloe sie aufmerksam.

»Normalerweise würde ich ja sagen, die Toten sind die letzten, die welches brauchen, aber ich verstehe, was du meinst«, bemerkte Garreth.

Alice wurde eiskalt, sie spürte, wie ihre Hände zu zittern begannen. Der Friedhof war nun wirklich ein Ort, den sie an der Stelle des ARO gut bewacht hätte. Schließlich kamen die Untoten unter anderem von dort. Sie verlangsamte ihre Schritte, blieb stehen. Da stimmte etwas nicht, ganz und gar nicht. Sie sah ihre eigenen Überlegungen in den Gesichtern der anderen gespiegelt.

»Na komm, wir müssen weiter«, forderte Chloe sie auf und streckte eine Hand nach ihr aus. Alice griff danach und sie liefen weiter, als wären Chloe und sie wieder höchstens neun Jahre alt und würden versuchen, sich gegenseitig zu trösten.

Auch als sie näher kamen, blieb der Friedhof dunkel, nichts deutete darauf hin, dass er bewacht wurde. Sie erreichten den Waldrand, traten vorsichtig hinter den Bäumen hervor und erhielten einen Blick auf die ersten Gräber ein paar Schritte vor ihnen.

»Mein Gott«, sagte Chloe.

Das Kaninchen starrte nur mit angelegten Ohren und fassungslosem Gesichtsausdruck auf das Bild, das sich ihnen bot. Alice ließ Chloes Hand los und machte einen unsicheren Schritt nach vorne. Fast wäre sie dabei über einen großen Stein gestolpert, der im Gras lag. Licht flammte hinter ihr auf und der Lichtwerfer enthüllte, dass der Stein einmal Teil eines Kreuzes gewesen war.

»Die sind wahnsinnig. Die sind alle wahnsinnig«, murmelte Alice vor sich hin.

Das Kaninchen schaltete den Lichtwerfer wieder aus, um nicht doch von der Schule aus entdeckt zu werden, doch auch so erkannte man mehr als genug von der Zerstörung, die sich vor ihren Augen auftat.

Wie in Trance lief Alice weiter, doch es war überall dasselbe, Reihe um Reihe. Das war kein Friedhof, das war ein Schlachtfeld. Das ARO hatte mehr als einmal durchsetzen wollen, dass sämtliche Toten verbrannt wurden, damit nichts mehr übrig blieb, was noch aus einem Grab aufstehen konnte. Doch es war den Befürwortern in der Politik nicht gelungen, es als allgemeines Gesetz zu erlassen. Erst war man noch der Überzeugung gewesen, dass es ein sehr seltenes Phänomen bleiben würde, doch dann hatte es sich ausgebreitet. Trotzdem hatte man darauf gehofft, dass das ARO etwas Wirksames finden könnte, um die Sache zu stoppen, und darauf, dass vielleicht nicht alle, die von den Toten zurückkehrten, wahnsinnig geworden wären. Es hatte sogar Auseinandersetzungen mit Familien gegeben, die einen zurückgekehrten Toten wieder aufgenommen und sich beim ARO geweigert hatten, ihn wieder auszuliefern, weil er oder sie sich schließlich noch vollkommen normal benahm. Was auch immer normal in diesem Fall heißen mochte. Alice dachte an Betty und die Truppen der Dämmer-Königin. Normal war vielleicht nicht ganz der richtige Ausdruck, aber sie waren immerhin weit weg von Wahnsinn und grundlosem Töten.

Doch das hier trug nun eindeutig die Handschrift des ARO. Ob mit offizieller Genehmigung oder ohne, der Friedhof war regelrecht umgepflügt worden. All die Toten aus dem Dorf und die paar von der Schule, mehr Menschen waren hier nicht begraben worden, doch im Laufe der Zeit war trotzdem einiges an Gräbern zusammengekommen. Und jetzt ... waren sie leer. Egal, wie alt sie gewesen waren oder wie neu, man hatte sie alle geöffnet, jede einzelne Leiche herausgeholt ...

»Diese verdammten Bastarde«, hörte Alice Chloe wie von weither murmeln, obwohl sie nur ein paar Schritte von ihr entfernt war.

»Jetzt wissen wir, warum sie den Friedhof nicht bewachen müssen«, stellte Garreth fest.

»Damit haben sie das ganze Dorf gegen sich aufgebracht. Vielleicht würden wir da sogar Hilfe finden«, plapperte Alice, schüttelte dann aber den Kopf. »Oder auch nicht, weil die Leute zu viel Angst haben. Wie kann man nur? Wie konnten sie nur?«

»Das hier ist ein Krieg, Alice«, sagte das Kaninchen mit Resignation in der Stimme. »Wenn wir so zivilisiert wären, dass wir uns im Krieg noch ordentlich verhalten, dann wären wir erst recht zivilisiert genug, um gar keinen mehr anzufangen.«

»Stimmt. Das wäre dann der Moment, in dem das alles aufhört. Aber ich glaube, der ist noch weit weg. Also, stoppen wir diesen Irrsinn jetzt oder wie?«

Nicht nur Alice, auch Garreth, Chloe und Ethan Bond waren zu der Gestalt herumgewirbelt, die allem Anschein nach aus dem Nichts aufgetaucht war. Alice erkannte zwar die Stimme, aber sie konnte sie nicht damit in Einklang bringen, dass die Besitzerin der Stimme Hosen trug und eine Waffe in der Hand hielt.

»Betty?«, fing Garreth sich als Erster wieder.

»Immer noch, ja«, erwiderte die Gestalt und dieses Mal lag ein Lächeln in der Stimme. Chloe stürzte auf ihre Freundin zu und umarmte sie, nur um sie kurz darauf von sich zu schieben und loszuschimpfen: »Was hast du dir dabei gedacht? Wie konntest du einfach weglaufen? Wir haben uns Sorgen um dich gemacht, du verrücktes Huhn! Und wie siehst du überhaupt aus? Jemand hätte dich umbringen können!«

Alice, Garreth und der Spionage-Hase hatten sich Chloe mittlerweile angeschlossen und auch Alice umarmte Betty, ließ aber die Schimpftirade weg. Garreth streckte die Hand aus und wischte ihr mit den Worten »Hast du ein Glück, dass du noch in einem Stück vor uns stehst« einen Dreckfleck von der Wange. Das Kaninchen reichte ihr die Pfote und fügte hinzu: »Chloe wäre imstande gewesen, dich noch mal zusammenzusetzen, nur um dich dann selbst auseinanderzunehmen.«

»Das hätte sie ja auch verdient! Haut einfach ohne uns ab, und taucht dann auf diesem Friedhof wieder auf und sieht aus, als hätte sie im Matsch gespielt! Wieso trägst du eigentlich Hosen? Ist das etwa eine ARO-Uniform?«

Nach Chloes erschrockenem Ausruf betrachtete Alice Bettys Hose genauer. Tatsächlich, das war ARO-Kleidung. Hauptsächlich dunkelgrün, die Hose von den Knien abwärts schwarz. Soweit Alice wusste, hatten die dazugehörigen Jacken schwarze Ärmel. Einer ihrer Mitschüler hatte einmal erzählt, dass diese Uniformen die Untoten verwirren sollten, weil man davon ausging, dass sie diese Farben nicht so gut unterscheiden könnten und Tritte oder Schläge nicht richtig kommen sehen würden. Alice hatte mittlerweile ihre Zweifel, wie viel das ARO wirklich über das Sehvermögen von Untoten wusste. Und wieso schaute Betty eigentlich so abwesend über den Friedhof, statt zu antworten?

Betty seufzte. »Die Zeit ist ein seltsames Ding«, sagte sie schließlich.

»Zeit?«, fragte Chloe verwirrt.

Doch Garreth schien sie zu verstehen. »Wie lange bist du schon hier?«, fragte er und sein Tonfall erinnerte Alice an ihren älteren Bruder. Als sie noch zu Hause gelebt hatte, hatte er manchmal so mit ihr gesprochen.

»Ein paar Tage. Lange genug, um einmal fast erwischt zu werden, einen vom ARO unschädlich zu machen, ihm die Waffe und die Uniform zu klauen, weil mich dieser Rock zu Tode genervt hat und … ein bisschen im Matsch zu spielen. Ist ja genug davon da.« Sie deutete auf all die offenen Gräber um sie herum.

»Du warst … die ganze Zeit hier?«, fragte Chloe und verzog das Gesicht.

»Wo hätte ich sonst hingehen sollen? Euch ist ja auch nichts Besseres eingefallen, oder? Wir sollten hier weg. Das Häuschen steht noch, also …« Sie drehte sich um und winkte den anderen, ihr zu folgen.

Wortlos legten sie den Weg über den Friedhof zurück bis zu einem kleinen Backsteinhaus, das in der Nähe des Hauptzugangs im eingezäunten Bereich stand. Ganz früher hatte der Friedhofsgärtner dort gewohnt, dann hatte das ARO zeitweise, als ein paar Untote im Dorf aufgetaucht waren, eine Wache abgestellt, die eigentlich solche Dinge wie Betty verhindern sollte. Als Betty aus ihrem Grab gekommen war, hatte es jedoch schon längere Zeit keine Sichtungen mehr in dieser Gegend gegeben und so hatte man den Friedhof wieder unbewacht zurückgelassen. Der Gärtner hatte sich aber geweigert zurückzukehren.

Betty stieß die Tür mit dem Fuß auf, wartete, bis sie alle im Innern waren, und schloss sie dann wieder, stopfte ein Stück zusammengerollten Stoff unter den Türspalt und dann flackerte ein Streichholz auf, mit dem sie eine Kerze in dem winzigen Flur anzündete.

»Wir sind doch gar nicht mehr im Dämmer-Spiegel-Land«, stellte Alice mit einem fragenden Blick auf den abgedunkelten Türspalt fest.

»Nein, aber hier könnte das ARO vom Licht angezogen werden. Rechts geht es ins Wohnzimmer«, erklärte Betty und Chloe öffnete die besagte Tür. Der kleine Raum war zwar etwas staubig, aber zumindest waren die Möbel noch intakt, wenn es sich auch nur um ein Sofa für maximal zwei Menschen und einen alten, durchgesessenen Sessel handelte, aber immerhin war es trocken, es gab einen Ofen und die Fenster waren heil.

»Bin gleich da«, sagte Betty, »setzt euch schon mal.

Alice ließ sich in einer Ecke des Sofas nieder, Chloe setzte sich neben sie und Garreth nahm neben Chloe auf der Armlehne Platz.

Alice hätte schwören können, dass noch etwas auf die Lehne des Sofas sprang und sich jetzt hinter ihrem Kopf befand, aber sie würde nicht nachsehen. Da war nichts, da konnte nichts sein.

Ethan Bond blieb der Einfachheit halber auf dem Boden sitzen.

»Wie kann das sein mit der Zeit?«, wollte Chloe wissen.

»Glaubst du mir jetzt endlich, dass sie im Dämmer-Spiegel-Land ein seltsames Ding ist?«, konnte sich das Kaninchen offenbar nicht verkneifen.

»Besserwisser«, zog Chloe ihn mit einem Lächeln auf.

»In diesem Fall eindeutig ja. Ihr habt gesehen, dass sich die Türen manchmal nicht so verhalten, wie ihr das von Türen gewohnt seid. Manchmal machen sie das nicht nur im Raum, sondern auch in der Zeit. Nehmen wir an, ihr geht im Dämmer-Spiegel-Land durch eine Tür und im Dämmer-Spiegel-Land ist es Montag und laut Chronograf in eurer Welt Dienstag oder Sonntag und die Zeit erlaubt sich einen kleinen Spaß, dann kommt ihr möglicherweise nicht Dienstag oder Sonntag hier an, sondern Sonntag vor einer Woche oder Dienstag nächste Woche oder andersrum.« Das Kaninchen zuckte mit den Schultern. »Wenn man einen Chronografen dabei hat, verkneift sich die Zeit solche Sachen meistens, weil es ihr dann weniger Spaß macht, zumal man schneller merkt, was passiert ist, aber, nun ja ... Betty hat es anscheinend voll erwischt.« Ethan Bond warf einen Blick zur Tür, durch die Betty gerade wieder hereinkam.

Sie hielt ein paar Blätter in der Hand und reichte sie Chloe. »Ich glaube, da steht alles drin. Ihr habt sicher nichts dagegen, wenn ich uns etwas zu essen mache? Wenigstens im Dorf sind die Dinge noch halbwegs beim Alten und man kann recht gut ein paar Vorräte mitgehen lassen ...«

»Bist du jetzt ganz unter die Gesetzlosen gegangen?«, fragte Chloe.

Einen Moment lang warf Betty ihr einfach nur einen vielsagenden Blick zu, dann erzählte sie wie beiläufig: »Am Bahnhof ist vorhin ein Feuer ausgebrochen, das sieht man sogar von hier aus. Das müssen auch irgendwelche Gesetzlosen gewesen sein.« Dann zwinkerte sie Chloe noch einmal zu und verschwand in einem angrenzenden Raum, in dem sich offenbar eine winzige Küche befand.

BETTYS TAGEBUCH

Womit soll ich jetzt eigentlich anfangen? Auf einem leeren Blatt Papier anzufangen, ist immer so schwierig, vor allem, wenn man so völlig den Faden verloren hat wie ich. So richtig den Faden verloren, ich weiß nicht einmal, welcher Tag heute ist, nur gerade so, welcher Tag wahrscheinlich sein sollte, aber das hilft mir nun wieder gar nicht.

Noch mal von vorne, falls sie mich doch erwischen sollten und irgendjemand herausfinden will, was aus mir geworden ist: Erst mal war da diese Uhr. Ich habe Alice den Schlüssel zum Märenland abgenommen, nur für den Fall, dass ich doch einmal einen untoten Zauberer brauchen sollte, und dann bin ich, ehrlich gesagt, ziemlich planlos losgestolpert und konnte mich nur darauf verlassen, dass da schon irgendwo eine Tür sein würde. Die paar Wachen haben mich nicht aufgehalten, ich bin nicht mal sicher, ob sie mich in ihrem halb verschlafenen Zustand überhaupt bemerkt haben. Es war ja auch eine lange Nacht.

Tatsächlich war da eine Tür, ganz plötzlich, als hätte ich sie gerufen oder so. Vielleicht hätte ich mich wundern sollen, dass darin auf Kopfhöhe eine große Uhr war, aber in dieser verrückten Welt konnte ja alles passieren und ich habe über diese Uhr nicht weiter nachgedacht. Das würde mir heute auch nicht mehr passieren, aber so schlau war ich in diesem Moment nicht.

Jedenfalls habe ich die Tür aufgemacht, noch mal einen Blick über die Schulter geworfen und den ersten Schritt hindurch gemacht ... und dann war es zu spät, um noch einmal zu bremsen. Hinter der Tür war einfach Schluss, ich bin gefallen, direkt auf ein riesiges Ziffernblatt zu, und auch wenn ich eigentlich der Meinung war, andere Probleme zu haben, doch dass diese Uhr rückwärts lief, konnte ich selbst im Fallen nicht übersehen. Dann sind die Zeiger praktisch eingerastet, ich bin einfach nicht mehr weitergefallen, hing einen Moment in der Luft. Dann war die Uhr weg und ich bin doch auf den Boden geknallt. Mitten in den Dreck, vielen Dank auch.

Der Dreck hätte mir an sich ja noch nicht viel ausgemacht, bis ich mich aufgerappelt habe und feststellen durfte, dass ich in einem offenen Grab gelandet war. Einmal im Leben mit einem hinderlichen Rock aus einem Grab zu klettern, hätte mir voll und ganz gereicht, aber zweimal? Als müsste ich das noch mal üben – Frechheit.

Jedenfalls war mir das mit dem Klettern zu anstrengend, also habe ich mir ein paar Stufen aus Eis gebaut, bin aus dieser Grube raus und ja, ich hätte vorsichtiger sein sollen, vor allem, weil ich nicht mal wusste, wo ich war, aber ich war einfach ein bisschen doof. Darf mir ja auch manchmal passieren.

Jedenfalls steht dieser Typ vor mir, eindeutig ARO, mit erhobener Waffe und sagt: »Keine Bewegung!«

In Bezug auf Dummheit stand es in dem Moment also unentschieden, denn wenn heutzutage jemand aus einem Grab klettert, egal, ob es vorher leer war oder nicht, dann schieße ich doch zuerst und stelle dann Fragen!

Hat er nicht, war sein letzter Fehler.

Anscheinend war es hier, wo auch immer dieses Hier war, also gefährlich, weil das ARO nicht weit weg war, und deswegen habe ich ihm die Waffen abgenommen und die Munition und dann fand ich Hosen einfach praktischer als einen Rock … und Himmel, der Typ war tot, da konnte ihm seine Uniform wirklich egal sein.

Dann habe ich darüber nachgedacht, wo ich jetzt die Leiche verschwinden lassen sollte und dann ist mir so langsam doch aufgefallen, wo ich war. Und was passiert sein musste.

Taktisch gesehen war es ziemlich schlau, was sie gemacht haben, um die Toten, die hier auf dem Friedhof beerdigt sind, brauchen sie sich schon mal keine Gedanken zu machen und keine Kräfte mehr darauf zu verschwenden. Deswegen nahm ich einfach mal an, dass es auch niemanden mehr im Haus des Friedhofsgärtners geben würde, aber dieses Mal bin ich die Sache vorsichtiger angegangen, habe mich mit vorgehaltener Waffe in das Haus geschlichen – das natürlich wirklich leer war. Wie man es macht, ist es verkehrt.

Da war ich also, wieder zu Hause, aber völlig verwirrt wegen der Uhr und der Zeit. Die letzte Zeitung, die ich im Haus fand, war schon eine Woche alt, aber so wusste ich wenigstens, dass diese Grabschändung ungefähr eine Woche her sein musste. Während sie den Friedhof umgegraben haben, hat anscheinend von diesem Häuschen aus jemand die Aufsicht geführt. Das ARO hat wirklich alle Skrupel verloren, ganz normale Leichen, die teilweise schon länger unter der Erde waren, als diese Seuche in unserer Welt, einfach wieder aus ihrer Totenruhe zu reißen und zu verbrennen. Und ich nehme nicht an, dass sie die Asche wieder ordentlich beisetzen. Mistkerle, alle miteinander. Man könnte jetzt sagen, es ist eigentlich egal, weil tot ist tot, und was interessiert es einen toten Körper, was mit ihm passiert?

Aber das hat etwas mit Anstand zu tun. Das ARO hat die Mutaren und die Untoten seit Jahren bzw. seit Monaten wie den letzten Dreck behandelt, und jetzt ist ihnen gar nichts mehr heilig. Jetzt scheren sie sich ganz offen auch nicht mehr darum, was die normale Bevölkerung zu ihren Kommandoaktionen sagt, denn schließlich muss so ziemlich jeder im Dorf Angehörige auf diesem Friedhof gehabt haben, die jetzt Asche sind. Ich hoffe ja fast auf einen Aufstand, aber ich glaube, da kann ich lange hoffen. Das ARO hat Gewehre, Pistolen und, was noch viel wichtiger ist, die Politiker auf seiner Seite. Die Leute im Dorf haben nur ihre Wut und vielleicht noch ein paar Mistgabeln, aber sie sind hoffnungslos in der Unterzahl und da das ARO vor nichts mehr zurückzuscheuen scheint ...

Wann ist aus einer Behörde, die die Mutare im Griff halten und sich diesem Problem mit den Untoten annehmen sollte, eigentlich eine militärische Truppe geworden, die gnadenlos alles niedermacht, was auf ihrer Liste steht? Vielleicht sollte mich das am wenigsten überraschen, aber das tut es, weil sich so etwas wie hier nicht einfach von heute auf morgen organisieren lässt. Ich weiß, wie viel Planung militärische Einsätze erfordern, und es lässt nur die eine Schlussfolgerung zu, dass das ARO schon immer so funktioniert hat und wir das einfach nicht wussten.

Aber was hätte ich für meinen Teil auch wissen sollen? Meine Welt war Miss Yorks Internat und das Dorf ... und da hörte es auf. Sicher bekamen wir Nachrichten mit, aber wer sagt mir denn, dass die nicht vorsortiert waren?

Es brachte jedenfalls nichts, hier zu sitzen und sich Gedanken darüber zu machen, welche Entwicklung eigentlich die ganze Zeit hinter meinem Rücken stattgefunden hat, jetzt habe ich die Situation nun mal und irgendwie muss es gehen. Ich sollte mich um das kümmern, wofür ich hergekommen bin, und dieses Internat auskundschaften. Hoffen wir mal, dass ich von dort wieder zurückkomme.

Egal, wie oft ich mich dort hinaufschleiche, ich finde keinen Weg hinein. Die ganze Schule ist eine Festung und ich habe nicht die geringste Ahnung, wie ich alleine einen Weg durch diesen Zaun finden soll. Schön, Zäune lassen sich aufschneiden, aber dann müsste ich immer noch alleine die Patrouillen ausschalten und das würde womöglich Aufsehen erregen. Immerhin erkenne ich einen gut gesicherten Stützpunkt, wenn ich einen sehe, und der hier ist so ziemlich perfekt gesichert. Vielleicht reichen zwei Tage auch nicht, um die Lücke zu entdecken, die ich brauche, aber eins weiß ich jetzt immerhin schon: Irgendetwas geht da vor sich. In dieser Schule ist etwas geschehen, etwas, was es dem ARO wert ist, ganz offen in Erscheinung zu treten und ein ganzes Dorf zu verärgern. Normalerweise klopfen sie mal dezent nach Einbruch der Dunkelheit an eine Tür oder schicken ein kleines Trüppchen, wenn es mit den Untoten richtig schlimm wird, aber dann sind auch in aller Regel alle lebenden Menschen dort froh, dass sie kommen.

Das hier ist etwas anderes. Sie haben so dicht an einem zivilen Ort mehr oder weniger eine Basis aufgebaut. Außerdem der verwüstete Friedhof ... Und dann war da die Sache mit Iris vorhin.

Habe ich erwähnt, dass die Typen vom ARO Drecksäcke sind? Man kann es nicht oft genug sagen. Man macht so etwas nicht mit einem kleinen Mädchen, man macht so was überhaupt nicht und am liebsten hätte ich sie alle miteinander ausgeschaltet, aber was soll ich machen, mir den Weg mit einem Kind an der Hand freischießen?

Iris ist jedenfalls acht, sie ist noch nicht lange an Miss Yorks Schule und ein eher schüchternes Kind. Sie hat wahnsinnige Angst vor den Untoten, was kein Wunder ist, da die ihre Familie auf dem Gewissen haben. Als das ARO eingegriffen hat, haben sie die kleine Iris und ihre Schwester alleine und verängstigt in einem Haus vorgefunden, in dem kein Möbelstück mehr an seinem Platz stand. Ich habe vergessen, wie das ältere Mädchen hieß, aber das ist auch egal, denn sie kam zu den Großeltern, weil sie keine Mutare ist, und Iris kam zu uns. Kein Zuhause mehr, keine Schwester mehr und das alles innerhalb von so kurzer Zeit, dass dem armen Kind ganz schwindelig sein muss. Sie ist eine Astrale und das ist eigentlich ganz praktisch, weil ihr Vater Bestatter war und

Iris immer sagen konnte, wenn aus Versehen jemand eingeliefert wurde, der eigentlich nur mal kurz aus seinem Körper raus oder so Chloe-tot war. Ihr Vater hat das Mädchen natürlich nicht mit Leichen spielen lassen, sie hat die Toten nie gesehen, es lag immer ein Tuch darüber und das Kind befand sich ein paar Schritte weit weg, aber das hat gereicht, um sie spüren zu lassen, ob jemand wirklich tot war oder nicht. Deswegen hat sie auch absolut keine Angst vor Toten, als letzten Monat unsere alte Köchin beim Äpfelpflücken von der Leiter gefallen ist, war es Iris, die sie gefunden hat und neben ihr gesessen hat, bis jemand kam, der wiederum Iris und die Köchin gefunden hat. Die Kleine mochte die Frau, das war natürlich schlimm und Iris war traurig, aber abgesehen davon hat ihr das wohl weniger ausgemacht, als die Fürsorge des ARO.

Was das eigentlich alles mit Iris zu tun hat, diese ganze Sache hier, ist ganz einfach: Ich war schon wieder auf dem Friedhof, weil es langsam dunkel wurde und ich doch noch einmal nach meinem alten Grab sehen wollte, und da kommen diese zwei Kerle in voller Kampfuniform und mit diesem kleinen Mädchen zwischen sich auf den Friedhof. Ich war zwar ein Stück weit weg, aber selbst von da aus konnte ich sehen, dass das arme Ding völlig panisch wirkte. Also, wie kann man ein kleines Mädchen, das panische Angst vor Untoten hat, in diesen Zeiten bei Dämmerung auf einen Friedhof voll leerer Gräber zerren?

Das ARO kann es offenbar. Alles, was sie von Iris wollten, war, nachzuspüren, ob irgendwelche Astrale auf dem Friedhof unterwegs wären. Sicher, die Möglichkeit besteht, dass im Internat einer von unseren Astralen seinen Körper verlässt und einen Spaziergang hier runter macht, aber hätten sie keinen von den Älteren nehmen können, um das zu überprüfen? Milly oder Nathan vielleicht?

Das Einzige, was für Iris sprach, war meiner Ansicht nach, dass es viel einfacher ist, eine Achtjährige einzuschüchtern, als rebellische Fünfzehnjährige. Wobei selbst Nathan bei den Gewehren die Luft angehalten hätte.

Mir sagt das zwei Dinge: Erstens soll in der Schule keiner wissen, was das ARO hier draußen wirklich veranstaltet, warum auch immer. Sie werden doch wohl ein paar halbstarke Mutare im Griff behalten können mit diesem Großaufgebot? Ganz sicher können sie das, deswegen stelle ich mir eine andere Frage: Was haben diese Mistkerle vom ARO zu Hause erzählt? Also in dem

Fall, beim Innenministerium? Was haben sie denen erzählt, wozu der ganze Aufstand hier gut ist? Möglicherweise nicht die Wahrheit. Und möglicherweise wäre die Hölle los, wenn, sagen wir mal, jemand wie Chloe, zu Hause die Wahrheit erzählen würde. Wenn einflussreiche Leute davon erfahren würden. Selbst das ARO hat also vor etwas Angst und das ist umso besser für uns. Ähm, mich.

Und das Zweite ist vielleicht gar nicht so wichtig, zumindest nicht für die große Sache, aber da ich ohnehin darüber nachgedacht habe, dass ich ein paar meiner Mitschüler retten muss, weiß ich jetzt, dass ich mit Iris anfangen werde, wenn ich kann. Und die Gesichter von diesen zwei groben Klötzen habe ich mir gemerkt, die werde ich im Leben – oder auch im Tod, wie auch immer – nicht mehr vergessen. Die können sich auf was gefasst machen, wenn ich sie in die Finger bekomme. Jeder hat vor etwas Angst, auch die zwei. Und vielleicht finde ich ja noch heraus, was das ist.

Werde ich langsam biestig? Mag sein. Es mag aber auch einfach sein, dass ich, nachdem ich schon mal mein Leben verloren habe, die Dinge ein wenig anders sehe, dass es mir langsam völlig egal ist, was dieses ARO jetzt gerne hätte, was so jemand wie ich tun oder lassen soll und eine verdammte Wut auf diese Leute im Bauch habe, die kleine Kinder erschrecken und zugelassen haben, dass ich erschossen werde.

Hat Garreth nicht gesagt, es gäbe Drachen in diesem Märenland? Ein paar davon wären hier wirklich hilfreich, aber weiß irgendjemand zufällig, wo sich der nächste Übergang befindet? Entweder habe ich Türen, die mich in der Zeit versetzen, oder ich habe einen Schlüssel und keine Türen, es ist doch zum ... Lassen wir das, sonst fängt Chloe nur an zu schimpfen, dass ich nicht so undamenhaft fluchen soll, falls sie das mal liest. Aber Chloe würde mich sowieso in die Badewanne stecken, wenn sie mich so sehen würde. Beim Durchsuchen meines alten Grabes habe ich eine Menge Erde aufgesammelt. Aber es hat sich gelohnt. Nach ein wenig Wühlen, so unwahrscheinlich es auch war, habe ich nicht nur Knochen gefunden, die nicht von mir waren, und ein paar Regenwürmer aufgeschreckt, sondern auch die Munition gefunden, die Zoey auf mich abgefeuert hat. Ich wollte es am Ende einfach wissen, und siehe da: wie bereits angenommen, ganz normale Munition. So viel dazu.

Vielleicht sollte ich das mit der Badewanne jetzt so oder so machen. Ich habe schon mal einen Teil der Dinge herausgefunden, die ich wissen wollte, bevor sich der Dreck in der Wohnung verteilt ...

Wieder Tage später, aber nichts ändert sich. Man könnte verrückt werden, wenn man keine Geduld hätte, aber es bringt niemandem etwas, wenn ich es überstürze. Ich versuche also weiter, die Schule auszuspähen, aber ... Was sollen die Sirenen denn jetzt plötzlich?

So was, es passiert doch noch etwas. Zumindest sagt mir ein vorsichtiger Blick aus dem Fenster, dass etwas am Bahnhof Feuer gefangen hat. Der Friedhof liegt ein Stück höher als das Dorf und der Bahnhof liegt von mir aus gesehen am anderen Ende. Da brennt etwas und wenn man das Fenster aufmacht, hört man auch, dass es knallt. Proben die Leute im Dorf doch den Aufstand? Und haben mit dem Bahnhof als Verbindung des ARO zum Rest der Welt angefangen? Herrje, vor ein paar Wochen war das hier ein kleiner Ort mit einer Schule, jetzt sind wir auf dem Weg zum Kriegsgebiet. Wenn das so weitergeht, gibt es bald Tote. Entschuldigung, noch mehr Tote, meine ich. Wie auch immer, ich sollte nachsehen, was da los ist.

ALICE

Chloe ließ die Blätter sinken. Nachdem sie geendet hatte, sagte eine Weile niemand irgendetwas. Alice' Hände hatten sich in ein Kissen verkrampft und tatsächlich konnte sie Bettys Wunsch, diese Kerle vom ARO auseinanderzunehmen, nachvollziehen. Sie kannte Iris, sie hatte diesem Mädchen, das immer irgendwie erschrocken in die Welt schaute, ein paarmal bei den Hausaufgaben geholfen.

»Also, ihr seht, ihr habt kaum was verpasst«, durchbrach Bettys Stimme die Stille, die wieder ins Wohnzimmer trat und einen Stapel Teller in der Hand hielt. »Wenn wir hier essen, können wir alle sitzen, die Küche hat leider nur zwei Stühle. Also, wer ist dafür, dass wir dem ARO Feuer unterm uniformierten Hintern machen?«

»Gottverdammte Mistkerle, alle miteinander«, platzte es aus Chloe heraus.

»Erst dieser Ort hier und morgen die ganze Welt, weil es für die Bevölkerung zu gefährlich ist, wenn es nicht in jedem Ort einen Stützpunkt gibt?«, überlegte Garreth. »Das ist eine Übernahme, nichts anderes.«

Betty nickte ihm zu. »Sehe ich genauso.«

»*Die* ganze Welt? Es ist noch viel schlimmer. Sie haben Kontakt zu jemandem gehabt, der aus dem Dämmer-Spiegel-Land gekommen ist und der ihnen den Schlüssel zum Märenland gebracht hat. Was machen wir denn erst, wenn sie ins Dämmer-Spiegel-Land kommen, weil sie wissen, dass die Seuche von dort kommt? Wenn sie ins Märenland einmarschieren, weil sie wissen, dass das Heilmittel dort zu finden ist?« Die Nase des Kaninchens wippte so schnell, dass sich Alice fragte, ob sie nicht bald davonfliegen würde.

Betty warf einen Untersetzer auf den Tisch und stellte einen Topf darauf ab, den sie aus der Küche geholt hatte. Das Geräusch war nicht laut, aber Alice zuckte trotzdem zusammen, legte den Kopf in den Nacken und berührte dabei irgendetwas. Da war etwas, verdammt noch mal! Sie sprang auf und Chloe meinte: »Immer mit der Ruhe, Alice. Erst essen, dann in die Schlacht ziehen.«

Mit zusammengepressten Lippen nahm Alice wieder Platz. Wenn sie diesen Störenfried in die Finger bekam …!

»Wir lassen nicht zu, dass sich das ARO so breitmacht. Wir halten diesen Wahnsinn auf«, entschied Garreth in einem Tonfall, als gäbe es gar keine andere Möglichkeit, wie die Dinge ihren Lauf nehmen konnten. *Oder wie unsere Geschichte enden wird*, ging es Alice durch den Kopf.

»Wir stehen noch immer vor demselben Problem: Wir kommen in diese Schule, nach allem, was ich gesehen habe und was Betty gesehen hat, nicht rein«, eröffnete Garreth nach dem Essen.

»Wenn wir es versuchen, werden sie uns wohl schneller erschießen, als einer von uns blinzeln kann«, stimmte ihm das Kaninchen zu.

Chloe verschränkte die Arme vor der Brust und murmelte: »Mit Sterben wird es dieses Mal auch nicht getan sein.«

»Und wenn sie die Astrale überwachen, dann haben sie womöglich wirklich eine Möglichkeit gefunden, auch die Spiegel zu überwachen«, vermutete Alice mit resignierter Stimme. Garreth hatte nachdenklich das Kinn in eine Hand gestützt und schien vollkommen darin versunken, Betty zu betrachten, was Chloe gerade irritiert die Stirn runzeln ließ.

»Wir könnten höchstens noch das Pförtnerhäuschen anzünden«, überlegte Alice weiter.

»Ausgezeichnete Idee. Abgesehen davon, dass ich mir langsam Gedanken um deinen Hang zu brennbaren Dingen mache, liebe Alice, ist so ein Feuer zur Ablenkung immer gut«, erklärte das Kaninchen.

»Das ARO ist nicht blöd, die werden wohl kaum alle Kräfte zum Pförtnerhäuschen schicken, aber es sollte deutlich einfacher sein, wenn wenigstens ein paar von denen abgezogen werden«, dachte Betty laut nach. Und Garreth fragte sie: »Kannst du mir mal erklären, wieso du mich so ansiehst?«

»Das würde ich auch gerne wissen«, murmelte Chloe.

»Ganz genau genommen schaue ich nicht *dich* an, sondern diese Hose, die du trägst. Was hast du dem ARO-Soldaten noch abgenommen?«

»Die Jacke und die Schuhe natürlich auch. Aber der Kerl war deutlich größer als ich, die Stiefel passen nicht mal, wenn ich noch Taschentücher vorne reinstopfe und die Ärmel sind viel zu lang. Die Hose kann ich auch nur tragen, wenn ich sie mehrmals umschlage, wie du siehst.«

»Würdest du die mal ausziehen?«, fragte er und verursachte damit Totenstille im Raum. Dann räusperte sich Chloe vernehmlich. Das Kaninchen bekam große Augen und schüttelte den Kopf.

Betty erhob sich lediglich aus ihrem Sessel und verließ grinsend den Raum.

»Also wirklich, so etwas sagt man doch zu einer Dame nicht!«, stellte Ethan Bond entrüstet fest.

»Was denn? Sie hat doch verstanden, was ich gemeint habe!«, verteidigte sich Garreth.

Alice schüttelte schmunzelnd den Kopf. Gott sei Dank hatte Betty ihn richtig verstanden, Chloe hätte ihm möglicherweise, ohne mit der Wimper zu zucken, eine Ohrfeige verpasst. So beschränkte sie sich darauf »Also wirklich« zu murmeln und Garreth entrüstet anzuschauen.

Kurz darauf kehrte Betty zurück, wieder in ihrem üblichen Kleid, und warf Garreth zwei Kleidungsstücke zu. In die Jacke schlüpfte Garreth sofort, die Hose hielt er danach vor sich und nickte zufrieden. »Das sollte klappen«, murmelte er dann.

»Kannst du uns jetzt bitte einmal erklären, wieso du Bettys Kleidung wolltest?«, forderte Chloe ihn danach auf.

»Weil die einfachsten Pläne die besten sind, meine liebste Chloe. Pförtnerhäuschen anzünden mag eine sehr gute Ablenkung sein, aber noch viel einfacher wird unser Leben, wenn wir jemanden dort einschleusen können. Wenn wir eine von euch in eine ARO-Uniform stecken, werden sie bei der Festbeleuchtung sehr schnell sehen, dass ihr Frauen seid und nicht zu ihnen gehören könnt. Oder hat das ARO etwa Soldatinnen?«

Alice, Betty und Chloe schüttelten die Köpfe. »Da sind zwar Frauen dabei, aber die tragen andere Uniformen.

Krankenschwestern, tatsächlich ein paar Mechanikerinnen, aber keine im Kampfeinsatz«, fügte Betty hinzu.

»Dachte ich mir«, stellte Garreth fest. »Ich könnte aber als einer von denen durchgehen. Wenn ich eine der Wachen ablösen kann, die am Zaun entlangpatrouillieren, dann ist es nicht mehr schwer, ein Loch in den Zaun zu schneiden und euch nachzuholen.«

»Das klingt logisch«, sagte Betty, dann zupfte sie an ihrem Rock. »Aber ich will auch nicht dieses hinderliche Ding tragen müssen.«

»Wir finden schon eine Wache, die du ausziehen kannst«, versicherte Garreth mit einem Zwinkern.

»Jetzt ist aber Schluss mit dem Ausziehen!«, ging Chloe dazwischen. »Das verstößt ja gegen sämtliche Konventionen!«

»Was denn?«, fragten Garreth und Betty gleichzeitig und Alice glaubte, das Kaninchen kichern zu hören, doch Ethan Bond verzog keine Miene. Aber irgendjemand *hatte* gekichert, da war sich Alice ganz sicher! Nur, wer?

»Also schön. Garreth marschiert in der Uniform des ARO durch das Tor, übernimmt einen Posten dort drinnen«, sagte Betty. »Dann startet ein Teil von uns ein Ablenkungsmanöver, indem wir das Pförtnerhäuschen anzünden, wenn dadurch die Wachen dezimiert werden, kann Garreth den Rest von uns durch den Zaun schleusen. Dann schlägt sich die eine Gruppe zu der anderen durch und wir schleichen uns in die Schule.«

»Im Internat müssen wir aber wirklich schleichen oder eine Wache nach der anderen ausschalten«, gab Ethan Bond zu bedenken. »Alice, ich denke, du hast die meiste Erfahrung von uns mit Brandstiftung. Wir beide zünden dieses Häuschen an.«

Obwohl ihr das Herz bis zum Hals klopfte, nickte Alice. Sie durfte sich jetzt nicht von ihrer Angst zurückhalten lassen, sie mussten sich alle zusammenreißen und tun, was sie konnten.

»Wir können uns nicht ungesehen durch diese ganze Schule schleichen oder zu fünft sämtliche Wachen ausschalten«, erklärte Garreth. »Das schaffen wir bei der zahlenmäßigen Überlegenheit nicht. Wir können nur hoffen, dass wir aus der Schule möglichst viel Hilfe bekommen. Dass sich andere uns anschließen, wenn sie merken, was los ist. Sonst werden wir das ARO nie aufhalten können.«

Betty nickte mit einem fast schon angriffslustigen Funkeln in den Augen. Auch Chloe hatte die Lippen zu einem dünnen Strich zusammengepresst und einen entschlossenen Gesichtsausdruck aufgesetzt. Ethan Bond wirkte hochkonzentriert und griff nach seinem Beutel, um seine Armbrust herauszuholen. Garreth und Betty setzten sich auf den Boden, um Bettys erbeutete Waffe, die Garreth fremd war, genauer zu betrachten.

»Wann fangen wir an?«, fragte Ethan Bond in die Runde, als würde er von einer Teeparty reden und nicht von einer sehr wahrscheinlich lebensgefährlichen Mission. »Solange es dunkel ist, haben wir die besten Chancen«, fügte der Spionage-Hase noch hinzu.

»Aber nicht direkt nach Einbruch der Dämmerung, da sind sie noch wachsam«, gab Garreth zu bedenken.

»Vor Sonnenaufgang«, schlug Betty vor. »Da sind sie hoffentlich unaufmerksamer und es ist immer noch dunkel.«

Während Garreth nur nickte und weiter die Waffe studierte, wippte das Kaninchen nachdenklich mit der Nase. Dann sagte es: »Betty hat recht. Also, ungefähr zwei Stunden vor Sonnenaufgang ziehen wir los und stiften bei dem ARO ordentlich Verwirrung.«

Um noch ein wenig zu schlafen, war Alice viel zu aufgewühlt. Es war eine Sache, vor dem ARO auf der Flucht zu sein, eine völlig andere Sache war es, sich denen offen entgegenzustellen. Ihr ganzes Leben hatte sie immer versucht, sich irgendwie damit zu arrangieren – und doch war da der Stoffbeutel in ihrem Schrank gewesen, das sichtbare Zeichen dafür, dass sie aus diesem gehorsamen Leben ausbrechen würde, sobald sich die Gelegenheit ergeben würde. Jetzt hatte sie ausbrechen *müssen*, und im Grunde war es auch so, dass sie sich gegen das ARO stellen mussten, schon alleine deshalb, weil es sonst niemand tun würde. Sie waren in diese Welt zurückgekehrt, um Betty zu suchen, nicht ahnend, dass Betty gerade an der Schwelle eines Aufstands stand.

Schön, dann also ein Aufstand!, dachte sich Alice mit neuer Entschlossenheit, von der sie nicht wusste, woher sie kam. Besser, sie hörte auf, darüber nachzudenken, was dabei alles schiefgehen konnte, dass sie dabei alle sterben konnten, wenn es richtig aus dem Ruder lief, und konzentrierte sich darauf, dass es in Miss Yorks Internat andere Mutare gab, die dringend ihre Hilfe brauchten, weil niemand sonst wusste, was dort passierte. Genau genommen wussten sie es nicht mal selbst, nur, dass dort möglicherweise Experimente stattfanden. Und dass das ARO dort mit Sicherheit recht rücksichtslos vorging. Jemand musste dem ein Ende setzen.

Nachdem das Kaninchen das Signal zum Aufbruch gegeben hatte, ging plötzlich alles ganz schnell. Bevor Alice es sich versah, war sie schon mit Ethan Bond auf dem Weg zu dem kleinen Pförtnerhäuschen, das ein Stück vor dem Eingangstor des Internats errichtet worden war. Wie oft war sie daran vorbeigegangen, ohne einen Gedanken daran zu verschwenden? Und dann durch den steinernen Torbogen hindurch, an den sich links und rechts eine niedrige Mauer anschloss, über die leicht ein Kind hätte klettern können. Jetzt ragten ein paar Schritte hinter diesem Tor hohe Zäune auf …

In dem Häuschen des Friedhofsgärtners hatten sie einen Kanister mit Benzin gefunden, um einen kleinen Generator zu betreiben, falls die Stromleitung ausfiel. Seit die Untoten gekommen waren, war das noch häufiger passiert als vorher. Strom war eine vergleichsweise neue Sache und Glühlampen waren noch nicht so verbreitet wie Gaslampen. Allgemein galt Gas für viele Menschen als noch zuverlässiger, einfach, weil sie daran gewöhnt waren. Strom schwankte häufig oder blieb ganz weg. Deswegen benutzte auch das Internat in vielen Fällen weiterhin Gaslampen. Das ARO hatte das schlagartig geändert. Es wäre zu schön, wenn ihm ausgerechnet in dieser Nacht der Strom ausfallen würde …

Womit sie gerechnet hatte, konnte Alice nicht sagen. Irgendwo in ihrem Hinterkopf wahrscheinlich damit, dass das ganze Häuschen mit Wachen des ARO umstellt wäre und ihr Aufstand enden würde, bevor er überhaupt angefangen hätte. Doch von dem Gebüsch aus, hinter dem sie sich mit Ethan Bond duckte, konnten sie gerade mal einen einsamen Wachposten ausmachen. Das Kaninchen hob die Armbrust, doch Alice drückte sie wieder herunter.

»Es ist nur einer. Müssen wir ihn unbedingt töten?«

»Ganz ohne Tote wird das hier nicht gehen, Alice«, erwiderte das Kaninchen.

»Aber der eine?«

Ethan Bond seufzte. »Die kleine Alice will ausgerechnet einen vom ARO retten. Also schön. Kannst du ihm das da auf den Kopf schlagen?« Der Spionage-Hase legte eine Pfote auf ein dickes, aber handliches Stück von einem Ast, das auf dem Waldboden lag.

»Ich denke schon.«

»Dann tu uns einen Gefallen und denk richtig«, seufzte Ethan Bond noch, dann legte er die Armbrust hin und hoppelte aus dem Gebüsch. Nach einer Weile hörte Alice, wie er leise »Du liebe Güte« murmelte.

Der einsame Wachposten hörte es natürlich auch und wandte seine Aufmerksamkeit dem Kaninchen zu, das daraufhin wieder in Richtung Unterholz zurückhoppelte. Alice schloss ihre Hände fester um den Ast, hob ihn hoch über ihren Kopf.

»Hey, was bist denn du für ein Häschen?«, hörte sie den Mann vom ARO noch sagen, dann war das Kaninchen an ihr vorbei und Alice ließ den Ast heruntersausen, direkt auf den Kopf des Mannes. Ohne einen Laut sackte er zusammen.

»Bis hierhin ging's gut«, murmelte sie.

»Genau, und jetzt fordern wir das Glück nicht weiter heraus. Schnell, hilf mir, ihm die Uniform auszuziehen!«, forderte das Kaninchen Alice auf.

»Was?« Einen Moment schaute sie Ethan Bond verständnislos an.

»Mädchen, bist du schwer von Begriff heute Nacht? Die Uniform. Er braucht sie gerade nicht, du schon. So ein Einbruch ist in Hosen viel angenehmer, glaub mir.«

»Das tue ich ja. Aber ich kann nicht ... ich kann doch keinen Mann einfach ...«

Ethan Bond verdrehte die Augen und schüttelte den Kopf. »Aber niederschlagen kannst du ihn? Versteh' einer die Frauen. Und womit sollen wir ihn fesseln, hat Madame dafür einen brauchbaren Vorschlag?«

Alice biss sich auf die Lippen und Ethan Bond schüttelte den Kopf.

»Halt das.« Mit diesen Worten drückte er ihr die Armbrust in die Hand und hoppelte in die Hütte. Kurze Zeit darauf, in der Alice spürte, dass ihre Hände zu schwitzen begannen, und sie jede Sekunde hoffte, dass sich der Mann nicht regen würde, kehrte das Kaninchen zurück.

»Geh und schau, dass keiner kommt«, blaffte Ethan Bond. Alice biss sich auf die Lippen, folgte aber der Anweisung. Hinter sich hörte sie das Kaninchen schimpfen und dazwischen ein Rascheln von Stoff. Dann hätte sie fast einen Satz gemacht, als Ethan Bond nach ihrem Arm griff und sie in das Häuschen zog.

»Da. Anziehen wirst du es noch können, oder?« Er drückte Alice ein Bündel Kleidung in die Hand, Alice verkniff sich eine Bemerkung und öffnete die einzige andere Tür, die aus dem Raum führte. Eigentlich hatte sie nur einen winzigen Abstellraum erwartet, aber erstens war der Raum gar nicht mehr so winzig und zweitens war es kein Abstellraum mehr. Sie zog sich schnell um, dann kehrte sie zu Ethan Bond zurück, der schon fleißig Benzin im Hauptraum verteilt hatte.

»Da drinnen ist was!«, rief sie halblaut.

»Was denn? Spinnen? Mäuse?«

»Nein, da sind Hebel, die gehören da nicht hin. Das ARO muss irgendetwas geändert haben.«

Nun hatte sie doch Ethan Bonds Aufmerksamkeit. Er stellte den Kanister ab und warf selbst einen Blick in den zweiten Raum. Tatsächlich stand auf dem Boden ein viereckiger Kasten mit zwei großen Hebeln, und die Außenwand war ein Stück versetzt worden.

»Sieh mal da.« Das Kaninchen deutete auf eine Beschriftung, die am Kasten unter den Hebeln angebracht war.

»Beleuchtung 1« und »Beleuchtung 2« konnte Alice im Licht eines Streichholzes entziffern.

»Das sieht aus, als wäre das …«, überlegte das Kaninchen laut, dann griff es kurzerhand nach dem ersten Hebel und legte ihn mit ein wenig Mühe um.

»Sieh mal aus dem Fenster«, forderte es Alice dann auf. Diese folgte der Anweisung und stellte fest, dass das Schulgelände auf einmal zur Hälfte im Dunkeln lag.

»Wir haben ihnen ungefähr die Hälfte der Lichter ausgeschaltet«, vermeldete Alice.

»Sehr gut. Dann hilf mir mit dem hier! Der klemmt.«

Mit vereinten Kräften zogen sie an dem Hebel, schließlich ließ er sich mit einem knackenden Geräusch umlegen. Das Schulgelände lag nun ganz im Dunkeln.

Dafür wurden vor dem Häuschen schon Schritte laut.

»Verdammt!«, fluchte das Kaninchen. »Dass sie so schnell hier sind …«

»Was hast du erwartet, sie sind ja nur ein paar Meter weit weg«, erwiderte Alice.

Der Benzingeruch in dem kleinen Hauptraum wurde durchdringend.

»Hast du ihm seine Waffe abgenommen?«, wollte Alice wissen.

»Natürlich, aber die liegt noch draußen. Ich kann auch nicht alles auf einmal tragen.«

»Und du dachtest, wir nehmen sie auf dem Rückweg mit.«

»So ungefähr dachte ich mir das, in der Tat.«

Dieses Mal war es Alice, die die Augen verdrehte und den Kopf schüttelte. Da draußen waren Kräfte des ARO, mit Waffen im Anschlag, und sie selbst hatten eine Armbrust, eine Menge Benzin, ein paar Streichhölzer und einen Spiegel. Das Pförtnerhäuschen bot ihnen nicht viele Möglichkeiten. Vom großen Fenster an der Vorderseite des Häuschens aus konnte man den Weg zur Schule überblicken. Vor diesem Fenster standen ein Tisch und ein Stuhl. Hier hatte einer der Pförtner gesessen und ein wenig darauf geachtet, wer draußen vorbeikam. Manchmal wurde auch Post bei ihm abgegeben, wenn es geregnet hatte und der Briefträger nicht noch bis zum Schulgebäude weiterlaufen wollte. Ansonsten zeugten zerknitterte Zeitungen mit halb ausgefüllten Kreuzworträtseln davon, dass es eine Aufgabe gewesen war, bei der man nicht viel zu tun hatte. In einer Ecke stand ein winziger Ofen für den Winter und das Kaninchen hatte das übrig gebliebene Holz und Papier schon benzingetränkt im Raum verteilt. Abgesehen davon lag auf dem kleinen Holztisch noch ein Kartenspiel.

Langsam öffnete sich die Tür zur Hütte, die sich in einer Seitenwand befand. Das Kaninchen zögerte nicht und feuerte seine Armbrust ab. Der Soldat wich dem schlecht gezielten Bolzen aus, taumelte zurück, und jetzt wussten sie mit Sicherheit, dass es kein technischer Defekt gewesen war, sondern dass sich in der Hütte jemand aufhielt.

»Kommt mit erhobenen Händen raus!«, rief eine Stimme und Alice schluckte. Schöner Aufstand, erwischt zu werden, bevor man richtig angefangen hatte. Wieder fiel ihr Blick auf die Spielkarten.

»Einen könnte ich noch erledigen, dann muss ich nachladen«, stellte das Kaninchen fest, die Anspannung in seiner Stimme war deutlich zu hören.

Alice antwortete nicht. Sie zog ihren Spiegel aus der Tasche, betrachtete ihn prüfend. »Es ist deiner« hatte die Königin der Spiegel gesagt, und vielleicht bedeutete dieser Satz mehr, als die reine Bedeutung der Worte. Alice betastete den Stoff ihrer Uniform. Er war widerstandsfähig, sicher, aber er würde keinen Schutz vor einer scharfen Klinge bieten.

»Alice, was machst du da?«, wollte das Kaninchen wissen.

Eine Kugel durchschlug die Wand über ihren Köpfen.

»Das ist unsere letzte Warnung!«, rief jemand von draußen. »Kommt mit erhobenen Händen raus und ihr kommt mit einer Strafarbeit davon!«

»Was glauben die, dass sich ein paar Kinder aus der Schule geschlichen haben und einen Streich spielen wollten?«, murmelte das Kaninchen erstaunt.

»Die schießen trotzdem. Selbst wenn wir nur Kinder wären«, murmelte Alice und fragte sich, warum genau sie den ARO-Soldaten, der gefesselt hinter der Hütte lag, noch mal verschont hatte.

Trotz allem versuchte Alice, sich auf das Bild zu konzentrieren, wie die Königin der Spiegel Garreth' Messer gespiegelt und eine zweite Waffe für Chloe herausgeholt hatte. Eine veränderte Waffe. Möglicherweise wurden die Spiegel überwacht und jemand würde es sehen, aber was blieb ihr anderes übrig?

Alice hielt den Spiegel neben das Kartenspiel, atmete noch einmal tief durch und griff mit der freien Hand nach dem Glas. Ihre Fingerspitzen berührten die Oberfläche – und glitten dann hindurch.

Vorsichtig holte Alice den Kartenstapel heraus. Er fühlte sich zu fest an für Spielkarten und sie achtete darauf, dass sie die Kanten nur ganz vorsichtig berührte.

Fast war es ihr, als würde sie sich selbst von außen dabei zusehen, wie sie den Benzinkanister nahm und weiter über dem Boden ausleerte.

»Alice, was *tust* du?«, fragte Ethan Bond noch einmal, als ihm der neuerliche Benzin-Geruch in die empfindliche Nase stieg.

Schritte näherten sich der Tür, sie wurde aufgestoßen und das Kaninchen drückte den Auslöser der Armbrust. Der Mann sackte getroffen zusammen und versperrte damit die Tür. *Wie viele bleiben noch?*, fragte sich Alice mit fast schon unnatürlicher Ruhe.

Dann warf sie die ersten Spielkarten.

»Alice, was machst du denn, zur Hölle noch mal?«, fragte das Kaninchen jetzt deutlich ungehaltener, während es in fieberhafter Eile seine Armbrust nachlud.

»Was wohl, ich rette dir deinen felligen Hintern!«, erwiderte Alice gereizt und drückte das Kaninchen mit herunter, als sie sich hinter die Wand neben der Tür duckte. Sie hatte nicht getroffen, aber sich wenigstens einige Sekunden Zeit verschafft, weil die Soldaten zurückgewichen waren. Einer von ihnen versuchte, seinen verletzten Kameraden aus der Schusslinie zu ziehen, und dieses Mal zielte Alice besser. Die Spielkarte flog und traf den Mann in die Innenseite des Oberschenkels. Erschrocken zuckte er zusammen, griff reflexartig nach dem Geschoss und schnitt sich in die Hand. Die nächste Karte traf ihn in den Arm. Der Mann fluchte und Alice ließ ihm keine Zeit zum Verschnaufen, sondern traktierte ihn weiter mit Spielkarten, die durch die Uniform schnitten, als wäre sie ein Stück Butter.

»Gib mir Deckung!«, forderte sie dann von Ethan Bond und zerrte ein Streichholz aus der Schachtel, während das Kaninchen die nachgeladene Armbrust auf die Tür richtete.

»Alice!«, zischte der Spionage-Hase.

Doch Alice hatte schon das Streichholz angerissen. »Raus hier!«, schrie sie und warf die restlichen Spielkarten mehr oder weniger gut gezielt nach den Männern des ARO. Sie sprangen über den Soldaten in der Tür hinweg, der nach ihnen zu greifen versuchte, es jedoch nicht schaffte. Aus den Augenwinkeln sah Alice, dass die meisten ihrer Klingenkarten wie durch ein Wunder getroffen hatten. Beide Soldaten hatten zahlreiche Schnittwunden abbekommen. Ethan Bond schoss aus dem Handgelenk auf einen von ihnen, doch Alice hatte keine Zeit nachzusehen, ob er getroffen hatte oder nicht. Mit einem Hechtsprung brachten sie sich außer Reichweite, während das Häuschen hinter ihnen Feuer fing.

»Das war knapp«, murmelte Alice in den Waldboden.

»Zu knapp«, stimmte das Kaninchen ihr zu und rappelte sich wieder auf. »Komm, weg hier.«

»Unbewaffnet?«

Sie richtete sich wieder auf. Das Häuschen stand in Flammen, doch die Stelle, an der sie zuvor den niedergeschlagenen Soldaten gelassen hatten, war weit genug weg. Alice huschte zwischen den Bäumen hindurch und griff sich Waffe und Munition, die das Kaninchen sorgfältig außer Reichweite des Gefangenen gelegt hatte.

Dann kehrte sie zu Ethan Bond zurück. Hinter ihnen wurden Stimmen und Schritte laut, die Männer des ARO riefen wild durcheinander.

Im Schutz der Dunkelheit schlichen Alice und das Kaninchen um das Häuschen herum. Nach wenigen Schritten trafen sie auf den Zaun des Schulgeländes, Ethan Bond zog eine kleine Zange aus der Tasche und zerschnitt den Draht.

Alice musste auf allen vieren hindurchkrabbeln und verkniff sich den Fluch. Sie hatte sich auf der anderen Seite noch nicht richtig aufgerichtet, als einer der Soldaten auf sie zulief, die Waffe im Anschlag. Panik stieg in Alice auf, sie wusste nicht, ob der Mann sie überhaupt richtig gesehen hatte, doch sie konnte nie im Leben so schnell nach ihrer eigenen Waffe greifen.

Ethan Bond war gerade dabei, durch das Loch zu klettern ...

Der Mann stolperte. Verwirrt blinzelte Alice. Es hatte ausgesehen, als wäre er über etwas anderes gestolpert als über seine eigenen Füße, doch da war absolut nichts zu erkennen ...

Bevor der Mann wieder auf den Beinen war, hatte irgendjemand ihm den Griff des Gewehrs über den Kopf gezogen und Alice erkannte zu ihrem Erstaunen, dass sie das selbst gewesen war.

»Na, wirst du langsam wieder vernünftig? Weiter!«, hörte sie das Kaninchen sagen. Sie nahmen dem Bewusstlosen Waffe und Munition ab und setzten ihren Weg am Zaun entlang fort. Zum Glück hatten sie die Beleuchtung ausgeschaltet, sonst hätten sie jetzt mehrere Meter geraden Rasen vor sich gehabt, ohne jede Deckung, bis langsam wieder die ersten Büsche wuchsen. So war es nicht ganz so schlimm, doch trotzdem mussten sie an mindestens zwei Wachen vorbei. Das weiße Kaninchen war trotz der Dunkelheit einigermaßen sichtbar, genauso wie der vollkommen verwirrte Gesichtsausdruck des ersten Wachtpostens, der sich plötzlich einer Frau in ARO-Uniform und einem Kaninchen gegenübersah, die beide mit ARO-Waffen auf ihn zielten. Er war klug genug, keinen Widerstand zu leisten.

Mit dem nächsten hatten sie weniger Glück oder er hatte weniger Glück, je nachdem, wie man es sah. Jemand hatte anscheinend den Notstromgenerator eingeschaltet und im unsteten, orangenen Flackern der Notbeleuchtung hatte er sie früher gesehen, und so endetet er mit einem angeschossenen Arm und einer Beule am Kopf.

»Stehen bleiben!«, ertönte es plötzlich hinter ihnen.

Alice fror förmlich fest, ihr wurde eiskalt. Sie hätten nur noch um eine Ecke des Seitenflügels biegen müssen ...

Und von dort näherten sich gerade zwei weitere Personen in ARO-Uniform, mit zum größten Teil verhüllten Gesichtern. Sie waren umzingelt, ob es ihnen nun passte oder nicht.

»Wir übernehmen das«, hörte Alice den einen Soldaten, der von vorne auf sie zukam, sagen.

»Ihr solltet auf euren Posten bleiben«, kam es von hinter ihrem Rücken. »Was ist passiert?«

»Wir wurden angegriffen und mussten uns verteidigen, das ist passiert. Scheint, als hätten wir die Eindringlinge gefunden.«

»Dann geht zurück auf eure Posten, wir ...« Weiter kam der Soldat hinter Alice nicht mehr. Eine Kugel zischte für ihren Geschmack viel zu dicht an ihr vorbei, dann gab es einen leisen Aufprall im Gras.

»Ist er tot?«

Alice atmete auf, denn das war eindeutig Chloe. Als die beiden Personen, die Alice für weitere ARO-Truppen gehalten hatte, näher kamen, konnte sie Garreth erkennen, der sich den Kragen der Uniformjacke bis über die Nase gezogen hatte. Auch von Chloe waren nur noch die Augen zu erkennen.

»Sauberer Schuss, Garreth«, bemerkte Ethan Bond, der sich schneller gefasst hatte als Alice. »Ja, Chloe, er ist tot.«

»Wo ist Betty?«, wollte Alice mit zitternder Stimme wissen.

»Wirst du gleich sehen«, erwiderte Garreth angespannt.

Chloe trat auf Alice zu und griff unter den Kragen ihrer gestohlenen Uniformjacke. Dort war der Stoff etwas dicker und nachdem Alice zusammengezuckt war, weil sich Chloes Finger an ihrem Hals kühl anfühlten, hatte Chloe diese dickere Stoffschicht aus dem Kragen gezerrt und Alice erkannte, dass es eigentlich zusammengefalteter dünner Stoff war, den man sich teilweise über das Gesicht ziehen konnte.

»So, schon besser«, murmelte Chloe. »Bei schlechtem Licht und mit der Maske sehen sie nicht sofort, dass du keiner von ihnen bist.«

Dann schienen die Fenster über ihnen zu explodieren. Sie duckten sich nahe der Hauswand und hielten die Köpfe unten.

»Was ist das?«, rief Alice und befürchtete einen Moment schon, dass jemand in der Schule um sich schießen würde, doch dann schaute sie zur Seite und sah die Eiszapfen, die zu Boden regneten.

»Weg hier!«, rief Garreth, richtete sie auf und rannte los. Die anderen folgten seinem Beispiel, bogen um die Ecke des Gebäudes und wären fast in Betty hineingerannt, besser gesagt, in die Mauer aus Eis, die sie umgab.

»Keine Bewegung!«, ertönte es da auch schon von der anderen Seite.

Bevor Alice auch nur daran denken konnte, ihre Waffe zu heben, bewegte sich die Mauer aus dickem Eis und auf einmal stand sie drinnen statt draußen.

»Das sind keine Untoten und wir können keine Verstärkung rufen!«, sagte Ethan Bond zu Betty.

»Nein«, erwiderte sie schlicht.

Dunkle Schatten auf dem Eis sagten Alice, dass die Wachen näher kamen. Ihr Herz klopfte bis zum Hals. Die Überzahl des ARO war schlimmer, als sie gedacht hatte, man konnte ja kaum einen Schritt machen …

»Lass die Mauer runter!«, ertönte das Kommando von draußen. »Andernfalls müssen wir sie niederschießen!«

»Das könnt ihr ja mal versuchen!«, brüllte Betty zurück.

Die ersten Kugeln trafen das Eis. Alice zuckte zusammen, doch der Eispanzer hielt, auch wenn Betty das Gesicht verzog.

»Auf den Boden mit euch«, zischte sie zwischen zusammengebissenen Zähnen. »Sobald ihr freie Sicht habt, schießt ihr auf alles, was sich noch bewegen kann.«

Mit zitternden Händen versuchte Alice, ihr Gewehr fester zu greifen, und richtete es auf die Mauer. Freie Sicht? Alles, was sich noch bewegen kann?

»Viel Glück«, hörte sie Garreth noch sagen, dann explodierte die Welt um sie herum in unzählige Scherben und Splitter.

Ein Knall, dann mehrere, etwas Nasses und Kaltes lief in ihren Nacken, und Alice schüttelte sich, jemand rief etwas, Körper fielen ins Gras, das alles war so undeutlich …

Dann blinzelte sie und fragte sich einen Moment, ob es geschneit hatte. Überall im Gras um sie herum lag dieses weiße Zeug, auch auf den ARO-Männern, von denen sich mindestens zwei nicht mehr regten.

Sie beeilte sich, auf die Füße zu kommen.

Aus der Brust eines der Männer ragte noch Eis hervor, doch die Uniform drum herum färbte sich dunkel vom Blut.

»Weg hier!«, keuchte Betty und wieder hasteten sie los, dieses Mal zum Glück nicht weit, sondern nur zu einer schmalen Holztür, die in den Keller führte. Das Schloss bot Garreth keinen ernstzunehmenden Widerstand, Chloe und Ethan Bond gaben ihnen für den Moment Deckung, während sich Betty gegen den Türrahmen lehnte, Garreth schließlich die Tür aufstieß und Ethan Bond und Alice hindurch scheuchte.

Nur Sekunden später war die Tür wieder zugefallen, sie standen im Kellerflur und Alice gestattete sich kurz durchzuatmen.

»Da rein.« Chloe hatte eine Tür zu einer Vorratskammer geöffnet und winkte sie hinein. Die Beleuchtung im Keller flackerte nur schwach grünlich, doch es reichte aus. Betty ließ sich auf eine Kiste fallen. Ethan Bond richtete seine Waffe auf die Tür und Alice hielt es für eine gute Idee, dasselbe zu tun.

»Geht es?«, hörte Alice Chloe zu Betty sagen.

»Ja, gleich wieder gut«, erwiderte sie knapp.

»Was hast du getan?«, wollte Alice wissen.

»Die Fenster im ersten Stock durchschossen. Mit Eis«, erwiderte Betty, als wäre es selbstverständlich.

»Aber dann hast du das Eis in den Räumen entstehen lassen und nach außen geschossen. Geht das überhaupt?«

»Hast du doch gesehen. Einen Versuch war es wert«, erwiderte Betty und Alice konnte die Erschöpfung, aber auch das Lächeln in ihrer Stimme hören. »Garreth und Chloe wollten euch entgegengehen, was auch sinnvoll war, deswegen die Mauer ...«, fügte Betty noch hinzu.

Die Mauer. Die Mauer aus Eis, die in Abermillionen lebensgefährliche Schrappnelle explodiert war. Bei dem Gedanken spürte Alice einen Kloß im Hals, doch schließlich hatten die Soldaten des ARO vorher versucht, sie aus dem Eis herauszuschießen. »Die oder wir.«

Erst als Ethan Bond sie mit großen Augen ansah, wurde Alice klar, dass sie die letzten Worte laut ausgesprochen hatte.

»War es nicht schon immer ›die oder wir‹?«, erwiderte Chloe und kramte in etwas herum, das sich hinter Alice befand. »Sieh mal Betty, Kekse!«

Fast hätte Alice lachen müssen, doch sie biss sich auf die Lippen. Es war vollkommen absurd, dass Betty in diesem Keller saß und Kekse aß, weil sie etwas getan hatte, das selbst für geübte Mutare eigentlich unmöglich war. Und was ihnen allen das Leben gerettet und ein paar Leute des ARO selbiges gekostet hatte.

»Wozu war diese Sache mit den Fenstern eigentlich gut?«, wollte Ethan Bond wissen.

»Ein Durcheinander stiften. Die Schüler wecken und ihnen hoffentlich zeigen, dass jemand von ihnen da draußen ist und versucht, etwas zu tun«, erklärte Garreth.

»Außerdem haben wir gehofft, dass so auch ein paar Wachen vom ARO hineinlaufen und es hier draußen noch weniger werden«, fügte Chloe hinzu. »Die werden ziemlich dumm aus der Wäsche schauen, wenn sie in leere Klassenräume stolpern.«

»Aber werden sie nicht einen Schuldigen suchen? Unter den Schülern da drinnen?«, gab Alice zu bedenken.

»Erstens wissen sie ja schon, dass sie von außen angegriffen werden, also hoffen wir mal, dass sie nach jemandem suchen, der sich hereingeschlichen hat. Und vielleicht treiben sie die Schüler zusammen und fragen sie aus, dann haben wir ein paar hellwache Jäger auf einem Haufen. Das könnte uns sogar helfen«, antwortete Chloe.

»Hoffen wir, dass der Plan so aufgeht«, murmelte Ethan Bond.

»Geht wieder«, erklärte Betty nach einer Weile und nach weiß-der-Himmel-wie-vielen Keksen.

»Also gut. Raus da und weiter Unheil stiften«, meinte Garreth.

Vorsichtig öffneten sie die Tür und schlichen sich durch den Keller. Fast hatten sie den Aufgang zum Küchentrakt erreicht, als Ethan Bond herumwirbelte, weil seine langen Hasenohren etwas gehört hatten, was den anderen verborgen geblieben war.

Alice konnte nur einen Stapel Kartoffelsäcke sehen, doch Ethan Bond rief halblaut: »Rauskommen, aber sofort!«

Erstaunt sah Alice hinter den Säcken die verängstigten Gesichter von zwei Küchenmädchen auftauchen. »Bitte nicht schießen«, murmelte die eine und schien gar nicht richtig zu bemerken, dass sie von einem Kaninchen bedroht wurde.

»Lass sie«, flüsterte Betty Ethan zu. »Die sind harmlos.«

»Bleibt hier unten. Aber versteckt euch lieber in einem der Kellerräume, da seid ihr sicherer«, riet Chloe den Mädchen, die eingeschüchtert nickten und hinter den Säcken hervorkamen.

So lautlos wie möglich huschte die Gruppe die Treppe hinauf, doch dann hob Garreth die Hand. »Da ist …«, setzte er leise an, da wurde die Tür auch schon aufgerissen. Fast sofort zischte ein Feuerball auf sie zu, dem sie gerade noch ausweichen konnten. Dem Kaninchen sengte es die Ohrenspitzen an und Alice spürte die Hitze im Gesicht.

Dann hatte Betty sich wieder gefangen und zog die nächste Eismauer hoch. Keinen Moment zu früh, denn schon hämmerten Fäuste dagegen. »Lasst uns runter, bitte, die schießen sonst auf uns!«

»Oh Gott, Betty, das ist Desmond!«, rief Chloe und Betty ließ ihren Schutzwall herunter, griff sich aber den Jungen, der auf der anderen Seite stand. »Desmond?«, versicherte sie sich.

Abgesehen von dem Jungen waren da noch ein weiterer und drei Mädchen, das jüngste vielleicht sieben Jahre alt. Als es die ARO-Uniformen sah, begann es zu kreischen.

»Psst!«, zischte Chloe und zerrte sich den Kragen herunter. Zum Glück fragte das ältere Mädchen in dem Moment »Chloe?« und hielt dem kleineren den Mund zu.

»Die folgen uns!«, rief Desmond wieder und in diesem Moment hörte Alice oben Holz gegen Stein krachen und schwere Schritte über den Boden stampfen.

»Desmond, du bleibst hier«, entschied Betty kurzerhand. »Sonst noch Jäger?« Sie musterte die anderen, eins der Mädchen sagte schüchtern: »Ich. Eis.«

»Perfekt. Du bleibst, der Rest geht in Deckung. Geht mit den Küchenmädchen, los!«

Die Schritte polterten auf die Tür zu.

»Bleibt stehen, ihr verdammten Bälger!«, rief jemand.

»Du mich auch«, zischte Betty und griff nach dem Arm des Mädchens.

»Annie, oder?« Das Mädchen nickte. »Schön, Annie, jetzt nur nicht in Panik geraten, ja? Ethan, bleib im Hintergrund.«

Sie setzten ihren Weg die Treppe hinauf fort, die Kragen wieder vor den Gesichtern.

Als die Aro-Truppen die Uniformen sahen, hielten sie erstaunt inne.

»Wir haben den Keller gesichert und die hier gefunden«, ergriff Garreth das Wort.

»Sind da noch mehr? Es waren fünf«, fragte einer der Männer.

»Treppe vereisen«, zischte Betty Annie zu und Alice hoffte einfach darauf, dass diese das tun würde, was man ihr sagte.

»Wir haben keine mehr gefunden, aber ihr könnt gerne nachsehen.«

Sie machten den ARO-Soldaten Platz. Der erste hielt auf die Treppe zu, setzte einen Fuß auf die erste Stufe. Der nächste folgte ihm, geriet aus dem Gleichgewicht und unter lautem Gepolter fielen die beiden die Stufen herunter. Alice hoffte nur, dass die Küchenmädchen und die anderen Kinder sich schon in Sicherheit gebracht hatten, falls die Soldaten heil unten ankommen sollten.

»Was war das denn? Vorsicht mit dem kleinen Miststück, das ist ein Jäger!«, rief der dritte und richtete die Waffe auf das Mädchen an Bettys Seite.

»So ein Pech aber auch«, erwiderte Betty. Noch während sich beim Klang ihrer Stimme Überraschung auf dem Gesicht des Sprechers abzeichnete, überzog Betty ihn mit Eis. Noch zwei übrig, die Anstalten machten, die Waffen auf sie zu richten, doch da schoss bereits ein Feuerball auf sie zu. Die Männer wichen zurück, doch der Boden hinter ihnen war plötzlich spiegelglatt. Einer schlug im Fallen gegen eine Arbeitsplatte und regte sich nicht mehr, der andere versuchte, seine Waffe wieder hochzureißen, doch ein Schuss von Ethan Bond durchschlug seine Schulter.

»Gute Arbeit«, sagte Garreth zu den beiden Mutaren, die ihnen in die Arme gelaufen waren.

»Wo ist Chloe?«, wollte Alice wissen.

»Nachsehen, ob die da unten noch leben«, erwiderte Garreth. »Ich gehe ihr mal schnell helfen. Wir wollen doch nicht, dass sie doch noch den Keller nach den anderen durchsuchen.«

Garreth verschwand die Treppe hinunter. Betty näherte sich dem ersten der drei Soldaten, während Ethan Bond den, der von Betty mit Eis attackiert worden war, mit einem Schlag des Gewehrgriffes bewusstlos schlug.

»Vielleicht sollten sie beim ARO in Zukunft Schlittschuhe ausgeben«, murmelte der Junge vor sich hin, während das Mädchen stocksteif dastand und mit großen Augen in die Welt schaute.

Alice legte ihr eine Hand auf die Schulter. »Tut mir leid«, murmelte sie, weil sie nicht wusste, was sie sonst sagen sollte. Wie alt waren die beiden? Annie vielleicht 15, Desmond etwas älter.

»Geht schon«, murmelte Annie.

Alice lächelte. Immerhin hielten sie sich tapfer.

»Sieh mal einer an, mit Kindern werdet ihr fertig, aber wehe, es kommt jemand, der sich wehren kann«, sagte Betty zu dem Soldaten, der sich mit schmerzverzerrtem Gesicht die Schulter hielt.

Alice hörte sich selbst erschrocken nach Luft schnappen, als Betty dem Mann einen Tritt versetzte. Dieser stöhnte auf und mehr Blut sickerte auf den Fliesenboden.

»Beide kampfunfähig, einer endgültig«, vermeldete Chloe in dem Moment, die mit Garreth wieder die Treppe heraufkam.

»Weißt du, dieses Mädchen da hinten ist nicht der einzige Jäger hier. Wie ist das, wenn man ausnahmsweise mal selbst gejagt wird, statt kleine Kinder zu erschrecken?«, fuhr Betty im Plauderton fort und ließ Eiskristalle über die Uniform des Mannes kriechen. Aus dem Stöhnen wurde ein schwaches Wimmern.

Langsam dämmerte Alice, dass es sich bei dem Mann um einen von denen handeln musste, die Iris auf den Friedhof gezerrt hatten, doch Betty konnte doch nicht …

»Und weißt du auch, was noch viel schlimmer ist, als ein Jäger?«, fragte Betty gefährlich leise. »Ein untoter Jäger.« Sie verzog das Gesicht zu einem regelrecht teuflischen Grinsen.

»Du bist das«, keuchte der Mann.

»Ja, ich bin das. Also hast du von mir gehört. Bin ich der Grund, warum ihr diese Schule zu einem Stützpunkt gemacht habt?«

Ein Kopfschütteln mit schmerzverzerrtem Gesicht.

»Gut«, stellte Betty mit einem Lächeln fest. »Warum also dann?«

»Weiß nicht«, zischte der Soldat.

»Du befolgst auch nur deine Befehle, nicht wahr? Ich werde also wohl nichts Hilfreiches aus dir rausbekommen, auch gut. Aber ich habe was gegen Leute wie dich, die sich an Schwächeren vergreifen. Ich denke, wenn du erst mal erlebt hast, wie das ist, denkst du vielleicht ein wenig anders …« Die Eisschicht wurde dicker. Betty hob eine Hand, näherte sie der Schulter des Mannes, und Alice wollte losstürzen und sie zurückhalten, doch Garreth packte ihren Arm. »Nicht!«, zischte er nur.

»Wir müssen sie aber aufhalten!«

Dieses Mal überzog sich die Schulter des Mannes mit Eis, Betty griff mit beiden Händen nach dem Wehrlosen, eine Hand schob sich unter seinen Kragen, er versuchte zurückzuweichen, doch es war unmöglich.

»Haltet sie auf!«, rief Alice erschrocken, »Sie bringt ihn sonst um!«

Sie konnte nicht mehr sehen, was Betty tat, doch sie hörte Stoff reißen und dann richtete sich Betty auf und sagte mit ruhiger Stimme: »Nein, Alice, sie bringt ihn nicht um. Ich habe diesem verdammten Nichtsnutz gerade sein wertloses Leben gerettet.«

Überrascht erkannte Alice, dass Betty den Ärmel der Uniformjacke und den Stoff aus dem Inneren des Kragens abgerissen hatte und beides benutzte, um die Schulter des Mannes zu verbinden.

»Er müsste so kalt sein, dass der Blutfluss schwächer wird. Wenn er keine Dummheiten macht und *liegen bleibt*, überlebt er das hier. Viele Grüße von Iris, du Mistkerl«, schloss Betty, bevor sie aufstand.

»Gehen wir«, sagte Ethan Bond nur.

In Alice regte sich das schlechte Gewissen. Sie war sich einen Moment sicher gewesen, dass Betty dem Mann den Rest geben würde, und hätte nie damit gerechnet, dass sie ihn retten würde.

»Was denn? So hat er sein Leben lang Zeit, um sich zu Tode zu fürchten«, stellte Betty fest, als sie Alice' fragenden Blick bemerkte. »Du glaubst nicht ernsthaft, dass ich ihm einen Gefallen getan habe, oder?«

Ohne eine Antwort abzuwarten, zog sie sich die Maske wieder vor das Gesicht und wandte sich der Tür zu.

Noch immer brannte auf den Fluren nur die flackernde Notbeleuchtung. Hin und wieder hatte jemand noch Gaslampen angezündet, doch dadurch entstanden nur unregelmäßige hellere Flecken.

Betty übernahm zusammen mit Garreth die Führung, und sie nutzten die dunklen Ecken, um sich vor den ARO-Leuten zu verstecken. »Wir müssen in den zweiten Stock kommen, da ist die Krankenstation«, erklärte Betty.

»Was wollt ihr denn da? Niemand darf auf die Krankenstation, William liegt da und Sarah, die sind beide schwer krank«, schaltete sich Desmond ein.

Betty und die anderen tauschten erschrockene Blicke aus. William. Alice schluckte. Sie hatte von William geträumt, wie er auf Desmond losgegangen war ...

»Wir müssen nur ins Büro. Und wenn ich alleine reingehen muss«, beschloss Betty mit fester Stimme.

»Wir kommen von da oben, da ist die Hölle los! Seit die Fenster kaputtgegangen sind, holen die ARO-Truppen die Schüler aus den Betten, weil sie feststellen wollen, wer das war.«

»Und natürlich finden sie niemanden, der es gewesen sein kann«, bemerkte Chloe.

»Nein, natürlich nicht.«

»Tun sie jemandem was?«, wollte Betty wissen.

»Nein«, erwiderte Desmond und Annie schüttelte den Kopf. »Sie brüllen nur herum und tun furchtbar wichtig«, sagte sie. »Es sei denn, man läuft weg ....« Sie warf Desmond ein scheues Lächeln zu.

»Wir bekommen die nie im Leben alle da raus!«, flüsterte Garreth Betty zu. Alice konnte es gerade noch mit Mühe hören.

»Ohne ein Wunder nicht, nein«, erwiderte Betty.

»Es sei denn ...« Ihr Blick wanderte zu einer Schnur, die vor der Wand herunterhing. Dann betrachtete sie Desmond.

Alice runzelte die Stirn. Der Junge hatte zuvor trotz all der Hektik erstaunlich präzise Feuerbälle abgeschossen, aber was hatte Betty vor?

»Desmond, ich möchte, dass du Feuer machst«, sagte Betty dann langsam. »Da oben.« Sie deutete die Treppe hinauf auf ein paar Bilder in Holzrahmen, die gerade so zu erkennen waren.

»Du kannst hier drin kein Feuer legen!«, beschwerte sich das Kaninchen. »Fängst du jetzt auch schon so an!«

»Wir machen das gleich wieder aus. Wir brauchen in erster Linie den Rauch, und diese Farben sollten ganz ekelhaft qualmen«, erwiderte Betty.

Chloe und Garreth sahen sich immer wieder über die Schulter hinweg um. Über ihren Köpfen trampelten ARO-Füße herum, doch hier unten war es verdächtig ruhig.

»Wir schleichen uns da hoch und setzen die Bilder in Brand, dann muss nur noch jemand den Feueralarm auslösen.«

»Der Feueralarm dort oben ist zu nahe an den Klassenräumen, in denen sich die ARO-Truppen mit den Schülern aufhalten, da erwischen sie uns garantiert«, widersprach Desmond.

»Mist«, zischte Betty. »Wenn einer von uns hierbleibt, ist das genauso gefährlich.«

In diesem Moment bewegte sich die Schnur. Alice blinzelte, doch dann tanzte die Schnur erneut in der Luft, als würde jemand … damit spielen.

Langsam trat Alice näher. »Hallo?«, fragte sie. Mochten die anderen sie für verrückt halten, aber …

»Hallo«, sagte die Luft.

»Was zur Hölle?«, hörte Alice Betty sagen.

»Ich komme nicht aus der Hölle. Wo ist das? Geht schon, mit Schnüren kenne ich mich aus. Daran ziehen sollte ein großer Spaß werden.«

»Wer ist das?«, fragte Chloe, die den Eingang im Auge behielt, und Alice gab ehrlich zu: »Keine Ahnung. Aber wer auch immer das ist, er scheint auf unserer Seite zu sein.«

»Los, rauf da!«, kommandierte Garreth, der sich nicht über die Stimme aus dem Nichts zu wundern schien, genauso wenig wie Ethan Bond.

Schnell, aber trotzdem vorsichtig schlichen sie die Treppe hinauf und bogen im Flur nach rechts ab statt nach links, wo Betty die Fenster zerschossen hatte.

»Du kannst loslegen, Desmond«, sagte Betty mit einem aufmunternden Lächeln zu dem Jungen.

Er nickte knapp ... und dann flackerte eines der Bilder nach dem anderen auf. Frühere Schulleiter des Internats verbrannten und wie Betty es vermutet hatte, entstand dabei ein beißender Qualm. Langsam begann das Feuer auf das Holz überzugreifen.

»Willst du das nicht ausmachen?«, wollte Desmonds Freundin hinter ihnen wissen. Alice konnte sie verstehen, eine normale Jägerin hätte dieses Feuer nicht mehr in den Griff bekommen. Nur Desmond selbst hätte es jetzt vielleicht noch einmal löschen können. Normalerweise. Doch auch dafür war schon fast zu viel Feuer auf die Holzrahmen übergesprungen, es waren nicht mehr nur Desmonds Flammen und Feuer-Jäger konnten keine Flammen kontrollieren, die sie nicht selbst erzeugt hatten. Rahmen knackten laut in der Hitze und langsam erleuchteten die Flammen den Flur.

Wie beiläufig ließ Betty ein paar Eiskristalle über die Galerie nach unten schweben und überzog dann die Wand mit Eis, nur um es kurz darauf nicht weiter zu beachten. Das Eis wurde zu Wasser, was dem Qualm deutlich verschlimmerte. Alice musste trotz des Stoffes vor ihrem Gesicht husten.

»Los, rein da!« Garreth hatte die Tür eines Klassenraumes aufgebrochen und winkte sie herein. Keine Sekunde zu früh, denn schon schrillte der ohrenbetäubende Alarm los.

»Werden die nicht wieder reinkommen, wenn sie merken, dass eigentlich gar nichts passiert ist?«, wollte Desmond wissen.

»Wahrscheinlich, aber dann sind die Schüler draußen«, erwiderte Garreth.

»Die werden uns dann nicht mehr helfen können, aber wenigstens sind sie dann außer Gefahr«, seufzte Ethan.

»Wie hast du das gemacht?«, wollte Annie mit großen Augen von Betty wissen.

»Mach es einfach nicht nach, ja? Ich bin ein wenig anders als du«, erklärte Betty im Flüsterton, während draußen aufgeregte Stimmen und schnelle Schritte vorbeirauschten.

Chloe setzte sich auf einen der Tische, Garreth nahm neben ihr Platz.

»Bis hierhin ging's gut«, wiederholte Alice, was sie schon einmal gesagt hatte, während sie sich auf einen Stuhl fallen ließ.

»Bis hierhin«, bestätigte das Kaninchen nüchtern.

»Durchatmen, es wird früh genug wieder lebensgefährlich«, meinte Garreth.

»Als wäre es das nicht schon mehr als einmal gewesen«, erwiderte Alice. Niemand sagte etwas dazu, doch die unausgesprochene Wahrheit war, dass sie bisher trotz allem noch Glück gehabt hatten. Der Feueralarm würde ihnen noch einmal helfen, doch die Truppen des ARO waren nicht blöd. Sie würden merken, dass jemand sie aufs Kreuz gelegt hatte, und zurückkommen ...

»Ich glaube, wir können«, stellte Garreth nach einer Weile fest.

Betty sprang auf. »Dann los, bevor sie wieder da sind. Alice, kannst du mal nachsehen, was da oben los ist? Ich glaube nicht, dass sie gerade auf die Spiegel achten.«

»Wahrscheinlich nicht, außerdem wissen sie jetzt ohnehin, dass jemand hier ist«, stimmte Alice zu und zog den Spiegel hervor.

»Zeig uns das Büro auf der Krankenstation«, bat sie den Spiegel. Zu ihrem Erstaunen war der Raum nicht leer. Die vier Personen, die sich darin befanden, hatten ihren Trick anscheinend durchschaut und waren an Ort und Stelle geblieben. Alice erkannte Miss York und Doktor Voight, doch da war noch jemand. »Wer sind die denn, Leibwächter?«, murmelte sie angesichts der ARO-Kleidung. Doch es waren keine normalen Soldaten in Grün und Schwarz, die beiden trugen helle Uniformen. Befehlshaber, keine Befehlsempfänger.

Ethan Bond schaute ihr über die Schulter. »Pack das weg!«, zischte er Alice kaum hörbar zu, doch es war schon zu spät. Auch Betty und Garreth waren näher getreten und offenbar hatte das »uns« in Alice' Kommando an den Spiegel gewirkt, denn Garreth zog scharf Luft ein.

»Gehen wir«, sagte er dann nur knapp und wandte sich der Tür zu.

»Was ist los?«, wollte Alice verwirrt wissen.

»Du kennst den Mann, oder?«, wandte sich Chloe direkt an Garreth.

»Anscheinend nicht«, erwiderte er nur und öffnete die Tür. Im nächsten Moment fiel ein Schuss, dann ein zweiter, und Alice zuckte zusammen. Als sie selbst an der Reihe war, den Raum zu verlassen, musste sie über einen Mann in ARO-Uniform hinwegsteigen, der anscheinend zurückgeblieben war, um die Flure zu kontrollieren. Im Vorbeigehen fiel ihr Blick auf sein Gesicht. Er konnte nicht älter sein als sie selbst. Manche jungen Männer gingen zum ARO, weil sie wirklich glaubten, dass die Mutare gefährlich waren, andere, weil sie heldenhaft gegen die Untoten kämpfen mussten und wieder andere, weil sie auf Ruhm und Ehre hofften. Mit Sicherheit rechnete keiner von ihnen ernsthaft damit, dabei zu sterben.

Alice schüttelte den Kopf, um den Gedanken zu vertreiben.

Sie schlichen in den zweiten Stock hinauf. Zuerst war der Flur leer, doch als sie um die Ecke in den Krankenflügel einbiegen wollten, sahen sie zwei ARO-Leute am Anfang des Flures stehen und zwei weitere vor der Tür am Ende.

»Mist«, zischte Chloe.

»Wärst du so nett, noch mal zu sterben?«, fragte Garreth leise. »Und der Rest gibt uns Deckung.«

Betty nickte ihm knapp zu.

»Na komm«, forderte er Chloe dann auf. Sie bogen um die Ecke, hielten wie selbstverständlich auf die ARO-Soldaten zu. Nach zwei Schritten sackte Chloe zusammen.

»He, könnt ihr mir mal helfen?«, rief Garreth den beiden Soldaten zu.

Unter Zögern kamen die beiden näher. »Da hast du aber Glück, dass wir sowieso schon auf der Krankenstation sind«, meinte einer.

»Ich habe keine Ahnung, was los ist«, erwiderte Garreth und ließ seine Stimme angemessen verwundert klingen.

»Tragen wir ihn da rein«, schlug derselbe Soldat vor und deutete auf die Krankenstation.

»Hast du vergessen, dass das ganze Ding unter Quarantäne steht?«, erwiderte der andere.

»Dann soll der Doktor rauskommen, wir können keinen von unseren Leuten einfach hier liegen lassen!«, erwiderte der erste.

Mittlerweile hatten sie beide die Gewehre gesenkt.

»Ich schneide sie von den anderen ab, ihr passt auf, dass sie mich nicht umbringen«, flüsterte Betty.

Ethan und Alice nickten. Alice hörte das leise Knacken von Eis, erstaunte Rufe. Die ARO-Truppen schauten sich erschrocken um, doch da zielten Ethan, Alice und auch Garreth schon mit den Gewehren auf die beiden ARO-Männer.

»Waffen runter!«, befahl Ethan Bond in einem unerbittlichen Tonfall, der für so ein kleines Kaninchen fast schon komisch wirkte, doch Alice würde sich davor hüten, den Spionage-Hasen zu unterschätzen.

Zum Glück für die Männer gehorchten sie und ließen sich in einen der Klassenräume sperren. Blieben noch die beiden hinter der Eiswand, die sie nicht mehr überrumpeln konnten.

»Sieh zu, damit du was lernst«, wandte Betty sich an Annie und ließ die Wand erst ein wenig kippen, bevor sie als Wasserfall auf die beiden ARO-Soldaten herunter ging.

»Wahnsinn«, staunte Annie ehrfürchtig.

»Das kannst du wiederum auch«, erklärte Betty.

Die Männer waren von dem Wasser durchnässt und zu Boden gedrückt worden, trotzdem schaffte es einer von ihnen, seine Waffe zu heben und auf Garreth zu feuern.

»Nein!«, schrie Chloe, dann ertönte ein Klicken und nach einer Schrecksekunde wurde Alice klar, dass die Waffen unbrauchbar geworden waren.

Ob es an dem versuchten Schuss lag oder an dem Mann im Spiegel, Garreth war jetzt deutlich aufgewühlter als zuvor und knallte dem Mann, der auf ihn geschossen hatte, den Gewehrgriff erst hart in den Magen, dann gegen die Schläfe, bevor er ihn unsanft mit Desmonds Hilfe in einen weiteren leeren Raum schleifte.

Anschließend betrachtete er das Schloss einen Moment und Alice glaubte, ein leichtes Schimmern daran wahrzunehmen.

»So, und jetzt ...«, setzte er an, doch dann ertönten die Schritte auf der Treppe. Schnelle Schritte von vielen Füßen.

Erschrocken fuhr Alice herum. Es gab keinen Fluchtweg, aus der Richtung, aus der sie gekommen waren, kamen die Soldaten des ARO und dieses Mal waren es deutlich mehr als zwei.

In jedem Raum, in den sie sich flüchten konnten, würden sie in der Falle sitzen, doch trotzdem war eine Tür immer noch besser zu verteidigen ...

Schon hatte Garreth wieder eine Tür geöffnet, dieses Mal auf der anderen Seite des Flures. Es war ein Vorratsraum, in dem Verbandszeug und andere Dinge lagerten, und Alice schubste Annie hinein, folgte dem Mädchen, dann waren die Soldaten auch schon im Flur.

»Verdammter Mist, das sind zu viele, die rufen Verstärkung!«, rief Betty. Leise sein war überflüssig geworden, denn schon peitschte der erste Schuss durch den Flur. Ethan Bond ging hinter dem Türrahmen in Stellung und erwiderte das Feuer. Garreth stand an der anderen Seite der Tür, damit war für alle anderen im Raum das Schussfeld versperrt. Da die Soldaten des ARO teilweise hinter der Ecke Deckung suchten und Garreth und Ethan immer wieder aus der Tür herausblicken mussten, wurden sie zwar nicht getroffen, doch umgekehrt trafen sie auch die ARO-Leute nicht.

Weitere Schritte wurden auf der Treppe laut. Tatsächlich Verstärkung.

Desmond wagte das Kunststück, einen Feuerball zwischen Ethan Bond und Garreth hindurch zu lenken.

»Pass doch auf«, schimpfte das Kaninchen und zog die Ohren ein, die nur um Haaresbreite verschont worden waren, doch immerhin ertönten Schreie aus dem Flur.

»Das ist zwecklos, wir kommen hier nicht mehr raus und im Gegensatz zu denen geht uns die Munition recht schnell aus!«, rief Betty über den Lärm hinweg.

»Kannst du sie nicht unschädlich machen?«, erwiderte Chloe.

»Alle auf einmal? Ohne irgendetwas zu sehen? Selbst wenn, da kommen andere nach. Ich kann versuchen, uns hier einzumauern, aber das ändert nichts daran, dass ich das lange kann – nicht ewig – und uns geht die Munition aus.

Die haben zu viele in Reserve! Selbst, wenn sie ihre Gewehre neu laden müssen, dann schießen derweil andere auf uns. Wir bekommen keine Atempause und haben ihnen nichts Wirksames entgegenzusetzen.«

»Rausklettern können wir auch nicht«, kam es von Annie, die zum Fenster gelaufen war. »Da draußen ist die Hölle los. Aber gegen wen kämpfen die da?«

»*Gegen* wen?«, wiederholte Alice verwirrt und trat neben Annie an das Fensterchen. In der Tat, aus dem Fensterchen zu klettern, war keine Option. Abgesehen davon, dass außer dem Kaninchen keiner von ihnen hindurchgepasst hätte, gingen dort unten in flackerndem Licht der Notbeleuchtung ARO-Leute in schwarz-grün auf andere Leute in schwarz-rot los.

»Das sind doch … das ist doch …«, stammelte Alice, doch ein Ausruf von Garreth lenkte sie ab. Er hatte sich offenbar zu weit vorgewagt und hielt sich jetzt den Arm. Zwischen seinen Fingern sickerte Blut hervor und auch die Hose färbte sich an der Wade dunkel.

»Du Esel, willst du dich mit aller Gewalt doch noch umbringen lassen!«, fluchte Chloe und begann hektisch im Verbandsmaterial zu kramen, während Betty Garreth' Stelle übernahm.

»Was ist da los, Alice?«, rief das Kaninchen von der Tür her.

»Ich weiß es nicht. Das sieht aus, als wären andere Truppen dazugekommen«, erwiderte sie verwirrt.

»Was für andere Truppen?«, wollte Ethan Bond wissen, doch seine Stimme ging fast im Schusswechsel unter.

Noch mehr Schritte wurden im Flur laut und auf einmal brüllten weitere Leute draußen durcheinander. Täuschte sich Alice oder rief jemand »Ergebt euch!«? Natürlich konnte das gut sein und früher oder später würde ihnen keine andere Wahl bleiben … Sie warf einen zweifelnden Blick auf das kleine Magazin, das in ihrem Gewehr steckte. Die vielleicht fünf Schuss würden sie auch nicht retten, sie hatten den ARO-Leuten nicht furchtbar viel Munition stehlen können und mit den Mullbinden konnten sie nicht nachladen.

»Ergebt euch endlich, oder ihr verliert alle eure Köpfe!«, drang plötzlich eine Stimme über den nachlassenden Krach.

Ethan Bond legte die Ohren an und vergaß vor Schreck weiterzuschießen.

Chloe zog einen Knoten am Verband um Garreth' Arm fest, der schlimmer blutete, als sein Bein, und schaute kurz auf.

»Das ist *sie*«, verkündete Garreth erstaunt.

»Wer, sie?«, wollte Betty wissen, die sichtlich verwirrt dreinschaute.

»Die Königin der Dämmerung«, antwortete Alice ihr. »Das sind ihre Truppen da unten.«

»Und die sind auf das ARO losgegangen?«, vergewisserte Chloe sich.

»Tun sie immer noch«, stellte Alice mit einem Blick aus dem Fensterchen fest. Dann fiel ihr Blick auf etwas anderes, was ihr das Blut in den Adern gefrieren ließ.

»Oh Gott«, keuchte Annie neben ihr, und das überzeugte Alice davon, dass sie sich den gepanzerten Riesen, der dort draußen über die Wiese stapfte und erbarmungslos alles niedermähte, was ihm im Weg stand, nicht einbildete. Die Kisten aus dem Zug kamen ihr in den Sinn. Sie hatte nie wirklich geglaubt, dass das ARO aus all diesen Teilen tatsächlich mechanische Krieger zusammensetzen könnte, doch offenbar konnten sie es.

Das Ding bewegte sich und es war bewaffnet.

»Oh je, oh je, oh je«, stammelte Alice und fand selbst, dass sie wie das Kaninchen klang.

»Oh je, *was*?«, wollte Chloe wissen und schob sie zur Seite. Dann starrte sie sprachlos auf die Kriegsmaschine hinunter, die über den Rasen der Schule trampelte.

»Nicht schießen! Wir wollen euch helfen, verstanden? Nicht schießen!«, rief draußen im Flur jemand.

»Wer jetzt?«, platzte es aus Betty heraus.

»Wer ist da?«, hörte Alice das Kaninchen fragen.

»Kommandant Rosk von den Streitkräften Ihrer Majestät, der Königin der Dämmerung. Nicht schießen, wir sind hier, um euch zu helfen!«

»Wir können denen doch nicht trauen!«, zischte Garreth dem Kaninchen zu.

»Nein, aber das ist die einzige Verstärkung, die wir haben!«, erwiderte Ethan Bond. Mit erhobenen Pfoten trat er in den Flur.

Betty zuckte mit den Schultern und folgte seinem Beispiel. »Komm schon«, murmelte Chloe und auch Garreth schien einzusehen, dass es ihnen auf gar keinen Fall helfen würde, sich mit der nächsten Truppe anzulegen.

Alice trat hinter Betty in den Flur und sah zum ersten Mal die Königin der Dämmerung vor sich. Das erste, was ihr auffiel, waren die Augen: eins dunkelblau, wie der Himmel am Abend, das andere orange wie ein Sonnenuntergang. Dann wurde Alice' Blick aber schon von den ebenso ungewöhnlichen Haaren angezogen, die in allen Nuancen von Orange, Rot und einem bisschen Rosa zu schimmern schienen. Fast konnte man meinen, die Königin der Dämmerung *war* die Dämmerung. Dann müsste die Königin der Spiegel aber auch ein Spiegel sein und wenn Alice an ihre silbernen Augen dachte, dann traf das vielleicht sogar zu …

Die Männer der Königin, die nicht damit beschäftigt waren, die ARO-Soldaten mit erbeuteten ARO-Waffen in Schach zu halten, nahmen Alice und den anderen ihre Gewehre ab. Die Königin selbst sah eine Weile forschend von einem zum anderen, dann ergriff sie das Wort: »Also, wie mir zu Ohren gekommen ist, seid ihr auf der Suche nach etwas, was mir gehört.«

Alice erschrak, hoffte aber, dass man es ihr nicht ansah. Was auch immer die Königin der Dämmerung gehört hatte, sie glaubte offenbar, dass sie wegen des Schlüssels hier waren. Dass Betty den Schlüssel *hatte*, war ihr vielleicht tatsächlich entgangen. Alice bemühte sich, nicht zu Betty zu sehen, was ihr leichter fiel, als Desmond plötzlich losspurtete und Annie hinterher.

»Folgt ihnen und durchsucht sie!«, rief die Königin, ohne den Blick von Ethan Bond und Garreth abzuwenden.

»Also: Wo. Ist. Mein. Schlüssel?«

»Da drin, Majestät«, erwiderte Garreth und deutete auf die Tür zur Krankenstation. »Ich denke, dort werdet Ihr auch den Dieb vorfinden.«

»Jemand, den du kennst, Meisterdieb?«, fragte Ihre Majestät, während sie den drei noch verbliebenen Männern zuwinkte, dass sie ihr die Tür am Ende des Flures öffnen sollten.

Verstohlen zog Alice den Spiegel hervor. »Was ist da draußen los? Wo wollte Desmond hin?«, fragte sie und konnte ihre Gedanken selbst nicht sortieren. Ein flüchtiges Bild von ARO-Truppen flammte auf, ungeordnet und halb auf dem Rückzug. Dazwischen Desmonds Gesicht und dann der mechanische Krieger ... Dann drückte das Kaninchen ihre Hand herunter und Alice verstand: Die Königin der Dämmerung brauchte nicht zu wissen, dass sie spiegelsichtig war. Je weniger sie über die Fähigkeiten von Alice, Betty und Chloe wusste, umso besser.

Die Männer der Königin machten sich nicht die Mühe anzuklopfen, sondern brachen die Tür schlicht und einfach auf.

»Im Namen Ihrer Majestät, ergebt euch!«, rief Rosk und dann überrascht: »Lord Underwood!«

Die Köpfe von Alice und Chloe flogen zu Garreth herum, der zusammenzuckte. Doch um ihn ging es offenbar nicht, denn im nächsten Moment sagte die Königin der Dämmerung, zum ersten Mal mit der kleinsten Unsicherheit in der Stimme: »Tobias, was hat das zu bedeuten?«

Und dann eine andere Stimme: »Tobias, kennst du diese Leute?«

Endlich war Alice selbst an der Reihe, den Raum zu betreten. Mit den Aktenschränken, dem Schreibtisch, den Menschen und dem Kaninchen war es fast schon zu voll. Sie erkannte Dr. Voight, der gerade ebenfalls: »Was hat das zu bedeuten?«, fragte und Miss York, die mit herrischer Stimme rief: »Was soll das? Wir sind eine vom ARO genehmigte Schule, Zivilisten haben hier nichts verloren!« Sie schaute Alice, Betty und Chloe an. »Schafft sie raus, worauf wartet ihr?«

Betty war die Erste, die ihre Maske herunterzog. Das Gesicht der Schulleiterin wurde bleich.

»Majestät, ich kann das erklären ...«, sagte einer der beiden Männer in ARO-Uniform.

»Ich bin mir sicher, dass du das kannst. Dir ist klar, dass du für Hochverrat den Kopf verlierst?«

In diesem Moment fiel der Blick des Mannes auf Garreth. »Was machst du hier?«, schnappte er.

»Wenn ich mich am scharfen Ende einer Axt wiederfinden würde, *Bruder*, würde ich meinen Ton mäßigen«, erwiderte Garreth eisig.

Der einzige Mann, der noch nichts gesagt hatte, ergriff jetzt das Wort. Mit ruhiger und energischer Stimme meinte er: »Meine Damen und Herren. Ich bin sicher, wir können verhandeln.«

»Xavier, du …«, setzte Tobias Underwood an, doch ein scharfer Blick brachte ihn zum Schweigen.

»Ich sehe, ihr habt die Ereignisse von hier oben verfolgt«, stellte die Königin fest und deutete auf das offene Fenster. »Meine Truppen sind eurer – wie heißt es noch?«, wandte sie sich an das Kaninchen.

»ARO, Majestät.«

»Eurer ARO überlegen.«

Der mit Xavier Angesprochene neigte leicht den Kopf.

»Es scheint so, Madam.«

»Für dich immer noch Majestät«, fuhr Rosk ihn an.

»Entschuldigung, Majestät. Verzeiht mir, ich kenne Euch leider nicht …«

»Das ist Ihre Majestät, die Königin der Dämmerung«, übernahm Rosk die Vorstellung.

Xavier verbeugte sich leicht. »Sehr erfreut, Majestät. Mein Name ist York, Xavier York. Ich bin … ich war Kommandant dieses Stützpunktes.«

Alice sah ihr eigenes Erstaunen in Bettys Blick gespiegelt. Plötzlich ergaben viele Dinge deutlich mehr Sinn: Warum ausgerechnet Miss Yorks Schule ausgewählt worden war, wieso Zoey Narrenfreiheit gehabt hatte … Dieser Xavier schien zu jung zu sein, um ein Bruder der Schulleiterin zu sein, aber vielleicht war er auch einfach ihr Cousin.

»Also, Xavier York, worüber willst du noch verhandeln. Ihr habt verloren«, wies ihn die Königin der Dämmerung zurecht.

»In der Tat, Majestät. Ich möchte lediglich, dass ich mich mit meinen verbliebenen Truppen zurückziehen darf. Und diese beiden mitnehmen kann«, er nickte in Richtung von Miss York und Doktor Voight, die plötzlich erleichtert aussahen.

Ungeduldig winkte die Königin der Spiegel. »Dann nimm sie und weg mit euch. Sobald meine Männer euch nach meinem Schlüssel durchsucht haben.«

»Halt!«, rief Betty und warf Chloe einen hilfesuchenden Blick zu. Es war aber nicht Chloe, die das Wort ergriff, sondern Garreth.

»Majestät, dürften wir diesem Mann«, er deutete auf Doktor Voight, »noch ein paar Fragen stellen?«

»Fragt, was ihr wollt, aber sollte der Schlüssel bei ihm gefunden werden, beeilt ihr euch besser, solange er noch seinen Kopf hat.«

»Sehr wohl, Majestät.«

Garreth nickte Betty zu, die ihm ein dankbares Lächeln schenkte und Doktor Voight in den Flur folgte. Alice hörte zwar ihre Stimmen, doch sie verstand die Worte nicht. Dann wurde Doktor Voight lauter: »Ich muss diesem Abschaum überhaupt keine Fragen ...« Er begann zu röcheln und Betty erwiderte: »Du musst auch nie wieder *irgendeine* Frage in deinem Leben beantworten, wenn ich das Eis in deinem Hals weiter wachsen lasse. Such es dir aus.« Dann wurde es wieder zu leise, um den Rest des Gespräches zu verstehen.

»Majestät, Ihr habt von einem Schlüssel gesprochen«, begann Xavier, trotz der flehenden Blicke von Tobias Underwood.

»Was wisst ihr darüber?«, herrschte die Königin ihn an.

»Nun, es ist zwar richtig, dass Tobias uns den Schlüssel, wie er das Ding nannte, gebracht hat ... er sagte, er könnte Zugang zu einem Heilmittel ermöglichen, aber er müsste noch ein paar weitere Forschungen anstellen. Und vor ein paar Tagen wollte er uns erklären, wie man das Heilmittel finden kann, doch unglückseligerweise ... kam uns dieser Schlüssel in der Zwischenzeit abhanden. Zu dem Zeitpunkt, zu dem diese drei ...«, er machte eine Handbewegung in Richtung von Chloe, Betty und Alice, »aus diesem Institut verschwunden sind und eine unserer ... Leute umgebracht haben. Bei der, die ihr nach draußen gelassen habt, handelt es sich um eine gefährliche Untote. Wahrscheinlich ist sie für den Mord verantwortlich. Ich würde da anfangen.«

Die Königin fasste erst Tobias ins Auge, dann rief sie in den Flur: »Bringt das Mädchen wieder rein! Und durchsucht diesen York!«

»Dann wollen wir doch mal sehen«, begann sie dann gefährlich leise. »Tobias, sagt dieser Mensch die Wahrheit?«

Doch statt Tobias antwortete Garreth: »Du warst das! Du warst das von Anfang an! Du hast die Seuche in diese Welt gebracht! Nur, damit du später das Heilmittel präsentieren konntest! Was hast du dir versprochen? Einfluss? Macht?«

Betty zappelte im Griff von Kommandant Rosk, der eine vergleichsweise kleine Waffe aus einer ihrer Taschen zog und sie der Königin reichte. Mit einem Schaudern erkannte Alice Zoeys Waffe. Während der letzten Stunden hätte sie ihnen nicht viel genutzt, aber in einem Notfall hätte sie die letzte Rettung sein können. In der Hand der Königin der Dämmerung wurde sie stattdessen lebensbedrohlich.

»Habt ihr den Schlüssel gefunden?«, wollte die Königin von ihren Wachen wissen.

»Nein, Majestät.«

»Dann durchsucht jetzt noch ihn.« Sie zeigte auf Tobias Underwood. »Stellt sicher, dass die anderen dieses Gebäude auf dem schnellsten Weg verlassen und nichts von irgendwo mitnehmen können. Unser Handel gilt, Xavier York. Mir ist egal, was ihr hier sonst tut oder wozu ihr hier seid. Ich will nur meinen Schlüssel. Wenn dir dein Kopf lieb ist, hältst du dich an die Abmachung und verschwindest.«

Mit einer letzten Verbeugung und einem vernichtenden Blick in Richtung Tobias Underwood ließ sich Xavier wegeleiten. Blieben noch Rosk, eine weitere Wache und die Königin selbst.

Mit grimmigem Gesichtsausdruck machte sich die Wache daran, Tobias zu durchsuchen. »Nichts, Majestät«, meldete er schließlich.

»Seht ihr, Majestät – ich habe den Schlüssel nicht. Ihr solltet die da durchsuchen«, stellte er mit einem fast schon triumphierenden Lächeln fest.

»Mag sein. Doch das erklärt noch immer nicht, wieso du diese Uniform trägst und was du hier machst. Ich bin sehr gespannt. Bring ihn weg!«, befahl sie der Wache. Der Mann nickte und zerrte Underwood aus dem Raum.

Blieben noch Rosk und die Königin. Alice hoffte, dass Betty keine Dummheiten machen würde. Zwar würde sie vielleicht mit zwei Gegnern gleichzeitig fertigwerden können, aber was würden die Truppen der Königin wohl mit ihnen machen, wenn Betty ihre Herrin angriff? Ihnen waren immer noch die Hände gebunden.

»Also, Mädchen, weißt du, wo mein Schlüssel ist?«, wandte sich die Königin an Betty.

Betty presste die Lippen zu einem dünnen Strich zusammen.

»Du willst nicht reden? Das ist Majestätsbeleidigung, das ist dir hoffentlich klar? Aber wollen wir doch mal sehen, vielleicht bringen wir euch ja zum Reden, wenn … « Unvermittelt richtete sie die Waffe auf Chloe.

»Nicht!«, rief Betty erschrocken.

»Ach, *nicht*?« Die Königin wandte sich wieder Betty zu. Diese zog langsam einen Gegenstand aus der Tasche.

Alice schnappte nach Luft. Wieso hatte Betty den Schlüssel mitgebracht? Das wenige Licht ließ etwas Buntes im Innern von Bettys Hand aufblitzen.

»Komm her und gib ihn mir«, forderte die Königin der Dämmerung Betty auf.

Langsam ging Betty auf die Königin zu. Diese streckte eine Hand aus … und über Bettys Gesicht flackerte ein Lächeln, als sie die Kugel aus dem Fenster warf.

»Nein!«, schrie die Königin auf. »Rosk, hinterher! Hol mir den Schlüssel!«, befahl sie.

Der Kommandant sah einen Moment lang unsicher aus, dann folgte er dem Befehl. Die Königin wandte sich wieder vom Fenster ab, das Gesicht vor Wut verzerrt. »Und du, was glaubst du eigentlich …«

Sie richtete Zoeys Waffe auf Betty und dann ging alles ganz schnell. Ein Hagelkorn blitzte im flackernden Licht auf, traf ihre Hand, lenkte den Schuss nach oben. Der alte Leuchter, der von der Decke hing, schwankte gefährlich und sackte ein Stück in die Tiefe, auf die Königin zu. Sie wich nach hinten zurück und wie schon einer der ARO-Soldaten stolperte sie, als hätte sich ihr ein unsichtbares Hindernis in den Weg gestellt. Sie taumelte nach hinten, noch ein Schuss löste sich, Alice warf sich zu Boden. Dann ein Schrei und dann auf einmal Stille.

Ganz langsam richtete sich Alice wieder auf.

Betty hatte sich aus dem Fenster gebeugt, Ethan Bond neben sich, der leise fragte: »Ist sie …?«

»Keine Ahnung«, erwiderte Betty.

Chloe und Garreth stürzten zum Fenster, Alice folgte ihnen langsamer. Tatsächlich lag die Königin der Dämmerung unten auf dem Rasen, doch es war von hier aus unmöglich zu sagen, ob sie noch lebte oder wie schwer sie verletzt war. Rosk kniete neben ihr und winkte gerade ein paar anderen von seinen Leuten. Am Horizont krochen langsam die ersten Sonnenstrahlen hervor und trafen auf silberne Rüstungen.

»Gott sei Dank, richtige Verstärkung«, seufzte Ethan Bond. »Ich hatte schon Angst, die Truppen der Dämmer-Königin würden uns einen Kopf kürzer machen nach diesem … Unfall.«

Wieder hatte Alice das Gefühl, als würde etwas ihr Bein streifen. Sie zuckte zusammen, konnte zunächst nichts entdecken, doch dann fiel ihr Blick in das Halbdunkel unter dem Schreibtisch. Verblüfft blinzelte sie, doch das Bild blieb dasselbe. Ein breites Grinsen schwebte dort in der Luft.

»Und so endet die Geschichte der Königin der Dämmerung«, murmelte Alice. »Mit einem Blitz und einem Lächeln im Schatten.«

BETTYS TAGEBUCH

Wie viele seltsame Umstände gehören eigentlich dazu, wenn zwei Menschen mit derselben Waffe versuchen, einen zu erschießen und es beide nicht wirklich schaffen? Vielleicht ist dieses Ding verflucht, wenn man sich anschaut, was mit Zoey und der Königin passiert ist ...

Was auch immer Alice nach dem Sturz der Königin unter dem Schreibtisch gesehen hat, es war schon verschwunden, als wir uns umgedreht haben. Alice hat etwas von der Geschichte der Dämmer-Königin gesagt, fast wie in ihrem Traum. Mittlerweile weiß ich, dass ihr die Spiegel-Königin einiges über Geschichten erzählt hat, aber woher hatte Alice diese Eingebungen in ihren Träumen?

Ich werde auch nie den Tonfall vergessen, in dem Garreth sagte: »Und die Geschichte der Underwoods endet mit Verrat.« Sein Bruder hatte also seine Königin verraten. Auch das hatte Alice vermutet, seit Garreth, Chloe und ich in der Burg der Zauberer waren, aber für die Bewohner des Dämmer-Spiegel-Landes klang das wohl zu absurd. Entsprechend groß sind die Wellen, die es jetzt schlägt.

Das war es also. Die Truppen der Königin der Spiegel hatten nicht viel damit zu tun, die Truppen der Dämmer Königin in Schach zu halten. Nachdem ihre Königin aus dem Fenster gestürzt war, verhielten sie sich alle etwas ... kopflos.

Ich wusste nicht, dass sie den Kronleuchter treffen würde und ich weiß bis heute nicht, wer mir geholfen hat. Ich weiß nur, dass sich Humfred vielmals entschuldigt hat, dass sie nicht früher kommen konnten, sie waren zu beschäftigt damit, das Heilmittel unter die Leute zu bringen. Aber Ihre Majestät, die Königin der Spiegel, würde gerne wissen, wie es uns ergangen ist und wir wären im Palast jederzeit herzlich willkommen.

Neben ihm stand ein ölverschmierter Desmond, der wie ein Kriegsheld strahlte. Und wahrscheinlich ist er das, denn er und Annie haben mit Feuer und Eis tatsächlich diesen mechanischen

Krieger zu Fall gebracht. Die Betonung liegt auf diesen, denn ich bin mir sicher, dass das ARO neue bauen wird. Das war übrigens ein Grund für die Sicherheitsvorkehrungen an meiner alten Schule: Nachdem ich aus meinem Grab geklettert war und das ARO diverse Gründe hatte, noch mehr ... Schwierigkeiten mit Untoten zu befürchten, kamen sie auf die Idee, eine neue Spielerei ihrer Ingenieure auszuprobieren. An Miss Yorks Schule konnten sie sie bauen, ohne dass die Bürger mitbekommen würden, dass das ARO neumodische Kriegsmaschinen in Betrieb nimmt, und gleichzeitig würden sich auch gleich Einsatzmöglichkeiten für diese Kolosse ergeben, ohne dass man sie noch mal transportieren müsste. Glücklicherweise war erst einer fertig. Wenn ich mir vorstelle, dass dieses Ding fast auf meine früheren Mitschüler losgegangen wäre ...

Den Schülern ist zum Glück nichts weiter passiert, selbst den Blödmännern vom ARO war klar, dass sie Ärger bekommen, wenn sie die Kinder einflussreicher Eltern – also nicht arme Waisen wie Iris – schlecht behandeln. Also haben sie sie lieber alle in Sicherheit gebracht, und dann sind auch schon die Truppen der Dämmer-Königin aufgetaucht, lebende wie untote, und jemand hat diesen mechanischen Krieger losgelassen ...

Natürlich haben mich alle gefragt, wie ich den Schlüssel aus dem Fenster werfen konnte und es hat ein wenig gedauert, ihnen zu erklären, dass das eine Glühlampe war, mit ein bisschen Flitterzeug drin. Für den Fall, dass jemand den Schlüssel von uns will, wollte ich vorbereitet sein.

Den echten hatte ich vergraben, in den Trümmern meines eigenen Sarges. Ich war mir ziemlich sicher, dass das ARO da nicht suchen würde.

Tja, von wegen suchen. Es gab ein paar interessante Aufzeichnungen in der Krankenstation. Allem Anschein nach haben ein paar Leute im ARO versucht, ein Gegenmittel gegen das zu finden, was die Menschen zu Untoten macht, auch ohne zu wissen, was genau das eigentlich war. Was sie aber wussten, war, dass Mutare weniger anfällig waren als normale Menschen. Herausgefunden haben sie das eher zufällig. Einer ihrer Astralen war auf einem Einsatz von einem Untoten angefallen worden. Sie konnten den Mann retten und haben ihn anschließend lange in Quarantäne gehalten, sozusagen im tiefsten Keller weggesperrt. Mittlerweile ist er wieder einsatzfähig. Er ist nicht gestorben und entsprechend nicht untot, er wurde irgendwie mit der Seuche fertig.

Weil es um uns Mutare ja nicht ganz so schade ist, wir uns möglicherweise ohnehin gar nicht anstecken konnten, Miss York so überaus hilfreich war und die Regierung keine offiziellen Experimente genehmigt hat – tja, da dachten Xavier und Dr. Voight, man könnte uns Schüler zu Versuchskaninchen machen. Der Plan war ganz einfach: Wenn Untote Menschen beißen und diese das »überleben«, werden sie auch zu Untoten. Also hat man ein wenig experimentiert, Untote zum Abschlachten waren ja genug da, und ein Präparat war leicht gewonnen, das man versuchsweise einer Mutare in die Blutbahn jagen konnte. Genauer gesagt, mir. Und dann wollten sie sich wohl mein Blut ansehen und nachschauen, wie mein Körper die Seuche bekämpfen konnte.

Nun, es hat nicht ganz geklappt. Vielleicht haben sie sich mit der Dosis des Erregers verschätzt, ich bin keine Medizinerin. Jedenfalls bin ich gestorben. Es gibt Vorschriften, was man mit toten Untoten zu machen hat, aber wie hätten sie erklären sollen, dass ich mich angesteckt habe? Offiziell melden konnten sie das nicht genehmigte Experiment eben nicht und letzten Endes blieb ihnen nur übrig, ein Dummchen wie Zoey dafür sorgen zu lassen, dass ich im Sarg bleibe. Selbst wenn das einer der Schüler zu Hause erzählt und es ein paar Fragen gegeben hätte – es war Zoey, nicht das ARO, das die Waffe in der Hand hatte. Man hätte mich nicht mehr ausgegraben, um die Munition zu untersuchen. Das ARO hätte alles abstreiten können. Zoey war nicht schlau genug, um darauf zu kommen, dass sie ein Bauernopfer war. Weiß der Himmel, was sie sich davon versprochen hat. Und den Rest der Geschichte kennen wir. Sie haben nicht mit mir aufgehört, sondern weitergemacht. Sarah hat wohl sogar mit dem Gedanken gespielt, sich dem ARO anzuschließen, und wurde deswegen ausgewählt. Weil sie dachten, wenn es klappt, brauchen sie ihr wenigstens nichts zu erklären oder ihr was von einer schweren Grippe oder so zu erzählen.

William war nicht mehr zu retten. Bevor wir ihm das Heilmittel verabreichen konnten, ist er wach geworden und hat versucht, die Krankenschwester zu essen. Alice schien nicht so überrascht darüber zu sein, dass das mit ihm schiefgelaufen ist.

Wie sie ansonsten ihre Versuchsteilnehmer ausgewählt haben und warum ausgerechnet mich, hat damit zu tun, dass ich alt genug war, um die Schule bald zu verlassen. Hätte ich überlebt, hätten sie mich in irgendeinen ARO-Stützpunkt gebracht. Ansonsten war ich einfach nicht häufig krank gewesen, sie gingen also davon aus, dass ich widerstandsfähig war, und dann war da noch die Kleinigkeit, dass sie im Zweifelsfall lieber Jäger opferten, weil sie bei uns immer noch Angst haben, dass wir uns doch eines Tages wehren.

So viel also zu diesem Experiment. Hätten wir Xavier nur mal ausschalten können! Aber wenigstens Doktor Voight ist unschädlich. Xavier hatte, wie wir aus den Zeitungen erfahren haben, keine Skrupel, ihn und Miss York als die Schuldigen an der ganzen Sache zu präsentieren.

Offiziell hatten sie den großen Einsatz des ARO genehmigen lassen, weil es an Miss Yorks Schule zu ersten Fällen untoter Mutare gekommen war, die andere Schüler töteten. Dass es eine untote Mutare war und eine Schülerin hat man mal großzügig übertrieben, aber na ja, sie haben ja mit weiteren gerechnet, es ist ja schließlich ansteckend ... Und durchdrehende Mutare, die auch noch untot sind, waren eben auch eine prima Gelegenheit, die neuen mechanischen Krieger zu testen. Das war einer aus der ersten Generation, aber nach all den Teilen, die wir aus dem Zug geworfen und nachher verbrannt haben, wird es nicht der Letzte sein.

Die Regierung weiß also mittlerweile, dass irgendjemand nicht genehmigte Experimente in dieser Schule durchgeführt hat. Sie weiß nur nicht, dass es die eigenen Leute waren. Und sie weiß, dass irgendwelche seltsamen Truppen dort eingegriffen haben. Aber bei jeder Geschichte ist es eine Frage, wer sie erzählt und wie, vor allem, wenn es um den Ausgang von Schlachten geht. In diesem Fall lautet die offizielle Version, dass sich ein paar Mutare mit Untoten und noch unbekannten Widerständlern verbündet haben. Die untoten Soldaten der Dämmer-Königin, Desmond und Annie, Alice, Chloe und ich – und die unbekannten Widerständler meinen wohl alle lebenden Truppen und Garreth, von dem sie nicht wissen, was er ist und woher er kommt. Die Männer der Königin der Spiegel hat das ARO nicht gesehen und das Kaninchen werden sie in ihrem offiziellen Bericht wohl nicht auflisten.

Also, das Ende der Geschichte: Wir sind gerade im Palast der tausend, ähm, 998 Spiegel und werden morgen wohl wieder in unsere Welt zurückkehren. Im Dämmer-Spiegel-Land gehen die

Dinge aufwärts, die Königin der Dämmerung ist seit dem Sturz aus dem Fenster verschwunden und die Königin der Spiegel tut alles, um wieder Frieden und Ordnung zu schaffen. Sie hat Garreth sogar wieder seinen Titel aufgeschwatzt, anders kann man es kaum nennen, denn der Mann ist sogar fähig, einer Majestät zu widersprechen. Jedenfalls mag ich »Lord Garreth Underwood, königlicher Meisterdieb« und Ethan zieht ihn ständig mit »Lord Langfinger« auf.

Es könnte also ganz schön sein, wenn wir einfach hierbleiben könnten. Aber nach unserem kleinen Aufstand in Miss Yorks Internat und der offiziellen Version, dass sich Mutare mit Untoten verbünden ... Nun, seitdem gelten Mutare als richtig gefährlich. Die Schulen werden zu Gefängnissen, dabei war es eigentlich der Plan, diese armen Kinder da rauszuholen. Auf den Straßen finden Proteste in die eine oder andere Richtung statt, zumindest dann, wenn man nicht Gefahr läuft, gefressen zu werden. Wir haben das ins Rollen gebracht und wir sind die Einzigen, die das Heilmittel haben, also heißt das, das wir zusehen müssen, wie wir unsere Welt wieder in Ordnung bringen. Zumindest noch ein bisschen was davon. Das Mittel ist erstaunlich ergiebig, das ist die eine Seite, die andere Seite ist, dass wir nicht genau wissen, ob die Untoten in unserer Welt nicht etwas anders reagieren, als die Seuchenopfer im Dämmer-Spiegel-Land, eben weil diese schon auf die Seuche anders reagiert haben.

Etwas hat sich aber nicht geändert: Das ARO wird größenwahnsinnig und wir müssen etwas dagegen tun. Die Mutare wurden vorher schon weggesperrt, jetzt nennt man es nur offiziell so. Und hat dort, wo vermehrt Untote aufgetaucht sind, die Friedhöfe umgegraben. Nur für den Fall. Das Gesetz zum Verbrennen aller Toten ist wieder im Gespräch, genauso wie die Ansätze, Mutare zu rechtlosen Verbrechern zu erklären, die man nie wieder in die Freiheit entlässt. Jemand muss das beenden, bevor es richtig angefangen hat.

Immerhin haben wir dabei ein wenig Unterstützung aus dem Dämmer-Spiegel-Land und nachdem sich uns Desmond und Annie angeschlossen haben, kamen auf einmal noch andere und schließlich hatten wir eine ganze Gruppe zusammen, ohne so recht zu wissen, wie uns geschehen ist.

Und da sind wir nun: Alice, Chloe, Ethan Bond mit seinem Zielfernrohr, Lord Garreth Langfinger und ich. Heute noch

Abendessen im Palast und morgen ... Es gibt da eine kleine Einrichtung, von der wir erfahren haben. Desmond war dort, bevor er zu uns kam. Die Königin sagt zwar, dass sie natürlich nicht mit ihren Truppen in unserer Welt einmarschieren kann, die Existenz des Dämmer-Spiegel-Landes soll nach Möglichkeit weiter ein Geheimnis bleiben, aber eine Handvoll ihrer Männer kann sie uns mitgeben, wenn sie sich freiwillig melden. Und da wir ein paar Jäger bei uns haben, sind wir auch so schon ganz gut aufgestellt. Besser als beim letzten Mal in jedem Fall.

Um es mit den Worten von Alice zu sagen: So beginnt die Geschichte des Widerstands der Mutare: Mit einem treffsicheren Kaninchen, einem adligen Dieb und drei Freundinnen, die das Versprechen eingelöst haben, aus den alten Mauern zu fliehen.

DANKSAGUNGEN

Mit »Projekt Alice«, wie diese Geschichte sehr lange hieß, ging es mir wie der echten Alice mit dem Sturz in den Kaninchenbau. Die ganze Reise mit Alice, Betty und Chloe begann völlig unerwartet, und plötzlich war ich mittendrin. Ganz entscheidend für die Geschichte waren in dem Fall nicht Kaninchen und Grinsekatze (auch wenn sie darin vorkommen), sondern drei andere Dinge: Erstens der erste Satz, der in meinem Kopf eine Kettenreaktion ausgelöst hat. Zweitens die Erinnerung an Alice zu genau dem richtigen Zeitpunkt, sonst wäre die Geschichte nämlich nie im Dämmer-Spiegel-Land gelandet und Alice wäre gar nicht vorgekommen. Und drittens die permanente Begeisterung meines ersten »Versuchskaninchens«, das sich »Projekt Alice« häppchenweise angehört hat. Deswegen bedanke ich mich an dieser Stelle ganz herzlich bei den Menschen, ohne die es »Alice – Follow the White …« nicht gegeben hätte: Schemajah Schuppmann für den verhängnisvollen ersten Satz, die »Zombie-Icequeen« und das Deadlinemonster. Fabienne Siegmund für den Hinweis auf Alice in einem völlig anderen Zusammenhang, aber genau im richtigen Moment und dafür, dass sie sofort »Ich will das lesen!« gesagt hat, als ich ihr von »Projekt Alice« erzählt habe. Und meinem Mann dafür, dass er »Projekt Alice« vom ersten Moment an super fand, sich die Geschichte praktisch in Echtzeit angehört hat und dabei mindestens so begeistert war wie ich.

STEPHANIE KEMPIN

Stephanie Kempin, geboren 1987, hat sich schon immer gerne in Büchern vergraben. Als bekennender Bücherwurm war es nach der Schule nur logisch, Literaturwissenschaft zu studieren. Während dieser Zeit wurden auch ihre ersten Kurzgeschichten und Gedichte veröffentlicht. Anschließend ging es als Lektorin und als freie Mitarbeiterin in einer Marketingagentur weiter, etwas später kamen Übersetzungen dazu.

Wenn sie sich nicht gerade auf Cons und Messen herumtreibt, ist sie häufig auf Konzerten oder Festivals zu finden, bei denen die meisten Besucher fröhliches Schwarz tragen. Weil Musik ihre wichtigste Inspirationsquelle ist, bekommt jede Geschichte einen eigenen Soundtrack, der dann so lange beim Schreiben läuft, bis auch ihre zwei Wellensittiche die Melodien mitpfeifen können.

Momentan versucht sie das Rätsel zu lösen, wieso eigentlich immer ihre anderen Romane schneller fertig sind, als die lange geplante Geistergeschichte.